南方周末

在这里，读懂中国

南方周末特稿手册

杨瑞春 张捷◎编

南方日报出版社
NANFANG DAILY PRESS

图书在版编目（CIP）数据

南方周末特稿手册 / 杨瑞春，张捷编. -- 广州 :南方日报出版社，2012.6
ISBN 978-7-5491-0570-0

Ⅰ. ①南… Ⅱ. ①杨… ②张… Ⅲ. ①新闻报道－作品集－中国－当代 Ⅳ. ①I253

中国版本图书馆 CIP 数据核字(2012)第 097704 号

南方周末特稿手册 杨瑞春 张捷 编

出版发行： 南方日报出版社
地　　址： 广州市广州大道中 289 号
电　　话： （020）87363865
经　　销： 全国新华书店
印　　刷： 广州市怡升印刷有限公司
开　　本： 787mm×1092mm　1/16
印　　张： 22.25
字　　数： 380 千字
版　　次： 2012 年 7 月第 1 版
印　　次： 2019 年 6 月第 10 次印刷
定　　价： 39.80 元

投稿热线：（020）87360640　读者热线：（020）87363865

南方周末文丛编辑委员会

目录 CONTENTS

南香红

下　篇

叶伟民

徐　楠

曹筠武

特稿研究之我们说

序一 PREFACE

新闻文体范式革命的引领者

■ 展　江

正值本文写作之时，一篇名为《一个“抢劫犯”母亲的1605天》的特稿（刊于《南方人物周刊》）在微博和社会上引发特别关注，它的主人公是一个叫王朝的普通公民，而冤案的可能制造者之一是2010年一起事件的当事人之一、现已全国知名的某地公安局副局长李刚。

特稿（feature），作为一种新闻文体，并非发轫于本土，而基本上是舶来品。但是，为什么由域外民主社会诞生的新闻文体能够被国人接受，并且渐成真正的主流新闻文体之一，成为《南方周末》的品牌新闻产品之一，这是令我们兴奋、关注和认真思考的问题。

（一）

美国1830年代进入平民主义和大众化报纸时代。随着经济生活的民主化，以意识形态论战为主导的政党报刊随之衰落，代之以商业性大众化报刊。特稿作为相对于硬新闻的“软新闻”，也随之在报端大量出现，以其“人情味”吸引大量新近获得读写能力的新读者，尤其是女性。

在当今的美国，特稿一般指除消息（news）和深度报道（含解释性报道和调查性报道）之外的其他新闻文体。普利策特稿写作奖对其获奖作品的评奖条件是：“除了具有独家新闻、调查性报道和现场报道的共有的获奖特质外，特稿主要是考虑高度的文学品质和原创性”。

特稿诞生后，曾由于琐碎、八卦和无聊，而被美国一些正派读者诟病，被视为一种低俗乃至恶质。进入20世纪，特稿逐渐融入人文和社会关怀要素，其价值逐渐被美国严肃报刊和读者接受。到1979年，普利策奖委员会增设特稿写作奖，其地位获得空前提升。

一般说来，特稿不选择硬新闻那种“重大”或曰“厚重”的题材，而多写普通人的不普通故事，即他们的命途多舛和悲欢离合（偶尔的例外之一是1982年普利策特稿写作奖获奖作品《联邦政府是如何运作的》，那是美联社写作大师索尔·佩特的手笔）。它在写法上尤其注重趣味性、可读性。然而好的特稿必然是趣味性与严肃性的统一。

特稿通常不像消息那样采用“倒金字塔”结构来写导语，而是更多地以设悬念的手法开篇，往往以小角度和趣闻轶事切入，让读者轻松地进入一个故事。随着作者看似轻松的笔调，严肃的主题逐渐揭示出来。概言之，特稿的特点是在严格遵守客观性的前提下，着重描写故事的气氛，刻画人物的性格，安排故事的情节发展。

关于特稿作品的魅力，我可以讲两个小故事。其一，我几年前给学生布置作业：翻译一篇普利策特稿写作奖获奖作品，许多女生反馈，她们是一边抹眼泪一边完成的。其二，《克利夫兰实话报》女记者康妮·舒尔茨是2005年普利策时事评论奖得主，而她在2003年曾获特稿写作奖提名，她的系列文章描写了一名被冤枉的强奸犯无端获刑13年的冤情，以至于真正的强奸犯在被打动之后投案自首，该罪犯后被判刑5年。

（二）

1990年代以后，市场领域、私人领域和公共领域逐渐在中国扩展，一元的宣传模式和评论取向的新闻事业逐渐向多元的新闻报道模式和信息取向的新闻事业过渡，传统的通讯类报道由于空疏甚至在真实性等基本品质上持续受到质疑，即便是揭露性的报告文学，也由于细节等缺陷在法制背景下陷入困境。一批面向严肃读者和大众市场的报刊不得不抛弃固有的报道范式，超越传统的价值认知，引进了域外的新闻写作价值理念。

中国新闻文体中原来是没有特稿这个品种的。传统新闻文体通常有三种：消息、通讯和报告文学。从表面上看，特稿似乎与人物通讯接近：重故事性和细节描写。实际上二者大相径庭。其一，特稿一般写凡夫俗子，通讯可用于制造神迹。其二，特稿是信息取向，通讯是信息和观点甚至抒情的杂糅。其三，特稿是权利取向，面向普通公民，通讯往往是权力取向，面向和取悦既成体制。其四，特稿是新闻文体，秉持一切细节的客观性，通讯是宣传和文学杂糅的文体，伴随着整体和细节的客观失真和主观想象。

胡锦涛在2008年6月关于新闻媒体的专门论述中将中国媒体分为三类：政党媒体、都市类媒体和网络媒体。都市类媒体作为中国改革开放的成果之一，必然有自己不同于其他媒体的话语方式和文体样式。其中用深度报道和特稿取代通讯、报告文学，既标志着新闻文体的范式转移，也成为都市报刊的特征。

资深调查记者王克勤认为，符合国际规范的调查性报道在中国出现于1998年。我基本认同这一说法，理由有三：一是胡舒立创办的《财经》1998年创刊，迅速成为深度报道（含解释性报道和调查性报道）的典范；二是《南方周末》1998年创办“记者观察”版，开始特稿尝试，成为其思想性和可读性的一个标签；三是系统译介普利策奖作品的《新闻与正义》1998年出版，提供了各类新闻文体样本，影响了一代记者。

特稿文体折射出的新闻价值理念获得普遍认同，其原因首先在于，事件的叙述具有人的维度，有人情味；其次在于，文学化的新闻写作样式为读者喜闻乐见；最后在于，对时代的进步意义，经得起历史的检验。东西方可能在具体操作层面上有区别，但都包含了以上三种基本原则，本书所选的特稿就淋漓尽致地体现这些方面。

哥伦比亚大学梅尔文·门彻（Melvin Mencher）教授在谈到特稿时说，“事件具有人的维度，它才值得传播”。这里的人不是高高在上的“榜样人物”，而是普普通通的日常生活中人，甚至是处于苦难中的人。通过对人的叙述，揭示他们的生存状态。如果离开对人的活灵活现的再现，特稿写作就会流于大而空，就可能异变成意识形态宣传手段。

（三）

《南方周末》的特稿写作就是在这样的社会环境下成长起来的。原执行总编辑向熹把《南方周末》特稿发育的历程分为三个时期："观察/调查"时期，"都市特稿"时期，"新闻特稿"时期。从这三个分期看出国外特稿写作价值理念在《南方周末》的日臻成熟。此外，如果说《财经》以窄众化政经类硬题材见长，《南方周末》则以社会综合性硬题材和人物特稿类并重而风行全国。

关注普通人，让他们进入媒体的叙事视野，体现了媒体公共性的价值追求。在《南方周末》的笔下，地震灾民、少数民族人、水灾村民、三峡移民、盲人、同性恋人、艾滋病人、吸毒者等成了叙事的主角。这样的人虽然没有轰轰烈烈的事迹，但是对这些普通人生活状态的描写，可能更具有时代意义，也是对当代中国的全景透视。

南香红、李海鹏等记者之所以报道他们，一方面是个人责任感和使命感使然，职业记者比一般人可能更能体会到他们的苦难和忧伤，在媒介叙事上，排斥他们就是话语表达的不公不义。另一方面，"在这里，读懂中国"是《南方周末》的品牌标志，"读懂中国"是让读者去阅读具体的中国，不是大而化之的中国，唯有这样，才能让读者产生心理上的共鸣。

既然人是特稿写作叙述逻辑的主体，那怎样去写人？就是上面所说的第二个原则：文学化的新闻写作样式。把人置于生活现实中，用灵动的文字揭示人的心灵世界，不是无病呻吟，更不是胡编乱造。用梅尔文·门彻的话说就是，"展示正在做事情的人；让他们说话；朴实无华，让动作和对话构成全篇；保证文章具有动感"。

《盲艺人的乐与路》就是运用文学手法写新闻的极好例证。作者全篇运用诸多对话，把盲人的细微动作刻画得栩栩如生。在手记中，作者称这篇报道为"作为一种状态的新闻"，"细节、动作、白描。化小段落，变化角度，切碎材料，再将它们按照内在的逻辑重新连接，并在这种重新的组合中赋予它们新的生命力”。

需要注意的是，特稿写作的文学化不是去破坏新闻事实的真相。对于新闻来说，真相是第一位的，向受众报告真相始终是新闻界的使命和责任。文学化只是新闻表达的手段，挖掘真相、展示真相仍然是特稿不可逾越的底线，无论在历史维度上还是现实维度上都是如此。

（四）

特稿的现实和终极价值在于推动时代的进步，反映我们时代普通人的人生百态。中国经济总量虽居世界第二，但人均GDP仍然很低。官员腐败引发官民对立，监督机制乏力，权力肆无忌惮，群体事件频发。在各种制度、规则不完善的情况下，人人都是受害者。新闻媒体理当肩负起监督权力和资本的使命，监测普通人生存的社会环境，维系社会的良性运转。

《南方周末》的20多篇特稿，篇篇都充满历史厚重感，真所谓“小人物”投射“大时代”。《艾滋遗孤，跟我回家》揭示了艾滋孤儿的凄惨童年，呼吁社会完善艾滋遗孤的社会福利；《经租房，半个世纪的纠葛》揭示普通市民在半个世纪中对经租房制度的抗争，对城市改造过程中产权制度的追问。

好的新闻是社会和世界的一扇窗口，透过这个窗口，我们感触到让人焦虑的一面。让人焦虑的重要原因就是，社会贫富分化差距巨大，个体权利得不到保障。新闻媒体内部虽然存在各种问题，但人们寄予媒体的希望甚高。特别是在网络驱动型公民参与下，媒体舆论在监督权势者，警醒世人，防止社会道德失守方面还是发挥了一定的作用。

如果说深度报道和特稿为美国新闻界迈入新闻专业主义时代做出了贡献，那么在我国，十几年前深度报道和特稿的引进，帮助都市报刊形成了独特的文体样式和专业话语，实际上成为引领中国新闻文体范式革命的两个车轮。如今越来越多的年轻记者不再写通讯，而专注于写特稿，笔者已经在《南方周末》以外的《新京报》、《南方人物周刊》等报刊上读到了一批隽永的佳作。

但是，相比于深度报道，特别是调查性报道，国内业界和学界对特稿的学习、研究、培训还有明显不足（原《南方周末》编辑张捷的论文《南方周末特稿研究》值得一读）。这本凝聚着众多记者心血和创意的《南方周末特稿手册》不仅是新闻业界的一个范本，它作为特稿写作优秀实践成果也完全应当进入大学课堂，成为21世纪新闻学子学习的一种重要新闻文体。

愿《南方周末特稿手册》成为众多记者和新闻学子必备的案头书。

（作者为北京外国语大学国际新闻与传播系教授）

群星灿烂的日子

■ 杨瑞春

新闻文体经常被当作技术性问题予以讨论，似乎在新闻工作中，这是相对次要的问题，其实如果翻阅范长江所写的《中国的西北角》，或者当年《申报》、《大公报》的时局报道，而后随政权更迭进入到《人民日报》、新华社为规范的文体，再到今天我们所讨论的特稿报道，每一种文字扑面而来的不同气息，提示它与时代精神的呼应是多么丝丝入扣。

在我看来，遣词用句貌似写作技术，其实也是集体无意识之一种。新闻写作在三十多年来摆脱陈腐腔调的努力，深究下去，是强烈地希望挣脱意识形态束缚的欲望。可是，摆脱喂养你长大的那些“狼奶”，是何其困难。这也是为什么一些号称西方价值观的知识分子一旦开骂用的都是“文革”腔调。什么样的词汇从脑海深处浮出、什么样的句子组合方式，如路径依赖，摆脱了旧的，茫茫然，何枝可依？所以，很多人的嗓子眼里只能发出模糊不清的声音。

不过，即便如1980年代的报告文学这样的文体，今天看来非常不成熟，但却是后来者能够攀援而上的一条重要的藤萝。当《南方周末》非常明晰地实践特稿创新的时候，中国的新闻文体已经经历了一系列探寻新的表达方式的过程，而中间有《中国青年报》等媒体不断创新、接力。《南方周末》是领风气之先的报纸，在2000年左右，陈菊红所写的《克拉玛依，浴火重生的面孔》和刘天时的《十三个女孩在一个无所事事的下午》等报道，给整个中国新闻界的信号是，一种新的文体方式正在《南方周末》形成。

我当年从中国新闻周刊离开，加盟南方周末的时候，很大程度上是受这种文体的蛊惑。当时我认定唯有南方周末能够提供这样的一个空间，还有一群有能力帮助我成就这个目标的人。

不过，因为南方周末在那个时候给予人的空间太大了，我是个生性好奇的人，在进去的前一段时间都十分享受于尝试做各种以前没做过的报道领域，最早做文化，但后来又做调查报道和时政报道，兴趣过于广泛，也不懂得自我约束。而在当时，特稿作为少数人的探索在《南方周末》的版面上偶尔出现，却从来没有成为被足够重视的方向。

2003年的一天，总编辑向熹给我打电话，问我因为人事方面的调整，愿不愿意到广州来接手专题部的工作。那时灵光一闪，我立刻问他我是否可以将现有的城市版方向转为新闻特稿，在得到他干脆的肯定之后，我决定南下广州，此后在那里度过了三年的时光。

后来，我从来都没做成我梦想中的特稿记者，但令我备感荣耀的是，我带领了一个梦想中的团队。

这个团队有记者李海鹏、南香红、沈颖等，有编辑张捷和关军。他们都是出色的写作者。即使这部门的其他人，也都有着在中国媒体一流的文字段位，比如赋格和张恩超。这就是南方周末，群星闪耀的时代。

当被问到为何企业能够成功时，《基业长青》的作者吉姆·柯林斯采访的很多企业领导者会归功于运气，我觉得这可能部分是真实的。当我想到所经历的《南方周末》特稿最辉煌的时候，会觉得运气怎么就那么好。我想做特稿，而全南方周末最优秀的写作者都聚在这里了。我们基本上没有寒暄和磨合就立刻上路了。这一切，只能用风云际会来形容之。

李海鹏所做的第一篇报道是《举重冠军之死》。我们那时候都还没来得及清晰定义自己的产品呢，我就记得让编辑关军告诉海鹏——做特稿，普利策奖那样的特稿。然后这稿子就出来了——简直让人窒息地精彩，无懈可击。我只是斟酌到底标题是“冠军之死”好呢，还是后来大家看到的那个。之后，他作为一颗新星在报社横空出世——后来我看到有篇文章写他：“李海鹏不喜欢跟人打交道，在北京办公室的周会上也很少发言，他不喜欢批评，也不喜欢表扬，但是那篇文章出来之后，他发现，每个人都在夸他。”这确实是真的。而专题部的新闻特稿转型之路，一眨眼就过了所谓摸着石头过河的阶段，瞬间到达彼岸。没人跳出来反驳，大家都被这篇文章镇住了，所以之后一切似乎顺理成章。随后我们所出产的一系列的作品，你都可以在书中看到，不再赘述了。

一年后，专题部和新闻部合并，我作为新闻部主任，接手头版，自然会将特稿手法用到头版中。而张捷、关军将特稿转为“特别报道”版，也纳入前边新闻版。更多对文字有追求的记者，如曹筠武、朱红军、徐楠、柴会群等，加入到特稿写作的探索中来。在这里面，特别要感谢张捷的坚持，她一直以苛刻的标准、细致的编辑和温情的沟通坚守着特稿阵地。

对于我们的特稿探索，南方周末给予了当时媒体界所能给予的最大的支持，不过这并不意味着一帆风顺。南方周末有非常直接开放的评报环节，在这些时候，特稿也会时常被拿出来批判。比如南香红所写的太行山盲艺人，会被认为过于散文化而新闻性不够，即便是今天作为典范之作的李海鹏的《悲情航班MU5210》，也曾经被质疑“文字之美”大过了应该对事实本身的调查。这种批评当然是苛责，因为对坠机这样的一个技术性、专业性非常强的调查，要求记者在短短时间摸到真相是不可能的。而那种用大量细节还原的坠机过程和对命运的悲悯却有别的报道所没有的力量。但这就是南方周末的业务讨论氛围，畅所欲言是其特征，每个人都在被审视，被评判。而这也是创新动力的来源。

回想当年南方周末特稿团队，这些文字都会让人心生恍惚之感。那个灿烂的核心团队，现在大多因为各种原因离开了南方周末。这实在是个特殊的团队，里面最循规蹈矩的看起来是我，其他人都生活得恣意而自我。

才华绚烂的李海鹏，终于回归到文学，最近他的长篇小说《晚来寂静》已经出版，2010年因为专栏结集《佛祖在一号线》获得《GQ》的年度专栏作家。

南香红在写作之外成为新闻研究者，同时，指导大学生的新闻写作课。

张捷写了关于《南方周末》特稿的论文，然后去过了自己真正想要的生活——这是她说的：“无所事事，以及无所事事”。

关军成为坚定的非虚构写作者和推动者。他离开南方周末后，在体育画报写出了记录2008年奥运之年的非虚构写作作品《大脚印》，因为某些大家共知的原因，不能在内地出版。他最近加入《GQ》，并推动在那里成立了一个非虚构写作基金。

沈颖据说随先生赴美国做访问学者，据说这项目的要义就是全美国旅行。所以我猜她正在体验克鲁亚克或者摄影师罗伯特·弗兰克曾经经历过的美好生活。

这本书的编选当然也会让我想去感谢一些人，南方周末原总编辑向熹，没有他当年的支持，《南方周末》特稿不可能有那样大的发展。还有当年直接支持和鼓励我们工作的徐列、陈明洋、向阳等等。我还想感谢当年专题部的前任主任陈菊红和李多钰。我继承了她们组建的优秀团队，还有探索的经验。

我还要特别感谢的还是这个团队本身，我们曾一起经历过那么多，如同一同长大的孩童。编选这本书的过程我也充满愧疚，因为回想我曾经那么折磨过记者，让他们屡屡完成不可能的任务。就当时而言，对于报社那些都是一个个“小战役”的胜利，而今天看来，对于个体，也许对于记者的保护不够，甚至有点竭泽而渔的功利。

写作这件事情之艰苦，乔治·奥维尔曾经说过：“所有的作家都是虚荣、自私、懒惰的，在他们的动机的深处，埋藏着的是一个谜。写一本书是一桩消耗精力的苦差事，就像生一场痛苦的大病一样。如果不是由于那个无法抗拒或者无法理解的恶魔的驱使，你是绝不会从事这样的事的。”

新闻写作因为有着种种限制，采访得到的素材、截稿时间、记者对于题目的感觉和判断、记者的精神状态，让写作的压力变得无比巨大。我的前同事马克曾经告诉我一个写稿的故事，当他一夜没睡看到屏幕上还只是稀稀落落300字的时候，对于黎明的到来感到万分惶恐，于是把窗帘拉上，最后用毛巾堵上透出光线的缝隙。

让记者像吸血鬼一样惧怕阳光可能不是编辑们所愿。但采访和写作都是自我挑战的过程，有多少看起来成功的记者其实惧怕和陌生人打交道？当我后来又在《中国新闻周刊》工作时，主持选题会，有一次讨论到“社交恐惧”的时候，一半以上的记者说他们事实上有社交恐惧。

在一篇文章中看到，某次李海鹏到包子铺买包子，排队时突然发现自己在反复地念：猪肉白菜，三两，猪肉白菜，三两。“连跟包子铺的服务员说话都这么紧张，可想而知联系采访对我来说有多大的心理障碍了。”

我特别想感谢这本书里所有的作者，他们是以对自己的巨大消耗来完成对新闻的最佳表达，这个目标是张捷曾经说过的——“追寻文字的美，呈现复杂的真”，惟其如此，才能留给中国一份真正有质量的、经得起时间检验的、沉潜到中国底部的记录。希望我们做到了。

（作者为南方周末前编委、特稿板块创建人，曾任《中国新闻周刊》执行主编，现为腾讯网副总编）

上篇

李海鹏

2002年至2009年间服务于南方周末，任高级记者，是中国新闻业的最佳特稿作者和优秀的深度报道记者之一。其作品展露出文本之美、独到见识和职业精神。2003年起，他与同事一道，在特稿写作方面做出了开创性的成绩，为纸媒报道开拓出新的空间。在调查性报道、解释性报道等领域，有机地把调查能力和理解能力结合于一体，进行了非常具有个性和品质追求的实践。作为职业新闻人，他认为公众利益、思想自由和民智提升是新闻报道的最终目的。

灾后北川残酷一面

编者按：

一场猝不及防的灾难，一场与时间赛跑的救援，一个被废墟埋葬的县城。大灾大难后面，显示的是复杂的人心与人性。

1．声音在消失

死亡的气味是在5月15日下午开始在北川县城里弥漫开来的。那是一种甜、臭和焦糊的味道。地震在北川为害最烈，由于缺少尸袋，仍有大量遗体被摆放在街道上废墟的空隙间等待处理。废墟下面可能仍埋有上万人之多，而且正在不断死去。几千名军警和消防队员已经又饿又累。傍晚，成都军区某集团军坦克团的士兵们在河边广场上集结，开始吃这一天的第一顿饭：火腿肠，瓶装水。他们置身于真实的灾难现场，克制着挫败感。一个接受南方周末记者采访的士兵说："这里有好事，也有坏事。"这句概括在此后被一再验证，直到5月19日哀悼日的下午。

北川县城处在一个几乎封闭的山谷之中，救援所需的人力、机械和物资都必须通过南方的山口进入。至15日下午，山口公路仍未打通，而官兵们修建的一条临时通道又在当日上午被山体滑坡阻塞，旁边树林中的"之"字形的小道也一度无法通行，士兵们只能用绳子把入城者吊下山坡。不断有躺在担架上的伤者被抬出。

解放军战士们再现了他们的优良传统，背着白发苍苍的老人爬上泥泞的山坡。在大片的灰白色的废墟间，士兵们列队行进，稍长的队伍就有旗手引路。

地震瞬间发生的一切都固化了。在禹龙干道上，时间停滞在一家三口骑着摩托车出城的时刻，他们被滚石打死。一辆桑塔纳汽车正在过桥，桥塌了，它保持着最初跌落在河床上的样子。大多数楼房倒塌了，甚至粉碎了，到处都是背包大小的瓦砾。没倒塌的楼房以怪异的角度矗立着，楼顶上的广告牌上标示着“距奥运会开幕还有88天”。汽车大小的石头冲进了居民楼。

在山口外，人们更多地获知北川创造了多少奇迹，并不能真切地感受到这里的一切是多么艰难。事实上大多数寻亲者得不到回音，大多数救援也只能以失败告终。15日，寻找亲人的队伍络绎不绝，可是从老城到新城，很少有人得偿所愿。来自德阳的6个建筑工人呆在一处居民区，他们中的一个在曾经是荣生酒店的废墟下面呼喊，可是没有人应答。寻找妹妹的刘晓琳同样无功而返。前一天她曾听到呼救声，呼救者在一幢还有形状的楼里告诉她这个楼是华星超市，“快救救我。”当天，这个呼救声一直在传出，可是一个晚上过去，声音消失了。

6个建筑工人不再呼叫，但也不离开。他们站立在倒塌的楼房上，可以从一个沥青屋顶跳到另一个沥青屋顶。在他们头顶10米处，赫然挂着一具男尸，好像跳水似的把上半身直插进废墟。

次日中午，赵剑平也在呼救。几个寻亲者发现了他，立刻高喊：“这里有活人！”可是沈阳消防救援队不能确定他的方位。仅仅两个小时后，寻亲者们再次呼叫赵剑平，已经没有了应答。需要救援的目标太多了，呼救者必须抓住救援者靠近的很短的时间。当宜兴消防队员从一个地方下撤时，寻亲者们愤怒地质问：“你们又要换防？”消防队员们回答说，山上发现了幸存者。

消防队员是专业的救援者。相比之下，“解放军和武警战士既缺乏专业救援培训，也没有专业器械。”武警某部的一位参谋说，“我们没有工具救不出人，看着人死去，心里很难受。”他们更多地承担了转运伤员、掩埋尸体和搜寻幸存者的任务，每当发现生命迹象，往往要去请消防队处置。

即便在北川中学的救援行动刚刚开始之时，浅埋伤员很多，救援还相当有成效——武警成都指挥学院的学员们一天之内就抬出了87具尸体，救出了31个活人——救援队伍就已经深感没有大型设备和专业技能的痛苦。

从13日早晨8时开始，武警战士们援救一个半边身体被压住的男生，当时他甚至可以伸出右臂接受点滴。县城内仅有两辆起吊设备，先后调来，始终无法吊起压在他身上的重物。当地施工人员猜测，孩子是被支撑整个教学楼的最重的那根十字梁压住了。下午开始下雨，男孩的母亲站在废墟上，给儿子撑着伞。另一个男孩被卡住了，多次营救不成之后，他主动要求截肢逃生。可是医生们没有必要的药物和设备，无法实施手术。下午，男孩开始休克，伏下头和双臂，在武警战士们面前死掉了。

晚上7时，医生诊断说，第一个男孩已经失去了生命体征，救援宣告放弃。他的母亲坐在那儿，扔掉了伞。“也没哭，就是坐在那，看着她儿子。”武警成都指挥学院的贺一民大校说。倒是该部队的何政委受不了，哭了。

救援者们在废墟下看到了人们的截然不同的反应。两个男孩被压在北川中学的废墟的同一个空隙里，一个消极地等待着，另一个则不断鼓动人们先救他。“先救我吧，叔叔，我是班上的第一名，”他说，“我以后一定考军校。”当他弄清楚站在外面的是武警之后，他改口说：“我以后考警校。”

这个男孩得救了。可是这是第一天的故事，却不是第三天的。当这支部队救出第一个孩子时，所有人都使劲鼓掌，非常激动，可是死伤枕藉的场面在其后几天中不断削弱着他们的敏感。悲剧太多了。13日，他们救出来的人因医疗队跟不上，伤者就那么躺在街上逐渐死去了。

“开始时看得心疼，现在麻木了。”士兵们说。疲劳也是一个严重问题。他们对自己的安危的关注也在下降。第一天，余震时每个人都会跑开，到了第三天，“震就震吧，也不跑，太累了”。

15日入夜后，部队撤离到城外的营地。发电机仍然不能运进山口，夜里无法救援，只有少数几支消防队留下来，凭借手电筒光继续工作。圆月当空，满城漆黑。这是72小时生命时间窗关闭后的第一个夜晚。

2. 木头人

16日有薄雾，天气更热，楼顶的沥青都融化了。有些亲人被埋的寻亲者已经完全不顾自己的安危。他们从弯折的塔吊下钻过去，登上最高的废墟，四处呼喊，又钻进他们认为有亲人的空隙。在14日，山里突然打出信号弹，表示上游水库即将决堤，一时间城中军民皆飞奔出城，来不及出城的则向山上转移，被阻挡在山口外的寻亲者们听说了消息，却想在洪水到来之前抢救出自己的亲人，像疯了似的往县城里跑，形成一道汹涌的人潮。15日上午，决堤消息又一次传来，相同的场面再次上演。可是到了16日，这些最不甘心的人也开始绝望了。

北川老城有一片高高的废墟，他们就从屋顶到屋顶，在钢筋之间攀缘而上。四处都是奇异的场面。一栋楼嵌进了另一栋楼。一辆警车出现在7层楼的楼顶上。它从山间公路上被甩了下来。废墟下面在燃烧。几个废墟口在向外冒烟，火已经连续燃烧4天。

他们没有表现出悲伤。人们只是面无表情地在七八层楼高的废墟上攀爬着。有人跟他们说话的时候，他们逻辑清楚，语气正常，就像什么事都没有发生。当他们找到亲人所在的位置时，就停下来，一动不动地等待着。其实几十幢建筑完全混在了一起，根本没有人能分清哪里是哪里。

交通大学的一个学生的父亲在北川县文教局上班，被埋在了废墟下。有人建议他去下面找找，可是他不抱任何希望。“哪个是文教局？”他指着脚下的方圆一公里左右的一片废墟反问。

这里曾经是北川县城最繁华的地段，除了大量政府部门，还有电影院、文化站、百货公司、两个小学和一个幼儿园。“孩子死得最多，从婴儿到18岁。”总装备部的石卫波说。他的家就在北川。

交通大学的男生向我们要了三支香烟，点燃后插在废墟上，祭奠他的父亲。在危楼顶端的“悬崖”边上，他号啕大哭。他的母亲也在他身后哭起来。只是在类似的少数瞬间，悲伤才在废墟间汹涌起来。更多时候，人们只是像木头人一样站着，平静地寻找着，就像丢了点儿东西。

这位母亲可以很平静地回忆地震发生时的情形。她走在上班路上，地面突然开始摇晃，她就被摔到了很远的草坪上，听到“轰”的一声，灰烟腾起，就什么都看不见了。“一下子天就黑了。”几分钟后才看得到周围。她抱着一棵树，一个认识的人走过来告诉她：“财政局的楼飞了起来！”

13日上午，部队开始转运难民到绵阳的九洲体育馆。到19日，有父母的孩子开始在体育馆外给人们分发一些关于心理健康的小传单，孤儿们则被聚集到了体育馆内。大巴车一到绵阳，一些孩子就“变傻了”。下了车，他们一动不动，也不说话。“看着真是难受。”武警某部的一位少尉说。

在老城的废墟上，水泥是疏松的，在一个地方，我们可以像掰饼干一样把水泥预制板掰出任意形状。钢筋也是如此。有的水泥板中只有3根细小的钢筋，只需稍微用力就可以折断。

在地面上，山里乡镇的灾民们正在逃出来。李奋强（音）来自漩坪乡的一个村。他本来是去乡上求援的，发现漩坪已经被堰塞湖淹没，又跑到了县里，结果县城也没了。他失声痛哭，提醒几个解放军战士，大水湾峡谷已经壅塞，水憋住了，随时可能山洪暴发，“准备好逃命吧！”

这并不是一个谣言制造者，恰恰相反，是一个仗义的中年人。他并不准备往绵阳方向逃生。已经两天没吃饭了，他跟士兵们要了点食物。吃完饼干喝完水，他说：“回去！”又返回村子里报信。

由于交通管制，县城外也有大量的寻亲者。12日中午，杨先明因为喜欢上网不愿意做饭而和母亲吵嘴，跑出家，到附近空地发呆，地震发生后，他逃命到县城外的加油站露宿。他的父母在县城的菜市场卖菜为生，至16日仍未找到。他瘫在车辆进出的土路上，车辆都绕他而行，他光着脚，鞋子挂在脖子上，两脚已经血肉模糊，自称是走路走的。“进去三次了没找到人。”

寻亲者们不断地发现幸存者，“活人！活人！”的喊声不时从废墟上传来。不过死亡正在取得胜利。在13日，很多人都曾靠近过北川幼儿园，武警成都指挥学院副院长李俊国说，“一片小孩的哭声”，另一个幸存者则说，“里面都在喊‘婆婆’”。到了16日，幼儿园已经沉寂了。

3. “你们赶上了好时代”

在北川中学的最初的营救行动中，华西建工派来的4台吊车和山下一个水泥厂派来的4个工人起到了重要作用。武警战士们不懂建筑，此前进展缓慢。李俊国说：“我们有心无力，没有工具。”水泥厂的工人们则带来了他们的专业技能，先是对表层废墟进行支撑加固，之后开始挖掘下层废墟。一个空洞打开后，一名工人钻了进去，将尸体和活的学生拖了出来。询问他们怎么来的，4人说是厂长派他们来的，“厂长不派，我们自己也会来”。

当时，在县城里，效率最高的也是消防等专业队伍。“可惜的是，当时交通阻塞，消防车进不来。我们没有电钻、电锤、切割机，只有力气。如果道路先修通情况就不一样了。”张强说。

士兵们几乎完全是依靠人力完成了最初两天的救援工作。13日和14日，县城内堆积着大量的伤员，但要运输出去却无路可走，只能往山坡上拉。运送一个伤员需要至少20个士兵，没有担架，常常是用门板，或者在两根木棍间捆上绳子来负担，在山下的用力推，在山上的用绳子拉，需要在六十多度的泥泞山坡上爬行一百多米的高度，“像拔河一样拔”。老城和新城之间有一座桥，断掉了，距河床三米高，要过河，需要80个人组成一座人工桥。他们用铁管去撬水泥预制板，铁管全拧成了麻花。

13日到14日中午，伤者很多，各部队没有分工，“都扑在面上”，没有区域责任，“全凭良心救人”。14日下午各部队开始“分片”，试行了一个下午，效果不好，解放军和武警部队的战士们不擅长废墟救援。15日开始，“科学施救”的紧迫性越来越强，“分片”改为分组，大多数的组都由作战部队、消防队员和医生三方面联合组成。

实际上，早在救援刚刚开始之时，事实上的合作就已经开始了，尤其在建筑非常坚固的时候。

14日，贺一民带着人到县委勘察，爬上县委倾斜下陷到地面的屋顶，隐约听到里面有人呼救。他要求呼救者大点儿声，于是从下面传来了一个清晰的声音：“救救我，我是张书记！”这个人是北川县政法委书记张周凯。这里是县委大楼。

“你不要跟我说你是哪个，你就说你有多少人！”贺一民说。他喊来了沈阳消防队。消防人员拿来生命探测仪，把摄像头插进废墟，直到从屏幕上看到一只巨大的眼睛。救援随即开始。

武警战士一共20个人，轮流用铁锤砸楼顶，每人15锤，几轮下来，他们发现这种做法不可行。“钢筋又多，水泥标号又高，砸不开。”江西消防队的10个人赶了过来，带着气锤，不过沈阳消防队拒绝了他们的帮忙。他们花了比较长的时间，用电钻解决了问题。有3名官员获救。

15日下午，一个当地居民模样的男子拿着两个包出城，在山口处被特警队员截下。特警问：“一个学生书包，一个女包，哪个是你的？”男子说都是自己的。特警在女包中找出一个存折，问他账户名字是谁，他回答错误，立刻被拘捕。在这里，特警已经抓了二十多个涉嫌趁火打劫者，用军用皮带捆着，在公路护栏下蹲了一溜儿。看上去他们都是附近居民。一个被拘捕者偶然回头与记者对视，眼神中充满了耻辱和恐惧。

前一天，中国农业银行北川县支行曲山所的一位女员工嚷嚷说要自杀，贺一民等人询问后得知，她的家人被埋在了废墟下，而银行又遭到了洗劫。武警成都指挥学院的一个纵队保护并清理了银行，找出了一些金融凭证和将近100万元现金。同一天，有人在贺一民巡视时提示有人在洗劫商店。贺一民过去询问，这些人说自己遭了地震，回来把自己的东西抢出去。贺一民让他们打开包，发现里面全是女性衣物。这些人想要逃，贺一民说："你们赶上了好时代，唐山大地震时可以直接枪毙你们。"武警没权力抓人，他让他们滚，后又叫住，让这些人掏口袋，发现里面很多都是不知真假的首饰。在另外8个人身上，他们则找到了真的首饰。

只有置身其间，才会意识到这不只是一个灾难之地，还是一个拥有大量财富的县城。其实只要在废墟上走一走，就可以看到不少存折。瓦砾间也有各种记忆：卷宗、文件、照片、课本……

贺一民之后去找前线指挥部，提醒他们注意偷抢行为。据他称，后来见到海南特警当天就"抓了几个蟊贼"。16日，在废墟上，南方周末记者看到一个人走进了一家通信器材店，出来时拿着一只手机。他边走边拆掉包装，从各个角度查看它。一个男人对我们辩解说："现在拿点儿东西不叫抢劫，叫自救。"

4. 士兵们尽力了

老城废墟的最顶点就是北川县幼儿园。地震发生时园中有五百多名孩子，被滑坡气浪推行二十多米，全部被埋，只有二十多人生还。16日下午，又有人在这里喊，"有人！"宜兴消防队的队员们走过来，开始挖掘。

队员们不停地挖出小花被、小花枕头，然后一个队员伸手下去，拎出了第一个孩子，紧接着是第二个。地震发生时孩子们正在午睡，死去后也保持着睡觉的姿势，小小的拳头握在胸前。

他们的身体是青色的和白色的，散发出呛人的气味，只有漂亮的头颅和柔软的身体仍旧是优雅的。那些小花被子被用来包裹童尸。半小时后，3具尸体被拉了上来，两个女孩和一个男孩，两个女孩都编着小辫，每个辫子上都扎着五颜六色的彩带。救援人员把他们放到下面的草地上。围在废墟边上的两个男人突然张开嘴巴，随后跑下了废墟。他们就是两个女孩的父亲。

一个年轻的母亲走过去看了一眼，大哭起来："我的孩子啊！"另外两个母亲也跟着她哭起来。但是那并不是她们的孩子。"这些孩子都是我的孩子，"那个年轻的母亲哭着说，"我看着难受！"

她拿出手机，给我们看她女儿的照片。是个扎着两只辫子的胖嘟嘟的小姑娘，赵媛媛，3岁。手机里还有一段录像，小女孩在旋转木马上起伏着，转过脸看着镜头，一上一下，还在唱歌。

这是12点半，空气中是闪亮的雾气。空军开始空投物资。18只降落伞打开了，看上去非常高。顺着微风，4只降到了旁边的山坡上，剩下的都飘到了山外。这时，那两个男人开始在山坡上挖坑，他们的孩子的尸首就放在一边。一个男人挖了一半放弃了，他把尸首运到高处，重新开始挖掘。另一男子仍旧在原地挖着，那是一个斜坡，他又好像也不太会挖，每挖一铲，斜坡上的土都会垮下来一些。走过去跟他说话，他沉默不语。这个男人不停地挖着，但总也挖不好。

有一些人是没救上来的，不过大多数寻亲者也承认，士兵们尽力了。

武警某部的参谋张强（化名）谨慎地犹豫着，试图写一篇文章来表达自己的看法："这次救灾的主要经验教训，一是指挥协调，救援不仅要有人数，还要有效率；二是修路为先，先让大型机械进入；三是重视专业性，救援质量可以提高；四是空军作用应该发挥得更多更大。"

3天后，北川县城沉寂了好多。城中的救援队伍已经没有那么庞大，更多的部队在城外的营地中活动。到处都是消毒粉的气味。一些进城的士兵戴上了防毒面具，至少戴着大号的防护眼镜。穿着橡胶防护服的防化兵正在四处消毒。空气中充满了飘动的白色粉末。再次烈日当空。

中国地震救援队也转移到了这里，19日上午，他们还救了一个人。下午2点20分，他们在一处集结，准备哀悼日的默哀。一个队员站着值勤。他有礼貌又坚决地阻止人们通过。

老城的废墟仍然在燃烧，袅袅青烟萦绕在北川上空。几个乡民逡巡着，想从一处关卡通过，临时担任守卫的消防队员不搭理他们。我们问他们住哪里，回答是附近乡镇。再问做什么，回答却是："到里边儿取点儿东西，很重要的东西。”稍早前，又有一拨人带着毛毯离开了县城。我们提醒他们中的一个：“小心一点儿。”他局促不安地避开了眼神。这已经是最后的，也许还遗留有生命的北川了。其后几日，因为山体渗水和余震的原因，北川的救援已经基本放弃。

中国地震救援队的队员们立正，帽交左手。哀悼日的汽车喇叭鸣响了，执著地响了10分钟。

（发表于2008年5月22日特刊《大地震现场报告》，与记者陈江合作，编辑李梁）

记者手记：惟其诚实 所以真实

■ 李海鹏

《灾后北川残酷一面》获得了腾讯“影响中国年度华语传媒盛典”的年度特稿奖（2008）。江艺平的评语是：“这是两名诚实的记者对一场巨大灾难作出的诚实的记录。惟其诚实，所以真实……作为特稿的文本之美，固然可圈可点；作为揭示真相的新闻的力量，却远远超越了文本带给人的震撼。”

我认为评语恰如其分，这个稿子基本的优点就是诚实，如此而已。全国的媒体聚集在灾区，外界看到的多是以央视为典型的“正面”报道，从文字，到影像。我不清楚是什么原因使媒体都一致地那样写，那样拍。当然也不全是那样。四川电视台的报道方式非常原生态，跟我们报道的很多细节是一致的，只不过当时大家都在看央视，川台的影响力不够大，外界了解很少。

我和陈江做的就是现场报道，不是深度报道。到了现场，有文必录，看到有价值的细节就写出来，并没有做特别的信息筛选。最初我想把这组报道做成类似《圣经》“启示录”那样的，讲述“毁灭”和“拯救”，到了北川现场，发现题材也确实符合预设。但说起来简单，做起来难，我们不仅需要记录与之相符的事实，还需要与之相适的才华、理解力，以及情感、气质等等。最终没能做成启示录，说实话，能力不够。在那么短的时间内，我们能做的只是把事实写出来。

有同事说，这组稿子读起来很畅快。其实我没有刻意安排结构，就是从头到尾一直写。超过4000字的稿子，我习惯以内在逻辑作为线索，我认为这是信息组织和写作的基本技术，是比较现代的深度报道的操作方式，而不是事先安排好结构、顺序铺陈几个事件，那样的手法比较落伍。比如上一段还在讲灾民如何寻找亲人，下一段就是有人盗抢银行，接着又讲武警的表现。这些细节看似零散无关，其实有内在的逻辑关系，统一于我要呈现的“核心事实”：“在山口外，人们更多地获知北川创造了多少奇迹，并不能真切地感受到这里的一切是多么艰难。事实上大多数寻亲者得不到回音，大多数救援也只能以失败告终。”

标题叫做残酷“一面”，这是编辑定的，不是我们原来的标题。我们报道的是“核心事实”，而不是“一面”。这篇特稿能够引人注目并获奖，是与“主流”报道“互文”的结果。当其他报道都在突出“悲悯”、“弘扬”、“感人”等元素，我们稿子的与众不同之处，才被关注，被放大。

文中写到了“张周凯”。有关这位北川县政法委张书记的细节，在报道发出后引起若干争议——废墟下，他究竟有没有喊过“救救我，我是张书记”？

张周凯接受《新快报》采访时说：“任何一个人在遇到这种情况时，只要是人都会这么说，而说这些话又有什么错？”但他后来又不再承认自己喊过这句话。《北京日报》还曾就此发表评论，质问“记者该当何责”，用语非常“文革”。

南方周末职业规范委员针对此事做了调查，结论是我和陈江的报道不失实。第一，张周凯在接受《新快报》采访时已经承认此事，困在废墟下的其他两个干部也承认了；第二，我们采访过武警成都指挥学院，官兵可以作证，张周凯以职务向大校贺一民呼救之后，其他救援单位的人才赶来录像，因此后来人们看到的视频中没有出现“最牛官腔”。

我的基本想法是，张周凯的做法可以理解，在灾难面前，人性角度毕竟是第一角度，其他一切角度都是次要的。但优先角度并不具有排他性，从其他角度思考的可能性仍然存在：是否在一个极端事件、极端环境当中，中国现实的逻辑——比如官本位——仍在运行？从写作技巧来说，我们没有加入任何评论，只是写一个事实，供读者思索。

文中还有另外一处错误。我写到一名中国国家地震救援队队员：“一个队员站在路边值勤。他有礼貌又坚决地阻止了人们通过。他个子是最矮小的，没有被击败。”我在提纲中列出“没有被击败”这句话，本意是要在写作时列举若干事实来佐证这个判断。但写作时忘记了，编辑也没来得及发现。现在回顾采写这篇特稿的过程，总结四个字：时间匆促。

我觉得吊诡的是，“诚实”在中国新闻业中竟然会成为一个很高的标准。同样的，“理性”也是。

满语消失的最后一瞬

编者按：

作为满族文化的最后遗存地，黑龙江省齐齐哈尔市三家子屯真正在日常生活中仍以满语为首选语言的老人不过3位，而且都已经年过八旬。他们去世之时也就是满语退出历史舞台之日。世界上将再没有活的满语存在。

1．伊兰包托克索——三家子

●这样一个植根于满族传统的村屯如今并不多见，但这并不意味着可以忽略其汉化的程度。

世界上最后15个以满语为母语的人都已经老了，住在齐齐哈尔市远郊的一个以玉米和奶牛为营生的屯子里。早年间它叫伊兰包托克索，现在叫三家子。

屯外沃野千里，并无山河阻隔，村民们的生活却闭塞孤独。通过仅能接收到的三个电视频道，老人们能看到《康熙大帝》和《雍正王朝》一类的清宫戏。这使得他们对于大清帝国往事的认识跟一般由电视机陪伴度过晚上的汉族人并无二致：净是些老早年儿的、皇上福晋的、可资消遣的传奇故事，跟咱自家扯不上什么关系。对于本民族史上最被神圣化的人物努尔哈赤大汗，“老罕王”，他们也不怎么推崇，有的个性直爽的老头儿甚至要摇一摇头撇一撇嘴。他们打心眼儿里佩服的是毛泽东。

建屯318年以来，三家子屯一直是一个疏离于时代的村庄。早先，它的疏离是典型性的，屯中的满族家庭都在八旗的军事序列之中，在火器时代里学习骑射并每年两次到齐齐哈尔接受检阅。如今的疏离则具有边缘化的色彩，它的全部的非农业经济就是两家小卖店、两家只有本屯男人光顾的饭店和一辆乡村大巴。

在50年前，整个中国已经忙于“工业化”了，三家子屯的人们甚至还对耕种技术不甚了了。陶青兰的印象是：“种地不精。”她62岁，是15位说满语者中汉语说得比较好的一个。直到那时屯中居民还未习惯农业生活，要种黄米，就拿些种子心不在焉地随手一撒。他们还种些大豆、荞麦，一概收成欠佳，唯一丰产的是他们每个人日常需要又不劳烦太多人力的黄烟。

当来自山东的汉族人在1970年代大批迁来的时候，屯中的满族人开始面临一系列程度较浅的困境，首先是耕种技术上的，其次则是文化上的。“满族人大大咧咧，粗，不会过日子，拿土地不当回事。”陶青兰评价说，“房前屋后、荒地，汉族人逮着机会就稍微占点儿。满族人有钱就花，想吃想喝，攒不下钱。汉族人节俭，在嘴头儿上省，天长日久，过得就好了。”

屯中人尤其是陶家人，更愿意去打鱼而非耕作。打鱼是典型的满族传统生产方式。历史上的满族牧猪，也为了打仗而牧马，但从生计角度来说并非“半游牧民族”而是典型的渔猎民族，未脱初民的攫取经济形态。屯中的老人们亦都记得，“以前鱼大”，随便拿根渔叉就能叉上来好多三十多斤重的鲤鱼。陶家人尤擅此道。那时候的鱼不值钱，又没人买，只好不胜其烦地“成天炖鱼吃”。

打鱼的习惯延续至今。在夏天的早晨，仍可看到有村民在屯外的河汊里捉到了鱼，装在小塑料袋里提回来。上去问问，多半姓陶。只是，如今只有“鱼崽子”，托胡鲁哈喇氏的后人们看上去怏怏不乐。

“托胡鲁哈喇”即为满族“陶”姓的前身。三家子屯在建屯之初共有三姓，分别为计、孟、陶。计姓的前身为“计不出哈喇”，孟氏的前身为“摩勒吉勒哈喇”。在本屯的历史中，除清朝前期“当兵吃粮”外，三家各有传统性的生计：计氏牧牛马，孟氏编筐，陶氏捕鱼。

这样一个植根于满族传统的村屯如今并不多见，但这并不意味着可以忽略其汉化的程度。

你甚至不能把这里看作是一个满族文化和生活方式的“保留地”。没有多少保留下来的东西了。在15个以满语为母语的老人当中，说得相对娴熟的又只有3

人，而他们的满语水准亦不及祖辈的“一半儿”。

三家子屯小学是全国唯一一所满语小学，齐齐哈尔市和富裕县为之投资超过百万元，学校中一块不常挂起的满语牌匾和几幅写有满文的书法作品，就是全屯仅有的满语文字。学校专辟了一间教室用于“满族传统展览”，可是在全屯尽力收罗器物，却只得到寥寥几件：一柄渔叉，一只渔筐，一架纺车，一小堆儿“嘎拉哈”——猪或羊的膝骨，满族女孩的传统玩具。

满族崇尚的男子气概，向来指向从不畏惧使用武力的“巴图鲁”——借自蒙语的“勇士”。而如今呢，在如此讲究实用的生活当中，拳头再大的莽夫也只有无能的力量。陶青兰说：“谁有钱谁就横了。”

2. 集体记忆的遗忘

●满族的集体记忆在几百年间一直不断地流失着。即便是屯子里最老的满族老太太，比如91岁的陶云，其实也未曾有过哪怕一天真正的满族生活。

三家子屯最有价值的一件“文物”，是陶家的一幅记载祖先原籍的中堂，中堂上书有殿堂，用满文写有“自长白山苏格利河宁古塔远来”。这段文字证明了三家子屯中计、孟、陶三姓曾是清初宁古塔副都统萨布素麾下水师营的水兵下属，依据文献可查，早前曾抗击侵来的俄罗斯军队，亦曾驻扎在齐齐哈尔。

祖先们的那段迁徙经历之于三家子屯，恰如奥德修斯的旅程之于希腊，形成了诸多令人难以置信的传说。76岁的孟宪连当过团支部书记、村长，多少有点儿文化，可是还对其中的一个传说坚信不疑。当我们笑起来并表示无法相信的时候，他双眼圆睁，整个身体坐着蹦向炕里，以示他多么震惊。

“老祖宗们都是踩着狗鱼过来的，”他以陈述亲眼所见之事的口吻说，“那时候船还没发明呢。”

事实上，这一类传说恰好是三家子屯未被遗忘的极少数满族文化痕迹之一，仅仅藏在少数老人的头脑之中。无论是显性的还是隐性的，满族文化结构在这里都已是明日黄花。索伦杆、影壁，已于50年前消失。吃狗肉仍然是禁忌，可也有人不在乎了。

当村民们热衷于新式房屋时，他们取消了西窗，而那是满族传统房屋中专门用于崇祀祖先的地方。传统的土坯房屋只有贫穷的老年人才会居住。老人们早就发现，有的新房子里甚至连“维奇波克顺”，也就是门槛，都不要了。

15个满语者都超过了60岁，远离着年轻人的沸腾新世界。可是他们不能在与世隔绝中保存记忆。年迈使他们面临着一个新的威胁：遗忘。在7月的接连几天，一个又一个老人坐在南方周末记者面前不胜苦恼：“岁数大了，忘性大，记不住了，你们要是早几年来兴许还行。”

可是，遗忘在很早以前就已经开始了。早在这些老人年轻时候就开始了，甚至在他们没有出生，大清国的皇帝还登基坐殿，满语还是一个3亿人口的国家的官方语言的时候就已经开始了。满族的集体记忆在几百年间一直不断地流失着。即便是屯子里最老的满族老太太，比如91岁的陶云，其实也未曾有过哪怕一天真正的满族生活。在被问到可曾听过萨满歌曲时，她的回答是：“满族没歌。”

这位昔日的满族女孩从来没有机会聆听优美的《家神调》，即便她出生在“活化石”三家子屯：“我们在那暗楼上，向神请求，把那旧时光悄悄带走，带来新岁月。”也从没听过《海清河晏》，如何嘹亮地炫耀着大清国的文治武功和道德威严：“海清河晏，花村犬不喧，讲武训戎旃，幕府多雄健。”

也许只有汉族人才会对此丝毫不感惊讶。这是我们再熟悉不过的历史经验：汉族像庄子所言之柔弱的舌头般长存，不能抵御虎狼之邦，却有同化的伟力；那些入侵的民族总是短暂地占有江山，却将永久性地失去自我。

三家子屯的老人们很少对满语的即将消失表示痛惜。他们中的大多数人曾经过着粗砺的生活，亦形成了粗砺的想法。“满语它没了就没了呗！”孟宪连抱持着农民式的真理，“这世上啥玩意不得没呢？”

他是“日本鬼子进来那年生的”，小时候说满语，12岁起就给人放猪。到“伪满洲国”时期，念了一年零两个月的书，“溥仪当皇上，净叫学日语。”15岁日本鬼子走了。听说苏联兵来了，接着共产党就来了。土改时屯子里打死了两个地主，是哥俩儿。哥哥是枪毙的，弟弟是棒子打死的。那时候孟宪连不觉得打死两个人怎么着，“不心疼那个”，现在一想，“不忍心”。其实屯子里才几十户人，都是“翻”话的亲戚——在屯子里，说汉语叫“说”，说满语叫“翻”。再往后翻满语的人越来越少了，他的满话也越忘越多。如今他的人生观落到了“知足常乐”上头。

每年过年，他都要给西窗边的“太太”烧上一炷香，祈福道谢。可是，他已经忘了这个“太太”是谁。

在三家子屯，对于这个画像上的女人是谁，已经遗忘了很多代了。满学家金启孮在《梅园集》中记载了晚近时代满族人对于“太太”的信仰，并认为“太太”这个叫法本身是“可笑”的。“太太”本是萨满，即满族的古老信仰萨满教中的祭司，有通灵等各种神通，通常由女性担当。如今，满族人普遍在汉化过程中遗忘了她的身份，常常模棱两可地说成“女性祖先”。

孟宪连的生活比较困顿，儿子又在去年患了重病，经久未愈。春节时，他给“太太”鞠了一个躬，却只是说：“一年了，没什么那啥的，感谢您老太太保佑，这一年顺顺当当，挺好！”

3. 自满族以来

●在“扩族则亡族，不扩族则亡国”的两难选择当中，皇室在两种威胁中间走钢丝，全靠即兴式的灵活来保持险象环生的平衡。这可以解释清朝政府的政策为何总是彼此矛盾。

满学学者们更愿意使用一个略嫌冗长的词语“满族共同体”，指称通常所说的满族，即满洲族。

“真正”的满族人其实少之又少，近于无迹可寻。若以这个民族的最初的核心组成部分即“建州女真”为标准衡量，今日的满族人中的符合者将百无其一。美国学者欧立德并不认为满族是一个基于血统的民族：“从满族这个名字确立的那一天起，它就是一个高度政治化的民族名称。”

满族人曾经是如此之少，以致在他们赢得了对明军的萨尔浒大战之后，亲明的蒙古林丹汗仍旧在信中如此嘲讽地问候努尔哈赤：统四十万众蒙古国主巴图鲁成吉思汗，问水滨三万人满洲国主英明皇帝安宁无恙耶？

没有任何东西曾像人口一样被满族贵族视为珍宝。努尔哈赤，这位曾经担任明国的指挥使的高度汉化的后金君主，曾经一再对将领们申明自己的战略：战争的首要目的不是攻城略地和抢夺财富，而是夺取人口。他的儿子皇太极则用一个更政治化的方法达到了扩大族群的目的。1635年，皇太极废除“诸申”的族号，改称“满洲”，居住在中国东北地区的建州女真、海西女真、野人女真、蒙古、朝鲜、汉、呼尔哈、索伦等多个民族的人口从此被纳入同一族名之下，满族自此形成。

作为血统最为“纯正”的组成部分，建州女真人被称为“佛满洲”，其他人则被称为“依彻满洲”。

三家子屯中的计、孟、陶三姓均来自满族的发祥地长白山，饶是如此，也只有计姓属于“佛满洲”。

在满学学者们看来，在满族迅速膨胀的过程中，它的汉化而且有知识的领导者也曾觉察到一丝未来的阴影。鲍明在其著作《满族的文化模式——满族社会组织和观念体系研究》中写道：皇太极既想夺取全国政权，又不愿入关，因为想要避免辽金元入关后本族人汉化的后果。不过，一家之私欲最终超越了这一切。1639年7月，皇太极终于在一封致崇祯皇帝的信中，提出了一个中国历史上每临变乱便永劫回归的问题：“自古天下非一姓所有，天运循环，几人帝，几人王？”

5年后，顺治登上了龙廷。一个真正的难题摆到了满族贵族面前。此时的满族人口仍然不过30万而已，如此微小的力量显然无法统御中国。在“扩族则亡族，不扩族则亡国”的两难选择当中，皇室制定的是一个利益最大化同时也是必然失败的策略：在两种威胁中间走钢丝，全靠即兴式的灵活来保持险象环生的平衡。

这可以解释清朝政府的政策为何总是彼此矛盾。在清代，降民、俘虏、投奔者，无论何种民族，都被满族贵族编入八旗牛录，后来每旗又分设满蒙汉固山，使得八旗变为了二十四固山，又设内务府“内三旗”，导致满族像滚雪球般膨胀，至清朝中期已经达到600万人。另一方面，满汉通婚却被禁止。对于东北，政府忽而设置柳条边（*记者注：在辽宁和内蒙古修建的一道壕沟，沿壕植柳，称“柳条边”*）禁止汉人迁入，忽而又开禁以充实边陲。清皇室既以武力推行剃发易服，强令汉人作满人装扮，又承袭了汉族的地主——文官制度。既以儒学正统的继承人自居，又屡兴文字狱，将历朝历代文人直言敢谏的传统彻底摧毁。

其结果是，汉族文化和满族文化中的活力都泯灭了，被保留下来的是最适宜忍受强权统治的部分。至晚清，在西方的坚船利炮之下，曾经勇武无匹的满族武官几乎成了怕死鬼的代名词，如孟森《清史讲义》所说“满族贵勋无一成材”，汉族名臣们虽勉力支撑，却难免被后人讥为奴性十足。

甚至在清朝最强盛的时代，“族”与“国”的两种危险就都已经迫近。乾嘉年间，北京的很多满族人已经不会满语。乾隆四十年（1775年），满族官员果尔敏竟然听不懂皇帝的满语，更令皇帝震惊的是，此人来自盛京。盛京将军琳宁亦不擅满语，写一份报告本地并无蝗虫的简单奏折亦全用汉语，乾隆予以痛斥，却不能改变满语日渐衰微的现实。另一方面，白莲教等以宗教名义聚集起来的农民不时起义，而“华夷之辨”，又始终都是任何一股反对势力的道义根基。

到1840年，如何保护满文化不被汉文化吞没已经不再是个值得关心的问题——整个中国尚不知前途何在。满文很快就在官方公文中消失了，因为随后掌权的慈禧太后本人竟也不懂满文。

这一期间，三家子屯中的八旗士兵越来越多地被调出作战。仅据屯中的《唐氏家谱》记载，1858年曾有士兵随僧格林沁于津沽一带阻击英法联军，1894年甲午之战还有士兵在伊克唐阿部下保卫过奉天。可是，鲜血换回的只是耻辱，再也没有人能够捍卫这个沙堡般的帝国了。

1911年，“戍卒叫，函谷举”，人数寥寥的武昌新军彻底了结了满族贵族们268年的无解难题。

可是，满语已经用一种静悄悄的方式改变了汉文化，很可能也是永久性的。东北话和北京话中的满音是如此之多，以至以它们为基础确定的普通话被一些语言学家称为“满式汉语”。举凡普通话中的近代出现词汇如“马虎”、“邋遢”等等，多有满语的借音。这种语言如此拙于思辨，却又如此灵活而深入人心，使得写作这种“满式汉语”的满族作家们比南方的汉族作家更容易获得成功。同样的还有曹雪芹，作为汉军出身的内务府旗人，汉满两族皆以为是本族中人，300年来各自以为矜夸。

在武昌起义之时，新军就曾满城搜捕说北京话者，结果至少有1500人因说北京话而遇难。

这是漫长的仇恨历史的又一个轮回。一些著名革命者对满族人的仇恨无以复加。满族人迎来了艰难岁月。八旗是职业性的军事组织，满族人向来是家里有几副甲——有几个当兵的——就吃几份粮，清帝逊位之后遂衣食无着。在三家子屯，一个计姓寡妇联合齐齐哈尔一个何姓寡妇去了北京请愿。回家时她没能带回一分钱。紧接着军阀蜂起，又是“几人帝，几人王”。

4. 使命不再延续

●他能够讲述出的快乐只是，在书写满族文字时手腕感受到那曲线的柔滑，“像写美术字似的，有一种美感”。

北京的满族人在历史长流中掉转船头，凭借在世代京畿的优游生活中积累下来的艺术基因，开始在戏剧、绘画、书法等方面展现惊人的天赋时，三家子屯的满族人则开始笨拙地学习种田。

三家子屯作为满族文化的最后遗存地的戏剧感，在于它建立于1689年。当时除了自己的家谱之外从未被任何档案文字记载过的满族水兵，托胡鲁哈喇、洪阿力及其伙伴，选择并建造了三家子屯。那也恰好正是英国发生光荣革命并通过《权利法案》、彼得一世亲政并在俄罗斯开始西方化改革的一年，世界历史向一个宏伟的新时代转折的一年。洪阿力们的小小队伍，在历史潮流中溯流而上，作为一个即将泯灭特征的民族的托孤者走向了与世隔绝之地。

三家子屯有据可查的一切，都起始于洪阿力。他听命于宁古塔副都统萨布素帐下，在1683年到荒凉的嫩江上去阻击从4000公里外袭来的俄罗斯人。6年后的1689年，清军赢得了雅克萨城之战，中俄签订满文、俄文、拉丁文，却无汉文版本的《尼布楚条约》时，他与两个同伴一起作为水师营的兵丁获准在卜奎，即后来的齐齐哈尔百里之内挑选一个水草丰美的居所作为行营之地。

他们最大限度地利用了规则，选择了如今的三家子屯的所在地，距离卜奎足有95里之遥。这个距离在交通不便的年代足够遥远。因此在其后300年中，三家子屯始终是个偏僻之地，足以像冰箱一样保存一份满族文化的样本。

如今，石君广开始感到，祖先的奇怪的使命传到了他的身上。三家子屯的“满语小学”为孩子们开设一门浅显而且不列入考试科目的满语课程，学校有两位满语教师，均为没有正式编制的代课老师，石君广就是其中一个。他是屯子里唯一一个对满语感兴趣的中年人，过去几年中，他给村里的老人们录了10盘磁带，从“山里红”到“棒打狍子瓢舀鱼”，满汉一一对应。

他想让孩子们都学会满语，至少“能用满语对话”。至于长久的目标，他则违反语言生存规律地希望“满语这门语言能够延续下去”，尽管早就有到屯中考察的满语学者对他表示这决不可能。

已故满学家金启孮在1980年代发现了三家子屯这块“满语活化石”。二十多年间，世界各地的满学家们陆续到屯中考察。作为一门冷僻的学问，满学的研究者并不多，这种到访既不频繁也未能引起公众的注意，不过学术结论早已确定：除此之外，世界上再没有活的满语存在。

15个满语老人之一陶云庆是石君广的舅爷，他既支持石君广，又认为他异想天开。“满族话打从咱这社会一来就不行了。老中华国那会儿的长辈翻得还行，还想捡？捡不回来啦。现在活着的这帮老人，自己会多少？我这翻话的水平，顶多我爷爷的一半。”陶云庆说，“现在打小教孩子满语，也行。可就是会个三四年，一转学全忘了，就会个零打零碎儿——饭碗、筷子！”

对于是否愿意让孩子学满语的问题，屯中家长们的普遍反应是：“咋不乐意呢？”“咱满族人学满族话还不好吗？”不过也有不赞成的：“那玩意早扔没了，学有啥用？还影响考试成绩。”

不管怎么说，这天上午，满族课还是照常上。石君广先教孩子们读切音，接近英语的连读，然后教了四个词：二、十、院子、别人。石君广每读一遍，他们就跟着大喊一遍：ZHUO！ZHUAN！HUA！GUA！

在三家子屯，比汉化更明确地发生着的是1960年代标准的全球化。村民们越来越依赖电力、柴油，全部成为了除草剂的坚定支持者。在这样的屯子里，一个满语老师受到的关注并不比一个透明人多。作为一个曾因家贫而不能读大学的中年人，他甚至解决不了自己如何转为公办老师的难题。

石君广只能在民族文字中寄托希望和怀抱。他能够讲述出的快乐只是，在书写满族文字时手腕感受到那曲线的柔滑，“像写美术字似的，有一种美感”。这番表白在粗鲁的乡村生活中显然难觅知音。他拘谨、认真，给人的印象是正在消亡的文字中寻找安慰，在孤寂中寻求温暖。

5. 狗　鱼

●狗鱼，那巨大的“苟仁尼玛哥”，祖先之舟，如孟宪连所说：“再也没有啦。”

满语背后隐藏着一个已经被遗忘了的世界。关于冰雪，满语中的词汇多达六十多个，几乎每个形态的冰雪都有各自的命名。关于水的词汇更多，达到130

多个，从“秋水消减”、“大水响流貌”到“鱼游造成的水纹”，竟然都有单独的词汇与之对应。满族先民以其观察世界的既笨拙又细腻的方式，把野猪分为11种，其中一年生长方牙的野猪被命名一次，三年生长獠牙的又被命名一次。由于鹿角形态变化更多，各种鹿被分门别类冠以29种各不相同的名词。

“满语是一种质朴的语言，”满学专家江帆说，“带有明显的直观性特点，但缺乏思维的抽象与概括。”

16世纪的最后一年，额尔德尼和刚盖奉努尔哈赤之命创制满族文字，借鉴蒙文字母创造了无圈点满文，即“老满文”。无圈点满文使用不便，因此达海受命对其加以改造，创制了有圈点满文，称为“新满文”。达海从此被满族人尊称为圣人。可惜这种文字的寿命不过三百余年。

对于满语，乡村满语教师石君广的看法是“很好学”。与俄语相同的是，满语是纯拼音文字，怎么读就怎么写，从一个只会口语的文盲进步到能读会写并不困难。79岁的孟宪孝已经印证了这一点。

孟宪孝是三家子屯中除石君广外唯一一个喜欢看满文书的人。他是屯中老一辈人中见多识广的一个，认为满语“是民族的骄傲”。以前他会说满语但不会阅读，从两年前起，开始学习一位韩国的满学教授给他寄来的《清文启蒙四卷》。不过他觉得自己很孤独。他想让儿子学，儿子推托说，年纪大了一看书就头疼。他又想让孙子学，结果“更白搭”，孙子扔下书就跑。

如今，作为一种即将退出生活的语言，满语仍在数十万卷满文档案中存在着，记录着大清国历史上的诸多细节。对满学家们来说，这种语言至少给了他们一个了解满族人的符号系统，恰如哲学家卡西尔所说，“文字带来意义的建构”，经由满语，学者们可以了解满族人理解世界的方法。

对于满语会在何时消亡，黑龙江大学满语研究中心主任赵阿平给出的时限是“大约十年之内”。

三家子屯真正在日常生活中仍以满语为首选语言的老人不过3位，而且都已经年过八旬。他们去世之时也就是满语退出历史舞台之日。在那之后，满语将只是一种由少数学者掌握的、不用于日常交流的学术语言。

在三家子屯，生活仍旧像普通的东北汉族村落一样冗长地继续着。早上4点半到7点钟极其喧闹，奶牛忧郁地哞叫着，鹅像一队将军踱过街道，而母鸡总是贪吃而慌乱地制造出巨大的声响。6点半，太阳大了，村子才安静下来。墨绿色的玉米在风中伏低、摇摆，伏低、摇摆，像梦境一般枯燥又永无休止。于是整整一天屯子里再无生气。直到夜里9点半，整个屯子上炕睡觉。这就是一个不停地遗忘着的地方拥有的东西：现在。

在现在，一个晴朗的7月下午，屯子里的年轻人正在嫩江江汉上打鱼。满族后人们时而拉网，时而收网，忙忙碌碌地走了一箭之地，却只有一些竹签般的小鱼坚硬地钉在他们的渔网上。鲤鱼、鲇鱼、黑鱼、嘎牙子，在哪儿呢？现在，所有那些祖上传说过的大鱼，都去哪儿了呢？现在，狗鱼呢？

狗鱼，那巨大的“苟仁尼玛哥”，祖先之舟，如孟宪连所说：“再也没有啦。”

（发表于2007年7月26日特别报道版，编辑张捷）

记者手记：新闻不是无生命之物

■ 李海鹏

我的原稿题目是“最后的满语者”，消息源来自《纽约时报》，原报道并不深入，只是个消息，毕竟他们不了解中国。我报这个选题时的想法是，满族是一个特殊的民族，曾经统治过中国，统治的年代又是离现代最近的。这个民族的语言如今只有10多个人会，并且那些老人也许很快就会去世。从政治史的角度讲，清朝在1911年已经结束；而在语言文化的时间轴上，满语还在历史的末端挣扎。我想去看看历史的尾声是怎样的。发稿时，题目被编辑改成“满语消失的最后一瞬”。

跟其他特稿不同的是，这是一篇研究型报道，动身去三家子屯之前，我买了十多本关于满语和满族文化的书浏览，重点阅读了金启孮的著作。有了相关研究的基础，我才可以判断在采访中那些老人的说法是否准确。我问一个年龄最大的老太太陶云她听过什么满族歌，她说满族没有歌，而我在事先的研究中已经得知，满族历史上其实有很多优美的歌曲，比如《家神调》和《海清河晏》。

这篇特稿的主要价值在于写作上的文学性，这是特稿的基本要求。至于采访，并没有太多技巧可言，就是和村里的老人们聊天。农民并不一定不会表达，即使是谈一个抽象的话题，他们的一句话往往能够负载很多信息量，只是表达未必到位。记者不能把他们的语言原原本本放在报道中，而是要结合语境去理解和运用，去发现和整合那些分散的信息。

报道发出后，我听到的评价多是针对报道的后三段，也许是因为后三段集中表达了主题。最后的满语村庄已经完全汉化，我原来预想它跟外界沟通比较少，保留着很多满族习俗，跟其他村庄有很大差异，进了村子才发现，完全不是这样，历史对于村民是虚无缥缈的。我写了一段描述当地生活状态的话：“在三家子屯，生活仍旧像普通的东北汉族村落一样冗长地继续着……这就是一个不停地遗忘着的地方拥有的东西：现在。”

“过去”是不存在的，这是中国大部分地区普遍的状态，北京也是一样，只有现在，没有过去。文中特别写到了村民提起的“再也没有”的狗鱼，它象征着通往往日的道路已经永远消失。我表达了这样一种情感：昔日不再来。文章的结尾在采访完成之前就已经确定了，所以写作的目的性是很强的。

我个人认为这篇报道的成功之处在于，它解释了为什么三家子屯能够留住最后的满语，既有偶然性，也有历史的必然性；报道还写出了历史的感慨——事实上，任何一个事物，当它负载了浓厚的、庞大的历史时，它的终局一定会让读者产生微妙的情感波动。是否激起应该被激起的情感波动，也是衡量一篇新闻报道的价值的一个标准。新闻报道是关于人并属于人的，不是无生命之物。

一块煤的利益之旅

编者按：

北京市海淀区太月园小区是一个普通的社区，它对于能源的需求像任何机构一样既独特又具备普遍性，如果追问它的供暖锅炉里燃烧的煤炭来自哪里，最终你会到达山西大同市后所沟前进煤矿所在的黄色山坡上。两地之间仅仅相距380公里，但在能源链条的两端，它们的利益却充满矛盾。

在中国能源紧张的背景下，作为紧俏商品，煤炭从来没有像今天这样挑动社会各相关利益群体的欲望。

矿难和由此引发的安全生产问题是正在召开的全国“两会”最为关心的话题之一。当煤矿超能力生产甚至冒险生产不断导致矿难的时候，本报记者从北京循着一块燃烧中的煤出发，回溯它从挖出、运输到燃烧的辗转路线，试图在这条复杂的链条中，提供一个与煤有关的社会图景的缩影。

1．煤场像个超市，有暴利，有贫穷

●2月26日，太月园、国昊桑达煤场

北京市的居民们不知道，他们的供暖用煤与骡子在井下的工作有关。

3月6日午后，北京市白天最高气温12摄氏度，采暖季节已经接近尾声，太月园的5名锅炉工在控制室里慢悠悠地打着扑克。然而仅仅在8天前，2月26日，这个城市的各个供暖机构还处在降温的困扰之中，为了保障公寓楼群的温度，当时太月园的中央锅炉加大了用煤量，不得不再次向煤场购煤。

太月园今冬用煤来源很多，原因之一就是煤源不够稳定。“有时两天拉来一车，有时一天就拉来好几车。”一位锅炉工说，“哪儿来的都有，乱着呢。”位于北京昌平的国昊桑达煤场，就是这个社区的供应商之一。

2月27日，国昊桑达煤场的老板张选坐在他的办公室里，望着窗外的一个个煤堆，抱怨煤炭坑口价格上涨，自己根本赚不到钱。不过他承认，煤非常好卖，这边儿卸下了货，那边儿就有人要。

每当隆冬来临，大雪封住了八达岭的山路，国昊桑达煤场的利润就找上门来。昌平南口地区的煤场一家连着一家，顺着被煤粉染成黑色的泥土路，急需燃煤的供暖公司和工厂就能找到它们。对于物流环节来说，它们是公路交通必不可少的转运站；对于流通环节来说，它们又是中间商。国昊桑达煤场在2004年销售了12万吨来自鄂尔多斯和大同的普通煤炭，价格通常在每吨330元到340元之间，这中间的利润相当不错，可是煤场老板张选还是叹息大不如前。

单就一个煤场来说，12万吨已是一个相当可观的数字，在去年岁末的70天里，北京市为保障全市供暖而计划调运的储备煤炭量也只有50万吨。

这是一个煤炭紧缺的冬天，当时，北京市发改委预计，今冬北京市煤炭需求为1460万吨，其中电煤约550万吨，锅炉供暖用煤约450万吨；民用煤约100万吨。其中，锅炉及民用燃煤库储煤率不足45％。

在能源不这么紧俏的时候，煤炭的地位不仅在工业领域一度下降，在民用领域也是如此。为了确保“蓝天计划”的实施，北京市一直在进行供暖设施的改造。资料显示，到去年年末为止，北京市天然气锅炉总数已经达5142台，采用燃气锅炉进行分散供暖的面积已达到1.7亿平方米以上。除此之外，北京市还有1900多辆公交车使用压缩天然气。

四处扬起粉尘的煤炭显然不是最受欢迎的能源，石油、天然气等更优质的能源都供不应求。

由于北京市供暖能源紧张，政府开始号召大家把温度调到20摄氏度左右。另一方面，市长王岐山要求加强管理。“我们开始查天然气表，3500个锅炉挨个查。”当时他表示，一定要查出问题的症结所在。

“魔鬼就在细节中。”最后，王岐山市长引用一位投资银行家对他说过的一句话作为结论。这个“细节”，事实上就是需求的不断增加。

中国经济的崛起，正在带来能源方面不知餍足的增长。国家信息中心经济预测部专家牛梨在去年冬天表示，中国能源问题的短缺，表面上在运输、需求等方面反映出来，根子却在中国的经济增长方式上。中国粗放式的经济增长方式，能源使用效率比西方发达国家要低得多。单位GDP的能耗和水资源用量过大，才导致中国经济的资源瓶颈。

2003年，中国人均GDP首次突破1000美元大关，标志着国民消费结构的升级。也正是在这一年，中国的钢产量达到2亿吨，占据世界首位。以钢铁生产为代表的工业能源需求是如此之惊人，以致本国居世界首位的煤炭生产量也不敷使用。

在国昊桑达煤场，工人刘进青说，这两年冬天到这里买煤的车特别多，而且跟以前不一样，没有什么人在价钱上太费口舌。附近的煤场很多，北京周边还有很多煤场集中的区域，行业内价格稳定，因此买卖双方都很痛快。

“这就跟超市买东西似的，现在买煤卖煤形成规模了。”他说。

刘进青家里有个女孩，正在上初中，妻子不上班，全家人的收入都靠他800元左右的薪水维持。谈到他的老板时，他反问说，倒煤的能没有钱吗？另外一个工人说，这个煤场上不止张选一个老板，他们最初大多在产煤地比如大同倒运煤炭，如今到北京来，说明已经具备了一定的资本。

昌平南口的煤场大多由山西人经营，工人也以外来务工人员为主，过秤、接待、后勤这些老板认为关键的工作，都由自己的亲信来做。刘进青说，像他这样的本地工人在煤场里少之又少，倒是有不少本地人会到这儿来做点儿外围生意，多少拿点儿回扣。

张选总是说自己没钱。他的抱怨是，成本太高了。他养着一支12辆斯太尔大型卡车组成的车队，由于各地交通部门合力整治公路超载，由自己出面倒运煤炭并获取暴利的空间已经缩减。现在他更多地坐在煤场办公室里，等待送货或买货的卡车驶过来，他只需监督过秤、做做账目即可。像这个行当里的很多老板一样，他敏感地防范着记者，对于“在煤炭生意中赚到了多少钱”之类的问题避之唯恐不及。

这个煤场占地100亩，是周围最大的一个，为此张选每年要向昌平南口农场交纳10.5万元租金。

张选说，天气转暖，民用煤的生意已经接近淡季。但是，到这里送煤的大型卡车依旧络绎不绝。在2月26日、27日和3月5日，我们看到，张选和这个煤场的其他老板对送来的煤基本上照单全收，然后源源不断地运往中国核能研究院和中国政法大学等机构的供暖车间。

2. 短短旅程，煤价暴涨一倍还多

●2月28日，北京市昌平区国昊桑达煤场——大同市天镇县同顺饭店

公路承担着煤炭短途运输的压力，各地交通部门都在整治超载，但煤车的老板们对罚款并不在乎。

2月28日和3月1日，连续两天，我们看到了也许超过1万辆的大型煤车在北京通往大同的各段公路上络绎往来。在八达岭路段，清一色的煤车川流不息，密集得如同北京的朝阳门立交桥上的车流。在张家口一带，它们甚至造成了蔓延数公里的拥堵。其中的一辆，由连续两天没吃没睡的任江驾驶，在2月28日下午2点钟驶出国昊桑达煤场，也汇入到这充满着冒险、暴利和辛劳的能源之旅中。

我们乘坐的这辆属于山西的奥龙卡车，连带拖车在内共挂着两块内蒙古牌照，因为内蒙古的养路费只要170元/吨，而山西则要190元/吨。它310马力，一主一挂，核定载重37吨，如果加以改装的话可以超过100吨。

任江不时使劲地揉着通红的眼睛，但是还撑得住，这也正是老板愿意付给他每月2800元薪水的原因。他的搭档张艳是老板的亲戚，负责一路上的现金收支，每月只能赚到700元。

虽然只有短短的380公里路途，但是经过这些重型卡车的载运之后，煤炭的价格暴涨了一倍还多。返回山西之前，张艳在煤场结完了账。这一趟他们为老板赚到了2000元。这次他们拉的是质量较差的“赖煤”，热值在5000大卡上下，坑口价格只有130元/吨，但到了北京就高达295元，上扬了130%。在这过程中，卡车车主赚到的利润固然可观，但加价的主要原因则要归于高昂的成本。

前天，这辆奥龙车在大同的煤矿上装上了37吨煤，张艳为此支付工人装车费70元、平整费20元、煤检站的35元/吨的煤检费、落里湾收费站70元、神泉堡收费站60元，以及大约1500元的往返油费。另外，各地交通部门的罚款也是成本之

一。张艳说，罚款多则400—500元，少则100—200元。

下午4点半，在207国道下花园段的一个检查站，河北交警拦住了这辆奥龙。任江和张艳例行公事般下车，出示各种通行证，趴在检查站的窗口聊天，交纳罚款200元，拿到罚款理由为“改装加高”的罚单，返回车内继续上路。警察与司机之间的交往井然有序。

在车主们看来，罚款早已是必要的成本之一。只要允许跑，这些“改装车”的利润就会远远大于守规矩的车。这一事实造成的后果是，完全符合规定的煤车几乎没有。

北京到大同之间的路段只是煤炭物流不堪重负的一个缩影。一路上，不时出现一些标有允许载重量仅为10吨、13吨的小型桥梁，可是通过其上的汽车中几乎有80%都超重，达到其允许负荷的2到10倍。

任江面无表情地保持着50公里/小时左右的速度。他41岁，已经开了15年运煤车，有两个孩子，分别读高中和初中。张艳25岁，他的计划是，过两年自己也当司机，可以多挣点儿钱。

煤车一接近延庆，就进入积雪的山路，不得不小心翼翼地避让那些迎面驶来的满载煤车。到下午6点钟，这辆奥龙抵达了河北张家口与山西大同的交界处。在刚刚经过的下花园至深井一带，数不清的煤栈挤在公路两旁，仅有的两车道上覆盖着煤灰。

天黑之后，张艳提醒我们，注意路上的那些120吨改装车。那是些改装成集装箱车的庞然大物，满载着煤，迎面驶来时能让你感觉到它的巨大的矢量，日复一日地往来于这条煤炭之路上，不仅碾碎公路，而且难以刹车。

张艳说，这些车肯定是“在公路上有人”，否则根本不敢上路。与他的这一猜测相关的是，一年来各地交通部门大力打击超载。这一整治工作的好处是显而易见的，不过，作为整治手段之一的罚款，却不能彻底遏制煤车车主们的冒险。在这条煤炭物流的各个环节中，都有人在议论新出现的事实：高额罚款被当作了可以接受的成本，并被转嫁到终端，间接地造成了煤炭价格上涨。

与巨大的需求相比，罚款对于煤炭运输的影响显得不够强大。作为世界最大的铁矿开采商，巴西矿业集团的总裁豪杰·安奈力抱怨说，能阻止他们把矿石更多地卖给中国的，仅仅是巴西有限的港口吞吐量。同样，能够阻止大同的煤炭销往全国的，也只有一再增长却仍不敷使用的运输能力。

在2002年还有专家说，大秦铁路公司的运输能力的上限是1亿吨，但是在2004年，它就把1.5亿吨的原煤运到了秦皇岛港，2005年的计划运量则达到了2亿吨。这后一数字也正是2003年中国钢产量的数字，列世界第一位。钢铁、电力等重工业对于能源的巨大渴求和低下的能源利用率，是关于煤炭的种种故事的第一编撰者。

7点半，天黑了，车灯亮处划过稀疏的雪霰。任江继续疲劳驾驶，通过宣大高速公路进入大同境内。

整个世界都在注视着这里：一个后兴的大国的迅速崛起和它的纷繁复杂、艰难粗犷的现代化进程。国际能源署在《2004世界能源展望》中说，中国不仅已成世界工厂，而且正在向重化工业转型。在多年出口打火机和玩具等小玩意之后，中国吸纳了更多的重工业资本和技术，正在准备出口汽车等更值钱的产品。

3月2日，在大同煤业集团下属的四台煤矿的运销站，站长常荣说，2004年这个站计划运出375万吨优质动力煤，实际上大大超额，运出了463.6万吨。负责装运机械的工人冯杰每月拿800元的薪水，每天由该站卸给列车的煤则大约价值600万元，他说，这里平均每天要装满200节车皮。以往，春夏季节是这个运销站的工作淡季，但是最近两年来他们发现，所谓淡季已经彻底消失。

运力不足，车皮就变得值钱了。每到月底，常荣总能见到一两列并不在运输计划单之内的火车来矿里拉煤。他们把这种车叫“点装车”，即一些倒煤的商人通过“小条子”从铁路部门弄到的车皮。

在公路上，这种利益的驱动力表现得更为原始一些。晚上9点40分，任江的奥龙煤车回到了家乡大同市天镇县。张艳在漆黑一片的县城里跳下车，走进店面不超过20平方米的“同顺饭店”，立刻跟等在那里的车主结账。每当说到数字时，两个人都用一台计算器互相示意，嘴上完全不说。这位老板一次性买下了那辆奥龙卡车的拖车，花了12万元。车头价值28万元，是他预付了30%，以租代买，每月还款1万多元。现在的营运收入足够支付每月还款，还可以有些盈余。

如果不是因为下雪路滑，奥龙车无法进山的话，他们本该连夜赶路，并在凌晨2点到达这一行程的目的地。

张艳说，他们的购煤地点通常在大同四台附近的私营煤矿和朔州后山一带的煤矿，范围非常大。“你们去大同四台附近就差多了。”他说。小煤矿的利润来自其超低的成本，生产状况仍然原始。

3. 骡子拉着的小煤矿

●3月2日、3月3日，前进矿

按照矿主们多年遵照的习俗，大同的私营煤矿通常不过正月不开工。可是，在整个后所沟，大多数小煤矿都在传出各种机器开动的声音。

后所沟距大同市区40公里左右，是一条狭长的山沟，一侧的黄土山坡上每隔50米就有一家私营小煤矿的旗帜迎风招展。山坡上有很多狭小的洞穴，远远看过去好似10公里外的云冈石窟的缩微版，实际上，那就是曾有矿工居住过的窑洞的遗迹。3月3日下午，满载煤炭的斯太尔和奥龙等重型卡车陆续驶出沟底，另外一些卡车则停在一些煤矿的门口。

前进矿的矿主叫张凤岗，他自称，前进矿是后所沟里“最小”的煤矿，2004年产煤只有2.4万吨。但是据工人估算，这一数字应在18万吨左右。不过，张凤岗承认，煤价上涨带来了好处，他的煤矿正在赚钱。这个矿主给人以刻意“低调”的印象，说出的各个数字最多只有他的矿工们说出的1/3。

张凤岗是山西朔州市平鲁人，53岁，以前在同煤集团下属的挖金湾八矿工作，担任过煤炭销售公司的副经理。八矿破产后，他开始做生意，并承包了这个小矿井。他说，他最担心的问题是井下的安全。他用方言说，目前前进煤矿正在“省政务大厅”办理安全生产许可证，手续还没办下来。不过，就在他的办公室外10米远的地方，生产正在进行，绞车隆隆作响，把6辆满载煤块的矿车从井下拉出。

时近中午，张凤岗坐在办公室里的炕上，一边吃馒头和火腿，一边用一只大玻璃瓶喝热茶。

按照矿主们多年遵照的习俗，大同的私营煤矿通常不过正月不开工。另外，据大同市政府新闻办公室的副主任冯天林介绍，全大同市的地方煤矿都处于安全检查期，基本都处于停产状态。

可是，在整个后所沟，大多数小煤矿都在传出各种机器开动的声音。这是一些非常简单的机器，就像是多年以前的反映煤矿生活的电影中的道具。没有传输皮带，没有溜子，工人没有呼吸器，当然更没有综合采煤机械。与其说这里的矿工们从事的是一种地下挖掘行业，毋宁说他们只是地上和地下之间的搬运工。不过，这给张凤岗带来了明显的好处，“绞车拉煤车”的做法使得他的采矿成本非常低廉。

在隔着一条公路遥遥相望的国有四台矿，2004年的采煤成本是133元/吨，而这里，据张凤岗自己的说法，也只有85元/吨。而据四台矿的一些技术人员估计，附近的小煤矿的采煤成本也就40元/吨左右。

在这里工作的大都是农民工，来自四川绵阳和湖北十堰的最多，附近的二台子村几乎没有人到这儿来干活。

张永和40岁，陕西左永县人，跟着村里的另外一个人来到这里，负责在井上运煤。他们这个组有20人，上面有包工头，工资直接和包工头结算，包工头则和张凤岗结算。与井下工人相比，他的收入不高，一个月大概在1000多元，但他不愿意下井去挖煤，因为“太危险，有时候石头会从头上掉下来”。

在这里，下井的大都是肯吃苦的四川工人。他们的收入多少与采煤技术的关系不大，甚至与干劲儿的关系也不大，主要取决于他们买到什么样的骡子。

在井下，前进矿采取的是炮采的老方法，即，在煤层中打眼，塞进雷管，放炮，崩塌后用人力搬运到矿车上，再用绞车拉出地面。在煤层和矿车轨道之间有800米的距离，就要使用骡子。在这个矿的山坡上停放着几个骡拉煤车，即在一辆普通小车上面安装一个用于盛煤的黑胶皮“碗”。这种骡拉煤车有两种“型号”，一种可以装500公斤煤，另一种就只能装300公斤。徐清华（化名）去年牵着他的骡子到了这里，在下井矿工中算赚得比较少的。他的骡子买得早，只花费了他1300多元，但是体力不好，只能拉300公斤的小车。他证实，这里的每个下井矿工都自己掏钱买了骡子，如果干得好的话，一个月能挣3000元，正好是现在买一只骡子的价钱。

矿主张凤岗请我们不要拍摄骡车的照片，“现在正禁骡车呢！”

下午1点，山坡下来了水车，矿工的妻子们纷纷从煤矿的各个角落里钻出来，去坡下挑水。这些四川女人大多很年轻，跟随同样年轻的丈夫来到这里，住在15平方米左右大小，除了炕和炉子之外几乎一无所有的黑乎乎的窑洞里。她们都没有工作，每天所做的事情除了挑水之外，就是等待丈夫回到地面。矿上没有食堂，更没有澡堂，挑来的水既用于各个小窑洞的自办伙食，也用于男人们干完活儿之后简单的擦洗。

去年10月，来自四川绵阳的罗跃荣在井下运煤时被掉下来的顶板砸伤了腰椎，至今仍在卧床休息。下午2点，他的妻子陪着他躺着炕上，两人昏昏欲睡。老板给他每月1000元，作为治疗费用。他希望自己快点儿好起来以便下井干活儿，不过，他现在不仅不能走路，而且腿部神经总是感到麻木。在小窑洞的墙上，罗跃荣挖出一个凹巢，以前有骡子的时候，他就把骡子放在这个凹巢里，紧贴着他的床。

罗跃荣说，矿上的工人相处得不错，虽说未必全是老实本分的人，但是大家能够相互体谅，“出门求财，遇到些小事情也就算了”。

不过，就在不远处的国有四台矿的矿工家属区里，却充满了对这里的小煤矿上的外地工人的敌意。一到晚上8点半之后，外地口音的人几乎不可能取得他们的信任。“这周围特别乱，小煤窑里什么人都有。”这个矿工家属区里的一个女孩说，“这么晚了谁也不可能给你们开门。”

4. 严厉的安全手段下，依然潜伏着危险

●3月2日、3月3日，国有大矿四台矿

四台矿最近两年没有出现过死人的事故，但是受伤事件还是常有。

3月2日下午，在四台矿地下140米深的巷道里，综采四队的工人们趟过地下水造成的30厘米深的黑色溪流，穿过仅容一人通过的狭窄通道，到达了采煤工作面。综合采煤系统正在吼叫着。

一年多以来，国有煤矿频繁发生的重大事故给这家高瓦斯煤矿造成了很大的压力。在2004年，四台矿不得不采取较为严厉的手段，处罚了违反安全规定者447人次。这家煤矿的副矿长王存权承认，潜伏的危险常常来自对产量的过分追求。另一方面，在这个煤炭价格上涨的繁荣时期，煤矿工人们确实期望着更多地产煤，以提高自己的收入。

像全国很多煤矿一样，增产是这里的追求之一。2004年，四台矿计划生产375万吨，实际生产了486万吨。同煤集团公司规定，每多生产1万吨，奖励30万元，这些钱奖励给6300名员工。

一名矿工说，去年年终他领到的奖金是900元。在巷道里，负责看变电所的老矿工白阳涛说，矿工们的收入确实有提高，相对来说，四台矿的井下工作条件也算不错，但是“这个工作还是有危险”。

矿工收入的变化，往往会影响到矿工的全家人。白阳涛的三个儿子都在矿上工作，其中两个儿子下井。在国有煤矿，子承父业往往被看作是最自然不过的选择。不过，有一些年轻人对矿上为他们安排工作的前景不太乐观。一位因工伤致残的矿工的女儿在3月2日晚上说，以前她一直在等待矿上分配，不知道什么时候才能等到。

下午，综合采煤系统的直径1.8米的金属切割轮迅速地陷到煤层和矸石之中，发出巨大的噪音。仅仅一分钟之后，我们就置身于一个完全由黑色粉末充斥的空间之中，到处都是密集、剧烈翻滚的煤尘。一些体积较大的煤块被切割轮高高抛起，更多的煤碎成了小块，落进传送带，开始向井口的方向流淌。空气很热，每个人都大汗淋漓。矿工们更多地是把呼吸器挂在脖子上，而不是罩在鼻子上。

支架工刘旺站在操作台旁边，随时准备挪动液压支架。他每个月可以赚将近3000元，因此虽然每天上班10小时，经常置身于漫天煤粉之中，而且充满各种危险，在矿上仍然是令人嫉妒的好工作。

一位机电组的矿工说，他曾想到采煤队去工作，为此曾给某个“说了算”的人送去2000元钱，但是被拒绝了。他宣称，据他的调查，合理的价格是3000元。矿工们反映，他们的工资发放中存在着一种“背牛”现象，即每月都会被队长扣掉一部分，但是具体用于何种用途却得不到解释。在去年发生矿难的河南大平煤矿，矿工们中间也普遍流传着与此类似的说法。

危险依旧存在于矿工们的周围。四台矿最近两年没有出现过死人的事故，但是受伤事件还是常有，目前共有工残人员70多名。前进矿的一名矿工说，矿上死过人，老板给抚恤金要看矿工来自哪里，附近的能给10万元，四川来的就只给3万、5万元。

与前进矿一样，四台矿的煤炭也运往北京，只不过不作为民用而已。它的直径超过50厘米的大块煤被运往首钢。对于这个国有大矿，前进矿上的土矿工们羡慕不已，他们说，自己非常想进国有矿，可惜的是没有门路。

他们还将住在山坡上的小窑洞里，不了解380公里之外，太月园小区那每平方米近万元的公寓；同样的，太月园的居民们也不了解矿工们在井下和井上遇到过什么。实际上，除了矿难发生那段时间关注一下新闻外，煤矿生产听上去是非常枯燥的故事，日复一日没什么变化。

“挖煤，赶骡子。”前进矿38岁的矿工李大祥总结说，“打扑克，‘抓三’，看电视，我最喜欢枪战的。一个月能去一回大同，车票太贵，平时5块，过年10块。最远去过山西跟内蒙古交界的地方。太原没去过。”

（发表于2005年3月10日头版，编辑杨瑞春）

记者手记：在太平洋的中心遇到鱼汛

■ 李海鹏

做这篇报道的背景是矿难频发和煤价上涨。编辑杨瑞春提出选题，以一块煤为切入点，回溯它从挖出、运输到燃烧的辗转路线，从而探究煤炭为什么涨价，解析煤炭循环背后读者未知的事情。我们认为对利益的追逐是矿难频发的原因，煤炭的持续涨价跟中国的世界工厂地位有关。中国内需不振，出口靠什么？靠压低要素价格。当人力价格被人为压低，需求却日益旺盛，煤矿就会拼命生产却忽视安全，而在资源总量有限的情况下，当时到了价格猛涨的阶段。

为了回溯煤炭的利益链，我们找到昌平的一家煤场，问煤从哪里来，往哪里去，顺着线索，跟了煤厂一辆运煤车，从北京出发，向山西去，从下午走到晚上。我以前从没走过这条路，觉得很荒蛮，在路上除了煤车再也看不到其他车辆，煤车全部超载，最大的一辆装载了100吨煤，路面全是破碎的。整条马路的地面都是黑色的，路过云冈石窟时，看到的佛像都是黑的。

我们去了当地两家煤矿，先去的一个是国有煤矿。那是我第二次下矿井，走在里面可以看到很多瓦斯探测表，瓦斯含量超出安全标准是极其常见的状况，几乎没有一个不超标。其实国有矿的情况还算好的。

接下来去了私营小煤矿。大煤矿的矿井口通常会建有几层楼，井口位于楼内，而小煤矿的矿井只有一个洞，在地面直接打下去，非常原始，我猜想人类第一次采矿也许就是这样。我实在不敢下这个矿井。

矿工多是从四川等地来的民工，每个人都带着女朋友，男的下井，女的做饭。我们去了矿工的宿舍，那是一个个窑洞，进去能看到一个“土台”，睡觉时躺在上面；床边的墙壁上挖一个坑，里面放着矿工的骡子。矿工睡觉时，骡子的头就在床边。骡子是矿工们最重要的生产工具，也是第一生产力，他们一天能赚多少钱，取决于一天能把多少煤拉出矿井，而一天拉多少煤，完全取决于骡子的能力。

小煤矿出产的煤炭成本在40—50元/吨之间，出售时大概卖到100元/吨。煤炭进入流通环节以后，通常会遇到一对矛盾：超载与罚款，这对矛盾互为因果，存在着共生关系：因为超载，所以要罚款，因为遭遇罚款，所以要通过超载和涨价来寻求利益平衡；其实这是一个糟糕的博弈均衡，罚款单位和运煤的人都获得更多的短期利益，也都损失长期利益。煤炭运到煤厂，再运到居民小区，价格又会屡次翻倍……

这篇报道价值主要在于选题策划和写作方法，我和徐彬，以及摄影记者王轶庶，只是真实地判断并实践了编辑的意图，出去略微辛苦一下。一方面，你得承认这是一个很聪明的创意；另一方面，也该注意到它蕴含的诚意。新闻就是产品，读者就是用户，他们满意不满意就看你的报道能不能提供稀缺资源，从这个角度说，在中国新闻界，聪明和诚意还都是稀缺资源。

如果中国不能改变自己在全球化市场中的角色，又必须保持高增速来维持稳定，同时以重商主义来替代人们的信仰，等等，那么我想这个国家的能源紧张和生产事故频发的时期会相当漫长。这个报道发表的年份，2005年，还只是处于这个时期的开端阶段而已吧，以后长着呢。当年矿难与能源经济令人们触目惊心的程度就相当于后来几年中的财富再分配和阶层分化。在中国做新闻就像是在太平洋的正中心遇到了鱼汛，你还没撒网呢，汽车大的鱼就纷纷跳到你的甲板上来了，问题是烟波浩渺呀你怎么才能把它们送回岸边呢？

悲情航班MU5210

编者按：

这架CRJ-200几乎像一架战斗机一样侧身飞行，两个机翼垂直于地面，掠过了机场路，拐向了南海公园……

11月21日8时左右，在得到了塔台的允许后，航班号为MU5210的东航云南公司CRJ-200型飞机关闭了舱门。探亲回沪的中科院研究生李江，一位爱打CS游戏的乘客，抓紧时间给同学打了个电话，然后关闭了手机。另一位爱打CS的年轻人叫易沁炜，是飞机的副驾驶员。应该是在他的协助下，机长王品驾驶飞机进入机场唯一的一条跑道，滑出，升空。

飞机不对劲——在第一时间，塔台的工作人员就看出来了。起飞不到40秒，它发生爆炸，并坠落在南海公园的冰湖中。

1. 55个人的最后40秒

它向左侧滑，又向右侧滑，无法稳定机体。机场人员说，到飞机消失时止，看到它摇晃了3次。

安昌荣看到的摇晃次数还要更多。这位私营小游乐场的老板是最有说服力的民间目击者之一。他的办公室处于观察飞机起飞过程的最好位置，几乎就在包头机场跑道的延长线上，办公桌面前是一片视野开阔的玻璃窗。应该是在他点燃一根香烟的同时，8点20分，飞机刚刚腾空，他清清楚楚地看见了它。

MU5210在窗外，白色，高度100多米，机首冲着他，异样地摇摆着。左一右，左一右，晃得非常厉害，摆幅差不多有60度。安昌荣想，肯定出事了。更让他恐惧的是，它不是在升高，而是在下降。它正穿过寂静无声的西北风，向他的办公室的玻璃窗俯冲过来。

这时，在500米外的南二里半村，刚倒完泔水的小青年白龙，看到了只在电影里看到过的景象，飞机的屁股着火了。

安昌荣没看到火，但是看到飞机足足摇晃了六七次之多。在这令人窒息的反复挣扎之后，飞机好像恢复了平衡。但是，它越来越低了，不断逼近他的玻璃窗。他跑出屋子，在收割后的玉米地里飞奔逃命。

恰在这时，飞机向左侧拐去。安昌荣事后猜测，这是飞行员的主动行为。它似乎想转回机场降落。当然，另一种可能也不能排除：飞机完全失控了，像木头航模一样被空气甩向不可预知的方向。

转向的动作很猛，这架CRJ-200几乎像一架战斗机一样侧身飞行，两个机翼垂直于地面，掠过了机场路，拐向了南海公园。安昌荣仍然可以听到巨大的轰鸣声，这意味着它的引擎并没有停止——至少有一个没有。

方圆2公里范围内，相当多的户外居民看到了飞机的异常状况。他们有的惊呆了，站在原地；有的好奇，追了过来；有的害怕，快步跑远。有的目击者说，最初还以为这是飞行表演呢。

飞机继续转向，很快，很急，仍在下降。转向动作还没有完成，高度已经不足50米。有目击者描述说，比一般的楼房高不了多少。

在事后几天中，围观的包头市民们纷纷议论说，哪怕再高20米，甚至10米，飞机都有可能迫降在南海公园的冰湖中。在人们看来，落在那里会好得多，至少湖面是柔软的，而且没有障碍物。但是在当时，这一切都来不及了，太晚了。南海公园的摩天轮高高地矗立在树林边缘，即将完成对机上53个生命的最后一击。

安昌荣开始向10米外的湖边跑，这让他保持了观察飞机的最终命运的最佳视角。几乎就在他到达湖边的一瞬间，它爆炸了。

飞机的尾部刮到了摩天轮的顶端。随着一声巨响传来，机首似乎被冲击波高高抬起，紧接着消失了，树林后面火光冲天。

南海公园的职工俞湛、宋喜宝当时正在园中，因此成为最靠近爆炸点的目击者。俞湛确认自己先是近距离地看到了巨大的飞机，然后才听到爆炸声。爆炸时地面晃动，热浪几乎把他掀倒。几乎就在一瞬间，飞机碎片密集地撒落在地面和冰面上，紧接着，从东往西，传来连续的爆炸声，大火突然燃起。

以上目击者的说法，与飞机残骸的损毁特征可以彼此印证。飞机左侧的损毁程度远比右侧严重，尾部又比前部严重，应可证明目击者们强调的飞机左翼向下的触地姿态。

CRJ-200的油箱的最大容量是5300升，不过通常来说，不会加满航空燃油。摩天轮和周围的一些游艺设施承受了爆炸的冲击力，它们几乎被完全摧毁，一些游艺设施的铁架被炸飞或剧烈扭曲。

南二里半村的村民刘凤鸣是最早到达现场的人之一。当时，巨大的爆炸声把他家里的玻璃震得嗡嗡直响。他走到2楼的阳台上，看见两股浓烟，一股在南海公园，另一股在机场方向。稍加辨认后，他发现机场方向的浓烟是飘散过去的。

刘凤鸣走下楼，奔向南海公园。白龙也使劲儿往那儿跑。他们到了旁边又不敢靠近。周围的人越聚越多。等到包头市消防四中队的消防车赶到并开始灭火之后，他们才敢走进公园。最初，他们只看见浓烟。黑烟遮云蔽日，涌向100多米高的空中。下面的熊熊大火至少有30米高。空气中弥漫着物品烧焦的呛人的味道。

“这烟太大了，”在附近的煤场干活的年轻工人于全有对四周的人抱怨说，“我啥也看不见！”

8点35分左右，消防员们扑灭了大火。人们逐渐看清，在100多米长的一个狭长带上，到处都散落着飞机部件、无法辨认的黑疙瘩和被毁的地面物品。远处的冰面被砸破了，水面漂浮着各种颜色的行李箱。刘凤鸣等人壮着胆子往湖边走了走，想看看飞机残骸，不料，首先出现在视野里的却是冰面上的五六具尸体。他们心里一紧，再低头看看，更吓了一跳。脚下两米远处赫然躺着一具穿红毛裤的尸体，后背还在着火。

这就是空难，死亡。机上53人，地面2人。继2002年“4·15”釜山空难、“5·7”大连空难之后的又一次。加拿大庞巴迪CRJ飞机历史上的第一次。

2. “你想起了什么？”

李江，23岁，包头人，厦门大学生物系2000级的第一名，2004年保送入中国科学院上海营养科学研究所进行为期5年的博士学习。爱唱刘德华和无印良品的歌，K歌时总是很积极。曾任学校摄影协会副会长，为生物系出过两年的宣传报，足球踢得很棒，爱打CS。在“舍撮”，即同宿舍的同学一起撮一顿时，喜欢对南方同学描述北方菜肴，边说边露出那种“唉，你这南方小毛头哪会知道这东西的好”的得意神情。为了BBS的积分，他和同学互相攀比着努力灌水。

与其他遇难者的家属一样，他的亲友至今不能接受他已经去世的事实。21日当天，他的3个同学在上海东方航空宾馆里不断地打电话，询问搜救情况，希望有奇迹发生。他的父母21日瘫坐在包头机场候机楼的沙发上，不时悲痛哭泣。

“不会回来了！”他的母亲哭着说。20日晚，她试图挽留儿子，但李江一定要走。22日，一切希望都破灭了，李江被列入了遇难者名单。

副驾驶易沁炜26岁，航校毕业，曾于2002年被云南航空公司派往加拿大改装CRJ-200型飞机。在公司网上打CS时，易沁炜用的ID是PA—42。他的公司同事说，易沁炜很早就失去了父亲，和奶奶一起生活，所以很独立，很会关心别人。由于副驾驶的薪水可以给家里带去很大的帮助，他很珍惜这份工作。比起家境良好的同龄人，易沁炜的淳朴显得与众不同。

易沁炜2002年站在蒙特利尔公寓里专心致志地烫衣服的情景，给公司同事留下了很深刻的印象。同事觉得，1978年出生的男孩很少会烫衣服。那天，阳光透过窗户照进来，洒在他身上的情景，在生者的回忆中依旧触手可及。

易沁炜的公司同事在网上发了一份悼念的帖子，结尾是这样的：

“小易，告诉我，从300英尺往下坠落的1分钟里，你想起了什么？你还是个孩子，你一定也很慌乱。告诉我，你想起了什么？”

对于那些罹难的中年人的家属来说，空难造成的悲伤常常是过分沉重的。23日下午，金世全的家人在失事现场附近祭奠了他。他的弟弟金世界在湖边摆上了水果、白酒、花圈，点上了香。他们最为难的是，该如何让金世全的母亲接受这一现实。

金世全的母亲刚刚失去丈夫，格外牵挂儿子，她问亲戚：“不是说飞机出故障了，没走成吗？他怎么还不回家啊？”金世界说，金世全是他母亲的精神支柱，可是，总有一天她会知道噩耗，“我敢肯定，她不死也得疯”。

当地负责处理善后工作的有关部门派出大量人力安抚罹难者家属的情绪，

但是效果并不太好。东航方面虽表示每个罹难者的家属都会派专人予以帮助和沟通，但直到23日下午，这些工作人员才真正就位。

一些家属生气地表示，让他们住进宾馆，然后就没人管了。另外，询问一些事情总是得不到正面回答，甚至连亲人是否罹难的信息都无法及时获得。“我们每天除了吃饭睡觉，什么都做不了。”有人说。一些家属由于情绪失控，与有关部门发生了一些龃龉。

在当地的新闻发布会上，罹难者家属不时强行闯入，情绪激动地向有关人员提问。

23日上午，有消息称，有关部门应家属要求，将于12时在现场举行一次追悼会。上午10时，花圈陆续进入飞机失事现场，“沉痛悼念11·21罹难者”的黑色横幅亦已拉好。但是将近12时，家属突然被告知，追悼会已经取消。在家属的情绪再次激动起来之后，下午2时后，追悼会终于得以举行。

不过，家属们并没有借此机会聚到一起。他们被安排分批次乘车前往现场，直到下午5时，仍有零星的罹难者的家属前来祭奠。

一位家属表示，警察的管理应该更人性化。“救援工作已经结束了，打捞黑匣子的工作又不在岸上进行，为什么就不能让我们短暂地进入现场？”

当地把大量警力资源用于阻挡家属和记者的靠近步伐。尽管被批评缺乏透明度和人情味，也忽略了对罹难者家属的心理关怀，警察们还是一丝不苟地执行着被指派的任务。

有相当多的家属身心俱疲，干脆在现场控制区之外祭奠亡灵。23日中午，4个男孩在现场东侧的湖岸上点燃了1束香、4根香烟，纪念某位他们不愿意说出其姓名的死者。在30米外围观群众的注视下，他们燃烧纸钱，紧抿着嘴巴，一言不发。

3. 待揭开的谜底

在黑匣子内的资料得到整理分析之前，塔台与飞机之间的通话记录是最有价值的信息之一。23日，记者到包头机场办公区采访了有关人员，对方表示，目前这一信息公开的可能性并不存在。

机场办公室的主任许有忠只是介绍说，早在21日，机场就将塔台与飞机的通话记录、气象资料和售票单封存交给了上级部门。

这一信息与包头市委宣传部于两天前就已发布的消息互有交叉：截至21日10时15分，包头机场已经封存MU5210航班安全检查、值机配载、地面服务、现场指挥、机务保障等所有离港信息。

“11·21”空难前，包头机场每天起降飞机各5架次，其中北京各3架次，上海各2架次。空难发生后，往来上海的航班减少为各1班。

记者询问，空难发生后，包头机场是否进行了油料检查，另外在飞机维修等方面，是否进行了自检。许有忠表示这些问题不能回答。

但是，包头机场办公区显然非常紧张，人员往来匆忙，门口守卫对进出人员的盘查也格外严格。

飞机残骸在22、23日两天被不断地吊起，由重型卡车运送到包头机场办公区附近。记者在23日看到，大块残骸都还比较完整，只是边缘部分才会像纸团一样皱缩在一起。

空难发生时，残骸的分布情况是：尾翼被抛至地面；左发动机被炸掉；右发动机连同10米长的机身冲入冰湖边缘；右发动机桨叶完整；前部的较长机身被整体抛落湖中，向斜上方翘起，大部分处于水下；机首的圆锥部分断裂；左机翼严重损坏；右机翼和左起落架落入湖中；一些碎片则被无规则地抛在200米长的狭长地带上。

许有忠说，这些残骸是分析事故原因的重要证据。除此之外，就只是黑匣子等纯属技术领域的非物质证据了。但事实上，作为另一个重要的证据，第一现场的完整影像资料本来可以保存下来。

第一个记录悲剧的人是南海公园附近的王大汉村的礼仪摄影师李三斌。当天8点30分左右，他正准备去给人拍摄生日庆典，听说飞机出事了，马上开着昌河面包车，带着松下M900摄像机，赶到南海公园，当了12分钟的业余记者。

他拍摄了飞机残骸在水中的特写镜头，一些蜷缩的尸体，周围散落的物品，以及正在燃烧的熊熊大火。

当时，包头市消防四中队的救援行动刚刚开始，大多数现场还没有被动过。在拍摄到第12分钟时，一位年轻的警察打断了他，表示录像带要由前者暂时保管，请李三斌稍后去机场派出所领取。

李三斌至今仍在四处寻找这位警察，困难的是，不知道他的名字。

关于这场空难，几天来，记者还一直试图联络一位曾经坐过这架失事飞机的上海乘客，但他的手机一直转到全球呼状态。此前一个星期，似乎带有某种预兆意味，这位乘客曾经以书面形式，表达过对该飞机的安全状况的强烈不满。

另外，据《广州日报》报道，在一周前，一位叫叶国柱的乘客也有过同样的举动。

4. 各种传闻

几天来，围绕着飞机失事的原因，记者听到了大量传闻，有人猜测，飞机升空后动力不足，可能是燃油被注水所致。另外，飞机提前升空，可能导致发动机预热不足。还有传闻说，飞机提前起飞是因为上海某公司的老总急于赶回上海，打电话给东航的朋友帮忙，东航方面由此要求机组人员听命所致。

在24日下午的新闻发布会上，东航公司总经理李丰华对这些传闻一一否认，他说，燃油注水是不可能的事情，21日当天包头气温并不过低，发动机不需要长时间预热，飞机应乘客要求提前起飞的说法，违背基本的航空常识。

更敏感的传闻是，由于东航飞机和人员的超负荷运转，飞机在起飞前未进行例行的检查。

东航开通直飞包头的航班时间不太长，MU5210是东航在包头过夜的第三架飞机，根据东航与包头机场双方刚刚达成的一项协议：从2004年11月30日开始，东航在包头起飞或停经的飞机由包头机场负责检测，而在此之前均由东航公司进行安全检测。传闻说，11月20日到达包头的东航公司人员只有罹难的飞行机组，却没有机务部人员出现。传闻还包括，北方新报的一位记者在出事当天采访机场一位高层人员时，被访者无意说出飞机当晚并未检修的细节，随即这位高层自言自语道："我是不是说多了？"

11月23日下午，对于记者提出的飞机在起飞前夜未检修的问题，东航处理此次事故的负责人拒绝回答。在24日下午的新闻发布会上，有记者再次提出此问题，李丰华仍未明确回应。

（发表于2004年11月25日头版，编辑杨瑞春）

记者手记：一个记者的24小时

■ 李海鹏

对于灾难报道如何做出深度，我相信大多数国内一流媒体已经有共识了，就是在报道天灾造成的伤害之外，还探究“人祸”的有无。但是对于空难事故，我想几乎没有记者能做到这一点，因为涉及的专业知识实在太庞杂。在做这次报道期间，我紧急地查到一份大约是叫“庞巴迪飞机飞行手册”的资料，应该是上海航空公司的，我发现自己根本就掌控不了其中的知识和信息。主要问题是手册里的信息点太多，太复杂。一架飞机坠毁，问题也许只出在一个部件上，但这个部件的故障原因，比如起落架不能降下的原因，可能有40种之多，这就远非业外人士所能掌握。

当时有些媒体在探究空难是不是飞机翅膀结冰造成的，而在很久之后，调查结果恰恰支持了这一点。不过回顾起来，我还是觉得自己没有聚焦于此是正确的。这是一个特别专业的技术性问题，我不能把报道的重点放在这里，因为我没有能力对它的新闻价值做出判断。

我的聚集点有两个：一是事故中发生了什么，二是灾难发生之后的后续和进展，以及贯穿在这两点里的“人的故事”。关注人的故事，这是南方周末一直强调的基本报道方式。

我首先想要还原一个事实：飞机当时是怎样掉下来的。这在报道层次上并不高级，但它可以满足读者的好奇心。我们出报的时间比其他媒体晚了一周，按理说已经没有什么事实可还原，但我发现其他媒体选择的观察点有问题，以致他们没有做出准确的事实还原。

我首先选了两个端点，一个是机场，一个是飞机坠落的公园，两点之间形成一条直线。我确定的第一个观察点就在这条直线上，是公园外面一个店铺，店铺的窗户正对着机场，店里的人可以向我描述飞机起飞的高度，以及飞机左右摇摆的情况；第二个观察点，在这条线的垂直线上，即出来倒垃圾的小青年白龙，他看到了飞机的侧面，可以判断飞机的仰角，上下的起伏；第三个观察点，是公园里面的人，他们看到了飞机坠落的场面，补充了前两个观察点的盲区。

为了采到乘客信息，我需要找到机组人员和死难者家属。东航把消息都封锁了，通过机组人员完全找不到任何线索。我用了一个方法，当时还算比较“先进”，我是说当时并没有很多记者像我那么用功地在网络上搜索信息：每当重大新闻发布时，新浪和搜狐网都会有大量评论和跟帖，其中就一定会有核心信息当事人的周边人的发言，只不过会埋没在数不清的声音当中；做灾难报道，一定要花时间把这些帖子都看了，里面必然会有你想要的内容。这是基本功。

包头空难的跟帖有七八十页之多，我花了三四个小时翻阅一遍，在新浪网的评论中发现了副驾驶易沁炜的个人信息，以及他的同事的悼念帖：“小易，告诉我，从300英尺往下坠落的1分钟里，你想起了什么？你还是个孩子，你一定也很慌乱。告诉我，你想起了什么？”

发现这些信息是在截稿日的早上9点多，已经来不及做更细致的采访，我找到飞行组电话，打过去就问几个问题，最核心的其实只有一个：这段话是不是事实？得到核实后，我把它写在了报道里面。

这个采访做得很累，整个采访过程当中，我很少睡觉。做灾难报道，我的经验是越不睡觉做得越好。灾难报道跟其他调查性报道最大的不同之处是，信息是开放的。警方通常会在现场拦一条警戒线不许随便出入，但你总有办法可以进去。只要进入现场，获得信息的方法非常简单，随时随地都会有收获。因此劳动时间决定劳动所得，要尽量在短时间内多工作，争分夺秒。

我们到达现场比别的媒体晚，采访时间加起来大概只有24小时，能做到这样的程度我认为已经很不容易，但我自己对报道质量并不持很高的评价，能够获得读者好评，也许是因为描写比较生动。

人工盲童

编者按：

早产儿视网膜病变，一种因经验不足、训练匮乏或者人心冷漠而被忽视的疾病。

在中国，由此已出现了大量本可避免的儿童致盲病例。其中天津市中心妇产医院，仅在9个月中，就至少出现了6个“人工”盲童。

他们将生活在永远陌生而黑暗的空间中，眼球则会像干苹果一样萎缩下去。

这些人工盲童的产生，无疑对有关医疗部门和医护人员的责任感和职业素质提出了责问。

1．吸氧，令他们坠入无边黑暗

●早产儿视网膜病变：早产儿视网膜尚未发育完整，如处于高氧环境下，视网膜血管收缩、阻塞，使局部缺血、缺氧、诱发视网膜血管异常增生，从而引起渗出、出血、机化等一系列改变。异常增生的视网膜血管，穿过内界膜向视网膜表面发展并伸入玻璃体内，由于渗出玻璃体内血管机化，在晶体后形成结缔组织膜，因牵引引起视网膜脱离。

杨德山在深夜里钻进洗手间，关上灯旋转了两圈儿，失去了方向感。他试图猜想，如果自己身边的黑暗像笼罩着女儿的那样永不散去，那么自己会体验到什么。

这种恐怖的感受，如今已经被许多与杨德山一样的盲童的父亲所深刻了解，用心理学的专业描述，它包括：对残损的存在的差别意识导致的极度压抑、焦躁，失去大多数信息来源的痛苦，没有前途的绝望。

2001年11月15日，杨德山的女儿杨蔚依早产出生于天津市中心妇产医院，她是三胞胎中最小的一个，孕龄7个半月即32周，体重1400克。与其他早产儿一样，她有着生命危险，因此立即被送到新生儿科重症监护室进行抢救。新生儿科的医生把一份“抢救告知单”交给杨德山，上面详细地列举了抢救过程中可能出现的问题，比如窒息、脑瘫等等，但没有任何涉及可能导致视网膜病变的字句。在出生记录上，杨蔚依被描述为“双眼等大、等圆，状况良好”。

此后6天，透过重症监护室的玻璃门，杨德山看到女儿像小猫一样安静，一直戴着吸氧头罩。第7天，妻子郝云丽出院，女儿则办了转住院手续，继续住院抢救。事后，按照收费清单记录计算，杨蔚依共吸氧13天，有间断。

2001年12月5日，杨蔚依出院了，她的眼睛大而明亮，随物转动，杨德山夫妇很幸福。这段幸福的时光持续了3个月。

他们不知道，这也是永远地失去机会的3个月。

3个月后他们突然发现，孩子的瞳孔在夜间会变得很小，不正常地亮，像猫的眼睛似的，而且在灯光下会反射出一个白点。杨德山咨询了附近的一些医生，他们也不懂是怎么回事。到杨蔚依快4个月大时，白点的直径已经扩展到5毫米，通过它，杨德山可以看到女儿的眼底白茫茫的一片。

在恐惧中，他和妻子带杨蔚依去了天津医科大学医院眼科中心，专家张虹看了看孩子，第一句话就问：“吸氧了没有？”

早产儿视网膜病变，一种因经验不足、训练匮乏或者人心冷漠而被忽视的疾病，到此时已经永久地、不可逆转地伤害了杨蔚依。

受到损害的不唯她一个。每天，至少有十几名患早产儿视网膜病变的儿童的家长聚集在北京大学附属人民医院，等待着手术治疗——这是国内仅有的三家能进行手术治疗的医院之一。手术是“亡羊补牢”的办法，尽管希望渺茫。他们来自不同的地方，孩子都是早产儿，都进行过用氧治疗，都未曾被医院告知潜在的危险。

正是在这里，杨德山遇到了几位同样操天津口音的家长，然后他们才发现，他们的孩子都出生在天津市中心妇产医院。从2001年11月到2002年7月，仅9个月的时间里，仅这家医院的这个科室，就至少出现了6个失明的早产儿。

在杨蔚依出生后6个月，2002年5月2日，刘东江的儿子刘维铧也出生在这家医院，孕龄7个月，体重1050克，立即被送进新生儿科重症监护室给氧。事后刘东江回忆，并通过检查病历后发现，中心妇产医院并没有告知他连续用氧所带来的医疗风险及可能导致新生婴儿眼睛及肺部损伤致残的严重后果，也未采取任何相关的预防和治疗措施。

刘东江抱怨，该医院医患比例失调，医生护士人手不够，导致刘维铧缺乏照顾，在住院第22天时因溢奶引起吸入性肺炎，从而延长了住院及用氧时间。

到出生后65天出院时为止，病历上记载，刘维铧累计用氧时间为1040小时。也就是说，在住院的全部43天零8个小时的时间里，氧气从不间断地被这个婴儿吸入肺部，成为一种毒素，一分一秒地导致眼部血管畸形发育，从而造就了一个“人工”盲童。

出院结算时，每小时2.5元的氧气费在孩子医疗费中，所占比重为1/10。刘东江的遭遇仿佛就是杨德山的故事的重演。当年7月5日，刘维铧出院，刘东江度过了一生中最幸福的一个月。8月中旬，瞳孔上的小白点儿出现了，而且发展很快，像照相机快门一样涨开，仅仅一个星期就涨满了整个瞳孔。

全国仅有三家医院可以手术治疗这种并不罕见的病症，从它们掌握的记录来看，无论是来自哪个省份，任何一个患早产儿视网膜病变的孩子的经历都非常相似。

在某些时候，李雨宸是她的父亲李永成的骄傲。“她挺好看的，挺可爱，有时看着她也挺开心。”他说。但是更多的时候，他不得不目睹女儿如何深受折磨，并感到她发泄似的折磨别人。如今李雨宸1岁又7个月大，脾气很坏，从来不让人碰眼睛，但是自己总是非常使劲地把手指抠进去揉。如果不如意，她就砸东西，咬人，要是咬不到别人就咬自己。就是在最乖的时候，她也需要姥爷和姥姥两个人才能看护好，一个人根本制服不了。每天下午，她拿着一根棍子掏床底，因为她记得自己曾偶然地掏到过一只核桃，当时它发出了喀啦喀啦的声响。另外她还喜欢在耳边撕报纸，当它嘶啦一响时，她就格外认真地谛听。

李雨宸2002年7月19日出生于天津市中心妇产医院，早产，体重1800克，治疗单上注明，她吸氧7天，164小时。如今她比刘维铧好一点儿，还没有双目全盲，如果运气好的话，左眼也许还可以保留一点儿光感。

2004年2月14日，刘维铧被奶奶抱在怀里，从背影看，是个柔软、漂亮的小东西，可是在正面看过去，你会发现他的脸上已经有了那种似笑非笑的麻木的表情。当他爬行时，他会转圈儿，因为找不到方向。吃东西时他不确定那是什么，总是害怕地含着。智力发育很慢。没有昼夜观念，白天睡足了之后，整夜地玩可以发出声响的塑料袋。

杨蔚依2岁又3个月大了，但并不懂得这个年龄该懂的社交方式，比如撒娇。她解决问题的方式只有大哭，而且如其父亲所说，是泼妇的那种哭嚎。当她哭得手脚使劲刨动，父母难受的程度“超过撕心裂肺”。

在天津市中心妇产医院出生的这4个盲童中，她是脾气最暴躁的一个。

“她什么都不懂，”杨德山用力抓住面前的那杯橙汁，说，“真是生不如死。”杨德山陷入到一种经典式的悲剧之中：他最恨的，也正是他最爱的。他爱另外两个健康的儿子，不如爱这个残疾的女儿多；这种爱却痛苦又绝望，导致他曾经想过杀死她。最终他没有那么做，因为“看孩子时的那种爱，真是看哪儿都可爱”。

2. 时间窗，在无知无觉间关闭

●早产儿视网膜病变如果在孩子出生4周至6周时发现，是治疗此病的最佳时机，治疗后，孩子的眼睛与常人无异。但可供治疗只有两周时间，所以又被称为“时间窗”，如果过了这个时间段，只有10％的治疗可能。“时间窗”一关上，孩子就坠入永远的黑暗。

在子宫中，胎儿会经历美妙无比的塑造，依照大自然的调校准确的时钟，全身各个部分会同时生长，深具程序之美。在此过程中，眼球会逐渐发育，那些细小的血管由视神经乳头出发，像触须一样向边缘慢慢延伸，直到婴儿出生前一刻才抵达目的地。就像高级生产线上的汽车组装一样，当发动机被安置好了之后，轮胎也几乎会同时安装完毕——这是完美的统筹学。但是，作为大自然的另外一种设计，早产儿必须面临更多的艰险。从医学统计的意义上说，早产是不可避免的。在美国，早产儿在全部新生婴儿中占有20％的比重。在我国，这一统计数字是10％，这仅仅是因为我们的医疗条件落后一些，另外一半孩子夭折掉了。对于早产儿来说，眼部血管发育的后半段只能留在出生之后完成。为了抢救他们的生命，氧气必须使用，但正是用于救命的氧气，有时会导致眼部血管畸形发展——在高浓度、长时间的血氧环境下，它们不再向边缘延伸，而是就地膨胀、变粗、打结，有时形成出血，形成一种可怕的牵拉力，最终会硬生生地把视网膜从眼底撕扯下来。这种被撕扯的痛苦从来没有，也永远不会被准确描述——承受它的都是不会开口说话的婴儿——当它发生在杨蔚依、刘维铧、李雨宸的眼球中时，他们只能昼夜不停、水奶不进、撕心裂肺地号哭。北京大学附属人民医院的黎晓新教授是国内的眼科权威之一，她说，即使是正常使用氧气，也不能排除早产儿视网膜病变的危险。但是，她强调，早产儿视网膜病变是完全可以避免的。如果医院科学用氧，就会大大减少病变的几率；如果对用氧的早产儿进行眼科监测，尤其是抓住出生4至6周的最佳治疗期，即“时间窗”，那么完全可以避免对视力造成重大损害。

“及时治疗，至少可以保住1.0的视力。”她说。

瞳孔出现白点，即是病变进入晚期的征兆。早产儿视网膜病变分为5期，在3期之前，视力还有机会得到不同程度的挽救，4期希望渺茫，5期则毫无希望。岳军，后来记起了孩子岳兆祥在3个月左右时曾有一段日子日夜不停地号哭。他后来知道那时孩子的眼睛进入了白瞳发展期。而他，却不知所以，茫然地挨过了那苦恼的两周。岳兆祥于2002年1月11日出生于天津市中心妇产医院，孕期7个月，体重1600克。在医院氧舱吸氧155小时。出生6个月时，被确诊为早产儿视网膜病变。杨蔚依、李雨宸、岳兆祥的“时间窗”，因为医院未对家长加以告知、提醒，都在家中被错过了。刘维铧的“时间窗”是在医院中度过的，当时天津市中心妇产医院未对其进行任何眼科检查。在刘维铧出院前一天，由于医院新生儿科中刚刚出现了一个早产儿视网膜病变的病例，而且刘维铧吸氧长达1040小时，新生儿科似乎也意识到了存在着危险，因此请了眼科医生来做检查，但医生仅仅看了看瞳孔，就说了句“挺好”，走了。这天恰好是刘维铧出生的第6周的最后一天，“时间窗”刚刚关闭。

“时间窗”一再地未经利用就已关闭。不仅在天津，也在上海、南京、深圳……

吴懿雯于2003年2月18日出生于上海，体重1100克，吸氧10天，后全目失明。同年4月17日，陶佳妮生于上海，吸氧导致全盲。顾毅2001年9月17日在江苏常州出生后，吸氧13天，现全盲。在武汉、福州、珠海、江阴、巴彦、仙居、南京、温州、广州等地，依循一个个孩子的名字、病例和照片，我们都可以发现早产儿视网膜病变治疗的“时间窗”被一再错过。

“时间窗”一旦关闭，孩子们就永远失去了复明的机会。刘东江在儿子发病后查阅了大量的医学资料，得知此种损伤是不可逆的，甚至不因医疗条件的好坏而有所改变。

2002年6月，郑小可出生在深圳，孕期29周，体重1200克，由机械供氧5天，面罩吸氧将近一个月，后出现视网膜病变。第二年5月和6月，父亲郑华章带女儿到美国波士顿眼耳医院做了两次右眼手术，7月在底特律做了左眼手术，最终与那些在国内进行的手术一样宣告无效。刘东江夫妇连同他的父母，带着刘维铧在天津、北京、青岛、上海等地的医院辗转求医，最终在上海复旦大学附属眼耳鼻喉医院做了视网膜贴复手术。

医生告诉刘东江，只有1/10000的成功机会，最终，这太微小的希望火苗熄灭了。

“做这种手术就像是在山洞里行走，”黎晓新教授说，“走出去就看见光亮，走不出去就永远沉到黑暗里。”早产儿视网膜病变导致的几个后果依次是：1. 视网膜脱离眼底；2. 视网膜皱起，就像一张平展的纸被团成纸团儿，而且可能出现裂口；3. 视神经萎缩。

手术的目的将是恢复视网膜的形状和位置。以河北保定的患儿黄京京做的手术为例，黎晓新的工作是，切开角膜，拿出晶状体，切掉血管畸形生长形成的增生物质——这是最为危险的环节——然后用针管向眼球内部注射昂贵的进口粘弹剂，由它把视网膜压回眼底。

在一些大城市的好医院里，有经验的医生们对于各种眼科手术越来越得心应手，因此如果孩子们还处于“时间窗”中，那么，问题不大，甚至很小。可是如果“时间窗”已经关闭，那么，“很小”的就变成了希望。

问题不是出在亡羊补牢阶段，而是第一根栅条松动之时。

3. 要生命就不能要眼睛？

●天津市中心妇产医院对新华社记者表示，早产儿视网膜病变刚刚引起国内医学界的重视。救治早产儿，从某种程度来说，要生命就不能要眼睛。

是这样吗？

岳军曾向天津市中心妇产医院提出孩子眼睛似有问题，不能正常视物，却被医院告知早产儿发育慢属正常情况，可以用鲜艳的东西逗弄孩子。

从4个孩子经历看，以最基本的逻辑判断，天津市中心妇产医院应该是对潜在的危险毫无觉察，除非他们是蓄意所为。4位家长则指责说，医院完全是为了赚钱而供氧。刘东江说，这家医院的氧气每小时收费2.5元，按照医用氧气每瓶6立方25元的价钱推算，医院至少有150%的利润。

尽管记者进行了耐心的说服，并指出回避是最差的公关态度，天津市中心妇产医院院方最终也没有接受本报的采访。医院办公室的杨帆说，她受命接待来访的记者，并转达院方态度：不回答任何问题。新生儿科的一位主任同样拒绝了采访。但是，这家沉默的医院显然在为当初没能多说几句话而懊丧不已。无论是哪位医生、护士，只要被询问到“为什么没有告知家长并采取预防措施”的问题，都会明显地表现出一种谨慎的沮丧。

刘东江花费大量时间在图书馆查阅相关医学资料，他家里现在堆了厚厚的医书。

刘东江指责医院见利忘义的重要证据是，在《实用新生儿学》一书中，有关早产儿视网膜病变的知识，如“当吸入氧气浓度过高，或供氧时间长，可能发生氧中毒，眼晶体后纤维增生最常见，表现为晶体后视网膜增生或视网膜剥离，使视力减退或者失明”，至少有6处被提到。而他曾亲眼看见，这本书就摆在医生的桌子上。

1942年，德国医生Terry在因白瞳症及视力不良而受检的婴幼儿中发现了此病。当时推测这种位于晶体后的纤维膜为先天性晶体血管膜之遗迹，称为晶体后纤维膜增生症，1949年经临床观察证实，本病并非先天形成。1950年被Heath医生命名为早产儿视网膜病变。从那时起，时间已经过去了50多年，在中国，有关这一病变的知识在各种医学教科书中也一再出现。但是，知识的传授远远没有转化为实践的成果。

在中国，目前只有北京大学附属人民医院、复旦大学附属眼耳鼻喉医院和中山大学附属眼科医院三家医院可以诊断这种疾病。

天津市中心妇产医院先后遭到了这4名家长的起诉。两个正处于治疗期间、家长没有起诉因此不愿透露其姓名的患儿，同样出生于这家医院。

在国内，已有相关判例出现。2000年10月，司法部司法鉴定科学技术研究所曾做出鉴定书，针对楼林昊天失明一案，认定洛阳市一家医院“医疗行为存在明显不当”。江苏省高院也曾做出法医学鉴定，认定南京市一家医院对庆宇翔的失明“存在过错”。河南新乡红旗区法院则认定，新乡市一家医院对何宜轩的早产儿视网膜病变负有责任，存在“治疗过错”。在以上几例中，法院都判决医院承担民事赔偿责任，赔偿金额从30万到80多万元不等。

但是，更多的家长在早产儿视网膜病变诉讼中难以胜诉。在新华社等机构的新闻资料库中检索，可以很容易地发现这一点。

有受害儿童的家长认为，医疗责任认定如此艰难，权力和信息不对称是主要原因。在与医院的“战争”中，刘东江是最坚定的一个。在名片上，这位初中毕业的铁路职工给自己加上了一个头衔：早产儿视网膜病变患儿家长。他开通了一部小灵通，专门用于与各地的患儿家长联络。

他很激动，不断地用左拳砸右掌，不断地质问：院方医护人员是否经过基础的用氧培训？是否盲目用氧？用氧时必须同时使用多项仪器监测，医院是否执行？住院期间是否按照诊疗规范检查眼睛？

刘东江指责说，在法院做出证据保全之前，天津市中心妇产医院已经篡改了病历。按照病历书写规范，签字必须出现在记录的下一行，但在刘维铧的病历上却出现了异常情况。在2001年6月26日下午2点的一条病历中写道：“因缺氧给予氧气，易引起早产儿视网膜病变，现在双眼灵活，对光反射，眼球可随眼前物体移动，计划近期请眼科专业医师检查眼底。”这些记录占据了两个半行，字距明显小于同一条记录的其他句子，署名“李云萍”则出现在尾句的同一行，似有事后添加的痕迹。

即使如此，刘东江说，这一“近期请眼科专业医师检查眼底”的计划也从未实现过。

卫生部已委托中华医学会在近期召开专家论证会，要求后者就天津市中心妇产医院出现的问题尽快提出专家意见，以便作出进一步处理。

患儿的家长们已经产生了一种同仇敌忾的感情，徐惠林说：“我们的遭遇都是一样的。”她的儿子傅振东，2002年6月1日在上海出生，吸氧11天，治疗前后都未得到医院的有关提醒，出生5个月时被查出视网膜病变已至晚期，虽经全家举债为孩子两次手术，亦不能挽回视力。

郝云丽性格温和，被丈夫杨德山认为是一个贤惠的妻子。在杨蔚依失明之后，她性格大变，导致夫妻经常争吵。事实上，杨德山承认，自己的性格也变得怪异。他不再去参加任何娱乐活动，不愿意听任何人谈起任何孩子。他回忆说，甚至在北大人民医院为孩子做手术期间他也是幸福的，因为当时他还残留着最后的期望，夜里还用小手电测试杨蔚依有无光感。现在，他不再需要小手电了，只希望她安静下来。

郝云丽大概快下岗了，她所在的小卫生院薪水微薄，有一个月的工资只有4角6分。杨德山每月收入1000多元，当他计算孩子未来的生活费时，每年只以千计。

刘东江的性格更好胜一些。“每抢救回一个孩子，都是我的胜利。”他说。

刘东江总是盯着健康孩子的眼睛看，常把人家的孩子吓哭了。李永成等待着今年6月的复查，期望女儿可以有些光感。岳军除了忙于照顾脾气暴躁的孩子，还要应付债务。杨德山走在路上，观察那些盲人，设想女儿将来会遭遇什么。

孩子们将来的遭遇是很明显的。他们都将进入天津市解放南路的盲校，而不是普通的小学。在那里，孩子们用于学习基本的生活能力的时间要多于学习拼音和数学。他们将生活在永远陌生而黑暗的空间中，眼球则会像干苹果一样萎缩下去——直到他们死去，也许70年，也许80年。这些人工盲童的存在，都意味着对他们曾经的这个时代的爱的能力、责任感和职业素养进行责问。

（发表于2004年2月19日特别报道版，编辑张捷）

记者手记：首先来自情感

■ 李海鹏

事情已经过去七年了，我的记忆所余不多。我只记得那是2004年情人节之前，我在天津呆了一个星期，每天与盲童的父母交谈，拜访他们的家，观察那几个小孩。报道发表后我再没看过。这次重读之前，我本以为它写得很差。当年我在新闻写作方面并无随心所欲不逾矩的自信，而如今，即便比诸自己做新闻的最佳阶段，我的写作能力也成熟了很多，此消彼长，差距该非常明显才对。我想我再读旧作，难免看不如眼。读了开头，似乎的确如此，但是读到600字之后，我开始觉得这报道不错了，读完全篇，觉得称之为好也不为过。布局谋篇什么的，就不说了，至少有模有样吧。重要的是，它让我回忆起了自己做记者时堪称真诚的善良。

获得文中提到的信息是非常自然的。家长们痛苦，想倾诉，愤怒，想追究医院的责任，几乎不必提问就会告诉你一切。我需要做的只是在笔记本上画线、打对号、打着重号，如此分为三级，标注信息要点。写作时则选择这些要点，构成全篇。当我做记者时，我尽量回避谈论写作技巧，因为很多同行似乎认为写作技巧是对采访的亵渎，就像戴花的女人一定不正经一样。如今我可以说了，对信息要点的选择是一门艺术，它来自对事实的理解，去往叙事的魅力。

这就像我们看齐达内踢球，转身、抹球、再转身、再抹球，每个动作都很简单，但是效果何其惊人！这就是“马赛回旋”。简单的动作经过合理的配搭就成了魔术。信息组合的技艺也是如此。

很难用三言两语来解释这一点。举例来说吧，《百年孤独》里有个性感无比又不通人事的姑娘，叫俏姑娘雷梅苔丝，马尔克斯想写她飞到天上去，怎么也写不好，就觉得一个大活人飞起来这种事太难写了。憋了好几个月，他灵光一现，决定让她在晾衣服的时候吹来一阵风，她抓着白床单，飞了。马尔克斯在回忆时说，我终于让她飞起来了。要我说，这就叫天才。小说世界中，飞起来的人数不胜数，可没有任何一个像雷梅苔丝那样飞得自然，飞得必然，飞得像在热带版的《旧约》中一般，飞得如她自己——性感无比又不通人事。我们可以说，雷梅苔丝与白床单，就是一次完美的配搭。其实，对于新闻而言，信息要点的选择也是寻找配搭。

任何新闻报道都不可与名著相比，遑论这一篇，但是你可以看到，这里有非常多的信息点，我像捡拾碎片一般把它们从笔记本中拿出来，捏合成整体。这里牵涉到一种基本的叙事技巧，叫做“多条线索”。一般来说，超过3000字的报道，只有一条线索而令读者欣赏是不可想象的。你可以在这篇报道中看到多条线索的起伏、显隐，它们共同构成一种织体感，也构成事情的全貌。

当然，叙事技巧只是信息点的整合工具，一次掌握终身使用。真正困难的仍是对信息点的选择。

选择信息点的正确做法，无非是只写那些令你自己印象深刻的事，等等。一种常见的困难是，印象深刻的事虽有，却不足以装满全篇，我们只好更多地写平淡无奇的字句。通常这意味着你的采访已经失败。认真的话，重新采访好了。另一种困难便是面对纷繁复杂的信息无从选择。这就意味着配搭能力的不足了。按理说，配搭的艺术并不高深。想象一盘诱人的菜是由哪些成分组成的——为什么羊肉和白菜配搭？为什么菠菜和芥末配搭？当然是因为可以构成美味，恰如不同信息点的配搭可以构成一篇深入、精彩的报道。可是，这只是“按理说”而已，并非每个人都擅长发现事物间若有似无的联系。因此，学习就是必要的。恰如只要我们总是因为吃过羊肉白菜而懂得这两样东西可以烩成一锅，配搭信息的技巧也可以通过多读优秀的报道来学习。

很抱歉我在说ABC，虽然最伟大的记者应该就是ABC最坚定的信徒。还是回到这篇报道来吧。

当我重读这篇报道时，我再次体会到当初在键盘上敲出它时的难过与遗憾，那大概是个晚上，那时我总是深夜写稿子，那时我大概很累。我难过，是因为没有人会不因为这些事而难过。我遗憾，是因为这些事居然发生了。在南方周末，我做过不少悲剧性事件的报道，“本可避免”四字如同旋律，在其间萦绕不去。仅就本篇而言，一种1950年即被发现，在《实用新生儿学》一书中至少有6处被提到的医疗风险，竟然在中国一次又一次酿成悲剧，制造了那么多盲童，如何不令人遗憾？如今，我已经不再做记者，离这类悲剧已经很远了。重读之时，我又一次感到，人们是否对公共事务感兴趣，并不取决于观念，而取决于在生活中接触到了什么。如果你也曾像我一样亲眼见过这些事情，你就会理解，对公共事务的关心首先来自情感。

关于天津盲童的各种报道，包括这一篇和新华社的报道在内，促使卫生部在其后不久出台了《新生儿吸氧办法》和《早产儿治疗用氧和视网膜病变防治指南》等文件。有时新闻是有用的。如今，我用陌生人的眼光来审视这篇报道，我觉得，如果它是别人写的，我会有那么几分欣赏之意。

车陷紫禁城

编者按：

北京正成为一座名副其实的“堵城”。

交通突然跃而成为这个罹患多种“大城市病”的庞大身躯的头号难题。这个现代化城市是如此弱不禁风，以至于一场大雨或小雪的袭击就足以使它崩溃。是车太多了吗？是路太少了吗？是交通管理滞后？还是城市规划出了错误？北京的交通正面对一个关键的十字路口。

京B—85007在10月10日下午5时20分停在北京市朝阳区和平西桥北侧50米处，在它的前后是看不到尽头的阻塞车龙和连绵不断的秋雨。在庆祝建城850周年这一年，北京堵塞了，一条条通衢大道上竟然寸步难行。在前方15米处有个快慢车道的连通口，从自行车道上挤过来的一辆丰田汽车把车头摆进来一点点，准备插进车龙。在它后面，想加塞儿的汽车排成一列。5分钟后，京B—85007仍在原点。“车太多了。”司机崔钢林说。

202万辆汽车使得北京这个XXXL号的城市极其拥挤，但车辆过多并不是它唯一的问题。

1. 趴在宽阔马路上的北京

陶然亭的芦花，钓鱼台的柳影，西山的虫唱，玉泉的夜月，潭柘寺的钟声。

在《故都的秋》中，郁达夫最怀念这些景致。但这些闲情逸致对于今日北京人来说是非常奢侈的，如果崔钢林在交通高峰期到这些地点去，那么他花费的时间将分别为两个小时、两个小时、两个小时、两个小时、两个小时——去任何地方都需要两个小时。

秋雨从下午开始淅淅沥沥地下起来，适逢周末，车流本应大幅减少。但是次日北京电视台的新闻报道说，北京当天傍晚主要交通干道二环、三环、长安街、平安大街全都堵了个水泄不通。

堵车时刻如此之多，以至每个北京人都已对那种车龙蔓延、金属闪光的烦躁情景熟视无睹。但是此时，比烦躁更多的是愁苦。崔钢林反复擦着前窗玻璃。从侧面车窗看出去，别的汽车里的人们也是百无聊赖，徒然浪费着生命。秋雨从他们脸侧的玻璃上淌下去，速度大约每秒钟半米。车龙的速度则是零。5分钟零公里。10分钟零公里。

10年来，随着这个超级城市被建造得日益巨大、壮丽，交通拥塞似乎已成为其不可摆脱的一种属性，渐渐地强化了人们的忍受能力。但进入2003年以来，人们明显地感觉到堵车的情况迅速加剧；而夏末以来，加速的速度也升高了。很多人都感到某个临界点已经来到，它意味着心理承受的极限。

“每天堵车至少5个小时，着急时真想把车给砸了。”金建出租车公司的司机崔钢林说。他隔天开车，每次连续开24小时，对堵车的感受格外深刻。

崔钢林亲身感受到吸盘的吸力越来越大——北京市越是在规划上像一只庞大的章鱼一样四处伸出触角，它在交通上就越是把汽车固定在道路上，使它们寸步难行。

每个工作日的上午7时到10时，超过50万辆的汽车会从外城驶向二环内的大机关和公司，它们找不到任何放射状的入口，只好使用“井”形交通网络和环路系统，只消有一场事故或一个不恰当的红灯，车速就会立刻由缓慢行驶变为蠕动，最终完全被塞得不能动弹。下午4时到7时，这些车辆会原路返回，同样的程序再次上演：慢行—蠕动—塞死。

京B—85007关闭了发动机，雨刷停摆。秋雨迅速地模糊了前窗玻璃，车流佁然不动。

在乐观的心态、时髦的刺激和壮观的美学引导下，这个城市在过去十多年中追求洪水般的剧烈变化，多于追求连续的、逐渐的和温情的变化。二环里的地皮几乎不为地产开发商所用，市民越来越多地迁往城市边缘，在穿越广袤的城市时，他们发现自己需要汽车。8月，北京市交管局向外界宣布“北京市机动车保有量突破200万辆”，按照原来的预期，这一数字应该在2010年才会达到。平均每一天，主要由年轻准中产阶级人士购买的新增小汽车达到1000多辆，如果它们前后衔接开上马路，会排成10公里长的长龙。

如果通过和平西桥，京B—85007就将拐上三环路。在如此拥塞的时刻，三环路显然会成为一条漫长的停车走廊，但选择城区内的街道，对司机来说将是更可怕的灾难。

2. 金属车流吞噬了“街道芭蕾”

宽阔的交通干线曾是北京的特征，马可·波罗在其《游记》中赞美道，元大都的一些街道“其宽广的程度，前所未闻”。但是今天的汽车文化之下，那些原本为马车和骆驼准备的宽阔街道已经变得太过拥塞。为了拓宽街道，北京已经在建筑和文化上付出了巨大的代价，交通部门已多次表示，路已几无可拓之处。

北京交通已经脆弱到了这种地步，只有在运气最好的时候才可能顺畅一些，任何一点儿意外事件都可能造成大规模的拥堵。和平西桥北侧正在施工，原有的六车道变成了四车道，这就是当天堵车的原因。

在新街口经营音像店的孙国强有一次不得不违章行驶，才弄清楚当时堵车的原因多么可笑。当时他被堵在南四环路上长达3公里的车龙中，等到钻来钻去、冲出重围时，才发现唯一的阻力来自最前方的几个车速较慢的新手，而在他们前面则是一片开阔的公路。“一辆车的速度慢上20公里，它后面的车道上就能形成长龙；几辆车同水平线地慢上20公里，四环路就能瘫痪。”

这类“蝴蝶效应”在北京市区内更是时时发生。任何化身为汽车的蝴蝶不适当地扇动一下翅膀，都会在几公里之外引起一场堵车风暴。

每个选择公交车的乘客占据的道路面积只有私家车的1/15，而选择地铁的乘客占据的道路面积是0。但是有70%的北京人没有选择节省道路面积的出行方式。据北京市交通局公布的数字，从1980年至今，北京机动车数量以平均年递增15.9%的速度增长，而同期道路面积的平均递增率仅为4.76%。

京B—85007仍旧停在和平西桥北侧50米处。20分钟零公里。“秋雨连绵，堵车时看看风景也不错。”收音机里，北京交通台“一路畅通”节目主持人李莉、杨洋安慰着他们的听众。在这个时段，几乎每辆汽车里都在收听这个把直播间设在交管局指挥中心的路况信息播报节目。

“很多听众告诉我这个节目应该叫‘一路不通’。”杨洋抱怨说。

安慰听众是必要的，但是秋雨中并无风景可看。堵车对于城市来说是一个标尺，必然意味着更多的生活内容的消失。在北京的路边，人们越来越少地看到公共空间中的市井生活，街边店铺前的散步聊天，拐角处的点头问候……这些被雅各布称为“街道芭蕾”、被芒福德称为“城市戏剧”的场景，在匆忙的北京已经日渐消失。超级城市的超级特征压迫一切，金属车流正在吞噬城市的旧象征。

世界上的超级城市不止北京一个，问题也不唯堵车而已。只是，这里的人们更多地强调技术问题，而较少考虑文化症结。

突然间，前方的本田SUV闪动起步灯，15秒钟后，车流开始移动。真是令人不敢期待的一刻。汽车一辆接一辆转动起车轮，好像忽然苏醒过来，还带着倦意。连通口处的丰田汽车殷勤地摆动车头，鸣响了喇叭，请求后面的汽车允许它加塞。它加了进来，紧接着是它后面那辆，然后是下一辆。出租车、小卡车、私家经济型车。

京B—85007开动着马达，试探着，准备抢先通过，可是车流忽然又停了。红灯再次亮起。

从十一假期开始，在一家广告公司工作的霍红蕾就在北京市交通安全教育学校学车，她与同月的两万多名“同学”一道，即将加入北京市370多万驾照拥有者大军。这一数字中有超过200万人没有自己的车。在很多时候，他们把驾照借出去，为违章的朋友抵掉一些被扣的分数。另外一些时候，他们租车或借车，加入堵车的车流；而由于技术生疏，也许还会制造堵车。

“在北京你没有车寸步难行，不考驾照你怎么办？”霍红蕾说，但她也承认，享受生活也是准备买车的原因，“怎么说汽车在现在还是奢侈品。”她已经去亚运村汽车市场看了好几次车，正在跟男友商量买什么车型。这个城市顽强地保持着几百年来和几十年来的传统，到处排列着大院，而非开放的建筑群，使得高密度的道路网难以建设。另一方面，多年来的高经济增长率使得那些收入不错的市民心态乐观，允许自己适当地虚荣，渴望享受最现代化的生活方式，尤其渴望着其标志：私人小汽车。

京B—85007及其他几百辆汽车继续停留在原点。30分钟零公里。

3. XXXL型城市症候

在9月份北京市政府推出改善交通十条措施，北京市交通委员会编制完成了《北京交通发展纲要》之后，人们更多地把矛头指向汽车数量和城市规划思路。较之推动这两个因素的巨大的经济和社会力量而言，这些质疑无疑是便捷的。

事实上，北京市一直存在一个城市更新计划，这个计划体现在种种文件之中，又绝不仅限于此。它是一系列意识的组合，是超级城市之梦的外化，是几代人因对现代化的渴望而倾力演出的连续剧。政府在塑造国际大都市，规划师在塑造新北京风度，地产商在塑造田园诗意的生活，他们的共同之处在于对壮丽风格的喜好，对于大型策划的热情，并得到了市民们的欢迎。如今的成果却是，人们得到的是一个奔波劳碌生活极不舒适的北京。

这个巨人因为身躯过分庞大，不得不在肢体与心脏间建造过分漫长的血管，作为那些几乎窒息的血细胞，汽车不得不在管道中挤作一团。

2001年12月7日下午，因为一场再普通不过的降雪，北京全市交通瘫痪，汽车大量肇事，相当多的市民不得不在午夜徒步回家。2002年9月6日下午，由安定门桥至立水桥一段发生大塞车，引发北三环、北二环严重拥堵，直到午夜才逐渐缓解。2003年10月9日下午，因一场秋雨，北京全市主要街道再次发生大堵车，由城内开往顺义、通州等地都需要4小时以上。

经济学家茅于轼测算，北京塞车造成的损失每年达60亿元。而万泉源出租汽车公司的司机周海龙的抱怨更为朴实：每10分钟里多踩5次油门，浪费的汽油、鞋子，磨损的膝盖，造成的污染，谁来计算价钱？

建筑学家库哈斯在其著作《S，M，L，XL》中认为，在人类城市文明史上，XL型号的城市（*即超级城市*），很难被定义为胜者还是败者，但毫无疑问的是市民的主人地位被大大降低，甚至沦为城市本身的附属品。在曾以悠闲生活为特征的北京终于达到XXXL号的时候，这个悖论已经成为现实，它发展了一种异化的繁华，而“堵车是繁荣的标志”，只是这异化繁华的一个表征。

在现代汉语中，“现代化”是一个如此有魔力的词，以至每个人都不仅出于理性，而且出于本能地加以服膺。北京因此拥有了一种伟大的文化幻象，既抚慰市民对于生活不够舒适的抱怨，又鼓励他们购买汽车，像新的乒乓球一样，加入北京交通网那些本已堵塞的水管。

18时08分，水管中的一条突然疏通了，一辆辆汽车在和平西桥前迟缓地驶向茫茫秋雨。京B—85007再次打火，拐上三环路，向西行驶。在三环路上它还会遇到塞车，直到将近7时才会到达安贞华联商场。在那里，停放的汽车占据了1/2的马路面积，京B—85007必须缓慢地兜个圈子，才能进入下一条情况未知的街道，而它在北京的历险记还将长久持续。

北京市将为这种状况埋单1800亿元，以便在2008年奥运会到来之前彻底改造城市交通系统，这笔相当于大多数省会城市同期同类投入几十倍的投资的效果，将面临各种挑战。2008年将是北京市格局定型的最后时刻，也是城市良性发展的最好而且可能是唯一的机会。在此之前，人们不得不学习如何对付一场雨、一场雪、一次交通意外，以及如何与汽车相处本身。

（发表于2003年10月16日城市专题版，编辑关军）

记者手记：不仅仅是文本

■ 李海鹏

这篇报道发表于2003年10月。2003、2004年是北京堵车最严重的时候，在此之前大概两个月，《中国新闻周刊》曾做过一次封面报道，其他媒体也做过相关报道，毕竟北京堵车现象存在太久了，大家的感触太深了。

《车陷紫禁城》的特殊之处在于选取了不同的角度。以往的报道大多关注技术性问题，而较少考虑文化症结，而我的报道正是从文化的角度切入。启发来自亨廷顿的一本书：《文化的重要作用》。当两个国家制度上没有太大的差别，为什么经济发展水平会有非常大的差别？亨廷顿认为是因为文化不同，文化发挥着重要作用，决定着不同民族和国家的物质文明能够达到什么样的程度。

北京的城市道路布局是环状的，有中心，次中心，再次中心，边缘和边缘之外，这种布局是对莫斯科的模仿，也可以说是集权制度和集权文化的体现，至少有一点是不可置疑的：这种格局是人为设计的，决不是自然形成的。如果是网格状的布局，一个城市可能有很多分散的中心。

现在我们可以看到，北京已经有很多“分散的中心”了，这就是更多地尊重市场规律之后的资源的市场配置的结果。

北京所有大机关都在二环之内，这里几乎没有普通居民居住，在大机关工作的人住在三环，上班要进二环，下班要出二环，于是造成了二环路的堵车；大机关之外还有事业单位、企业单位、文化单位，分布在三环、四环，上班族的往来进出又使三环变成了“停车场”。从这个角度来看，堵车是北京城的文化架构造成的。

堵车的第二个原因是汽车总量的加速度增长。交通部门曾经预计北京到2010年机动车保有量达到200万辆，这个数据在2003年已经突破。在中国，小汽车是现代化生活的标志，这是集体意识导致的结果，正如我在报道中所写：“在现代汉语中，‘现代化’是一个如此有魔力的词，以至每个人都不仅出于理性，而且出于本能地加以服膺。”

于是矛盾诞生了：城市要变得现代化，要向美国看齐，人们要有大排量的汽车，要最大量移植现代化国家的生活方式。可老北京的城市架构为谁服务？是为党政机关，为集权服务，交通的设置不方便交流出行，不适应大量交通往来。政治文化和生活方式在根源上存在冲突。这就是报道的整体框架。

按照特稿的操作方式，某一天我打了辆车，从惠新西街去安贞华联，正常时候这条路应该花费15块钱，我却足足坐了三个小时车，只因为那天下了一场小雨。这是一组报道，整体的题目叫“一场秋雨导致的交通瘫痪”。当时的北京就是这样，下场雨交通就会瘫痪。整篇报道叙述的是我坐车三小时的过程，写这一辆出租车怎么走，怎么停，其中穿插文化背景。很多人认为这篇报道的价值在于文本价值，即胜在文笔和节奏感。这的确是一篇节奏感特色比较强的报道，有很多短句、叠句，且信息量大，跳笔比较多：当读者关注出租车在道路上的命运时，文化背景出其不意地插入；读者被文化背景吸引时，出租车又意想不到地出现。总体来说，如果单就报道的文本水准来说，这篇是我自己在南方周末工作期间最满意的几篇之一。

举重冠军之死

编者按：

由于睡眠呼吸暂停综合征，多年受困于贫穷、不良生活习惯、超过160公斤体重的才力麻木地呕吐着，毫无尊严地死了。在生前最后四年，他的工作是辽宁省体院的门卫，在他死去的当天，家里只有300元钱。

很多迹象表明，对于这位心地单纯、开朗乐观的冠军来说，退役后的5年是一生中最郁闷的时期，他不仅受困于运动生涯带来的各种痛苦的顽疾，更受困于家庭琐事、地位落差和生活压力。而更根本性的郁闷，既来自两个地方、两个时代的寂寞与喧哗的对比，也来自他一生都无法脱离举国体育体制。

1. 母亲感到不祥的早上

这天是5月31日，早上4点，布谷鸟刚叫起来，商玉馥梦见儿子喊她："妈呀，妈呀，你给我蒸俩肉馅包子吧，给那俩人吃。"在梦中，老太太最初以为儿子又像往常一样饿了，可是一阵突如其来的心慌让她猛然害怕起来。果然，儿子马上又重复了那句让人难以理解的话，"给那俩人吃！"商玉馥惊醒了，透过没有窗帘的窗子看了看微明的天色，心里堵得难受，叫起了老伴才福仲。这天清早老两口心情压抑，在租住的郊区房附近的野地里，紧抿着嘴，一言不发地走，一走就是好几个小时。等他们回到家，吃了稀饭，就接到了儿子的电话。

早在头一天夜里，刘成菊就在担心丈夫的忍耐力。他睡眠呼吸暂停综合征的宿疾早已培养了刘成菊的警觉，像往常一样，头一天半夜她突然醒来，及时地看到才力巨大的胸膛艰难地起伏着，由于只呼不吸，憋得面色发青。她赶紧找来那台辽宁省体院付账的价值6800元的小型呼吸机，给他戴上，打开到中档刻度“10”。才力又睡着了，房间里顿时充满了突然顺畅但仍粗重的呼吸声。借助这间朝北房间里的夜色，刘成菊看到丈夫汗水涔涔的皮肤，结婚5年以来已经数不清是第几次，深刻地意识到他活得有多么辛苦。

“我想我儿子了。”在走过苞米田时，商玉馥对老伴倾诉说。才福仲没有吭声，但这个沉默的男人甚至比妻子更觉得难受。当这对夫妇打开锁，回到在长白乡的租赁屋里时，在沈阳市铁西区艳粉新村24楼501号，他们儿子一家起床了。

那是5月最后一天的8点钟，沈阳正是初夏的天气，家里人走来走去，没有谁特别注意到才力瓮声瓮气的抱怨：“上不来气儿，脑袋疼。”由于忙于给全家人做饭，刘成菊也没有意识到，丈夫的烦恼已经预示了可怕的危险。在这套75平方米的按揭房里住着6口人：才力夫妇、女儿、刘成菊的父母和外甥张宝珠。8点半，全家开饭，吃的是辣椒土豆片、炒鸡蛋、黄瓜蘸酱和米饭，刘成菊由于常年消化不良，只好吃1元钱3个的馒头。菜是才力的岳父刘敬玺昨天黄昏在菜市场临下市时买的便宜菜，一共花了4元7角。异常的是，以往食量惊人的才力这天早上什么都没吃。刘成菊觉得家里太乱，又怕才力真有什么病传染给孩子，就撵丈夫说：“你到长白去吧。”长白就是才力父母赁屋居住的长白乡。

刘成菊事后对因自己的口气而与丈夫发生的一点儿口角后悔不迭。才力给商玉馥打电话说，“妈，我上你那儿去。”换上鞋，走了。

2. “一个小时一年”

“才力要来啦，”早上梦境带来的不安一下子消散了，比儿子更为贫穷的商玉馥对丈夫宣布说，“去买4斤五花肉，咱们给儿子吃红烧肉和粽子。”

因为不能报销，才力打车从来不要发票，所以那天第一个载他的出租车司机已经没法找到。当天早上闲呆在院子里的居民们，都看到160公斤的才力摇摇晃晃地上了车，车身因此剧烈地一沉。一种莫名的担忧和惆怅，使得刘成菊站在窗口，目睹了这一幕，但她没有意识到这就是永别。

商玉馥的脸上刻满了黑色的、愁苦的皱纹，但她有着乐观的天性，回忆起快乐的往事时，甚至会像一个娇小的姑娘一样挥舞双手，雀跃一下。在接电话时，她跟儿子开玩笑说：“发啥烧啊，你不是得‘非典’了吧？”

才力到达是在9点差5分钟。他穿着蓝色无袖T恤，白色棉短裤，趿拉着一双37码的廉价白胶鞋，有点儿轻咳，但看上去精神不错，像往常一样非常乐观。

父母租住的是一间非常简陋的屋子，摆了两张大床，地面是水泥的，墙壁看上去至少有10年没有修缮过，除了一台没接有线、没有天线的长虹电视机之外，没有别的家电。才力喝了一口急支糖浆，睡了半个小时，然后就跟父母一起坐在靠窗的那张床上聊天。与消瘦、体弱、外向的妻子相比，才福仲身体很结实，明显地沉默寡言，更多地是在听妻子与儿子谈话。这天他们聊了5个小时，主要是回忆起往日生活中的乐趣，尤其是才力退役5年中的事情，商玉馥后来痛苦地总结说，“一个小时一年”。

时近中午，她让儿子吃饭，但是在生命中的最后一天，这个一向食量惊人的男人几乎什么都没吃，甚至连红烧肉和粽子也不能吊起他的胃口。下午两点半，商玉馥又一次催促儿子去医院，才力磨蹭着不愿意去，留恋地说：“再唠唠嗑，走了就回不来了。”早在1999年，医生就告诉过商玉馥，她儿子随时可能死去，因此这句话让她特别敏感。她气恼地质问说：“这叫啥话？”

才力意识到自己说错了话，大声地争辩说：“住院就隔离了，能回来吗？又不是死！”

他揣着母亲给的20元和父亲给的100元，打车去了中国医科大学附属医院，8个小时后真死了。

3. 为了一笔象征性住院费

按照路程判断，前亚洲冠军应该在下午3点钟之前到达中国医科大学附属医院，但直到一个小时后，在医院门口经营小卖店的刘思齐才看到他。第二天，当才福仲夫妇带亲友到太平间看望儿子时，他还向他们提起了才力走下红色出租车、走进医院的情景。

为了防范SARS，进入呼吸内科的病房需要多项程序，因此才力不得不在挂号处滞留了半个多小时。此时才力面临的最大问题是，自己的钱只够看病，不够住院。由于父母都是这所医院的退休工人，因此从1999年第一次住院以来，院方一直很照顾他，这一次，大夫告诉他，住院费只需要象征性地先交一点儿就行。但是才力裤兜的钱连这“一点儿”也不够。

刘成菊是在下午5点接到丈夫的电话的，她盘算了一下家里的钱，只有300元。

邵永凤今年68岁，住在才力家楼下的二楼，那天晚上6点钟刚过，她听到敲门声，开门一看是五楼的老头儿刘敬玺来借钱：“我女婿才力住院了。”邵永凤本来有550元钱，但儿子下午去买鞋，拿走了200元，只剩350元。刘敬玺想了想，借了300元。

就在岳父借钱的这个当口，像是一栋被侵蚀太久的庞大建筑物，才力的健康状况突然间开始崩塌了。刘敬玺拿着300块钱站在走廊里，正在考虑该再向谁开口的时候，他的女婿进了病房，在住院记录上，他当时的血氧分压值已经只有20，血细胞却高达17000，已经显示出呼吸衰竭的征兆。稍早前拍的X光片被送了过来，呼吸内科专家康健看了看，肺部已经有了明显可见的浸润阴影。

刘敬玺这时发现自己借钱很难。才力贷款购买的房子就在艾敬唱过的艳粉街上，小区由一个滑翔机场改造而成，路面残破，空地上堆积着碎石和砖头，任何人只要一望，就可知道这是个廉价街区，居民们普遍没什么钱。事实也确实如此，对于350块钱一平方米的补差价，回迁户们觉得已经太高。

康健教授事后回忆看到X光片时的感受时说：“当时就知道没救了，肺部几乎没好地方，什么都晚了。”他觉得如果早一些送到医院，才力本可以避免死亡。才力一直拖延没有就医，事实上正是因为缺少医资。亲人和朋友都猜测，那天他到父母家实际上是希望能借些钱的，但始终没能开口——父母收入微薄，宁可赁屋居住也一再帮衬他，让他早已惭愧不已。

这一切家人还都不知道。刘敬玺已经又借了100元。7点多，天已经擦黑了，马玉芹正在艳粉新村的铺面里卖一天中的最后几个馒头，刘敬玺急匆匆地走过来请她帮忙。马玉芹跟老头儿并不熟，但觉得他很可靠，就从自己的450元钱里拿出400元借给了他，两张百元钞票，其余的是零钱。

这时，最初的药物治疗已经失效了。“上呼吸机。”康健说。护士把管子插到才力的气管里，呼吸机开始工作，暂时代替了他的肺。

7点半，才力的病情平稳下来，抢救告一段落。拿着800块钱的刘成菊和外甥张宝珠赶到了医院，但因严格的SARS预防措施而被阻挡在病房外，院方说只能进一个人。刘成菊到门口买了两瓣西瓜、一瓶纯净水和一瓶鲜橙多，让外甥送进去，嘱咐说："让他开机。"

这是才力最后的清醒时刻，他打开了手机，跟妻子通了最后一个电话。刘成菊问："力力，你怎么样啊？"才力回答说："正呼吸呢。"对于他来说，"呼吸"几乎是个医学名词，专指依靠机械的辅助进行呼吸。夫妻二人聊了会儿体己家常，刘成菊哭了，然后说，没事就好，先挂电话吧。赶在妻子挂机之前，才力说出了最后的遗言："别哭，别哭。"

第二天早上8点，二楼的邵永凤又听到敲门声，开门一看又是刘敬玺，脸色发黑，手里攥着300块钱。她问他："你着急还啥呀？"老头儿痛苦的回答把她吓了一跳："才力死了。"

4．沉重身心的最终解脱

在退役后的5年中，才力一直被各种各样的烦恼包围着。从1998年起，除了后来致死的呼吸疾病之外，腿伤和腰痛都没有停止过对这个大力士的折磨，少年时代在手掌和颈背做的肉茧手术造成了后遗症，常常疼得他汗流浃背。命中注定地，自打1990年在北京亚运会达到个人事业的顶峰之后，他就不由自主地滑落下来。贫穷曾使他买不起肉，偶尔吃一次，全家都因肠胃不适而呕吐。在与人聊天时，说不到20分钟，他就会突然睡着。他尽量不穿袜子，怕弯腰时猝死。为了省钱也为了锻炼身体，他每天都以160公斤以上的体重骑自行车上下班，结果自行车就压坏了十几辆。因为过胖，他在找工作时受到事实上的歧视。

邻里琐事与家庭纷争也使他烦恼。父母家他难得去一次，而自己家，由于保安工作需要值班，他呆的时间也并不长。

最现实又最经常的烦恼是钱，家庭纷争常常与此有关。由于月收入只有1200元，工资卡又由妻子掌握，才力经常囊空如洗，养成了买东西尽量赊账的习惯。在他工作的辽宁省体育运动技术学院附近，有好几个小商店都向他赊销过日常生活用品。在他死去的第7天，父母两人挨店逐铺地还了800多块钱。

这一切烦恼，在外甥张宝珠第二次进病房时，事实上已经解脱了。

那天晚上9点，看到他病情平稳，父亲才福仲和妻子刘成菊就都回了家，张宝珠暂时留下陪护。才福仲刚到家坐下，就接到张宝珠的电话："快来吧，病重了。"刘成菊刚进家门脱了鞋，手机就响了："我姨夫不行了，你快回来。"

张宝珠第二次进病房是在夜里10点，医生告诉他才力在睡觉。他推门进去，却看见才力仰躺在床上，嘴巴里满是泡沫，枕头湿了一大片，他使劲拍才力，但是没有任何反应。从这时起，才力就再也没有醒来。由于长期低氧、睡眠呼吸暂停综合征、身体肥胖、血压高、肺高压、心血管系统比较薄弱，可能诱发了心血管系统并发症，才力先是意识丧失，随后心脏停跳。第二天是女儿的节日，一周后是结婚5周年纪念日，但是生命的时间表已经排定。赶在午夜之前，冠军与5月一起离去了。刘成菊赶回病房是在夜里11点多，看到医生们正在做胸压，心电图显示一条水平线。她愣住了，“觉得还能救回来”。

从被布谷鸟惊醒的梦中脱身出来之后19个小时，商玉馥看到梦境的征兆变成了现实，她走进病房，第一眼就看见才力只穿着一条内裤，姿势僵硬地仰面躺在病床上。一种不祥的预感让她本能地尖叫起来：“哎呀！快给他穿上裤子！”

这时病房里所有的家属都看见，一直俯身做胸压的护士停止了动作，转过身来对他们说：“你们准备后事吧。”他们在最初的一段时间里都没有听懂这句话，就像被截断了一条肢体之后以为它还在那里，很难相信自己已经失去了什么。

（发表于2003年6月19日城市专题版，编辑关军）

记者手记：追寻湮没的遗踪

■ 李海鹏

整个2003年，对我来说再没有哪篇报道比《举重冠军之死》更容易写了，但它却是我全年写得最好的一篇。现在想起来，它的故事元素的确很饱满，有冠军、有猝死、有贫困、有孤独，使我的工作变得非常简单。只要超越猎奇报道，赋予它符合南方周末价值观的理解方式，事实就会自然地呈现出应有的深度。在出差去沈阳的当天中午，专题部主任杨瑞春对我说："这个报道我是想做成特稿。"我对这句话印象很深，我意识到，我们可以瞄准事件本身要求我们瞄准的那个方向了。

特稿只是一个文体，理论上说来并不代表具体的操作方式，但是我和杨瑞春当时都很了解对方想表述的是什么。按照我的理解，她希望得到的是精到的细节佐证、深入的开掘功夫和成熟的叙事表现。

快到年终的时候，关军说，我们期望中的特稿还一直没有出现。我非常认同他这句话，至少从我自己的工作成果来看的确如此。好的期望总是难以达到的。

当夜我到沈阳，次日上午开始采访。在电话中，才力的妻子刘成菊告诉我她在抚顺的娘家，对她的采访只能延后。由于其他相关人士还都没联系上，由沈阳电视台的制片人朱挺陪着，我去了才力居住的小区。居民们看到电视台的采访车，迅速围拢过来，讲述自己拆迁中遇到的不公。整个采访中我有机会两次进入这个造价低廉的小区，对它的印象后来写进了报道。

在才力家门前，朱挺一面说肯定不会有人，一面大力敲门。困倦、拘谨的张宝珠意外地出现在门后。我向他询问了才力最后几个月、几周和几天的生活情况，尤其问了最后一天中的生活细节，比如报道中出现的早餐食谱。大概两个小时的采访下来，我确信自己掌握的情况已经多过其他媒体已刊出的报道。

我觉得自己首要目标是记录才力临终当天都经历了些什么，为什么会是此种而非他种经历。其余的一切，无论多么重要，都可以在这短暂的一天中得到体现。

遇到张宝珠的重要收获是：一、得以在整个采访开展之前先进到才力的房子里查看，可以最直观地判断他的经济状况，而他自己的房间的陈设可以让我了解他生前过着何种生活；二、我觉得非常重要，通过张宝珠，不仅验证了才力急救时确实家中没钱，还找到了把钱借给才力岳父的那三个人——本来我以为只有一个人。

卖馒头的马玉芹给我留下的印象最深，她在三个人中最年轻，看起来也最穷，言谈中流露出对同一贫困阶层的"好人"群体的强烈认同感。我问了她馒头和花卷的价格，因为与事件无关，没有写进报道。可是就我的情感来说，却是很想记录下那馒头的价格。

至今我仍然认为，铁西区的生活背景与才力之死密切相关。不是指前者导致后者，而是指二者间的同一性：都有着不合时宜的味道。

其后几天我一面联络采访对象、约定采访时间，一面做一些只需要很短暂的交流的采访。这些采访所得大多出现在该专题后面的一篇关于才力最后几年的生活的概述中，组成了多视角的结构。

相对来说，到中国医科大学附属医院的采访不是那么重要。关于逝者的临床表现，向来是民间的兴趣所在，在已有的才力之死的报道中，这部分也有充分体现。让我尤其觉得它不重要的是，当时才力已无知觉，如果多加描述，就会偏离报道的关注点。

我沿着才力进医院的路线走进去，找那些当天可能看见他的人，询问他们看到的景象。如果我有足够的能力，我希望向读者传达人们看到濒死的才力时的感觉，更进一步的话，还渴望着再现才力的沉重或稳当的步履。当然，我没有这个能力。从另一方面说，用最好的小说的标准来要求一篇新闻稿件，确实是不现实的。因此在最后写稿时，这部分意图被我遏止了。我让自己局限于描述哪些人看到才力、他当时的基本表现的范畴之内。

这次沈阳之行最重要的一次采访是在去医院的次日完成的。当天傍晚我到沈阳市东陵区长白乡的一套租赁房去采访才力的父母和妹妹。在最终的成稿中，我使用了很多这部分的采访笔记。可以说，如果不到才力父母家中去坐一坐，我绝对不会了解才力这个人，也不会在大的背景中把他放到一个合适的位置上去。

我得出的结论是，才力是个忍让而含糊的人，他的性格决定了他的个人命运完全听凭外部世界的安排。

才力父母居住的房子又小又旧又破，纯纯粹粹是家徒四壁。除了一张铺着帆布床单的双人床和一台电视机之外，卧室里一无所有。窗子上没有窗帘，床头堆着很多药瓶。

当我做这段描述时，我才意识到，在成稿中自己错过了一些东西。特稿的遗憾常常比其他报道更多，对材料进行剪辑的时候犯错误的几率也更大，这真是特别让人失望的一件事情。

才力的父亲说话很少，我印象是只有一句，关于他资助给才力的钱。他应该是个非常非常本分的人，还没有从不幸中缓过劲儿来。才力的母亲则一直在说话，我不得不经常性地打断她，把话题从她儿子的童年小事拉回到成年后的人生起伏上来。她似乎不理解我为什么要问很多细节性的事情，但是很显然，那正是她想倾诉的。伴随着激烈的手势，她详细地讲述了才力最后几年的生活，对最后一天下午的回忆则详细到每个细节。由于事先估计到才力的父母可能会情绪波动，导致采访效率不高，我没有确定当晚与朋友吃饭的时间。到最后我到达饭店时，天已经彻底黑了，应该有8点钟左右。采访时间比我预想的还要长。

这次采访的意外收获，概括起来有两点：

一是贫困的父母对才力有很多资助，包括电冰箱、药品和应急的现金等；

二是才力无论是在自己的家，还是在父母家，都感到惭愧。

另外一个收获则很难讲得清楚。才力的母亲提到儿子猝死的当天早上自己做了一个不吉利的梦，即成稿中的“母亲感到不祥的早上”。对这个梦我是这么理解的：它是一个饶有意味的事实。无论这个梦来自母亲的本能预感，还是源自某种迷信，甚或是来自一个伤心的母亲的事后的臆想，它都是事实。要么说明厄运的一直潜在，要么说明带来的剧烈痛苦的不可抗拒。

当然，还有一个原因让我在笔记簿上记下了被采访者的原句并画线以示重点，那就是，这个梦让我想起马尔克斯的有真实材料来源的小说《没有人写信的上校》。它们都体现了被抛弃的孤独感，以及孤独带来的幽闭和恐惧。

在这之后，采访就可以按部就班地进行下去了。我去了辽宁体育运动技术学院，采访院长，和才力的队友、“看大门”的同事聊天，按照才力母亲的指点，去才力赊账的小杂货店看了看。最后，采访了才力的妻子刘成菊和岳父刘敬玺。

关于才力的家庭生活，成稿几乎没有涉及。从理解人物、理解事件的角度讲，我确信，他的家庭生活在整体叙述中会具有不可替代的分量。但是从道德角度讲，我不能写。

采访全部完成之后，我用很短的时间写完了初稿。修改用的时间稍长，但也只是字句和局部的增删。事实上采访和写作在这一次差不多是完全结合在一起的。“死前一日”的构思在最初就产生了，到最后也没改变。在具体写作过程中，我把才力的生平，尤其是最近几年来的遭遇穿插进去，并把报道的范围扩大到辽宁体育运动技术学院和铁西区。这些穿插需要仔细一点儿，我注意不弄得太生硬——最后的结果是还有些生硬。我觉得问题没有出在结构上，而是出在语言上。我尽量使用一种朴实的短句，某些地方还故意写得土气一点儿，可是我确实不擅长这么做。有时候，有什么就写什么，减少逻辑叙述，并不一定是好办法。

这大概是我在南方周末写过的逗号最多的稿件。朴实的短句也许很明晰，但我觉得，短句不能充分表达事物之间的关系，而事物之间的关系正是事实的奥秘所在。

不过，它仍然比我写的其他报道好。一般新闻之所以难以说得上什么价值，首先是因为直白和肤浅，其次就是因为关心事件多过关心人本身。我想新闻就应该是新闻的样子，应该是直白的、关心新鲜事儿，不过有价值的新闻必然不止于此。我对《举重冠军之死》感到满意的，并不是特稿的文学性和纵深感，而是关注了才力作为一个被体制压榨之后又被遗弃的人的命运。

因此我觉得，如果这篇报道有些价值的话，那么这价值有赖于《南方周末》的传统。这份报纸的精神力量让我们有一种自尊和自责混合的感觉，不好意思干得太不好。

南香红

出生于新疆，在新疆读大学至工作。曾就职于新疆工人报、新疆日报。2001年到南方周末工作，先后任资深记者、高级记者。2007年就职于南方都市报，任首席记者，现在南方都市报传媒研究院任首席研究员。除新闻作品外，著有《王选的八年抗战》、《巨灾时代的媒体操作》。

“没有木卡姆就等于没有了生命”

编者按：

一个民族从小是被音乐喂养，是跳着舞蹈长大的，这个民族就是维吾尔族。

十二木卡姆犹如一首摇篮曲。

维吾尔人伴随这首乐曲诞生。

没有木卡姆的婚礼不会热闹。

离开木卡姆的麦西热甫死气沉沉。

2005年12月25日，中国新疆“维吾尔十二木卡姆艺术”，列入联合国教科文组织“人类口头和非物质遗产代表作”。

这是中国继昆曲、古琴之后的第三个列入者。与前两者不同的是，木卡姆不是文人化的小众艺术，而是浸透全体维吾尔人生命的歌唱。

2006年7月，新疆麦盖提县央塔克乡的6位农民被请到了英国伦敦。

上飞机下飞机，一次又一次地倒腾，最后他们站在了陌生的伦敦大街上。谁也听不懂他们的话，他们也听不懂别人的话。66岁的玉山·亚亚甚至不太清楚他们为什么去伦敦，“直直地去了，直直地又回来了”。

新疆麦盖提县央塔克乡和伦敦之间的距离实在是太远了，这种远不仅仅是地理上的。

2005年7月7日伦敦地铁遭遇了恐怖分子的袭击。一年之后的一系列的纪念活动中，举行了来自11个国家以及英国本土的穆斯林音乐艺术节，主题是“和平”。7月2日到7日，歌剧院、广场、公园，成千上万的观众，6位新疆农民被安排连续表演了刀郎木卡姆。

当这些刀郎人闭着眼睛歌唱的时候，他们和这个纷乱的世界有多大的关系呢？

1. 音乐喂大的琴师

时间拨向78年前，阿不吉力力·肉孜听到的第一个声音，是一种沉而闷如狂沙扑打窗户的声音，粗粗的羊肠弦被拨动，扑打在生驴皮紧绷的发音器上，“嘭嘭”响声和父亲的歌声浸入了他的生命，父亲用刀郎人最古老的方式弹着琴唱着歌把他接到这个世界上来。

60多年来，阿不吉力力一直像父亲一样用琴声和歌声迎接着新生命的到来，只不过这些生命不仅仅是他的儿子、孙子，而是全乡的新出生的生命。他一生在做着农民的同时，还在做着歌者。

阿不吉力力出生后不久，母亲就去世了。他的记忆里只有父亲抱着热瓦甫（乐器名）的形象，父亲每天晚上都会就着星光为他唱催眠曲。《巴希巴亚宛》是父亲经常唱的，他记得那自由散漫的旋律。他也记得那些词，有的是父亲即兴编的，有的是流传已久的诗。

没有母亲的孩子像鸟儿折断了翅膀，没有木卡姆的人儿像小草一样枯黄。在这个沙漠边缘的荒凉的地方，木卡姆可以驱赶孤独，木卡姆可以冲淡苦难，木卡姆可以带来快乐。刀郎人用乳汁喂养孩子的同时，还给他们音乐。

阿不吉力力一生没有进过学校，一生很少走出沙漠。在这个信息连通世界的时代，深陷于塔克拉玛干沙漠的央塔克乡也只能看到一个频道的电视。但是父亲给了他一双神奇的耳朵，不管是东方的还是西方的，只要他听过的音乐，他都能记住并且用刀郎人的乐器弹奏出来。音乐是世界上唯一不需要翻译的语言，阿不吉力力和这个世界联系的方式就是音乐。

在阿不吉力力简陋的小院里，我们和他有了一次神奇的交流。他不会说汉语，我们不会说维语。他用一双眼睛盯着我们，那眼睛亮亮的。他擦了手上的油漆，调了卡龙琴的音，突然那琴奏响了《义勇军进行曲》。大家都会心地笑了。

一手持木质拨子弹拨，一手持铜制揉弦器揉弦，那琴发出似古筝的激越的清音，又有低回的吟唱，在沙漠干燥的空气里，在安静的小院，仿佛两个气质韵味不同的人在对谈低语。阿不吉力力开始唱歌，他就这样牵着我们走进了刀郎木卡姆的世界。

阿不吉力力十多岁就可以在刀郎木卡姆的乐队里弹琴唱歌了。

那是一件神圣的事情。所有演唱者都跪在地上——无论是沙地，农家土院，还是富贵人家的地毯，他们一律跪着，艺高者排列在前，他们为新出生的生命而呼喊，为这个生命的长大成人而狂欢，为这个生命结婚生子而舞蹈，生命到来和逝去，生和死的一次次的重复，他们并不因为这种重复而懈怠和疲倦。

阿不吉力力从后排渐渐地坐到了前排，一张脸从稚嫩到饱经风霜。

“高山再雄伟，
也有小路伴随，
孤独者离开人世，
也有孤独者为他悲伤”

诗、哲言、音乐、舞蹈，这些是人类高贵的东西，对于阿不吉力力来说就像空气、水、阳光和沙子，永远都在身边。

阿不吉力力在25岁的时候成为了一名刀郎木卡姆的制琴师。简单的刨子、锯子，上好的桑木经过弯曲烤制，加上他对音准天生敏感的耳朵，他用父亲留下的一只断了弦的旧琴复活了古老的乐器，卡龙。

刀郎木卡姆四种乐器自古都是刀郎人自己制作。据说卡龙是公元1259年从中亚传入新疆的，中原地区称它为“72弦”琵琶。随着岁月的流逝，卡龙从维吾尔音乐中逐渐退出，只保留在刀郎木卡姆里。但经过20世纪六七十年代的社会变动，卡龙在刀郎木卡姆里也变得几乎没有人会制作，没有人会弹奏了。

去年阿不吉力力去了法国，演出结束后他用的卡龙琴被以4000元的高价留在了法国。这简直是天价，对于只有4间泥屋、16只羊、5亩耕地的他来说，是做梦都不会梦到的。

2. 歌者之王

央塔克乡被称为刀郎木卡姆之乡，能操琴能唱歌的艺人有200多人，玉山·亚亚是其中的灵魂。

没有人能够赶上他所爬到的音阶的高度，没有人能唱出比他更多的诗词，没有人即兴填词像他一样挥洒自如，在演唱的队伍里，他永远是坐在最中间的那一位。

在央塔克乡阿尔浪卡村他有54亩土地，8个孩子，23个孙子，3个重孙子。他还有一个早5分钟出生的双胞胎哥哥——艾山，他有10个孩子和18个孙子。央塔克乡2.7万人，4700户，23个自然村，没有人不知道这兄弟俩。他们走到哪里都会围着一堆一堆的人，人们都乐此不疲的事就是猜哪一个是哥哥，哪一个是弟弟。

刀郎人会说话就会唱歌，会走路就会跳舞，从两三岁的孩子到七老八十的老汉，举手就跳，张嘴就唱不是稀奇的事。但是唱成玉山这样，他就必须是一个真正的歌者和诗人。

玉山很为自己能够将刀郎木卡姆九套套曲都唱下来而骄傲，那是先人留下的，它们的音乐有固定的格式，它们的唱词要求合辙押韵。最迷人的地方是每套套曲的开头，那是一场“单人秀”，长达一分钟的高音独唱让玉山的技艺显露无遗：

他闭上眼睛，仰头向天，将一股力量逼入胸中，让它无路可走，不得不从狭窄的喉头迸发，于是那声音就如裂云断帛一般冲向天际。“外安拉——”“外安拉——”“外安拉——”呼唤一声比一声急，一声比一声高，无路可走，上气不接下气，黑云压头，但依然要曲折迂回地上升……

此时，他是呼唤召集者，他是怂恿鼓动者，他是动员命令者。

歌声是那么地孤独，乐队所用的四种乐器不仅不跟腔，反而漫不经心地奏着各自的调门，仿佛这痛苦的呼唤和它们没什么关系，直到声音沙哑的独唱者手里的达甫手鼓突然响起，散漫无际的呼喊一下折断了翅膀，从云端坠落下来时，众人才突然跟唱。人群就在这时突然舞动起来，男男女女都成了舞蹈者，像是听从着某种神秘的命令，集体进行着远古的祭礼，脚下沙漠的浮土腾腾而起，旋转越来越快，越来越快……

这就是集歌、舞、乐于一体的刀郎木卡姆。

玉山的脸是一张典型的被沙漠太阳染过的脸，黑红透亮布满皱纹；他的手骨节粗大而弯曲，每个指甲都因过度劳作而翻翘；他的全身满是沙土，衣服几乎看不出原来的颜色。当木卡姆激情消竭之后，他把达甫鼓往尿素口袋里一装，甩在背上，歌者之王的神采瞬间褪去，他又成为一个佝偻着身子的老年农民。

所有的歌唱都不会提前准备，当卡龙琴发出了缠绵的揉弦，热瓦甫紧绷绷地作响，艾捷克琴的羊肠弦和马尾弓子吱吱呀呀地纠缠的时候，歌者之王必须“脑子里有灵光闪过”，他要根据不同的场合，即兴填词唱出不同的情绪。

一个歌者之王可以组织和调动整个乡间，可以感染和教化乡民。

“快来吧，快来吧，今天有对情人结婚了，来看他们幸福的容颜吧，来跳麦西热甫吧。”在一场婚礼木卡姆结束后，玉山向记者解释他的召唤的内容。

庭院里铺满了地毯，男宾的坐席上，正中是三位大白胡子、戴白缠头、穿白长袍的人，这是乡里有名望的宗教人士，他们将为新娘新郎念经主婚。宗教人士的右侧，端坐着新郎，他被安排在四五床摞在一起的褥子之上，坐得最高也最受宠。接下来就是玉山等十多位刀郎艺人。

一个乡的精神生活全摆在这里。

3. 用一生来跳舞

艾买尔·乌斯曼就是为刀郎舞而生的。在麦盖提县，艾买尔可是个大人物，在这样一个边远的地方，有谁能见过毛主席，而且还被接见过三次？有谁能跳舞跳回来8个老婆？

“在人民大会堂的舞台上，我和一位维吾尔的女演员跳，她转啊转，长长的辫子甩起来，一下套住了我的脖子，台下的毛主席、贺龙都笑了，下一次在天安门城楼上，毛主席一下就认出了我，说，你是新疆的小伙子。”艾买尔说起这一段来非常骄傲。

小学四年级的时候，他在舞蹈的人群中发现了一个大胡子高个的老人，“当时他85岁了，他一跳舞，所有的女人都盯着看，有风度得很！”“酷！”艾买尔也会用这个词。“我白天上学，晚上就帮大胡子老人抱鞋子，想办法接近他。”

年轻时艾买尔身材高大挺拔，性格上又不肯服输，每当舞蹈进入高潮，舞场上的人都败下阵去，他就成了胜利的“乌斯达”（能人）。木卡姆给了艾买尔最快乐的人生。所有的烦恼只要跳起舞来都可以成为过去。

木卡姆舞会是刀郎人的一种社交方式，男人女人在舞会上对舞，眉目传情彼此有了心意，就让父母去对方家里提亲。刀郎人天生豁达乐观，很多人在一场场木卡姆中遭遇了一段段风流艳史。

穿长袍子的男人，穿艾得莱丝绸的女人，在刀郎木卡姆的呼唤下翩翩起舞。先是男人和男人、女人和女人漫不经心地舞动，接着男女交叉对舞，当男女擦肩而过时，双肩似碰非碰，目光若即若离。然后男女围成一个大圆圈旋转，乐声越来越紧张，圆圈越缩越小，旋转越来越快，不停的有人坚持不住而退出舞蹈，坚持到最后的往往是白胡子老者。舞不停乐不停，乐不停舞不停。

各路专家都想破解刀郎舞所包含的远古信息，人们为什么要这样舞蹈？是宗教？是祭祀？是狩猎？没有答案。

在艾买尔看来，意义简单不过："男人要像狼盯住猎物一样，眼睛始终不离同舞的女人，心中想着美好，一定要得到她，每一个动作都要展现男人的刚健，像骏马和雄鹰一样。"

艾买尔最喜欢的动作是在舞动中将长袍子一角掀起来，似乎要扑住同舞的女人，而女人则从他的衣服下机敏地闪过。"古老的刀郎舞是优雅。"他说。

67岁的艾买尔，至今还是木卡姆表演现场最吸引妇女眼光的人物。当记者询问他曾有多少艳遇的时候，他一开始还有点羞涩，后来爽朗地告诉记者，他结了8次婚。

木卡姆诗摘录：

雅曲　十二木卡姆

第三套曲　之《没有你，我要这生命干什么》

没有你，我要这生命干什么，
没有你，要那天堂和天仙干什么。
苦恋于你我流了那么多的泪水，
又要那淅沥不断的春雨干什么。
入暮当你撩起垂散于面的柔发，
我还要那皎洁的月光干什么。
你眼若水仙、面似玫瑰、身材如桧柏，
有你在的地方，还要那花园干什么。
倘若你想去江畔漫步游览，

就看我的眼泪吧，
要那江上的清波干什么。
请在你门槛边，赐我一席栖身处，
阿塔依还要那亭榭楼阁干什么。

（阿塔依，15世纪维吾尔文学代表人物之一，著有《阿塔依诗集》）

俗曲　刀郎木卡姆

第三套曲　区尔巴亚宛之《且克脱曼》

第一曲

你那黑羔皮做的帽子，
我戴行不行?
你那玫瑰似的嘴唇，
我吻行不行?

（发表于2006年11月30日特别报道版，编辑张捷）

记者手记：除了暴力，还有了解

■ 南香红

我把这刀郎木卡姆唱的歌词发给编辑时，她看到这样的诗也是唏嘘不已。要知道，唱着这些歌的人是一些沙漠中的农民，他们从来没有上过学，也没有见过沙漠以外的世界，虽然孤寂封闭，但这样的爱情表达，就算是千年万年也不会枯索，就算是相隔万里也能通行世界。不仅仅是爱情，还有生命、死亡、人生的困顿与迷惑、故乡的执著之恋，这些是全世界都能听懂的永恒的东西。

然而，这仅仅是问题的一部分。更主要的一部分，是这样一个地方的人的非典型生存的典型意义。

人们都是依赖于自己惯常的事物和生活的，并且认为自己习惯的东西是好的，是对的，甚至是别人也应该遵循的。

当伦敦地铁遭遇恐怖袭击，伦敦人认为这是自二战以来伦敦遭遇的一次最严重的袭击，一年后，伦敦将世界上多个伊斯兰国家的人请来，进行文化表演，新疆的刀郎木卡姆艺人也在邀请之列。世界上解决冲突的办法不仅仅只有暴力，还有了解。了解别人不同的生活方法和思考方式，然后学会尊重他们，并与之和平相处。

刀郎人是新疆维吾尔人的一支，刀郎木卡姆也是维吾尔十二木卡姆的重要部分。刀郎人的与众不同的生存方式，其实是一种非常自然的、有着其文化历史地理渊源的存在方式，只不过这个世界对它的了解太少了。从大处来说，这实际上是大多数新疆维吾尔人的一种生存方式，一种民族心理和思想方式。我们要避免把复杂的事物脸谱化。

美的体验来自美的阅读，我希望通过一次还算是美好的阅读经验让读者能够体会出我的用意，我试图将读者带入一种审美的体验中，这也正是特稿所兼有的特性之一。

特稿在西方的解读是一种文学化的新闻写作，它不同于新闻的地方在于它的阅读感受的丰富性，而它与文学的区别又在于它的新闻性。一篇好特稿应该是一次审美的体验。

一个乐师、一个歌者、一个舞者，当面临众多的素材的时候，我选择了这三个典型的故事，再加上一篇对刀郎木卡姆的整体报道。大沙漠、大河流、生命、命运、爱情容易让人进入一种纯净的状态，我也试图用一种纯净的笔法来表现这些，作为记者我在采访中受到的冲击和淘洗，不知是不是已经通过文字，将自己体验到的充分表达出来。

两个男人的20年“婚姻”

编者按：

他们自制了一张“结婚证”，是用1980年代通用的一种奖状做的，上面写着“海枯石烂，永不变心，白头偕老，挑战传统”。

他们给自己营建了一个小社会，这个小社会只有那些可以理解包容他们的人：双方的家族、个别的老同学、大杂院里的部分邻居，还有圈子里的少数朋友。只有在这里面，他们的婚姻才是安全的。

为了纪念“结婚”20年，他们专门照了相，这在当年是不可想象的，正如新华社在一篇同性恋报道中所指出的：一个以隐秘为特征的时代结束了。

引　子

李蜀仁和孙庆生是两个年届五十的男人。到今年他们整整在一起生活了20年，他们把在一起的生活称为“婚姻”。

没有法律承认这种“婚姻”，这种“婚姻”也不能公之于众，20年来，他们基本上过着隐形人生活：在众人眼里，他们是大老板和二老板，两个事业有成的商人，而对于他们自己来说，他们是一对恩爱“夫妻”。

“结婚”20年，他们决定庆祝一下。和他们走过的5年、10年、15年“结婚”纪念日一样，这种庆祝只能在“圈子”里进行。

“天长地久有没有”，成都同性恋者之间传递的一份内部刊物《同心》以此为标题盛赞他们20年的爱情，赞誉他们是“金风玉露一相逢，便胜却人间无数”。

赞誉他们“婚姻”的还有李蜀仁和孙庆生的家人，李蜀仁85岁的老母亲，60岁的大姐，还有孙庆生的父母家人。“就是娶个婆娘也不一定这么好。”李蜀仁85岁的老母说。

为了纪念“结婚”20年，他们专门照了相。照片上两个人都穿着唐装，李的唐装是青色的，孙的唐装是大红的，李坐着，挺直着身板，显得硬朗而健康，孙站在李的身后，笑容可掬。从任何角度来看，这都是一对夫妻的标准照，甚至从他们的眼神里，竟然可以看出“夫妻相”——长久相守让两人越来越相像。

但是这种照片还不能去专门的照相馆里照，成都同志关爱小组的成员承担了这一任务。

20年前这对男人自制了“结婚证”，指天发誓，今后两个人将彼此的生命放在一起。

“现在看来没有什么力量能够阻止我们白头偕老。”

1. 不一样的男孩

●阴影长在心里了，眼睛总是瞟来瞟去，贼溜溜地观察每一个人的表情，终于他顶不住压力，找了一个女孩“耍朋友”去了，他要证明给大家看：我很正常，我对女人感兴趣。

李蜀仁说他曾是一个朝气蓬勃的男孩子，调皮，打架，喜欢一切冒险的事。和李蜀仁一个院子长大的吕光美说，李蜀仁常常被母亲拿了竹竿子打得满院子跑。“性子野得很”的李蜀仁和别的男孩有一点不同，就是在青春萌动的时候，他脑子里幻想的“全部是男人的身体，只要是去找女孩的事，一帮男孩兴奋得一哄而上，我就躲得远远的，一点兴趣都没有”。

而孙庆生的性情和李蜀仁完全不同。从小他就是一个漂亮、羞涩而内向的男孩，女孩喜欢的事情他最为精通，踢毽子、跳绳常常是女孩纷纷败下阵来，最后他还留在场上。在大学里，因为舞跳得好，他成为学校舞蹈队的成员。一张30年前的黑白照片留下了他跳舞的情景：一个大眼睛的男孩，全身充满韵律，四肢张开，好像要飞起来一样。

两个男孩的第一次性经历都是和男人发生的，都是在看电影时结束了童贞。

李蜀仁说他这一生从来没有对女性有过性冲动。他认为他的“毛病”是娘肚子里带来的，并且坚信这一生无论用什么方法都不能改变，除非将他的肉身化了，投胎重做。

孙庆生不能肯定，如果他的第一次是和一个女性，他是否会成为“另一种人”，他可以肯定的是，自从有了第一次，他的性取向就变得非常地确定。

但是那是20世纪的70年代末80年代初，他们为自己的与众不同而痛苦欲死。

“半夜醒来枕头常常是湿的，就是在梦中也想不通自己为什么是这种人。”

这种人在那个年代被看成是不男不女的人妖，是怪物。

“你得强装笑脸言不由衷戴着面具生活。”

最大的痛苦不仅是这些，最主要的是搞不懂自己为什么会这样。

李蜀仁偷偷地去找过医生，医生说是他的“世界观有了问题”，建议平时加强世界观的改造，多进行体育活动，将注意力转移到运动上来。

孙庆生直到上大学的时候才查到了“同性恋”这个词：“由于男子或女子的某一方的不愉快而孕育的孩子，容易出现性倾向问题”，这个让他匪夷所思的说法并没有解决他的困惑：自己是不是个妖怪，自己是不是得了一种病，这种病是不是可以改掉或者治好，自己将来怎么生活……

1980年代初李蜀仁和孙庆生各自生活在成都和重庆。李在一家工厂，是顶替父亲才从下乡的知青变成工人的；孙在读大学，因为考上了大学才离开乡下。那时候他们都27岁了，在各自不同的城市经历着相同的煎熬。

孙在大学里恋爱了，是一个男孩，学校学生会的主席，大学里的公众人物。“我们之间好像有磁铁似的，很‘微妙’，不知怎么心就相通了。”

但是两个人同时都变了，阴影长在心里了，眼睛总是瞟来瞟去，贼溜溜地观察每一个人的表情，终于他顶不住压力，找了一个女孩“耍朋友”去了，他要证明给大家看：我很正常，我对女人感兴趣。

实际上他根本不碰女孩一下，女孩假装和他比个子脸都快贴着脸了，他心里明镜似的，但就是不能拥抱她。

“我们激烈地吵架，我痛苦地用头撞树，整夜地哭，想死。”

2. 飘 飘

●"有一次在浴室里，看到一个年龄大的男人靠近一个年轻的，结果被那年轻人一耳光掴在脸上，我当时心都寒了，我们这些人老了怎么办？"他说。

成都人对同性恋者有一个形象有趣的称呼："飘飘"，将同性恋活动的地方称为："飘场"。

李蜀仁对此的解释是：同性恋者就像"浮萍"，一方面是活动场所的飘浮不定，一方面是心里的飘的感觉。

孙庆生大学毕业以后到了成都一所中学教书。

两个人接触，你喜欢别人，别人可能不喜欢你；别人喜欢你，你可能又不喜欢他。交往长的，维持几个月，短的，就一次两次。"那是一种魔鬼般的不可扼制的诱惑，知道那个不能干，但就是抑制不了自己，骂自己和畜生一样，恨自己受性的驱使。"李蜀仁说，"分手，伤害，伤口都留在心里。时间长了，觉得在这个圈子里没有真感情。"

在李蜀仁母亲的眼里，这个二儿子是个惹是生非不安定的家伙，高兴了东游西逛整天不回家，不高兴了睡在床上几天不起来。可他也是最被看重的孩子，三个男孩里他长得最健壮，另两个男孩先后结婚生下的都是女孩，传香火的重任非这个二儿子莫属，所以父母像搞轰炸似的介绍对象，逼着他结婚。可他多漂亮的女娃见都不肯见，逼急了就说要自杀。

"他冲着我妈妈喊叫：'你咋的把我生成这样子嘛'，我们一直都不明白这句话是啥意思，妈妈把他生成啥样子了，不是好好的嘛，一个人高马大的大男子汉，这句话就像是一个谜语，我们一家人猜了20年才搞明白。"李蜀仁的大姐说。

"我们这些人的眼神都是一样的，飘飘的，很茫然的。"李蜀仁说。

"漂泊够了，好没意思。"孙庆生说。

"有一次在浴室里，看到一个年龄大的男人靠近一个年轻的，结果被那年轻人一耳光掴在脸上，我当时心都寒了，我们这些人老了怎么办？"

你的欢乐悲伤总得有人说，你得有人分担，你得有寄托，"这一点上我们这样的人和男女之间绝对是一样一样的，而这种情感是父母兄弟之情所不能替补的。”

李蜀仁和孙庆生都在心里生出一种渴望：找一个男人，托付终身。

3. 定 情

●“我们一见钟情。”“我假装要抽烟，凑上前去说：‘借个火’，实际上我身上是有火的，他没有将燃着的烟递给我，而是很郑重地从包里掏出火重新给我点上。”

一本书救了孙庆生。那是一本从香港影印过来的书，白色的封面，没有书名，也没有作者的名字，繁体字，用红的笔、黑的笔画满了道道圈圈，从插图和文字一下就能看出这是一本严肃的介绍同性恋的书。这本书不知通过什么渠道流传到了成都。

他第一次获得了有关同性恋的知识，他明白了自己是一种特殊性取向的人，并且这种性取向是终身的，不能通过医学的手段进行改变。他第一次知道世界其他国家也有像他这样的人。从十五六岁到30岁，他用了近15年的痛苦与折磨才确定：自己是一个同性恋者。

“一天深夜，一个陌生人咚咚地敲门，一进门他就说他是一个同性恋，说自己不想活了，但听说我这里有一本书，想死之前看一看。”圈子里的消息传得特别快，但被人找上门来孙庆生还是吃了一惊。这本影印书在圈子里流传，每流传一个人，书上就多一些道道圈圈。

孙庆生至今还保留着这本书。看过书之后，他在圈子里求证：同性恋应该选择怎样的生活。应不应该和异性结婚。和异性结婚的人有没有改变性取向的。结婚的人是不是幸福的。

“我看到听到了一个个悲哀伤感的故事，结婚，离婚，再结婚，再离婚，最后出家做了僧人，就是做了僧人还是改变不了。我打定主意决不选择和异性结婚。”

就在这时，一个深爱孙庆生的女同事因为对孙的失望从学校出走，这在学校引起轩然大波，学校领导找他谈话，让他对姑娘负责，孙说，我连她的手都没拉一下，负什么责？

就在承受着内心和社会双重挤压的时候，1985年秋天的一个下午，在成都著名的“飘场”——劳动文化宫的水池边，孙庆生看到了李蜀仁。

“我们一见钟情。”“我假装要抽烟，凑上前去说：‘借个火’，实际上我身上是有火的，他没有将燃着的烟递给我，而是很郑重地从包里掏出火重新给我点上。”

李蜀仁对孙庆生的评价是性格温顺，温文尔雅，一看就是有文化的人；孙庆生欣赏李蜀仁随和中带点邋遢，性格刚烈，敢作敢为，有头脑不莽撞。

“这是一种缘分，1000个里都不会有一对。”激情过去之后，是两人精神的契合。“你有喜悦想第一个告诉他，他有悲伤想说给你听，那是一种甜蜜的感觉。”

更重要的是他们在对将来的打算上一拍即合。“当时我说出了上半句，他马上说出了下半句，就是托付终身，白头偕老，一生一世在一起生活。”

这种想法在当时无异于离经叛道，在他们所知的同性恋圈子里，没有人以这样的方式生活过。

“我最佩服的是李蜀仁的勇气。他完全是靠自己的思考和对自由生活的渴望而萌生出这个想法的。他这么想，就这么做，在我们认识一个月后，他就带我住进了他的家里。”

当然，孙住进李家的大杂院是以“战友”的身份。但是，这个住着20户人家、吃饭时都端着碗在院里、每家每户都没有隐私的大院里的人们很快就嗅到了什么。

“两个大男人住在一起，出双入对的，大家都感到奇怪，背后指指点点，当面又不好说什么，毕竟是几十年的老邻居了嘛。”李的邻居吕先生说。

4. “结婚”

●“有甜蜜，有喜悦，更多的是悲壮。没有人这样，也不知道有什么样的命运在等着，但我们认为这样是对的，这是我们想要的生活，起码我们没有去害那些无辜的女孩。”

1986年春暖花开的时候，他们为自己的婚姻举行了一整套复杂的程序。

先是选了一个日子，一个是3月6日出生，一个是3月27日出生，“结婚”的日子就选在中间。

他们走进了照相馆，照了一张两寸的黑白半身“结婚照”，一个坐得高点，一个矮点，两个人的头紧挨在一起。当然，这样的照片以“战友”的名义进行。

他们花70元打了一辆出租车，70元是孙庆生两个月的工资，到沱江边的朝阳湖，李蜀仁曾经下乡的地方，举着拳头对苍天发誓。

在他们的影集里，还珍藏着当年的照片，那是请出租司机拍下的，照片上洋溢着1980年代的时髦气息。一座塔下，两人靠得很近，李蜀仁烫着卷发，夹克衫，孙庆生穿着西装，打一条大红色的领带，喇叭口的裤子。

“有甜蜜，有喜悦，更多的是悲壮。没有人这样，也不知道有什么样的命运在等着，但我们认为这样是对的，这是我们想要的生活，起码我们没有去害那些无辜的女孩。”

李蜀仁没敢将这次行动告诉家人，孙庆生写信告诉了妹妹——6个兄妹中和他最亲近的一个。他写道：我本来不想走这条路，但上天安排我是这样的一个人，我很孤独，也很寂寞。

妹妹回信：不管发生什么事，我都理解你，因为我们的血管里流着相同的血。我相信你说的都是真的。寄上100元钱，作为你们结婚的礼物。

“我捧着信大哭一场，这是我们收到的唯一礼物和唯一的祝福。”

举行过“结婚仪式”之后，李蜀仁带着孙庆生和自己母亲、大姐一家人到北京、西安做了一次旅行。表面是一家人的出行，暗中是两个新婚人的蜜月。李的大姐记得很清楚，在华山拜神之后，弟弟抽了一签，是“下下”签，上面写着“天崩地裂，天打五雷轰”，求山上的道士解签，道士看过之后变色，坚辞不肯。

“我当时也有点害怕，但我还是相信自己是对的。下山之后我就把我和孙庆生之间的事告诉了大姐。”李蜀仁说。

李家大姐真有点五雷轰顶的感觉，第一反应是弟弟不要是得了什么病了。

大姐告诉母亲，母亲说，不可能，你看两个男人喉头都大大的，怎么会嘛！

李家父母是老实巴交的人，父亲信佛，长期吃斋，母亲胸前吊着一个袋子，一只手总是藏在袋子里，捻着里面的佛珠，捻一个珠子念一句佛。让他们接受这样的事，不容易。

不要再逼他结婚了，只要他们不犯法，他们想怎么过就怎么过吧。再说了弟弟连个工作都没有，人家孙庆生还是大学生、中学老师呢，过一天算一天吧。这是李家大姐劝父母的话。

虽然心不甘情不愿，父母还是为他们腾出一间平房。大姐从心疼弟弟的角度接受了这个事实，另外的姊妹兄弟因为这样那样的原因和李蜀仁疏远。不管怎样，两个男人开始了他们的“婚姻生活”。

5. 创　业

●“我记得第一次出门摆摊时的情景，书放在一个四轮车上，准备推到市场上去，我从蜀仁手里抢过了车子，说，这历史性的第一步我来帮你推出。”

孙庆生曾表示，自己一个月有四五十元的工资，两个人生活足够了。李蜀仁断然拒绝：你等着，我会打拼出来的。

前几年，李蜀仁因为偷渡香港失败还被开除了公职，认识孙庆生的时候是个今天偷偷卖点水果、明天卖点杂货的游民，常常身无分文。

有一天李蜀仁和孙庆生商量，到成都郊区废品收购站淘些旧书来卖，然后他骑了自行车到垃圾堆里去扒。

“晚上回来的时候，一个自行车上驮着三五个大塑料编织袋，人变得小鬼一样，整个脸上都是泥土，只露着眼睛和牙齿。”李蜀仁的母亲心疼地说。

母亲说，自从和孙庆生在一起，这个“野”儿子就变了，变得连眼神都温顺了，突然之间就不那么慌慌张张的了，不再和父母大吵大闹，知道对父母好了。

李蜀仁说，不知怎么的，自从有了“家”之后，心里突然就生出了一种责任感，这种责任感让人心里踏实——就是为了对方，必须好好生活，不能为所欲为了。

两个人将收回来的旧书分了类，政治的、文学的、考试复习资料等等，在成都最繁华的春熙路摆了个地摊。

“我记得第一次出门摆摊时的情景，书放在一个四轮车上，准备推到市场上去，我从蜀仁手里抢过了车子，说，这历史性的第一步我来帮你推出。”

那时候的书便宜，三五元一本，旧书以半价销售，第一天拿出去的是20元收来的书，一售而空。

他们太兴奋了，晚上两个人把角角分分的钱摊在床上，头对着头一张一张地数过，发现手里的钱变成了60元！李蜀仁半夜跑去大姐家报喜。

“弟弟一见我就大喊：姐姐、姐姐，我们赚钱了，他那高兴的样子我永远也忘不了。”今年已经60岁的大姐激动地回忆，“从此，他们就开始着迷一样地赚钱！”

那时，孙庆生在学校里还有工作，上课时包里装着塑料纺织袋，一下课就直冲废品站。“最甜蜜的回忆是两个人在某个废品站的不期而遇，那感觉就像是一场美丽的邂逅，两个人要高兴好半天。”

他们在春熙路上摆了6年的地摊，为了长久地在一起，也为了摆脱学校压抑的环境，孙庆生不辞而别放弃了工作，和李分了地盘——将成都的所有废品站划分为二，一人跑一半。校长特意找到书摊，劝他回去，说“你可是我们学校唯一的大学本科学历”。

两人的行为在圈里引起了巨大的轰动，每天摆摊的时候，总有一群“飘飘”远远地蹲在对面看热闹，高一声低一声地喊：破烂有没有得卖？地摊上的两人只装听不见。

生意好得出乎意料，也许是旧书迎合了1980年代对知识的渴望。6年后，他们盘下了一间6平方米的小店开始做图书批发生意，经济上的成功使他们能够更多地承担家族责任。李母没想到的是，最终为她养老的是这个儿子。李蜀仁用卖废书的钱，为母亲买了一套房子，请了保姆照顾她；家里兄弟姐妹中下岗的、生病的也是他出面照应；侄甥一辈上学、就业也是他出面打点；甚至照顾大杂院的邻里。

事实上，这一家人和这一个大院的邻居们接受他们大约用了10年时间。

6. 出　轨

● “对异性婚姻来说，都是合的力量，父母亲人家族的力量，法律道德的力量，还有异性恋大多有孩子，孩子是维系两个人的坚强纽带。但对我们来说，都是‘分’的力量。”

激情过去之后，这对男人的“婚姻”也出现了“七年之痒”。

李有了新的性伙伴，开始不回家。他后来将这归结为30将去40岁将来的内心恐惧。孙愤而出走。

“嫉妒、被骗、背叛的感觉，和一个被欺骗的女人的感受是一样的。”

李蜀仁发现孙出走后立即连夜地找，找到后就求他回来。他知道失去了孙庆生，他再也不会有“家”了。但他又会再次出轨。

成都的同志圈在他们激情创业的时候曾经远离过他们，但在他们事业有成的松懈时和情感的平缓期又回来了。

不只是李蜀仁出轨，孙庆生也承认他也有过出轨，并且不止一次。

这个世界为异性婚姻提供了无数的范本，从小孩子时社会就在向他们灌输：从此王子和公主过上了幸福生活。但没有一个范本提供给同性的。谈到20年间感情的波折时，他们都认为同性之间维系情感更不容易。

“对异性婚姻来说，都是合的力量，父母亲人家族的力量，法律道德的力量，还有异性恋大多有孩子，孩子是维系两个人的坚强纽带。但对我们来说，都是‘分’的力量。”

对于没有任何法律约束的同性恋人来说，忠贞意味着什么？他们的理解是：“不把真爱交给别的人”。“当给对方造成伤害时，立即就刹车”是两个人都在遵守的原则。

“家是纽带，也是我们守护的底线。”

同志圈子近年有了很多变化：社会环境更宽松了，成都有了10家同性恋酒吧，年轻一代可以在相对公开的场合相聚，而公园里、马路边的“飘场”变少了；年轻一代的困惑少多了，更多人不再选择和异性的婚姻，而是选择同性长期的“准婚姻关系”。

但是同性恋者的情感困惑并没有减少。他们很难相守在一起，一周几次的约会，使大家在一起几年都不能彼此习惯和包容对方。“恋爱结束了，一切都结束了。”李蜀仁说，“有一个关节点很难逾越，这就是从激情的爱转化为亲情。我们也会像异性婚姻一样，会面临性格的不合、理念的冲突或者世俗的压力、情感的淡漠等诸多问题。”

为了守护自己的婚姻，他们在1995年买了房子，离开了大杂院。他们特地选择了一门一户的楼房，并且选在了最高层。他们还是过着隐身的生活。新楼房住户们不知道这两个男人的秘密，他们的商业客户们不知道他们的另一面。

在户口本上，李蜀仁是楼上那一套房子的户主，他和儿子是成员；在另一单元的母亲的户口本上，孙庆生是李蜀仁85岁老母的儿子，房子的产权是孙庆生的。

“我们给自己营建了一个小社会，这个小社会只有那些可以理解包容我们的人：双方的家族、个别的老同学、大杂院里的部分邻居，还有圈子里的少数朋友。只有在这里面，我们的婚姻才是安全的。”

建这样的小社会并不是件容易的事，他们必须扮演好多种角色：遵纪守法的公民；事业成功的商人；温和有礼的邻居；孝敬父母的儿子；慷慨大度的兄弟；互敬互爱的“夫妻”；还有，好父亲。

7. 儿　子

●儿子上大学的时候，学校里出了一个老师和学生同性恋的事，大家都在议论，小伙子突然想到：自己家里还有一对啊！

在李蜀仁父亲的力主下，他们收养了一个孩子。孩子到他们家的时候只有12岁，现在已经27岁了。父亲的本意是养儿防他们老，但后来孩子带给他们的是做父亲的体验。

“我们一开始并不喜欢他，他打破了我们两个人的生活。但现在看来父亲当年是对的。”李蜀仁说，“除了性取向之外，我们所有的情感需求都是和常人相同的。包括爱一个孩子，做父母的渴望。”

儿子来的时候非常瘦小，常常有病，两个男人便带着他跑医院，为他焦虑，为他心疼。孩子喜欢性格温和的孙庆生，孙庆生也喜欢孩子。这个孩子把李叫“二爸”，他是李的侄子，有血缘关系，把孙叫做“孙叔叔”。

孙叔叔照顾他的起居生活，帮助他学习英语，而二爸则在他的学业前途等大事上作决定。“我记得孙叔叔常常带我上街买吃的，他很高，我总是紧紧扯着他的衣角。”

李蜀仁记得送儿子上高中时的情景，他担心瘦小的儿子被同学打，一路上不停地叮嘱唠叨着，等儿子进了学校的大门，他心里一下子空了。

李蜀仁说，圈里还有三对也收养了孩子，都是在孩子吃奶的时候抱来的，最大的已经长到十四五岁了。他拿出影集，有一个漂亮极了的女孩，李蜀仁说，两个爸爸把全部的希望都寄托在她身上，让她从小学习舞蹈，用心的程度比亲生父母一点不差。

儿子13岁的时候，给自己重新取了名字，叫“磊”，李蜀仁说，好啊，你是上面的那一块石头，我和你叔叔是下面的那两块，你要是不听话，下面的两块就把你顶下来。

儿子上大学的时候，学校里出了一个老师和学生同性恋的事，大家都在议论，小伙子突然想到：自己家里还有一对啊！

明白了一切的儿子并不说出来，他留心地观察着两个男人的生活，发现他们那么默契，那种相互的感应只有长期在一起生活的人才有。

他们衣服、鞋子的号都是一样的，从来不分彼此；他们的性格完全不同，但是那么地和谐。二爸喜欢自由自在，因此他负责在外面进货跑生意，叔叔性格细腻，负责守摊打理店里的事，几千种商品在他的手下，摆放得整整齐齐。他们从来不会为钱的事吵架，两人挣的钱都放在家里，即使在二爸炒股赔掉几十万元的时候，叔叔都没有一句埋怨。

二爸给他父爱，严厉与原则，叔叔给他的是母爱，呵护与帮助。在他深刻的记忆里，是他和叔叔一起摆书亭卖报纸。天快黑的时候，报纸卖不掉，叔叔就拿着报纸到人多的天桥上高声叫卖。一个40多岁身材发胖的男人，当街叫卖报纸，很多人会拉不下面子，“但是我二爸和叔叔从来不虚荣，默默地吃苦。他们教给我很多东西”。

从事同性恋研究的张北川教授专门问过李的儿子：在这个家庭里长大，性取向会不会受到影响？得到的回答是：我爱女孩。

（应受访者要求，文中主要人物为化名）

（发表于2005年9月29日特别报道版，编辑张捷）

记者手记：天生一个好故事

■ 南香红

当你读完这个故事的时候，可能会感叹一句：真是天生一个好故事。

新闻就是这样，除了记者的采访写作能力之外，新闻事件是一个坯子，坯子的好坏对于新闻来讲有时候是决定性的，特稿尤其如此。如果一个新闻事件因与果之间的距离太短，各种元素之间的关系过于单纯，就算是再具有爆炸性或者吸引人的特性，它可能都不会成为一个好特稿的坯子。

这个故事是一个天生的好坯子。编辑有意识地寻找同性婚姻的故事，最后挑中了这个。

李蜀仁和孙庆生的故事发生在中国，这是一个并不完全开放的社会，同性恋者约会的地点更多是公共浴室和公共厕所，这个地点已经给同性恋者绑定了他们在社会上应该呆着的位置和地位，公共意识之强大，与个人的行为之渺小，这个社会里同性恋者在大众的眼里还是妖怪。

好坯子和好文章之间的距离有多远可能还是要因人而异。对特稿来说，素材好也可能意味着纷繁复杂，意味着有多种路径可走，哪一条路是歧路，哪一条是最佳的路，可能更需要仔细分辨。

在接这个题目的时候，我还是有一些犹豫。我知道这是一个需要和采访对象很贴近的题，我需要进入他们的“卧室”，会谈到性——特殊的性，他们约会的地点、方式等等，我对我的心理和感觉没把握。

电话里说：“找到‘变奏酒廊’，别从正门进去，从后面的楼梯上来。”

后面的楼梯不仅滑腻黑暗，还有一股便溺的味道，这和酒廊门脸的灯红酒绿的气氛很不同，有一种不良场所的感觉。

一个小屋子里，我见到了穿着花衬衫有一点瘦弱的王晓冬。

房间里还有五六个“花衬衫”，都在各忙各的，都是个子不高很瘦弱的样子，像是没有发育完全的男孩。

王晓冬拿来了几本《同心》杂志，开始讲杂志如何发送到全国25个城市的同志酒吧里，如何建立同性恋热线电话，艾滋病检测等等。

一只蟑螂在明晃晃的灯光下爬上桌子，在两杯刚倒的茶水之间犹豫着该往哪里前进，王晓冬拿起茶杯麻利按死了它，话题继续。

蟑螂之死让我皮肤麻麻的，心不在焉地一会儿瞟瞟王晓冬，一会儿瞟瞟花衬衫们，揣度着他们哪一个是……“同志”。

作为记者来说，接触这样的群体，心理还是有距离的，我知道这不应该，但这种心理的反应是自然的。

好在年至五十的两位故事的主角给人很“正常”的感觉，从表面上，他俩在一起看不出来有什么不一样。他们在成都同志关爱小组的王晓冬的“思想工作”下似乎也愿意接受我这个记者。

我们双方的接触都是小心翼翼地进行。我知道一开始不能去提我最想知道的问题，我得绕着走。我们谈的是别人，别的同性恋者，成都的同性恋圈子，他们的生活方式。我担心的是，如果我直奔主题，他们会因为没有做好准备，或者没有找到合适的倾诉的出口，或者因为没有建立对我的信任而将我推远。

先接触两人的朋友——同性恋者，看两人做生意的地方，和两人一起守摊，两人请我吃重庆火锅，这样的时候，不提问题，只是用眼睛看，观察、感受。

进一步我提出要接触他们的家人，他们答应了，然后我又提出见他们的邻居，他们没有让我见现在一个楼上的邻居，在这里他们还是隐身人。他们特意在家摆了一桌饭，名义上请邻居来聚聚，实际上给了我采访的机会，在酒喝得很热的时候，话题打开，这种时候，要以看似不经意的提问，维持随意的气氛。

有了这次的接触之后，我坐在了他们的客厅里，翻开了他们的影集，他们拿出了文章中提到的被许多同性恋者阅读的没有封面没有名字的书。当接到这本书的时候，我知道可以“严肃地”谈一些问题了，我的身份和心理也归了位，一名职业新闻人，而不是一个好奇的窥探者。这以后，我问了俩人之间最隐秘的问题，他们处理一些敏感问题的方法。

我用了一个办法，所有男女之间情感、性、婚姻当中的关键词、关键环节，我都有意地，但又不经意地让他们从同性恋者的角度重新解读一番，或者我自己进行一种比照，在这种解读和比照中，发现了很多与异性恋的不同，同时也找到共同的东西：初次性、一见钟情、爱情、多性伴、婚姻、欲望、异性、忠贞、出轨、白头偕老。它们就像一只只攀登高峰时为你准备的抓手，让你有所倚恃。

另一方面，这种有点极端化典型化的故事，通常并不仅仅是一个个例，你不能把它仅作为一个单纯的故事来看待，得放入一个大的背景中去，在采访的时候，要常常在心里重复这个背景，这是一个大故事里的小故事，这个大故事就是时代和社会。这个大背景就是李银河争取同性恋婚姻合法化而不得，同志关爱小组王晓冬们努力在同性恋者中倡导“积极、快乐、安全地生活”，中国同性恋中艾滋病感染和传播加速的现实。

两个男人之间，两个男人和他们的家人之间，和邻里之间，和同性恋者之间，和看不见的社会意识之间，他们之间的关系是互动的，找到这种互动中的关键环节也很重要。

这个故事加上引子我用了八个标题来展现，这可能是一篇文章中所分标题比较多的，每次转换一个标题，实际上是给了写作者一次转换场景的机会，就像是戏剧的换幕一样，它给了你更多的展现矛盾制造戏剧化的可能，同时也给了更多舒展笔墨的可能，这是吸引读者往下读的一种方式，而对于采访的记者来说，这意味着你需要围绕一个故事的核心，去向不同的方向呈放射状挖掘探索，找到不同层面的不同质素的空间。一棵大树，有了主干还不够，你还得给它们添上千姿百态的树丫和树叶，大树才能丰满起来。

读了这篇文章，很多人表示有一个感觉，就是两个男人的婚姻和男女的婚姻没有什么不同，他们同样感受到爱，感受到彼此的依恋，同时他们也会厌倦，也会出轨，他们并不是妖怪。如果说他们与男女之恋有什么不同，那就是他们让人哀怜的迷茫、痛苦以及让人心动的真挚与缠绵。

这应该是中国同性婚姻的启蒙故事吧，它的传播效果可能抵得上许多宏篇大论。故事见报的第二天，我接到一个短信，说，他是一个同性恋者，在时尚杂志工作，一向不公开自己的身份，现在他愿意把我当作他的朋友。

经租房，半个世纪的纠葛

编者按：

这是一桩旧事，半个世纪的岁月风尘已经抹平了细节的鲜活与生动。

这是一桩难以忘却的旧事，半个世纪的时间长度还不足以填平记忆的沟壑。

"经租房"对很多人来说是一个陌生的字眼，是经济适用房吗？这是今天人们的第一反应。但对于另一部分人来说是刻骨铭心的，因为他们和他们家族的命运因为这三个字而改变。

保护私产入宪，终止了中华大地上千百年来变更财富所有权的零和游戏，号召人们创造财富而不是争夺财富。在私有财产权受到保护再次被确认的今天，经租房的存在不仅仅关乎许多人的命运，更关乎一个国家的未来。

我们希望用经租房事件中形形色色的故事说明这个道理——产权确定是经济繁荣的前提；个人产权的确定是社会发展的条件，而不是障碍。

1. 翻不过去的记忆

●邵新和的故事只是那场遍及全国的社会主义改造的一个小小部分。在邵新和的意识里，这房子始终是他的，那个"私"字，经过多次的运动改造也没有洗掉。

93岁的邵新和一生疯了三次，其中有两次是为了他的房子。

1994年是他最疯狂的一次，每天天一亮，这个已经83岁的干瘦老人手里拿一把刀，到处拍得“啪啪”响，蓬着发围着房子转，像一名战士护卫阵地一样巡视着“他的”房子。

“连走带跑的，脸都变色了，儿女拉不住，警察也没办法，可怜不都是为了那房子。”老邻居王桂珠说。

发疯的原因在外人看来不可思议，“邵家”前院被房管所用作仓库，前院的人只好改走“邵家”四合院的大门，邵新和就是不让人走，“这房子，这院子都是我的，凭什么你要走？”于是他就堵在门口，最后发生冲突，邵新和的头被打破了，于是几十年来关于房子的积郁一起爆发，他再一次疯了。

在邵新和看来，这一亩零分六厘二毫的二进四合院是他的私有财产，是他邵家的房子，但记者在引述的时候，不得不将“邵家的房子”打上引号，因为现在除了邵家的人，没有哪一个政府部门承认这房子是邵家的，它们有一个统一的名字：“经租房”。

“经租房”一词来源于1956年1月18日的一份中央文件，这份文件提出了对城市私房进行社会主义改造，“由国家经营租赁”，即“由国家进行统一租赁、统一分配使用和修缮维护”。

邵家的二进四合院共32间房，只给留下4间“自住房”，其他都被经租。“不经租行不行？不行！每天给房主开会，非得同意不可，不同意不让回家！”解放后第一代街道办事处主任、邵家的老街坊王桂珠回忆说。

邵家只是这场遍及全国的社会主义改造的一个小小部分。1955年12月，中央对北京、天津、上海等10城市的私有房屋调查表明，各城市的私房占有比例大多在50%以上，最高的苏州市达到了86%，北京的私房占有比例是53.83%。

对于邵家来说，生活的变化并不是很大，“每家发了一个小本本，每月到银行去取49块9毛5的租金，我那时候十多岁，每月都是我去领，因为妈妈每次都把5毛的零头给我，小时候的东四十三条横街上都是各种店铺，5毛钱对我来说可以买很多糖果玩意儿。”邵新和的大女儿邵香珠说。

但是在邵新和的意识里，这房子始终是他的，那个“私”字经过多次的运动改造也没有洗掉。“我父亲一辈子不抽烟不喝酒，最大的理想就是置家置业，房子就是他的命。”邵香珠说。

1951年邵新和才刚拿下这所房子的产权，十多岁进京做工的所有积蓄都投在了上面。年届四十，新置屋产，正是人生最鼎盛的时候，那时的他想不到后来可能发生的事情。

1966年8月，已经20岁的邵香珠记得她家的大门上贴上了红卫兵的大红布告，上面写着："勒令私房主交出房契，不交者格杀勿论。"

"谁敢不交呀，说是小业主，不舍得也得舍得！"王桂珠向记者描述当年的情景。

"房契是我去交的，红卫兵看都不看就扔在地下。"邵香珠说。交了房契的人家门上会被贴上一个三角形的小木牌，上面写着一个"交"字，这无异于一张可以阻挡万束箭矢的安全牌。

就在这时，49.95元的房租停止发放了，没有任何解释和说明。

交过房契不久，邵家的房门上又贴了一张红卫兵布告："勒令24小时滚出北京城。"

邵新和与老婆被剃成阴阳头站在桌子上斗过之后，脖子上挂着一块"逃亡地主"的牌子遣返回了河南老家。

这一去就是17年。

1982年邵家落实了政策，邵香珠先回到了北京的"家"。她发现原来的四合院大门没有了，一对石狮子门墩没有了，影壁二道门门楼金鱼池也不见了，整个四合院变成了大杂院，前后两个院住了14户人家，搭建了将近20所小房，原本宽敞的大院子挤得只剩下羊肠子一样的小道。

不仅如此，邵家原有的4间自住房也被他人挤占，家财尽失，一家人在自己的院子里已无立足之地。

邵香珠带着一个孩子和弟弟在海淀区借了一间8平方米的小屋居住。一年后又被"请"了出来。"那时候真困难啊，那小屋要卖给我，400块，可我连40块也拿不出，不能买人家就让我搬走，我能去哪里呢？"

邵香珠搬回了自己家的院子，在4.5平方米的公共水房里搭了一张床。这一年她要回了两间自住房，1983年又找回了被房管所占用的另外两间。

1983年3月11日，北京市《关于落实"文革"中接管的私房政策的若干规定》中说："文革"初期，在"左"的错误影响下，北京市接管了8万多户房主的私人房产，共51万多间，其中，房主自住房27万多间、出租房23万多间，建筑面积合计约765万平方米，相当于解放初北京城市全部房屋的1/3以上。

当邵香珠进而想要回整个院落的房子时，得到的一句话是“那是经租房，已经不是你的了”。再问，就是“没政策”。

1983年到现在，20多年过去了，还是“没政策”。

女儿要回自住房后就把邵新和接回了家，但没多久他就疯了，他看不得那么多不认识的人住在“他的”房子里，邻居们动一块瓦都像要他的命，他每天做的事就是不停地和邻居们发生冲突。

1994年第三次发疯之后，他的“劲儿都泻完了”（王桂珠语），人也瘫了。女儿用轮椅推着他遛弯的时候，他就要求围着他的房子转，嘴里喃喃地说：“我的房子，我的房子……”

全北京像他一样还活在世上的经租房产权人已经不多了，“据我所知，不到10个吧。”邵香珠说。

记者5月25日见到邵新和的时候，他已经失语了，不能说话了。他只用眼睛盯着记者，跷着大拇指，邵香珠趴在他耳边大声说：“好好活着啊，你的房子快要回来了。”

2. 推土机前的现实

●今天，当推土机如张开嘴的大鲸一样吞噬着一片片平房，许多经租户才意识到：历史遗留问题，已经成了眼下不得不面对的现实问题。

推土机如张开嘴的大鲸一样吞噬着一片片平房，当它有一天真的来到西城区廊中下胡同10号的时候，这一家人才惊醒：祖屋就要失去了。

院子里的7户人家，每家拿到每平方米1万多元的补偿另寻他居去了，每走一户人家，拆迁的人就来把这家的房顶挑了，瓦揭了。

“这是我们的祖屋，拆房子应该和我们谈呀，怎么没有我们的事？那些没有产权的人拿到的补偿比我们还多，我们的所有权体现在哪里？”

马家的困惑没有人来回答。

2003年7月开始拆迁，现在马家周围一万平方米已经拆没了，马家的人还在废墟里坚持着。白天马家大门紧闭，院子里养着3条狗，马振环兄妹原来不在祖屋里住的都搬了回来，一家人日夜守着，阻止人来拆房。

记者去的那一天，拆迁的人在马家坐了3个小时，这是最近的第5次谈话了。

“我相信政策明天就会出台，所以我今天不走。”马振环对拆迁办的人说，也对记者说。

因为拆迁的推土机堵在门口了，马振环才到北京市国土资源局要自己的经租房，她花100块买了一本《国家房地产政策文件选编》，在里面看到这样一段：“国家经租房的性质是对城市房屋占有者用类似赎买的办法，即在一定时期内给以固定的租金，来逐步地改变他们的所有制。这就是说国家经租房屋的业主实际上丧失了所有权。因此业主死后，经租房屋不能允许他们的家属继承，但可以继续领取国家给予的固定租金。”（1964年9月18日《最高人民法院关于国家经租房屋的业主实际上丧失所有权的批复》）

“这对于我们家来说是惊天的消息。”马振环说。

“不是一直是国家替我们经租的吗，怎么一下子变成国有财产了？为什么从来没有人和我们说过？就算是赎买也得让当事人知道吧，也得办个手续吧，是谁通过什么方式从我们手里赎买走的，从‘国家经租’到‘国家财产’是怎样突变的？”马振环抱着文件一路往家里赶一路用手机把文件内容念给家人听一路用笔将那些段落画下来。

马振环说他们兄妹首先想到的是通过法律途径讨回祖屋。直到找到律师后他们才知道，他们手里没有任何证据可以证明这些房子是他们的。房契、产权证都在“文革”的时候上交了，而且，他们的房子是“历史遗留问题”，最高人民法院在1992年的一份文件中明确规定，此类案件“不属于人民法院主管工作范围，当事人为此而提起的诉讼，人民法院应依法不予受理或驳回起诉”。

接着马振环前往西城区房档所查取“文革”时期的房屋产权证，得到的答复是：“保密”，只有打官司的时候，律师提取证据才可以查。

这时候他们更加明白保存住祖屋的重要性。“拆平了，我们就没有证据了”。为了拖延拆迁时间，他们一家人想法和拆迁办搞好关系：中秋节送月饼，平时请到院子里喝茶，从去年7月一直坚持到现在。

2003年7月1日，马家兄妹得到消息：北京市档案馆可以查解放以前的房屋档案记录，可复印，但不许公开。马振环依照老门牌号，找到了她家房子的买卖契约。

“不知道是什么偶然的因素使那份契约保存了下来，当我们拿着它的时候，觉得它有千斤重。”在这张1936年由北平市政府核准的土地使用权申请书上，记载此处房产为民国二十一年（1932年）按每亩60万元（当时货币）标准地价买下的，三进四合院25间房。

“我的大奶奶、奶奶（妯娌俩）旧社会一直是给人‘做外活的’，就是到大户人家做老妈子，爷爷也在别人家里做管家。奶奶30岁的时候守了寡，买房子的时候大奶奶60岁，奶奶也44岁了，钱是她们一生辛苦攒下的，准备做不动的时候依靠房租养老。她们怎么会是剥削阶级呢，再说当初定成分的时候我家定的是‘城市贫民’呀。”

马振环的奶奶在1959年就去世了，父亲也于1998年病逝，马家兄妹应该是房子的第二代继承人。父亲去世的时候说：“慢慢等吧，如果房子退了，你们可要记得交税。”他至死都不知道房子已经不是马家的了。

因为有私房，马家兄妹4人都没能从单位分到房。孩子大了，结婚生子，自留的7间房一共只有78.1平方米，“守着房没房住”。

马家的院子里种着两棵大树，一棵是枣树，一棵是核桃树，它们是马振环儿时亲手种下的，但现在两棵相距不到一米的树命运却很不相同，枣树姓“私”，核桃树姓“公”，因为枣树种在马家自住房前，而核桃树的地盘已经被经租出去了。因此，马振环对枣树有处置权，核桃树却动它不得。街道上仅有的几次洒药除虫，只有核桃树的份，枣树除外。

马振环在枣树下摆一张藤椅，整天坐在那里，守着被挑了顶的房子。“挑顶的时候，心里痛。如果这房子就这么强拆了，我死了心里都会有阴影的。”她说。

马家希望拆迁慢一点再慢一点，既然是历史遗留问题，能不能等问题解决了再拆？

“谁心里也没底，只能走一步说一步。”马振环深锁着眉头说。

3. 祖屋啊，名誉祖屋！

●守着“名誉祖屋”而成为住房最困难的人，这是许多经租户的现实处境。

李桂莲不知道自己为房子所苦的生活到什么时候才能结束。

北京市宣武区贾家胡同40号的院子曾经是一个雕梁画栋的四合院，现在是个大杂院。这里的11户人家与李家的关系也像杂院一样芜杂。

这个院子曾经是李家的。

李桂莲曾经在这里过着艰难的日子。她和儿子丈夫三口人住6.8平方米的半间房，屋里搭着双层铺，电视机吊在上铺方向的屋顶上，开关电视的时候用棍子捅，因为只有在那么高的位置才有地方安置它。

而在院子里，有的是空房，有3户人家的房子长年空着，他们都是在外面有房的人家，有的人家还把空房租出去赚钱，但是李桂莲一家却不能住。对于她这个曾经的房主来说，那已经是“公产”。

李桂莲的父母有5处房产，其他4处的所有房间都被经租，而在宣武区的这一处，有当年给她的奶奶、父母和5个兄妹留下的12间自住房，其余房间也都被经租。几十年后，李桂莲五兄妹都长大结婚，现在他们的孩子也已经长大结婚需要房子，12间房子早不够住了。

李桂莲的妹妹一家三口住13平方米，孩子大了实在住不下，只好向院子里长期空着房子的人家请求：把你的房子租给我吧！

房主反而要租自己的房子住，这个道理不好想通，更想不通的是他们兄妹在单位的身份是“有房户”，没有权利享受福利分房。

李桂莲的弟弟一家三口住12平方米的房子，到单位要房，领导说：“你自个有房，你去要回来啊，到市政府去要啊！”而到市政府反映情况，得到的又是：“你的住房困难应该由单位解决！”

李桂莲说她在48岁的时候还报名献血，就是之前和领导有个交易：献血之后单位分房的时候，给她分一间10平方米的房子。献完血她跑回单位看分房榜，没有她的名字，“脸冲着墙我号啕大哭，心里的委屈就别提了。当时的感觉真是上天无路，入地无门。”

守着“名誉祖屋”而成为住房最困难的人，这是许多经租户的现实处境。

记者走访了许多经租户的四合院，发现他们大都缩居在院子的一角，高大而正统的本应由主人居住的北屋一般住的都是“别人”，他们住的大都是东西厢房、耳房，位置好一点的是前院的南房，从这个细节里仍然可以感受到那个消灭“私有”的时代的气氛。

拥有祖屋的人生活因祖屋而改变，命运也因祖屋而改变。被祖屋所苦的不止李桂莲一个。住崇文区花市上二条45号的邢新菊是父亲62岁生的“老来女”，那时的父亲已经没有了劳动能力，全靠他在1939年、1940年购置的两套房产生活。1958年经租后，家里立即陷入贫穷，邢新菊和姐姐只有辍学，14岁的她就去了东北农场。

中国人民大学法律社会学研究所所长李楯教授告诉记者：“经租的人绝大部分不是大的有产者，大有产者都在此之前公私合营了，经租的私有房主多是城市贫民，正是因为生活很困难，所以他们才靠租房子的租金生活。而到‘文革’时期上交的房更是穷人的房子，在北京叫做‘棋盘星碎砖头’的房子，都是靠城边的。”

对于经租，李楯一言以概之：那时的一个理想是实现人人有房住，人人可以不花钱地住房，但国家并没有什么积累，所以改造私房是实现理想、实现国家财富快速积累的有效途径。

“那是一个国家财富的强势聚集期。”

（发表于2004年6月17日特别报道版，编辑张捷）

记者手记：我看到土地测量员之死

■ 南香红

现在回忆写这篇稿子的经过，真是有些恍如隔世的感觉。当年接受我采访的93岁的邵新和老人，不知还是不是活在世上；那间坐落在北京廊中下胡同10号的四合院是不是早已经被铲除了。不管怎样有一点是可以肯定的，这些人还在奔走，还没有盼到“政策”，还没有要回他们的祖屋。还有一点要说的是，那时候接受我采访的向全国人大递交“经租房违宪审查”的高智晟律师已在狱中。现在没有人继续提违宪审查的事了。

经租房是编辑张捷提出来的题目，她早在1998年报道北京旧城拆迁中的土地使用权问题时，就对经租房之事有所关注。我最初的介入从北京南池子的拆迁开始，2002年北京城市房地产开发的步伐已经逼近了故宫周边，南池子是皇城的一部分，连这样的地方也保不住了。南池子从拆迁一直到几年后拆迁完毕整条街变成另一个样子，我都在报道。从这里深入，又有了许多关于北京旧城拆迁与保护的报道，它们成为了一个系列，从各个角度记录了北京城的变迁。

如果拆迁问题是今天的现实，那么经租房就是历史的沉疴，它是一个巨大的存在，挡在历史与现实中间，你越关注现实问题它就越凸显出来。只有完成了对历史的追述，才能理解现实的种种怪象，我的北京旧城改造系列采访与写作才成为完整的记录。特稿总是比其他样式的新闻有更多的在历史和现实之间上下切换的空间，也有更多这种切换的需求，特稿需要现实的属性，同样需要历史的特质。

这其实是一组稿子，主稿《经租房，半个世纪的纠葛》讲了三个故事，实际上就是三个层次的问题：历史、现实与困扰。而这三个故事都是历史与现实搅和在一起，彼此之间互为因果，很难把它们分开。经租房的根本问题是如何对待“私有”这个大问题。半个世纪前，“公”所向披靡，“私”萎缩到了无，现在“私”逐渐回生，开始向“公”讨还曾经失去的，而“公”也绝不会拱手相让，双方的角力、胶着过程，正是一个时代蹒跚向前的脚步。你从那个为房子疯掉的93岁的老人邵新和身上，可以看到“私”对于人类来讲是多么难以根除、难以泯灭，而“公”又是多么强大，多么不可动摇，两种极端强大的力量的狭路相逢，最终把一个人逼向疯狂。

历史的主题是宏大的，特稿的记者或许就是需要比别人站得更高一些，有时候甚至需要离现实更远一些，只有这样你才能把握全局，理解你所面临的现实乱象的意义。改革开放，实际是上“私”逐渐回归的过程，对这个可怕的“私”我们有时候还遮遮掩掩，关于私有财产保护的《物权法》几经沉浮几经修改还处于胶着之中（采写本稿时还没有通过），但趋势已经很明显，这也是这些人敢于在今天重提祖屋的原因。“私”的意识已经在中国大地上觉醒。

但是再宏大的东西也需要找到它的落点，而这几个人物的命运故事正是这样一个落点。经租房主是一群人，在北京有，在中国的各大中城市里都有，如何在一群人中挑出典型是个问题。

找几个人物并不难，一大堆经租房主想让你去采访，对他们来讲是一个难得的倾诉机会，他们抓住谁都会没完没了，每个人几乎都有极其曲折的故事，而且这些人已经成了上访的“老油条”，谁都不吝。但作为记者，要明白你所采访到的事实的意义，它的典型性在哪里，你能在这个故事里发现什么。

这里特别强调的是发现。这是一个有半个世纪之隔的事件，其间涉及到新中国的整个成长过程。历史影响着现实，现实又与历史缠绕，如果说历史是这一事件的主调的话，现实就是它的复调。主调和复调需要很好地把握，你需要把远的历史写近，又要把近的现实写远。新闻事件的主人公的故事，是他们个人的经历，但又都不是个人的故事。你要把握住两者之间的平衡点——他们首先具有了个性，才具有了典型性，他们不是随便就抓来的故事。

个性的部分一定要想办法让它鲜明起来尖锐起来冲突起来，要刺得人疼痛，一入眼睛就让人想阅读下去，并且牢牢地印在脑海里。典型的部分要让它具有两个特质：深沉的广度和精度的概括。广度是这个典型能够覆盖这个群体，概括是能够抽出规律，只有个性和典型性都提炼到精纯的地步，再将两者杂糅在一起，才能达到境界。当然这里说的是一种理想的境界，并不是说这篇稿子达到了这个境界。

1994年是他最疯狂的一次，每天天一亮，这个已经83岁的干瘦老人手里拿一把刀，到处拍得“啪啪”响，蓬着发围着房子转，像一名战士护卫阵地一样巡视着“他的”房子。

“连走带跑的，脸都变色了，儿女拉不住，警察也没办法，可怜不都是为了那房子。”老邻居王桂珠说。

疯狂的老人为了护卫他的私有财产，和所有的邻里为敌，但现实是，除了他自己没有人会认为那房子是他的。

细节的运用在营造个性的时候是个好办法，但并不是细节越多越好或者越细越好，有时候很多细节是没有用的，不当的细节的运用只能使稿子变得拖沓。而好细节就是“鲜明”、“尖锐”、“独一无二”，并且被精当地使用。

记者所做的工作就是提纯，在你采访到的一大堆的人物、事件以及芜杂的细节中提纯。精心地选料，慢慢地熬，细细地打磨。提纯就是个浓缩的过程，结构、情节、起承转合，包括文字，所有的要素都可以集中在一个尺度里，碰撞、冲突、跌宕，文章自然就会变得好看起来。

这里还想说的一点是，我在写这篇稿子的时候，还想表达一些非要表达不可的新闻事实之外的东西。这些东西是模糊的、潜在的，但对我心灵的影响又是很大的。新闻的事实或许可以理解成两种，一种是看得见摸得着的事实，另一种是无形的潜在的“事实”。

这些白发苍苍的老人聚在一起，当年他们因为有这几所房子，比别人多了一点财产而受尽苦难，甚至有许多家族血染祖宅，现在他们又因为这房子而饱受磨难。卡夫卡在他的《城堡》里描写的情景和今天我看到的几乎一模一样：城堡默然而威严地、高高在上地存在着，土地测量员为了接近城堡进行着一次又一次的徒劳而疯狂的努力，他无法接近它，但却能感受到它巨大的威严，感到来自它的巨大压力；它漠视着他的存在和努力，但又无时无刻不诱惑着他折磨着他蹂躏着他……

这些人一次次地上访，被驱赶被冷遇，希望上面会下来一个“政策”，不但政策数十年没有“下来”，而且祖宅在北京城的翻天覆地的改造中被拆除，他们失去了用存在于大地上的房子证明自己是这些房子的主人的最后的机会。

马家的院子里种着两棵大树，一棵是枣树，一棵是核桃树，它们是马振环儿时亲手种下的，但现在两棵相距不到一米的树命运却很不相同，枣树姓“私”，核桃树姓“公”，因为枣树种在马家自住房前，而核桃树的地盘已经被经租出去了。因此，马振环对枣树有处置权，核桃树却动它不得。街道上仅有的几次洒药除虫，只有核桃树的份，枣树除外。

自己种下的核桃树自己却不能摘上面的果实，这就是中国的荒诞与悖论，马振环所做的就是每年眼睁睁地看着鸟儿将核桃全部啄坏，一颗颗地掉得满院子都是而不采取任何行动。

我想把我采访的人物的内心痛苦与焦灼用不动声色的方式写出来，我在写他们的时候眼前看到的是土地测量员的辗转之死。

盲艺人的乐与路

编者按：

一群被邀请到北京舞台上的太行山区的盲艺人，在这个秋天引起了音乐圈的震动，人们惊叹："阿炳"还活着。

他们是大山里最活跃的一群，但也是最封闭的一群。民间艺术被传承的过程里，他们同时播洒了快乐，给乡亲，也给自己。音乐成为他们生存的唯一理由，也让他们感受到自身的价值。

2003年10月10日下午，一群太行山的盲艺人来到了北京，在首都师范大学音乐厅举行了首场演出。

操办这次演出的中国艺术研究院田青教授说，他在太行山听到这些盲艺人演出的时候，感动得"涕泪滂沱"，在残破的古戏台的房山下，"听到了真实的歌声"。

于是有了这些从没有走出大山的盲人的北京之行。北京之行赢得了赞誉，但所有人都感觉到了，这群盲艺人的舞台，其实还在太行山。

11月10日，我们走向左权县的太行山深处，踏上了追寻盲艺人太行山足迹的行程。同行的有本报摄影记者王景春、华夏时报记者刘红庆。

●11月11日桃园村

“盲宣队”来了

盲人宣传队究竟在哪里？前一天夜里左权县文化局打听的结果是：一支在县域的南部，一支在县域的东部。

我们先奔向东部。

拐儿镇，一个枯干萧瑟的崇山峻岭中的小镇，一座牌坊，一条街，一棵老槐树，槐树上缠着红布，下面摆着香炉，有人祭树。

拐儿镇没有什么名气，但它所辖的一个村赫赫有名——那个把地球打穿都不会打出水的老井村，电影《老井》的拍摄地。

一群羊从山坡上漫下来，站在羊群中间的羊倌高声回答我们的问题：“看见哩，夜里（昨天）从那边山路上过哩。”羊鞭向远处的群山一指。

一群牛慢吞吞地要过公路，牛倌的样子相当兴奋：“吃罢早饭，他们在过河，往那边去。”手里的棍子指向更远的群山。

拉煤的拖拉机被拦了下来，一只乌黑的大手从马路左边的大山移向右边的大山——这一次消息非常确实，他们正从上五指村走向桃园村的路上。

我们发现，大山里的人没有一个不认识他们的。

太行山的雪突然就落了下来，密密地扑向人的脸。很大的山，很深的河谷，乱石丛中很少的一点田地。小路随着山势弯曲上升，一个村庄悬挂在高高的山腰上。

他们就出现在桃园村后的乱石丛生的小路上。

前面两个挑着担子，后面两个背着捆成方形的行李，一根棍子牵起两个人，另外的手搭着前面人的肩膀，串成一个长串。他们仰头向天，脚尖轻轻地颤抖着试探之后，身体的重量才落下来，细长的导盲棍碰在乱石上发出清脆的响声。

盲人串起的队伍拐过一座屋角，走在最前面的人陷进了泥里，沉重的担子从右肩换到左肩，拔出了脚，但不知向何处落，一个村民把他们引出了泥水。

“盲人宣传队来了！”小孩子们跑起来，几只狗吠起来，端着饭碗在街头吃饭的人围了过来。

千家饭

《桃花红杏花白》是盲人们最爱唱、山民们最爱听的一首左权民歌，据说被写进了中国高等音乐学府的教材。

就像歌里唱的一样，当某个季节来临的时候，一群盲人就会准时出现在远远的山梁上，融入一个小山村的夜色里，搅得小山村活跃一阵子，然后这热闹在匆匆的一夜之后就消失了。等一年之后的这个季节，再一次出现。

这样的习俗，维持了将近一个世纪。桃园村小学的天井里，一群村民围了上来。“8月就该来咧，咋才来？”“山上落雪了，受罪哩，担那么重的担子。”“山路可不好走吧，啥时演？今晚住不？”

“演咧，演咧，吃了饭就演。”盲人们用双手试探着，摸着一块石桌，放下担子，一边擦拭着汗水，一边应答着。

82岁的张世和拄着拐棍、披着棉大衣出来，他走到年龄最大的盲人王贵明跟前，大声地问：“七十几了？”

“七十五了。”双目已经干瘪成深洞的王贵明回答。“该歇了，该歇了，受罪咧。”

王贵明把耳朵朝向张世和的方向，脸微仰着，笑而不答。张继续聊着，他背驼了耳聋了眼睛也不好使了，身体比不上王贵明了，他们显然是老相识。

“咳！一年听一次，听了七八十回了。”张世和说他两岁时听盲人唱，年年不落。而王贵明来这个村演唱，也已经50回了。

新中国成立后张世和曾是桃园村的书记，盲人们来了都是他招呼，“早先是给一碗饭，再后来是给点钱，从十块二十块到七八十块，吃千家饭，进千家门，可怜的嘛。”张世和的话里满是沧桑和感慨的味道。

一个穿天蓝色制服的中年男人出现了，是村里的会计郭秀林，四个盲人里唯一有一点点视力的药成江迎上去，两人说了几句话，走了，一会儿又回来，带来了现任的书记，开了一间村办公室的门，里面没有火，很冷。

这里显然是村里唯一的公共场所，左边是一排村办公室，右边是村小学，前边是一个破旧的戏台子，黑洞洞的。盲人们站在这个院子里，跺着脚，搓着手，他们不愿意进那没有火的办公室，也不进那有火的屋子——那是一间大屋子，一半辟成教室，一半是老师的宿舍，盲人们显然保持着某种自律、矜持和自尊。

五个盲人，加上我们——三个记者，这个队伍就是八个人，会计郭秀林拦住站在门口的人家，商量安排饭食。村里把这个叫做派饭——不给钱，但会计会记账，算工。他问了七八户人家，有一户人家不愿意。

一家只能安排一个人吃饭。这天中午，52岁的盲艺人陈玉文吃的是山药蛋剥利（音，山药拌面粉蒸出的一种食物），吃饭前他坐在火炉旁的小板凳上睡着了。

七十多岁的女主人看到他冷得哆嗦，忙捅旺了炉火，直到饭好了才叫醒他。太行山里的农家，冬天为了省柴火，不管有几间房，一家人的全部生活都集中在一个屋里，一张大炕睡全家人，一个小铁炉又做饭又取暖。

老太太说她是从大山的另一边嫁过来的，出嫁前在山那边听盲人唱，出嫁后在山这边听，小时候在爹娘怀里听，一年一年地就听到七十多岁了。

“山药蛋剥利”盛在碗里发灰黑色，看起来山药多白面少。陈玉文的碗始终不离嘴边，他说这种饭很好吃。筷子在里面无目标地扒拉着，吃完一碗，老太太从他手里接过来，装满，双手递到陈玉文的手里，为了陈玉文，她还特地下了点挂面。

这天的午饭药成江吃的是挂面，张林庆和一名记者吃的是薄面饺，刘红权吃的是捞面，王贵明吃的是抿疙斗（一种杂面食），另两名记者吃的是包子和鸡蛋汤。

这就是老支书张世和所说的“千家饭”吧，不管到谁家里，碰到什么吃什么。

讨　钱

演出午饭后在学校的院子里进行。村长和会计从办公室里搬出一张桌子两张长条椅，盲人们把乐器一件件地摆上桌。学校老师放了孩子们的学，慢慢村民们汇集而来。

“打镗——”药成江高叫一声，“咣”的一声铜锣敲响。张林庆的残臂上挂着锣，药成江把鼓挂在脖子上，陈玉文一手持镲拍向桌子上的另一只镲，一手持鼓槌将一只鼓敲响。

如天上滚过的一阵暴雷，整个屋子震得发抖。“再打一遍镗——”

这是向全体村民发出的召唤令——演出开始了。

唱了三个曲子演出就结束了，桃园村不是今天的重点，这一天，盲人们的晚饭和睡眠在大山更深处的后板峪村。

离开的时候，钱讨得不太顺利。双方在讨价还价，都有些尴尬。

桃园村盲艺人们要的是150元，村长说太多了，给100元吧，村里今年收成不好，没有钱。盲人们坚持说去年也是150元，今年不能少了。

双方站在学校院子的一角，小声商讨。盲人们的代表是药成江，其他盲人也都停下手中的活，静静地站着听。

“我们刚刚出来，就少这么多，以后的村就没法要了。”盲人们帮腔。

最后是村长让了一步，盲人们也让了一步，药成江眼睛贴在纸上，艰难地开出了一张收据：130元。

村里看样子确实很困难，村长是个忠厚老实的人，没说假话。会计拿了借据到村民家借，走进一户人家，向一个老妇说了一阵子，老妇人转身进了里屋，关上了门，好半天才出来，手里拿着60元；另一户人家回答得挺干脆：没钱！会计又进了两家门，才借足了130元。

药成江把几张纸币对着太阳贴在眼前仔仔细细看了个遍，又把它递到张林庆手上，张林庆一张一张地摸过，又传到陈玉文手里再摸了个遍，才递回来。药成江解开棉衣扣子，把它们揣进贴肉的口袋里。

药成江说，当钱攒到500元的时候，他就会存进信用社里。一年300多天游走下来，盲艺人的每月三五百块的活命钱就有了。他们甚至还给老得走不动的盲艺人发退休费，50元100元的。“很多村子说，明年别来了，农村费改税后，村上更拿不出钱了。”药成江说。

越来越多的村民已经不再稀罕盲艺人们的演出了。

●11月11日后板峪村

“保爹”们

“走啰，走啰哟——走啰，走啰哟哎……”

盲人们再一次串成串，踏上青石板的小路，他们仰头向天高声呼喊着，不是向某个人，而似乎是向整个村庄告别。

没有人应答，但有男男女女、老人小孩跟着他们移动、相送。村口，山路，转弯，人群消失，大山扑面而来。

四公里曲曲折折上升的山路和一条乱石丛生的干枯河连接着三个村庄——桃园、板峪、后板峪。板峪村是明天返回时的午餐地点，所以当路过这个村子的时候，盲人们没有进村。后板峪村窝在大山深处，四面的山合拢而来，围成一个深“井”，村民的住房高高低低悬挂在山壁上。

就像远方的游子回家一样，盲人们熟门熟路地沿着一条高陡的石板路上去，拐进一条窄巷，进了一家大门。

大山里的天是一下子黑下来的，白雪在院子里金黄的玉米垛上闪光。

“来咧，来咧，咋这晚来？快进屋。”院子的东厢房打开了门，有人引着盲人们上台阶，进屋，放下行李。

这是村保管员的家，那是一个黄头发黄眼睛的小个子的男人，他很快就往各家派饭去了。一群一群的媳妇往屋里挤，叽叽喳喳嘻嘻哈哈互相打趣。

“饭好了。”不断有媳妇推门进来，盲人们一个个被领走。“亲家呢？我的亲家红权呢？”一个妇女进来找，盲人们忙说红权病了没来。

原来刘红权是这个妇女的孩子的“保爹”，也称作“亲家”。乡里的孩子体弱多病担心活不了的，都讲究找一个保爹，这个保爹要是残疾人，离本村越远越好，最好姓刘（取“留”字意）、姓陈（取“成”字意）。乡民们认为残疾人阎王爷是不要的，命硬。孩子的命再不好，有了残疾人做底，就坏不到哪里去。

保爹来到，会被隆重地请到家里，享受到“上盘”（炒菜）的待遇，晚上可以睡在干亲家的热炕头上，盲艺人们每个人都当着七八个孩子的保爹。

《光棍苦》

晚饭后的山村完全陷入了黑暗，雪停了，山风更加凛冽。废弃的学校的教室里吊上了一只巨亮的灯泡。

“哎，红权呢，他咋没来？”“病哩。”

刘红权是这支队伍里的唢呐手，主唱。大家很喜欢他，有人提到他唱的《光棍苦》。

“那就是个光棍嘛，34岁还没混上个闺女。”黄头发的保管正推门进来，一个媳妇指着他说，大家“哄”地笑起来。“光棍多呢，山大哩嘛，没有闺女愿意嫁来。”

“混闺女”是乡民们的方言，意思等同于找对象。

“林庆，你走的地方多，唱的地方也多，混不上闺女，也能混几个寡妇吧。”

众人大笑。在一旁一直沉默得像一块石头似的张林庆忙说：“混不上，混不上，谁跟一个瞎子跑嘛。”

这支分队的五个盲艺人（包括生病的刘红权）中，只有75岁的王贵明娶过媳妇，其余的都是光棍，整年游走于乡里，背上的行李里背着一年四季的全部家当。

人，越来越多，烟草的味道也越来越浓。

开场白之后的第一个曲子，唱的是退耕还林，一对小夫妻，为退耕还林发生的一场小口角。张林庆一开口，引来一片笑声，他一边用残臂打着梆子，一边用尖细娇媚的声音模仿女子。陈玉文张开大嘴刚一唱，假牙就要掉下来，他赶忙用舌头抵上去。观众很快就发现了，每当牙掉下来的时候，他们就放肆地大笑一次。

一曲唱罢，黄头发的保管准时出现，提着一只壶三只大碗高叫：“茶来了！”尽管是白开水，盲人们还是觉得受到了很好的礼遇，兴致高起来。

“别喝了，”一位盲人小声提醒，“喝多了晚上要尿！”

孩子在母亲的怀里睡熟了，演出在乡民的热情中继续。夜越深，所唱的也从“宣传”内容转向乡俚的戏谑、幽默。

板胡的高音吱吱呀呀地扭在一起，二把单调的鸣叫刺人耳鼓，锣的声音急急嘈嘈，人们越来越兴奋。《双满意》唱的是一个光棍和寡妇的故事，光棍愁着没有人爱，寡妇孤单没人怜，两个人玉米地里相遇，都有心思，却扭扭捏捏说不出口。

不知道一群光棍唱这个故事时是什么心情。“盲宣队”总队队长王玉忠结了婚，找的就是寡妇，带来两个孩子，又和他生了一个女孩，五口人已经过了十多年。

两年前女人得了子宫癌，完全丧失了劳动能力。大孩子没考上大学，王玉忠正在让他复读，决心供他上大学。第二个孩子现在正在上高中。小女儿在北京打工，给人做家务。家里的两亩地无人耕种，全家的主要收入完全靠他走乡串村演出。

75岁的王贵明也有家室，那是旧社会“说下的”，也是一个双目失明的人。

再有就是已经死去的盲人喜兆娶过亲，但娶的是个智障者。

喜兆是吹唢呐的。攒了一点钱，30多岁时娶了“疯桂珍”。“疯桂珍”成天涂个大花脸、扎个朝天小辫在街上被人逗着，不停地舞蹈不停地唱：“黑狗跳，黄狗叫，花狗咬掉喜兆鸟。”喜兆为她买了好看的衣裳，两人却没法过夫妻生活。

运气好的也许能娶到寡妇，要不然就是找一个傻子或者残疾者，不愿凑合的，就得打一辈子的光棍。

“正月里梅花开，花开人人爱，光棍有心采一枝，拿回家里没人戴……

“十二月一年了，大小人都说过年好，案板上家家响得叮叮当当，有老婆的人家吃饺子，光棍只有面条条……”曲调反反复复吟唱着光棍一年12个月的苦日子。

有父母的盲艺人，跟着父母过，没有父母的傍着哥姐过，52岁还跟着哥嫂过的陈玉文说，好在自己还能挣钱。

“光棍和寡妇合了吧。”曲子唱到最后，光棍和寡妇同声合唱。

演出到了高潮。

●11月12日路上

寻找另一支

小山村早晨的饭都差不多，小米南瓜稀饭。吃过饭后讨钱讨得很顺利。后板峪村的演出，报酬是100元人民币。

“这是老规矩，村子小，年年一百。”

当盲人们离开的时候，村里很多人都等在村里唯一一块半个篮球场大的平地上，人们一直送到村口，看着盲人们拐进大山里。我们就此和这支盲人队伍告别，去南部寻找另一支盲艺人。

下午6时到达桐峪镇，一打听，盲人们就在桐峪村。桐峪村紧挨着桐峪镇，是一个有1500多人口的大村子。这里被称为左权的“京广线”，经济相对发达，村民们自然“开化多了”。

●11月13日桐峪

“鲁艺”的根

上武村每年6月20日开始是要连唱四天大戏的，请的是大班子，唱晋剧、上党梆子，连唱八九场。

当王玉忠领的那支盲人宣传队从桐峪村步行一个上午来到这个村的时候，这个坐落在半山腰的小山村正热闹着：一天以后，一户人家要娶媳妇；两天以后，另一家人要送葬。吹吹打打的喜丧班子早都准备好了。

全村唯一一条笔直的200米长的街道上支着几口巨型炉灶，大锅里煮着海带，炸着油豆腐，洗碗的水流得满街都是。人来人往，小孩们兴奋地蹿来蹿去。

盲人们先到村办公室院子里放下行李，这是一个大而整齐的院子，院子的正中心是一个高大的砖砌戏台子。两边是整齐的平房。这里显然也是村民的公共广场。“样式太老了，准备拆了重盖。”村长指着那座看起来有些历史的戏台说。

“每年的大戏，村里是要花上万元的，这里的人‘好这口儿’，除了村上请的，各种班子常来常往，谁想听谁就凑钱。上武是抗战‘鲁艺’所在地，当年文艺人才汇集，留下了根。”村长说。

一场热闹

盲人们午饭就安置在那几口大锅旁——一顿白水煮面条。就着吃饭的饭桌，演出不一会就开始了。

王树伟的唢呐刚要吹响，人群中突然发出“哄”的笑声，一个穿着大红衣服的女疯子不知从哪里冒出来，开始手舞足蹈地唱歌跳舞。

人们的眼睛随着疯子的跑动而飘忽，人群里一会儿是哗笑一会是惊呼声。显然疯子更能吸引眼球。只有盲人们没有动，两只笙的音调好了，各种铜器在桌子上各就各位，王玉忠的断臂上绑牢了弓子，王树伟的腿上绑好了镲，三弦抱在了怀里。

他们开始脸向着天歌唱，似乎只唱给自己听。他们的情绪似乎没有受到任何影响，他们似乎不管有没有观众，也不在乎观众的态度，只唱心中的歌。

刷碗的妇女刷着碗，大锅里继续煮着食物，人们会停下手中的活听上片刻。热闹的人群里，又出现了流着口水的智障者，一个哑巴孩子和一个盲人，哑孩子好奇地摸着盲艺人们的乐器，脸上表现出无比的快乐；那个盲人则蹲在稍远一点的墙角，摆开了算卦的摊子。

这个村子的所有东西都因为婚礼、葬礼和盲艺人的到来而展示到这条街上。

据说当年“鲁艺”的很多东西都散落在了民间，一个老百姓家的门板就有可能是一位大师的作品，有很多人来这里凭吊；也有很多文艺演出团队来到这样比较富裕的村子，挣走一把一把的钞票。

盲艺人们演出结束，还要去下一个村庄。钱算得也很痛快，160元。

盲人们背着行李离开村子的时候，没有人相送，也没有人注意，一团团的人群还在那里忙碌着自己的事，孩子们围着疯子蹿来蹿去。

那条路笔直一下去，是一条黑烟腾腾的公路，一辆辆卡车穿梭往来。村庄的下面是左权县煤炭出境的咽喉——上武煤站。五个盲艺人串成的蹒跚而行的长串，一上马路，立即被鸣叫的卡车惊得乱了阵，慌乱的躲闪当中，一阵黑烟将他们完全吞没了。

（感谢华夏时报记者刘红庆对本次采访的大力协助）

资料：

●据《左权县文化志》记载，太行山区的“阿炳”们已经走过了一个多世纪。早期的他们与其他地方的盲艺人没什么区别，“单身走乡卖艺”，寻富足人家“唱一段吉利祝福辞赋”，讨碗赏饭。后来有些盲艺人搭帮结班合唱，少则三四人，多则六七人。

●1937年前，太行盲艺人的活动是自发的。1938年，太行抗日民主政府把他们组织成盲人宣传队，分头深入敌占区，宣传抗日。

●新中国成立后，盲人宣传队经历了从不断壮大到趋于冷落的过程。

（发表于2003年11月27日城市专题版，编辑关军）

记者手记：作为一种状态的新闻

■ 南香红

这是一篇颇具争议的稿子，直到现在，南方周末还有人在讨论，这篇稿子是不是新闻，新闻能不能这样写，甚至因此讨论，南方周末到底要什么样的新闻。

的确，在此之前，南方周末确实没有把这类题材纳入到自己的视野，或者说没有记者去写这样的东西。

对这篇稿子的新闻属性的怀疑自有其道理：在新闻教科书上写着的关于新闻五要素，似乎它没有几条合格的。如此偏远，如此不入主流，如此没有由来的东西，真的不好说它是不是新闻。这个世界如今是那么纷繁复杂，爆炸、灾难、死人、腐败、黑幕……那么多有轰动效应的事件在每一天每一刻发生，那才是新闻应该追逐的对象！

我为什么要去写这样的东西？我怎样说服编辑让我去出这趟差？我就那么有把握能写出新闻来吗？说实在的，我当时真的不知道有什么结果。唯一的是我至今还记得自己想采访这些盲人的冲动，尽管过去了很多年，但还是那样新鲜，仿佛就在心底，无论什么时候都一触即发。

当我听到这个故事的时候，盲人们正在北京演出，那是一个下着雨的晚上，我去看了演出，说实在的，我欣赏不了他们的演出，无论是胡琴的声音还是他们的演唱，都是极其尖利的高音，加上山西的乡音，刺激得人受不了，尽管音乐家田青给予了他们很高的评价，说他们是新时代的“阿炳”。

演出结束这些盲人要谢幕的时候，有一个细节一下触动了我。盲人们面对观众的掌声——或许是出于礼貌或者是出于对盲人的怜悯的掌声，台上的盲人不知所措起来，他们有的人想站起来答谢，忽又发现琴放在了地上，马上蹲下身子去摸，又觉得不好，于是不知应该站着还是蹲下，慌乱中乱了阵脚。我忽然想到，太行山的坚硬与沉默，太行山的绵延不绝，他们小小的肉身，在偌大的太行山里摸索、蠕动，该是怎样的情景！并且盲艺人演唱行乞于太行山并不只他们一代人，而整整有一百多年了。

我的冲动是我想去了解另一个世界，一个与我们有眼睛的人相对应的世界。我们处于光明之中，而他们沉在黑暗里，正因为有一个黑暗的存在，光明才得以确立。我觉得以前的新闻很少有深入盲人的内心的，那黑暗是一种什么样的存在？黑暗对一个人来讲意味着什么？我记得在我刚工作的时候，有一天晚上在公共汽车站，一个盲人走过来向我问路，我一开口他突然说他认识我，因为他记得我的声音。我真不知道在什么地方见过他，他一定要让我去他家里看看，他的妻子也是个盲人，他俩忙着给我烧水喝，我看到了让我惊讶的一幕：点火的时候，他用手摸着火苗，以确定煤是否燃烧了起来；他冲着自己的手倒滚烫的开水，这样开水才能冲进暖瓶里去。后来我想他根本就不认识我，只不过他的寂寞的封闭的生活，需要有一个参观者和倾听者，他用盲人的耳朵可以认识人这样的话让我相信了他。

如果盲人在太行山里行走呢？

我给编辑说我想试试写一个特稿，跟着他们行走、生活，编辑没有怀疑这个题目，答应了。

北京大学新闻传播学院徐泓教授在我的作品研讨会上分析这篇关于盲人的作品时说我善于运用细节，在描述这些细节的时候善于用动词，她列举了文章中的一段：

太行山的雪突然就落了下来，密密地扑向人的脸。很大的山，很深的河谷，乱石丛中很少的一点田地。小路随着山势弯曲上升，一个村庄悬挂在高高的山腰上。

他们就出现在桃园村后的乱石丛生的小路上。

前面两个挑着担子，后面两个背着捆成方形的行李，一根棍子牵起两个人，另外的手搭着前面人的肩膀，串成一个长串。他们仰头向天，脚尖轻轻地颤抖着试探之后，身体的重量才落下来，细长的导盲棍碰在乱石上发出清脆的响声。

盲人串起的队伍拐过一座屋角，走在最前面的人陷进了泥里，沉重的担子从右肩换到左肩，拔出了脚，但不知向何处落，一个村民把队伍引出了泥水。

“盲人宣传队来了！”

这一段被徐泓教授挑了出来，的确是我用了点心思的地方，这是盲人出场的第一个场景，我想将我这个明眼人所看到黑暗的世界告诉读者。另一个世界是和我们的世界不一样的，这种不一样，常常被我们忽略，而我们生活中最平常不过的东西，对他们可能会是一个巨大的存在。

这正是我在这篇稿子里所努力的，我想调动一切方法展现一个黑暗的世界，让处于光明中的人们看到黑暗。

我想一帮盲人在太行山里行走，本身是少有冲突很闷的，如何让它们鲜活起来是一件不容易的事。

特稿的长处是可以进行细腻的状态的描述。这与一般的新闻有所不同，通常新闻是告诉人们过程、结果，而特稿可以只向人们描述状态。这种状态甚至在很长的一段时间里都不会有太大的变化，也不会有一个什么结果，但你不能说这样的状态就没有新闻意义。

状态，不仅仅是他们那样“存在”着，还包含着除了他们之外的其他许多因素，在他们“存在”的当下，这个社会的状态，我们作为他们的对立的一方面的状态，太行山里的农村社会的状态，只有把盲人放在诸多的背景与信息当中，才能凸显出你所要表达的状态。

新闻有时候是一面镜子，读者是照镜子的人。这个世界上的许多事不是一个人都可以体会的，但他可以照“镜子”，在读一个离他遥远的和他的生活完全是另一个样式的故事的时候，他可以在比照中发现自己，甚至他可以产生与他所读的故事的共鸣，因为人类的基本的东西永远是相通的，只是记者要找到这种相通的渠道，要用各种方式擦亮那面镜子，让每一个读者都能清晰地照到自己。

我希望我在这篇特稿中，能够描述好一种状态：很大很大的太行山，一年当中的萧索季节，一个小黑点一样的队伍，缓慢地蠕动着。一种坚硬，一种柔软；一种强大，一种弱小。

细节、动作、白描。化小段落，变化角度，切碎材料，再将它们按照内在的逻辑重新连接，并在这种重新的组合中赋予它们新的生命力，这些都是特稿可以调动的手段，也许你可以在这篇文章里找到很多类似的方法，但技术并不是主要的，技术与内涵相比，永远是排在后面的。

但这是极难的，光明的天性或许就是对许多事物视而不见，尤其是更深层一些的东西。

在一个没有社会保障的社会里，一群盲人艰难地生活着，他们用演唱来维持自己吃百家饭的尊严，他们用流浪来装扮他们苦寂的人生，他们的这种行乞演唱的生活反而给他们带来了希望和快乐，而在文化贫瘠的太行山里，他们也成了乡民的想念，这种相依相存的关系，有一种非常温暖的东西，让人觉得这个世界里，人就和草木、动物一样，紧紧地依托在大山的怀抱，有一种自然的美。

我们跟随着盲人行走了一周，他们睡在哪里，我们也睡在哪里，他们被分配去吃百家饭，我们也一样。我和摄影记者王景春，受到了乡民的热情邀请，他跟着刘红权享受了"保爹"饭的待遇——有炒菜，有水饺；我有幸一早上喝了三顿南瓜粥，家家都排队等着让你去他家喝粥。

我们和盲艺人一路走一路聊，他们失明的经历，他们所经历的内心挣扎，他们的希望，他们老了以后的养老方式，甚至他们解决性的方式——流浪的野合，到了一个地方，夜深歌酣大唱浑曲的时候，孤寂而又贪钱的山村女人与流浪的盲人的一夜露水夫妻，些许的温暖让盲人掏出他一路走着唱着得来的所有，也给了他们日后劳苦行走当中许多调笑的话题，或者一个人的时候一些温暖的想象。

原稿的名字是"走着、唱着、活着"，我想表达的是盲人的生存状态。而发表时的标题"盲艺人的乐与路"则更强调点题和提炼。

但这篇稿子我认为并没有达到我设想的目的。我并没有进入他们的世界，相反，越是和他们接触，我觉得隔阂越远。采访结束的时候，看着他们再一次被太行山吞没，有一种绝望感。

在记者手记里，我试图表达这种绝望感。当我采访盲人刘红权的哥哥刘红庆的时候，曾问过他们兄弟之间的感情，问他是否了解他的弟弟。刘红庆说他们兄弟的感情很好。弟弟游走四乡的钱维持自己和盲母的生活，他也尽量接济家里，但对于弟弟选择终身流浪演唱的生活（他是盲人中唯一一个有选择余地的人）而茫然不解。弟弟的想法他基本上是靠猜。

刘红庆的母亲就是先天盲人，她把这种莫知的基因遗传给了刘红权。

“我小的时候因为母亲盲，总有一些孩子跟在后面唱：瞎××，眼茫茫。我一直想逃离那个环境，想一定要跑出来，所以我经过千般努力奋斗到了北京。我想让弟弟过更好的生活，他回乡唱的时候，我坚决反对过，我给他联系了一家大学学习音乐，他拒绝了，很决然地选择了流浪。他真的是很固执。”

明眼人认为的好，在盲人看来并不一定就是好，这就是两个世界的分隔。这是我最终想表达的。我感到无奈与迷茫。

“黑暗封锁一切进入的渠道，光明固化了思维的方式，一道利剑割裂了两个世界，让他们永远不可弥合。”这是我原稿里的最后一句话，发表的时候被删去了。

丰都殇

当我在北京写丰都这篇稿子的此刻，我们一个月前在丰都徜徉过的街道，我们与当地老少聊天时的院子，我们曾经闲坐着喝果汁冷饮的体育场，我们曾经吃过炒田螺和熏香肠的地方——都已经变成了废墟。

几天前，和仍在三峡奔波的摄影记者王景春通电话，我顺带着一问："丰都现在怎么样？"

"没有了，差不多拆完了。"怎么会这么快？惊悚如电流般从心中掠过，一个多月前的景象突然无比鲜明生动地回现在我的脑海里！

"很快，几天就拆完了。"他说，声音里带着疲惫。

"上河街、下河街全没了？人都搬走了？"明明知道这一天会来，但我的心中还是掩不住地怆然。

直到这时，回想起来，写在丰都墙上的"壮士断腕"、"打过长江去，对岸是我们的新家"诸多标语才是这样的不容置疑。

我似乎已经感觉到，水，慢慢地升上来，漫过头顶，漫过房屋，漫过树木，漫过山冈，漫过活生生的人的城市……

一个喧嚣繁华的城市即将沉入水下，消失在阳光穿不透的、黑暗而寂静的水底。

1. 最后的盛宴

丰都人说，活的人有首都，死了的鬼也有首都。丰都就是鬼的首都，世上所有死了的人都会到丰都来报到。

鬼城的人说，丰都的上午是人赶集的时候，下午就是鬼赶集。傍晚时分鬼们纷纷出来到城里游游荡荡，享受生前的世俗快乐。

民国时的人写的文章里还说丰都有一个风俗，下午做生意的人，店铺里放一个水盆，每收一笔钱，都要放入水盆里，如果是鬼，钱就会化为乌有，以此区分来客是人是鬼。

我们是傍晚时分登上码头的，一进入丰都就被它的样子吓了一跳——不是被它的鬼气，而是被它的人气。

整个丰都就像一口沸腾的大火锅，空气里到处都是它冒出的腾腾热气和香辣刺鼻的味道，每个丰都人都像是围着火锅的食客，光着膀子，依然吃得汗流浃背。仿佛是某个庙会的最后一天，热闹得有点凌乱，热闹得有点气力不足，但还是撑着热闹下去，因为节日就要结束了。

从丰都码头往鬼城去的商业大街上，花花绿绿挂满彩旗和标语，层层的石阶上，高高的鬼城标志——一个一面是哭脸一面是笑脸的巨大鬼头之下，各式打扮的占卦算命人、气枪打气球的小摊、卖儿童游乐玩具的、擦皮鞋的人、水果杂货的摊点呈夹道之势往高处排开。

一家店铺的喇叭在叫："拆迁啦，拆迁啦，小货品，一块钱20个！"

天哪，这世上上哪找一块钱买20个小货品的地方！一群人紧紧地围着。

从商业大街一拐，仿佛是钢炉里蹿出一道明亮的火龙，晃人的眼睛，这就是丰都夜晚最繁华的北门路。

"轰"的一下，火光冲天，"吱啦……"烟火和香气冲天，整条街上都是这样的声响和气味。

火炉和锅灶支在街中心，掌勺的故意把炒勺敲得叮当响，把汤水高高地舀起再抛下，显示着生意火爆；各种吃食和调料一字排开，在温暖的灯光下发着诱人的光泽，卤煮肉和香肠油汪汪的，香气扑鼻；整条街上的食店次序与正常排法完全不同，后厨最先，争先恐后地往街心挤，灶后是店主人，再后才是吃饭的桌椅。

刚才还诱不过"陈胖子田螺"的色泽和麻辣味，转眼又被老驴肉吸引，"吃地上的驴肉，想天上的龙肉"；金黄的牛油在火锅里软软地消融，通红的辣椒爆炒出粉嫩的鸡爪。没有店名的馒头店热气腾腾，几十只大蒸笼里的馒头转眼油煎成金黄色，转眼之间又销售一空。

作为旅游城市的丰都，夜晚基本上没有外地人，来看鬼城的人都是一早从游船上下来，看过之后，又乘船而去，谁也不会在丰都住下来。买的和卖的都是丰都本地人。

“急着赚最后一把钱的是生意人，急着享受的是普通人。”一位丰都的朋友看着这种情景说，“天天如此，夜夜如此。人间最热闹的盛宴，最终还是要散的，时日不多了。”

一切的欢乐都是在一个城市即将消亡的背景下。

2. 生死线

丰都二期移民10月就要全部搬完，城市的墙上到处可见“10月大清库”和大大的红色“拆”字。

鬼城标志下的石阶上，有一道暗红的线，不仔细很容易忽略过去，写着“辛酉年洪水水位154米”。问旁边杂货店里打麻将的人，辛酉年是哪一年，洪水有多大，那人头也不抬地说：“1981年，半个城都淹了。”

石阶旁的墙上也有一道线，鲜红鲜红的，让人看了心跳：“二期淹没线，154米。”这个杂货店正在红线之下。那一年的洪水肯定席卷过它，但洪水过后，它的麻将桌照样摆，然而这一次的沉没却是永远的。

同是154米，一个是生线，一个是死线，一个死了能复生，一个是永远的死亡。

再往上走，一直到鬼城的牌坊都是淹没区。牌坊挂着一个二期移民倒计时牌，我们去的那一天上面写着：“距2003年6月1日还有0282天。”

282天之后，这一切就都不存在了，此刻的丰都将变成一座死城，一个真正的水鬼出没的世界。

我们可以看到一个新的城市在一夜之间被建设出来，我们可以看到一个城市死后的千年废墟，但我们有多少机会看到一个城市的死亡？有多少机会可以看到一个城市死亡的最后时刻？

站在这块倒计时牌下，我们感到三峡之水正在千军万马地涌来，不可改变，也不可阻挡。无数的家庭即将搬离他们祖祖辈辈居住的老屋，千千万万的人就要离开那和他们生命丝丝相连的街巷。在这最后的日子里谁能了解他们真实的感受？谁能看到他们向老屋告别时脸上的泪水？

新城已经在长江的对岸生长出来，和老城隔江相望。丰都生出了一个壮观的场面，每天清晨成千上万的人乘船到新城，傍晚又是成千上万地乘船回老城。很多人的单位搬迁到新城，新家也都布置好了，但他们还是要回到老城住。

一位丰都的女子说，不到最后一刻，她是不会离开老城的。

3. 丰都三界

三峡库区的水涌上来之时，原来的一个丰都，一下被水分成三界：

第一界，人生活过的丰都将全部淹没；第二界，传说中鬼生活的丰都在水下得到“统一”；第三界，丰都的新城高高地站在长江对岸的山梁上。

老人说，丰都人鬼自此不再混杂。

对于新城，你可以把它叫丰都，你也可以叫它任何名字。它和所有的城市一样，有一个带喷泉的中心广场，广场后面是威严的市府大楼；它中心的十字路口是比肩争高的工商银行、建设银行、农业银行的大楼和宾馆，玻璃的幕墙一个比一个耀眼；街上的店铺新的招牌已经挂出，它们大都涂抹得十分洋气，卖窗帘的叫“布艺”，卖建材的叫“总汇”，很少和鬼仙有关。

丰都新城无鬼。

这里唯一有丰都特点的是一种叫卖声。码头上，街道里，小电喇叭的声音随时随地钻进耳朵。前半部声调又快又急，后半部是个高腔，往上扬，拖得很长，像唱歌。

经过反复地听，仔细地研究，我们终于听出叫的是：“下岗牌专业卤鸡蛋，五角钱一个，味道好得很——”

有游走的小贩，有固定的摊位，无论是白天还是晚上，无论是新城还是老城，到处都有这样的叫卖声。让人失笑的是，一个小小的卤鸡蛋，也是有“牌子的”、有“专业的”。

这是我们发现的新城对老城的唯一传承。

但是丰都老城却是世上独一无二的。世上还有第二个鬼城吗？人和鬼的世界还有那么密不可分的吗？生和死的世界还有如此近、如此纠缠不清的吗？

山上是鬼的世界，山下就是人的居所，城里走的看见的是人，看不见的是鬼，人鬼相杂。任何时候鬼可以侵入人的世界，影响人的生活，让人在瞬息之间死掉，变成一个鬼。而人鬼之间的界线，虽然泾渭分明但又很难分清，不知道在什么样的条件下两者就会发生根本的转变，而这种转变又往往是人所不能左右的。

每一个人来到丰都，心态都会受到它强势的引导，因为这是鬼城，因为死亡在这里被放大了，一个人人都要去的，但谁也无法知道的世界被具象化了，推到人的眼前，它告诉人们，死亡就是这样的。

这几天正是月圆时分。七月十五，是中国民间的鬼节。月亮虽圆但不是清亮的，有一层雾纱，照在长江的水面上，更是烟水氤氲，有一种说不出的神秘和恐怖气氛。

晚上10点，再红的炉火也熄灭了，丰都的街道好像是接到了命令，一下就空了，所有的人都不见了。亮着灯的大都是冥品店，常常有追悼会在夜里举行。

丰都直到现在还实行土葬，过去有一个风俗，邻近几个县死了的人都到丰都来埋，丰都最多的时候有70多座庙宇。每年阴历的三月初三是相传鬼赶集的日子，丰都会开很盛大的庙会，人们往往是一家一族地前来丰都祭拜，一住就是半个月、一个月，每一座庙都烧一遍香，磕一遍头。

我一直特别好奇于鬼城人对鬼的看法。在我看来鬼城一定对丰都人产生巨大的影响，一定浸透到他们生活的很多方面，因为几千年关于鬼的文化积淀一定会在人的内心和行为上留下什么。

丰都人说，很多生生死死的风俗已经不存了，但现在丰都人造房一定是要看风水的，搬家一定是要择时日的，一些神神秘秘鬼鬼怪怪的传说在民间流行，人们小心地和鬼的世界保持着距离，对世俗的态度特别认真。

丰都鬼的世界是人构想出来的，但这种构想并不是毫无根据的。丰都的确是一个鬼怪的地方，历史在这里布下很多迷局，让人无法猜透。

丰都的新城，等于是建在汉代的古墓之上。那时候，新城是23座自然山梁，每座山梁半米的土层下，都是累累相叠的汉代古墓。

一位考古工作者告诉我们，当时调查出的古墓有1000多座，但还有很多根本就不知道，平地的推土机不断地铲出来，有的报告了，有的就瞒着，压碎了。“我们的心都在流血，根本没有能力抢救。”他说。

就是这样，这个号称中国最大的古墓群，还是出土了10万件文物。

丰都为什么会有这么大规模的墓葬？这些人为什么会如此大规模地葬在这里？考古学家无法解开这个谜。按常识来说，丰都周围应该有比较大的汉代城池，但是人们没有找到城的遗迹，古墓的来源就成了一个悬疑。难道从汉代起人们就将死人搬到这里埋葬？

丰都县文物管理所原所长吴天清把目光投向丰都老城。也许就在今天纵横交错的街道、民宅下面，在人们的脚下，就是汉代的城池？那个汉城将是一个什么样的情景？他猜测，汉代丰都人的生活是富足而平静的，起码没有大的战争发生。因为这些墓从汉至南北朝延续了600多年。许多汉墓用又方又大的青砖仔细地修了墓顶，每一块青砖上都有漂亮的花纹，墓主人身边放置着烧制精美的陶俑、做工的匠人、守卫的武士、舞女和吹箫的艺人，人们希望死者到了另一个世界也能享受生前的快乐。

考古学家在丰都的发现，据说足以重写丰都的历史，重写长江流域文明的历史，甚至对东南亚人类发展史都具有不可估量的价值。高家镇和新城的烟墩堡的两处旧石器文化遗址，把丰都人类活动史提前到了10万年之前。

但许许多多的历史鳞片却永久地消失了。历史往往是一层层累加的，就像一棵大树一轮一轮地扩张着生命的纹理。当我们缺少其中的某一环、某一细节时，历史就出现某种不可连续的断裂。比如，丰都老城下的埋藏，就永远也搞不清了，水将吞没曾经发生过的一切。

（发表于2002年10月24日特刊《三峡，无法告别》，编辑伍小峰）

记者手记：一瓢水与一条江

■ 南香红

《三峡，无法告别》是一组系列报道。做这一组报道的背景是当时三峡大坝要进行二期蓄水，三峡大坝以上有七个城市要被淹没。

三峡工程是一个新闻大事件，它有两个层面的新闻，一是建设、移民等方面的动态性新闻，二是一座人类历史上的大工程对于人类、环境的影响。对于这个工程一直有争议，同时也是有新闻禁区的，比如不能对工程进行反思，不能报道移民等。

三峡大坝蓄水是一个标志性的事件，这样的事作为南方周末这样的媒体是不能缺席的，我们对工程有质疑，但无法正面去表达，这就是当时的一个两难境地。

当我接受报道长江三峡的任务时，编辑部还没有一个清晰的思路，只是设想报道七个将要被淹没的城市，但报什么、怎样报还并不清晰，这七个城市里有那么多的事，那么多的人，真可以说是千头万绪。我是作为整个报道队伍的先遣到达成都的，之所以先到成都而不是先到七个城市，是编辑部给我一个任务——找成都的专家们先行采访，搞清楚南方周末要做什么，给编辑部一个思路，给后面的报道组的成员一个思想上的支持并做出整个报道的范式。

我对于长江充满好奇，有很多想知道的，我把这次采访当作一次了解一条大江的机会，我渴望走近它，不仅仅是去看它浩浩汤汤的样子，还想了解它的历史文化，它所孕育的文明。

或许你的报道只需要一瓢水，但你一定要了解整条长江。长江是一个整体，你需要的报道材料只是长江的一个小局部；长江有几千年的文明史，你的报道只是当下。长江只是一条流在中国南方的江，它在人类生存与发展的历史中也只是一部分。你可以从长江里舀出一瓢水，这并不难，但如果你不了解整条长江，不了解长江的意义，你就很难找到这一瓢水的意义。或许你所了解到的材料用上的不过十分之一，甚至更少，但它能给你一种整体思路和看问题的高度。

我在动手写这组报道的时候读了很多书。我是从理解长江的角度去读这些书的：长江与黄河造就的不同样式的文明；长江对中华文明的影响；巴、蜀、楚文明怎样连接成长江文明；三峡对于长江文明的塑造与限制。

这里要特别提一下的是，我特意去看了三星堆博物馆。三星堆离长江的话题有一些远，并且这一块内容也没有在稿子里出现，但我觉得三星堆是一定要看的地方，三星堆就像是被人忘记了的一个锈迹斑斑的铸模，是这个模子决定了今天巴蜀人的样式。没有三星堆给出的诡异想象，就不可能理解以长江为代表的文明的浪漫恣肆，正是长江文明的浪漫与黄河文明的质朴共同造就了今天的中国人。

《丰都殇》这篇作品，是我写的长江系列中的一篇，我的任务除了在成都的采访外，就是沿着七个将要淹没的城市的第一座城市往下游走。第一期的开篇《三峡，无法告别》和第二期的涪陵、第三期的丰都是我来完成，然后把接力棒交给下面的记者。

在这组报道里，我找到了一个基调，就是即将死亡的城市留下最后的容颜。回到北京之后，我总是呆坐着想我们所经历过的，走过的街道，见过的人，傍晚坐过的地方，吃过的小吃，这些城市所有的与众不同的地方。但找到写作的感觉却很难，每天都在发呆，每天都很痛苦。

直到有一天，接到还在丰都的摄影记者王景春的电话，说丰都的水已经淹上来了，我突然感觉到水无声地没过我的头项，死亡已至，再不写就晚了，于是在很短的时间里，所有的都顺理成章。

我想，我们今天天天都在看着一个城市在一夜之间怎样生长出来，但却很难看到一个城市死亡时的样子，这些长江边的老城，都是经过成百上千年的生长才长出来的城市，一夜之间的毁灭，不仅仅是外在的毁灭，建筑、街道，毁灭还是内里的，它的经年累月累积起来的东西，这种东西一旦毁灭，便很难再建立起来了。还有人，一个城市最核心的还是人，人的祖业、记忆、情感，越是到离别的时候，越是浓稠得化不开。

于是，我们采访到的所有的细节都有了意义，包括那些当时并不在意的一个片段、一个纷乱的情景，一些看起来没有什么意义的细节。我们看到了老屋里挂着的已经亡去了的祖先的照片；一个读着旧书的男人；二期淹没线，154米的红色标志线；写在墙上的“壮士断腕”、“打过长江去”的标语；众多的冥品店，半夜里举行的送亡人仪式，还有这个城市的最后疯狂，疯狂地叫卖，疯狂地火热，仿佛这是人间的最后一顿盛宴，每一个人都知道吃了这顿就会曲终人散。

我想在《丰都殇》里用无数的细节的累加，营造了一个城市被宣布死亡日期，一天一天以倒计时生活着的场景，祖祖辈辈的老屋，几十年生命中的与这个城市的每一条街巷的丝丝缕缕的联系，不舍，又不得不舍，剪不断理还乱的纠葛。

我写到了巴人，那个在历史上留下无数疑谜的能歌善舞勇毅刚强的巴人。那个崇鬼的巴人，是他们的传承郁郁然凝结成一个世上独一无二的鬼城丰都。但长江对岸的新城无鬼，新城你可以把它叫丰都，你也可以叫它任何名字。它和所有的城市一样，有一个带喷泉的中心广场，广场后面是威严的市府大楼；它中心的十字路口是比肩争高的工商银行、建设银行、农业银行的大楼和宾馆，玻璃的幕墙一个比一个耀眼；街上的店铺新的招牌已经挂出，它们大都涂抹得十分洋气，卖窗帘的叫“布艺”，卖建材的叫“总汇”，它和老丰都唯一的联系就是有人在叫卖：“下岗牌专业卤鸡蛋，五角钱一个，味道好得很——！”

新与旧，历史与现实。写出这种复杂的纠葛，就足够了，而不用去判断对与错，并且也无法判断。

下篇

叶伟民

1980年生。2003年毕业于兰州大学应用物理专业，后曾在新华社、南都周刊等媒体任记者，2008年进入南方周末，主攻特稿写作。其间主要作品有《杨威：最后的“正名”》、《山寨春晚变形记》、《身陷塔利班，中国工程师生死“越狱”》和《汶川阿尔村：千年之变，羌去何处？》等。

山寨春晚变形记

编者按：

在“山寨”风暴席卷中国的2008年，一位喜欢刺激的“京漂”和一份雄心勃勃的造星计划，被赋予草根狂欢、解构权威的含义，而如愿以偿地被推到了聚光灯下，成为山寨春晚潮里，最受瞩目的一例。

但在看客起哄、舆论挟持、资本引诱以及行政干预等因素影响下，它不得不背离山寨文化的初衷与本质。

1．一份造星计划

● “我们的春晚代表了人民群众的需求。”

2008年12月29日，北京长安街上，“山寨春晚”总导演老孟正驾驶着他的白色面包车混迹在车流中，招致了极高的回头率——两条充满反叛精神的横幅贴在车外，上书“向央视春晚叫板，给全国人民拜年”。

老孟一手打着方向盘，一手将响个不停的手机交给旁边的助手——找他的记者太多了。

车内凌乱的物件很好地说明了主人的身份，一件熨好的白色礼服，一扎散落的胶花，一台便携式摄像机——老孟是一个婚庆摄影师。

面包车拐进一条偏僻的小巷，一个高大的摄影师热情迎接了老孟，他今天要为一份杂志拍摄封面照。最近一个月里，这位34岁的男人已经习惯了频繁的聚光下的生活。随着他的“山寨春晚”名声鹊起，他已经被塑造成草根精神的代言人和一个挑战权威的文化先锋，引领“人民的狂欢”。

“我们的春晚代表了人民群众的需求。”在现场接受杂志记者的采访时，老孟笃定地说。

老孟原名施孟奇，四川达州人。2001年，他只身来京闯荡，在过去7年的“京漂”时光里，起码换过10种以上的工作，家政、IT、票务、培训、会展……“我喜欢刺激，而且不断变换对事物的兴趣。”

但他最大的梦想却是做一个策划家，尽管在偌大的北京，他的才能只能局限在一些车展、婚礼和民办学校招生等方面。他不甘心。

一年多前，他似乎找到了新的方向，开办了文化公司，并认识了一些娱乐圈的朋友。已有文化部演出经纪人资格的老孟希望在娱乐圈一展拳脚。

这个冬天，在一次赴郑州参加婚礼的途中，他在盘点过去一年娱乐事件时发现，2008年是新人贫乏的一年。这是一个不错的信号，那意味着短期内在造星领域将缺乏有力的竞争者。

“我了解媒体在关心什么。”老孟说，“我也知道该如何制造热点。”这种自信来源于他长期对互联网热点事件的关注和分析，他自诩通晓里面的道道和必备元素。

他把目光放在一个朋友身上，对方是一个流浪歌手，性格散漫但才华横溢。他要捧红他。

时值“山寨文化”横行全国，关于“央视春晚”的新闻也渐夺人眼球。作为中国最具规格、收视率最高的垄断性节庆节目，春晚也因过分商业化、程式化、脱离群众而连年遭遇非议。这些来自民间的抵触心理，符合了“2008山寨年”解构权威的一些潮流特点。

“山寨春晚”的组合构思应运而生，“它一定能火”。老孟当时判断。在下火车之前，他想好了口号——向央视春晚叫板。“央视是阳春白雪，我们就做点下里巴人的东西。”

摄影棚内，镜头再次抬起，草根代言人老孟露出了职业化的笑容。

2. 尊敬的导演，我……

●这个素不相识的老孟，这个看起来声望日隆的“山寨春晚”，给了他一次最近的机会。装卸工韩祖荣却怎么也笑不出来。

在老孟潇洒地穿行于长安街的那个早上，这个30岁的河北农民正坐在城南郊区一间没有暖气的出租屋内做着哈姆雷特式的选择。他一旁放着一沓收集工整的报纸，上面铺天盖地的关于“山寨春晚”的报道让他心跳加速，另一旁则是他亲手写给2009年“央视春晚”导演郎昆的信——“尊敬的导演您好，我怀着激动而内疚的心情给您们写这封信……我在大兴区做装卸工，但是我酷爱音乐，每当自己完成一首作品，做再苦再累的工作，心中也是快乐的。我有三首歌，是我对战友、父母、四川人们的想念、感恩和挂念……”

12月4日，在工整地抄写了一遍之后，韩祖荣把这封信送到了央视春晚办公室。此前他已经往那里寄去了他的原创歌曲，但一直毫无音讯。他希望最后一搏。

一个客气的工作人员接待了他，说一定会把信转交到郎昆导演手中。韩祖荣忐忑不安地又等了一个星期，依然没有音信。“我只是想要一个机会，一次就够了。”他感到绝望。

从郑州回到北京后，老孟为自己横空出世的伟大创意而激动，他决定暂停目前所有的业务——一家婚庆公司和一个主持人培训机构。他把组委会设在立水桥旁一个130多平方米的办公室里，接着建立了博客，还拉了几个文艺圈的朋友来帮忙。但这番苦心孤诣的安排，却得不到原定主角，那位流浪歌手的响应——对方的文化公司刚倒闭，债务缠身。

老孟决定不等了。11月底，他花了140元在面包车上贴上了“山寨春晚”的宣传横幅，穿行于大街小巷。“我需要从社会上发掘优秀节目和能人。”老孟说，“而且，这能吸引记者眼球。”

11月28日，京华时报记者接到一位老人的电话，说有辆奇特的面包车在街上跑。

记者李慧博在一座小区楼下见到了老孟，“他给人的感觉很憨厚老实”。半个小时的匆匆采访中，老孟侃侃而谈：“这场山寨版春晚，是为了让北京底层老百姓，特别是过年不能回家的农民工、大学生朋友们能欢聚一堂，过个热闹年。”

“你弄什么我也弄什么，但我有些地方还比你强。”老孟当时说，“我有信心和央视比创意。”他还特意创办了CCSTV（中国山寨电视）网站，看标志都瞄着CCTV。

采访结束后，老孟第一时间打电话给朋友丁嘉伟（后来山寨春晚的节目总监），兴奋地说记者来采访了。丁笑他说：“老孟，这下你要红了。”

果然，新闻稿《市民欲办山寨版春晚叫板央视》于次日见报后，网站马上疯狂转载，两天后，媒体大军蜂拥而至。“PK央视”、“颠覆传统”、“全民娱乐”、“草根文化崛起”等词汇占据重要版面，网民也一片叫好声。

一个喜欢刺激的男人和一份雄心勃勃的计划，就这样如愿以偿地被推到了聚光灯下。

韩祖荣无意间瞥见这一千字报道，觉得“这个创意太伟大了”。他要去找老孟。

这个时常笼罩在失败感当中的农民，此前每天在批发市场装卸蔬菜，妻子则在一旁卖一元一杯的自磨豆浆。他有着传统男人的理想，这从他出租屋里的两张贴画可以看出——一个可爱的孩子和一辆名贵轿车。

虽然热爱唱歌，但初中辍学的他没有受过任何正规的艺术教育，至今仍不识谱。凭着天生的乐感，他在过去10年时间里用默念的方法创作了近20首歌，并坚信自己终有一天能成为舞台上最闪耀的明星。事实上，这也被他视为摆脱贫穷最快捷有效的方法。

2002年，为见歌手韩红，韩祖荣丢弃了家中5亩薄田，只身来到北京，照着对方专辑背面的地址寄去了一封热情洋溢的信。

后来又想见田震，他拎了一个铺盖就睡到了对方公司门口，结果被保安撵了出来；再后来，他还当了一段时间的群众演员，却始终沾不上一点文艺圈的边。

现在，这个素不相识的老孟，这个看起来声望日隆的“山寨春晚”，给了他一次最近的机会。

3. “赞助风波”

●“每当有公司代表前来，老孟就把对方请进单独的房间，并拒绝现场媒体旁听。”

12月11日，韩祖荣按照报纸上说的地址找到了“山寨春晚”组委会。

他被眼前的场面吓了一跳。人龙蜿蜒到门外的走廊，报名的演员陆续而来，更多的还是记者。他规矩地站在玻璃门外，一个眼尖的摄影师发现了他。

在记者们的要求下，韩祖荣就地展示了他的歌喉。一个戴眼镜的短发男人从里面闻声而出。他就是老孟。“小伙子不错。”一曲唱罢，老孟拍着他的肩膀大笑，简单问了一些情况后，就叫他回家等消息。由于太过紧张，韩祖荣回到家后才想起竟没向老孟说声“谢谢”。《京华时报》的报道刊发后，老孟的电话很快就被报名的人打爆了，他们是民间艺人、专业歌手、地方笑星、绝活高手、书画家、摇滚乐队……其网站也因点击率过高而换了几次服务器。

只消半个月时间，组委会就收到了七百多个节目。老孟不得不在网站上发布了通知，提前终止节目征集。

包括美联社在内的境外媒体也来采访老孟。他开始不亲自接电话，交由助手安排预约。12月23日，在一个滔滔不绝的记者面前，老孟竟然累得睡着了。远在老家四川的父亲看到儿子的新闻，也赶了过来，说要帮他“把好政治关”。

老孟在不断修改他的计划。他试图洽谈几家大公司，但外地演员赴京费用仍无着落。这一块的预算已经从原来的两三万元飙升到五十多万元。他在网站上发帖《老孟挺着急的事》，呼吁社会支持。

另一些人找上门来。他们是企业、酒店、文化公司、策划团体以及艺术商人，他们嗅到了商机。每当有公司代表前来，老孟就把对方请进单独的房间，并拒绝现场媒体旁听。

老孟说，很多企业向他提出种种苛刻的要求——垄断冠名权，花钱上节目，进组委会，或以现场标语、领导讲话和奖品形式等打软广告。一个文化公司干脆把一笔数目可观的钱摆到老孟面前，希望他把“山寨春晚”打包转让。

商业气息渐重的“山寨春晚”开始吸引外界在法律层面的关注。一些法律人士说，“山寨春晚”涉及营利，已有营业性演出的色彩，并涉及侵权。

老孟回应：晚会不营利，不假唱，并聘请了专门的律师顾问。

12月中旬，北京一家报纸曝出“山寨春晚拉到百万赞助”，让老孟顿时负上敛财的嫌疑。媒体开始倒戈，称其已沦为商业闹剧。在老孟受邀参加湖南卫视一档谈话节目时，南开大学教授周志强更直言不讳地对他说：“山寨文化就是新的圈钱文化。”

“都是媒体误导的。”老孟说，“我到现在连一分钱赞助费都没有。”他依然坚称晚会不卖票，无广告，无出场费，是一场纯粹的草根娱乐。但很少有人相信了。

12月25日，一个过于执著的记者用质问的口吻缠了他整个下午，最后他只好躲进楼下的地铁站里。

4．两种膨胀

●“他的感觉不错，有成为第二个王宝强的潜质。”

报名试唱回来的那天晚上，韩祖荣夫妇俩吵了一架。妻子埋怨他不务正业。为了练歌，韩祖荣现在开工量不足一半。

他说那是艺术，妻子说“做梦”。在一个象征性的嘟囔后，带着对糟糠之妻的愧疚，韩祖荣最终选择了沉默。值得愧疚的事情还有很多，例如他曾花了2000元灌录了一首自创的单曲，背着妻子藏了起来。

12月下旬，老孟的助手打来电话，说欢迎他成为“山寨春晚”首个入选演员。韩祖荣竟在电话里哭了起来。

韩祖荣的眼泪很复杂。8年前，他曾经有过一段难忘的初恋，因为穷，婚事遭到女方父母的反对。后来他写了一首《我依然爱你》来纪念失落的爱情。2005年11月，由于长期营养不良，医生说他的妻子今后可能不能再怀孕了。

这两件事在不同时期打击了这个男人的斗志。他讨厌贫穷，并发誓摆脱它。他辛苦而忍耐地活着，对未来不敢有太多奢望。

但现在，幸运之神貌似一夜降临。“他的感觉不错。”山寨春晚节目总监丁嘉伟说，“有成为第二个王宝强的潜质。”

12月28日，按照组委会的安排，两位摄影师到韩祖荣家里给他拍一段小纪录片，将来在他演出的时候同步大屏幕播放，增强现场感染力。

货车上、报摊旁、邮局里……韩祖荣走到哪里，两个镜头就跟到哪里。他还在路边即兴唱了一首，两个摄影师一边拍摄，一边叫好。

工友和邻居没见过这架势，以为韩祖荣出了名，都围过来看。他谦逊地笑着。后来房东特意请夫妇俩吃了一顿水饺，那种器重有加的眼神让韩祖荣感觉非常好。

他对记者说，最近总有种错觉，仿佛他已经踏上了那光明的大道。他在台上忘情献唱，台下欢声雷动。他甚至开始幻想“红”了以后，要给母亲拍部电影。

从700个节目中筛选至100个，再选择50个，最后压缩至35个……这让老孟倍感痛苦，好节目实在太多了。但老孟考虑得很远，在与赞助商的一次交谈中，他提出了他的设想：那些没选上的优秀节目还可以组成其他风格的晚会，进行商业演出。

他所能做的就是尽量安全：要避开一切可能出现的侵犯版权等纠纷，以及一切政治风险。曾经有个以“正龙拍虎”为主题的相声段子前来报名，写得还不错，但直接被筛选掉了。

“他早就做过这方面的市场考察和评估了。”一位要求匿名的组委会成员对南方周末记者说，“山寨春晚的目标是至少捧红2名主持人和5名歌手或演员。”

该成员还透露，老孟名下有五六家文化公司，都是空壳的。等“山寨春晚”的一些演员走红了，就以这些公司的名义和他们签约，操盘商演。

但对于这些内容，老孟本人一直讳莫如深。

12月13日，一个长发男人走进了老孟的办公室。对方是贵州卫视特别节目部制片人胡庶，他在网上看到了老孟的山寨春晚，“感觉很振奋”。

“当时我就觉得这个创意行。”胡庶说。他在贵州电视台拥有独立的工作室，制作的纪录片和电影多次在国外获得好评。

老孟欣然欢迎胡庶前来。“大家有一见如故的感觉。”胡庶说。

共处5天后，双方达成了合作转播的意向，并一致认同这将是一次愉快且双赢的结合——贵州卫视借助“山寨春晚”的超高人气形成品牌效应，后者则拥有前者覆盖的5亿观众。

5．短暂的蜜月

●老孟的父亲见过大风浪，心里头明白：“八成是上头来什么指示了吧。”

12月18日，山寨春晚新闻发布会召开。

老孟特意挑选了“鸟巢”旁的一座大厦，在被数十家媒体挤满的大厅里，他难抑内心的兴奋，从原来一个人的创意到现在拥有上亿观众的热点盛会，他觉得这一程已走得足够漂亮。

“这是全国人民办的晚会。”发表演讲时，老孟几次脱稿，不时抱拳作揖，“我有绝对的信心相信她能成功。”

发布会上，老孟和胡庶签订了电视转播意向协议。贵州卫视将为山寨春晚提供专业化支持，除了提供在北京的影视基地外，还从艺术、技术方面进行指导。

胡庶向老孟建议，为避免“山寨”带来的负面含义，将“山寨春晚”更名为“草根春晚”或“平民春晚”更合适，并从电视台的角度对节目播出时做一定的审查。老孟言听计从。

此外，在胡庶“要谦虚、务实”的建议下，老孟撤下了网站上“叫板”、“PK”等激进标语，并在多次在公共场合表示“要向央视春晚学习”。

“叫板不是挑战，不是对抗，就是一起玩，不同方式的玩。”从这时期开始，老孟开始对媒体玩起文字游戏，“我们和央视春晚没冲突，他们是全国水平最高的晚会，是老大。”

这些后来都被媒体视为“山寨春晚”被招安的标志。老孟则反驳，电视台只是提供转播平台，节目选择权还是在组委会手上。“山寨春晚不会变味。”

和老孟一样兴奋的还有韩祖荣。在邢台老家那个闭塞贫穷的小村庄里，上网还是陌生的高科技，但上电视却绝对是一等一的光荣。

也就是说，母亲和乡亲们在2009年1月25日正式演出时，只需借助屋顶的“大锅盖”就能看到他表演。韩祖荣给母亲打了一个电话，像孩子般卖了个关子，准备把惊喜留在最后时刻。

只是一个周末假期后，胡庶甚至还没来得及具体部署下一步工作，电视台收到了一份指示，大致内容为广播影视机构不要与山寨类节目接洽。

这无疑是一张“军令状”。为挽救和“山寨春晚”的合作，贵州电视台一名副台长和当地主管机构的一位领导立即进京，并递交了书面解释。

胡庶也抱着“等等看”的心态暂时不向老孟交代。

老孟已经有所觉察了。原本约定好要做的电视访谈节目突然没了下文，电视记者也消失得无影无踪。老孟的父亲见过大风浪，心里头明白：“八成是上头来什么指示了吧。”

过了数天，在确定没有回旋余地后，12月27日，胡庶向老孟说了实情。电话那头，仅持续了不到一周的兴奋戛然而止。

“整台晚会的转播肯定没有了。”胡庶说，“但不排除个别优秀节目会在某些栏目里播出。”

双方和平解约。糟糕的事情还没有结束，贵州卫视的退出带来一种莫名的心理真空，企业撤销了赞助意向，一些演员要求退演。就连组委会内部，也出现了消极情绪。

曾做过“山寨春晚”艺术顾问的词曲作家、特型演员施咏之最后选择了退出，他对记者说：“节目水平太一般，而且他（老孟）又听不进别人的意见。”现在，施准备另起炉灶办一台“人民春晚”，与老孟唱对台。

老孟和父亲的争执也多了起来。父亲唠叨说：“年轻人要懂政治，别风头太露。”每当这时，老孟都是摩挲着他的头发，默不作声。

“老孟最难受。”一位组委会成员说，“不是他的错，却全让他扛。”

老孟又回到了初期的状态，他整天开着面包车频繁地看场地、看灯光音响，同时也保守着合作缘何中止的秘密。

6. 这么近，那么远

●一场轰轰烈烈的山寨春晚，不管当事人承不承认，已经和一场平素的有偿演出，日渐无异。

韩祖荣看不懂这一切。“怎么说来就来，说走就走呢？”得知电视不转播了，他有点不满，有点无奈，更有点宿命感，“总是无法完美”。

他曾经飘起来的心如今又落了下去。

2009年1月6日，组委会通知韩祖荣去签演出保密协议。他第一次和这么多即将同台的演员见面，后悔没穿得光鲜些——旧皮鞋，打补丁的西裤，外加一件露着线头的羽绒服。

而那些人则或浓妆艳抹，或大方得体。两个穿着宽大衣服的街舞青年如怪物般地看着他。一个新来的保安过来说，没什么事就别待在这。韩祖荣涨红了脸说，我是来签约的。

在一个拥挤的房间里，一个律师打扮的人正逐条解释条款的意思。身边不时有人提出异议，争取权益，但一点也引不起韩祖荣的兴趣。“只要能上台，你们把我卖了也行。”韩祖荣嘟囔着，随手签上了名字。这些协议分两部分：一是本次山寨春晚的保密协议，二是日后进行商业演出的意向性协议。

会后，他没有直接回家，而是去找了一帮久违的农民工朋友。8个汉子躺在集体宿舍的床上，说黄段子，说女人，说挣钱，然后喝酒，大笑。这一个月来，韩祖荣心里从来没有这样踏实过，不管怎样，他签约了。

但在电视里露脸的愿望落空了，还是有些难以释怀，“有时候以为走了很远，一回头却还在那里。”

而就在韩祖荣签约的那天，老孟也把演出场地最终确定下来，一个超大型的度假山庄。对方包揽了表演场馆、演员住房、饮食等所有开销，日耗数万元。而山庄也借机推出一个“泡温泉、看春晚”的宣传，为迎接春节消费潮造势。

一场轰轰烈烈的山寨春晚，不管当事人承不承认，已经和一场平素的有偿演出，日渐无异。

小插曲还是不断出现。1月5日一个自称是记者的人硬拉着老孟开着印有“叫板”的面包车到央视新大楼前拍照。这一多少具有挑衅性的行为，老孟竟也配合做了。回来之后，父亲斥责儿子“太幼稚”。对于经历了太多风波的山寨春晚来说，一切正变得脆弱而敏感。

现在，两家网络公司已答应届时为山寨春晚提供网络直播服务。从1月15日开始，所有演员都将进入封闭式排练阶段，如果不出意外，直到1月25日除夕晚上9时09分正式演出。

“我时刻等待着那激动人心的时刻到来。”老孟说，但言语间满是疲惫。

（发表于2009年1月15日特别报道版，编辑朱红军）

记者手记：你所清楚的只有截稿时间

■ 叶伟民

我承认，在整个选题操作过程中，我始终被一种深深的矛盾所困扰。一是“山寨春晚”是一个新事物，二是那些趋之若鹜的纷杂人心干扰了真相的浮现。以至后来，我执意用半个月时间来解剖“山寨春晚”这只麻雀，已部分超越了新闻报道本身，而变成一场带有样本研究色彩的社会学观察。

在悲喜交加（先后有雪灾、股市暴跌、汶川地震、北京奥运等大事件）的2008年，一个接近全民行为艺术的潮流指向也在悄然形成，它脱胎于深圳华强北的仿冒手机，然后衍变成一种文化形态和价值取向。在不到一年的时间里，“山寨热潮”以无所不包的姿态介入中国人一向规矩的生活。

很快，公众舆论亮出“平民革命”的旗帜，媒体也乐意接纳这个颇具煽动性的文化噱头，多方合力的结果就是：“山寨”成为“反叛英雄”的代名词，并被赋予了一种莫名的道德感召力。

诞生于2008年岁末的“山寨春晚”理所当然地成了这个潮流的集大成者。我和编辑朱红军一个共同的兴趣点是：观察单一事件的命运，能否揭示一种文化潮流背后复杂的江湖和兴衰规律？

我觉得这很有意思，尤其“山寨春晚”在短短十多天里传奇般的崛起和戏剧性发展，更吸引我去完成一个尽量客观和隽永的叙述。

尽管我已经做好了足够的心理准备，但“山寨春晚”的现实跌宕比我想象中还要剧烈，而且“发起人”老孟对我保持着习惯性的疏远，用一套明显经过精心准备的“万金油”式答案来搪塞我（当然也包括其他记者）。我对故事的期望不断遭到挑战，精心设计的采访计划每每坚持不到一天就被否决和推翻。

唯一可靠的是时间的积累。我每天呆在“山寨春晚”的办公室里，混熟了老孟和他的团队，也互相消除着戒心。让我印象深刻的是，在元旦前4天，整个北京正在以更忙碌的姿态迎接2009年，老孟却在疲惫不堪和忧心忡忡中等待日渐逼近的演出日期——某主管部门刚下令禁止了贵州卫视与他的合作，山寨春晚遭遇了最低潮和转折点。

那天傍晚，这个四川男人靠着门框在众媒体的追问下欲言又止、闪烁其词；次日早上，老孟在一辆贴着标语的面包车里和我“闲聊”了很多，关于他的过去，他的奋斗，他的山寨春晚，偶尔他也若有所思……

长时间隐性且低调的观察帮助我获得更真实广泛的信息，我跟车采访，随队排练，某些时候，人们似乎忘记了我的身份，向我倾谈诉苦，虽然很快就意识到要有所收敛，但对我来说，已经足够。真相正在像剥洋葱一样在我面前慢慢呈现——一个雄心勃勃的男人，无意遭遇“山寨”这个标签，于是揭竿为旗，又极为幸运地迎合了公众呼声和媒体需求，便以文化领袖的姿态一夜成名。

此后，“山寨春晚”的命运转折又很具中国特色。从反主流英雄到被主流“招安”，再到商业秀和商业傀儡，最后在行政干预下夭折，折射着众多难以言说的现实法则和潜哲学。我认为这个样本是够分量的，它揭示着在快速消费和实用主义横行的当下中国，一项精神试验最后会异化成何种模样。

如果再大言不惭地说句，这也是我们某些历史和现实的写照。

这项思维游戏般的采访让我乐此不疲，我毫无节制地搜集材料和约见演员，直至消耗了3本笔记本和留下40多个小时的录音。当我决定可以停下这项在时间上过于奢侈的采访时，我遇上了韩祖荣，一个率真得让人心疼的农民工歌手，他在一个夜晚对着低垂的月亮唱歌的场景让他成为我文章里除老孟之外的主角。

见报后，文章受到一些赞誉，也受到一些诟病，而我最后变得对两者都不能确定。就像我敬佩的一位前辈所说的那样：“新闻写作永远是遗憾的工作。你甚至根本不知道最好的在哪里，你最清楚的其实只有截稿时间。”

徐　楠

2003年入行做记者，在南方周末供职至2011年，遍尝多种报道门类，爱采访不爱写稿。

小镇猪事

编者按：

为猪狂，为猪伤，为猪打吊瓶，为猪找对象，愿共你高价小猪同鸳帐，为你叠被铺床。

养猪，从未像现在这样，意味着巨大的风险。价格、病害、成本、剧烈的市场波动，几乎绑架了单家独户的养猪人。现在，又加上了偷猪贼。

1. 悲喜“金猪年”

● “撵迟不撵快。”

猪价的走势，对于养猪人和买肉人来说，总是意味着不同的感受。2007年是名副其实的“金猪年”。买肉的人们怨声载道，养猪的人们却两眼放光。

在陕西蓝田，毛猪的价钱，好多年都是每斤两三块。猪娃儿的价钱，高时一只五六十，低时一只二三十。

洩湖镇有养猪的传统，以前差不多家家喂猪。2004年，口蹄疫的传言曾使猪价下跌——尽管口蹄疫并未波及这里。2006年，春节前没来得及卖猪的一些人家，转过一个年，却发现每斤的价钱从3.5元掉到了2.8元。“寒了好多人的心。”开饲料店的老王说。

除此之外，苞米的价钱越来越贵，到2006年已经快到8毛一斤。喂一头猪，家里就断不了人，拌料、喂猪、防病，特别是照应小猪，每天得搭进去几个钟头。养猪户崔福平说，这样的辛苦不划算，不如出去打工。

蟠桃村的马积安，最多的时候喂了一百多头猪，终于在2005年到2006年，全部卖掉，清空了猪栏。

在2007年猪价猛涨之前，养猪人在高成本下用脚投票，已经预示出了市场的先兆。

兽医老余在本地给牲口看了大半辈子病。凭他的经验推断，大约在2005到2006年之间，洩湖镇的存栏数量首次跌破3000。这个有着28个村子的乡镇，在最少的时候，存栏数量不到2000。也就是说：只有不到一半的人家，还在坚持养猪。

在供应的持续减少中，2006年的高致病性蓝耳病突如其来，成了点燃价格的导火索。业内专家估计：疫情严重时，很多猪场的存栏数不足一半。农民们恐惧地传言，说那病是“从风里传过来的”。

过了四五个月，一批母猪的损失，终于在它们的下一代身上体现出来了——猪价疯狂走高。据农业部“全国农产品批发市场信息网”监测，2007年4月全国猪肉批发均价为每公斤12.99元，同比上涨35.5%。

在洩湖镇，2007年年初，毛猪还是五六块，5月份涨到七八块，秋季最高的时候，是13块。跟往年相比，这个数字如在梦中。一年前，女人们听到每头猪崽380元的价格，都会吐舌头。如今，这个数字已经是520—530元。

他们不知道：5月下旬，国务院总理温家宝来到了与他们同在一个省的兴平市西吴镇散区村，在村里询问养猪户近况，甚至让生猪营销专业户白生华直接打电话询问当天西安市场肉价的行情。他说，解决13亿人的吃肉问题还得靠农民。5月29日晚，《新闻联播》播发了国务院办公厅下发的《关于做好猪肉等副食品生产供应保持市场稳定的通知》。

接着消息传来：政府给每一头母猪发50元的补贴。到了2008年，升到100元。

崔家坪小红家的男人不上外头去打工了，两口子咬牙拿出几万元，从村里包下地，垒了十几个槽的新猪圈，买了30只猪娃儿。

塬上一户人家有一窝小猪，有人上门来买。男人叫了480元的价，心里还打鼓，怕把人吓走了，谁知人家一口应下，从18只里拣出16只，撂下了两只。

这一伙人前脚刚出门，后脚又来了买猪娃儿的。就剩两只猪娃儿了，来人不挑不拣，全都要下，每只500！

婆娘这下不答应了，跟男人拼了劲打锤——“一只20，我那16只是320

呀！”

两口子正闹着，又来了人，要买母猪。男人心里赌气，一咬牙，随口叫价4000——头年母猪也只卖到3000上下。男人想叫个高价把人吓走算了，哪想着人家一口应下。女人大哭起来：“卖了老母猪，往下就要卖我了！”死拦在圈跟前就是不让牵猪。

一场家庭大战之后，总算是没卖成。

母猪在这个春天身价陡增，是名副其实的“母以子贵”。

公猪也在这个春天身价陡增，是名副其实的“父以种贵”。

十年前，母猪赶圈（配种）一次的价钱是8元至10元。2006年涨到20元，2008年又涨到50元。养了十几年种猪的老王，迎来了自家生意最繁忙的年头。

每头种猪一天最多配两三次，不时有母猪得在王家过夜、排队。王家的窗子上明文写着新规矩：“在我家过夜超过两天的，收20元管理费。”

张宽利的女人说，现在的猪“赶圈老赶不上（配种不成功）”，老王说：“人现在都急得很，（母猪）刚一刨圈（发情）就赶上来了，卵子可能都还不行，哪能怀上？”

于是，常常有母猪需要第二次甚至第三次赶圈。

本地有老话：“撵迟不撵快。”大意是说：看上去快的，未必可靠，慢的可能更稳当。

然而，这样的猪价行情，快得不容人多想。养猪户老崔说：“你今天不下决心（买小猪），明天可能猪娃儿就涨二三十块，10个猪娃儿就是二三百块。咱农民没多少钱啊，这就是大数字。”

兽医小崔给猪打防疫针，打得战战兢兢。有时候，口蹄疫疫苗打下以后猪的反应很大，身上发紫，有的养猪户会拽住他：“别走别走，死了你得给我赔。”于是，小崔举起针来“心里就抖”——“人家一个猪娃儿能挣500块，咱才挣多少？”

现在国家掏钱一年两防，每个防疫员每次可得到补贴300元。“28个村，一共就俺们6个防疫员，猪娃儿下地7天以后打猪瘟（疫苗），15天以后打口蹄疫（疫苗），28天以后打蓝耳病（疫苗）。”

也就是说：小崔给几百头猪挨着个儿打6次针，刚胜得过卖一头小猪。

在高价和一系列补贴措施之下，一年内，崔家坪新增了大大小小十几个猪栏。整个洩湖镇的生猪存栏数量，终于从2300回升到2800。比起早年的3000头以上，这并不算历史上的高位。然而据张宽利估计，这个数字不容易再往上走了——现在猪崽这么贵，人们没那么多钱投资，更经不起病害了。

2. 猪圈里的“非典”

●“遇上猪瘟，赔成龟孙。”

兽医老余说：现在这猪的病，是比以前多了。

兽医小崔说，2007年上半年，附红体和猪瘟在本地混合发作；下半年，是蓝耳病。据他估计，一年下来全镇死了四五十头猪。沙河一个村的母猪几乎死光了。

2004年，人们头回听说附红体；2006年，头回听说口蹄疫；2007年，头回听说蓝耳病。崔小运的媳妇总是刚刚记住一种，时间不长，又来了新的。“这个大夫说是蓝耳病，那个大夫说是附红体，再一个大夫说是痢疾。反正都是发烧，不吃食。问他咋看出来？他说那耳朵青着嘛！”

专家们也在为疫情头痛。广东省农科院兽医所副所长蔡建平曾说，现在的生猪疫病流行情况非常复杂，混合感染的情况很多，症状很不典型，别说按传统经验很难诊断，“即便专业人员，不借助一些设备也是很难确定”。

于是，疫病和高价，就像一块烙铁的两面，反复煎熬着养猪人。

2006年，兀坤顺家病死了几十只小猪，他说房子跟前的树底下都埋遍了。当时小猪价格在100元上下，兀坤顺相当于把三四千元钱的钞票埋到了树根下面。

2007年，蟠桃村的马积安新买三十几只小猪，不到一个月病死大半，相当于六千余元的钞票一下子蒸发。喂了十几年猪的马积安觉得丢人，夜间摸黑把死小猪扔到了枯井里。

2007年的附红体和猪瘟联合发作，就这样烧掉了小红家8000元钱，烧掉了张宽利家近万元钱。人们刚刚记住这病的名字还没有两年，就领教了它的厉害。

高致病性蓝耳病疫情最为严重的时期是从2006年6月到2007年2月。2006年五六月份，疫病从江西、湖南等地向周围各省传播，2006年10月左右传至河南、山东、河北等北地，随即年底传至东北。至2007年5月份，多数地区已经发生过多轮疫情。农业部兽医局巡视员李金祥曾说："有的猪场死亡了20%，有的死亡40%，主要都是散养户。"

依照中国畜牧业协会猪业协会秘书长荆继忠的数据，目前我国小规模养殖在猪肉供应总量中大约占到65%。《粮油市场报》新闻中心的一篇述评称："猪蓝耳病对散养户的打击之大前所未有，其影响不仅直接表现在散养存栏大幅下降，更体现为对散养户养殖信心的摧毁。"

兽医小崔认为：按照现在的趋势，农户自养的比例将继续下降。大型猪场的严格消毒，才能真正降低这种日渐增大的风险。小崔毕业于成人中专，在乡镇兽医中已经算是高学历的。

张红计家每次给猪打针，要三个人一起上——老婆子在后头按住，女婿从旁边使劲，闺女拿针管子往猪耳朵后头扎。"难推得很，难推得很。"半管子药推进去，猪上下踢腾，死也不服帖，老婆子顶上去再推，硬是把剩下的半管子药推完。

如今喂猪，没有哪家不备着针管子。"人家打1毫升、2毫升，我一次给打5毫升。咱想着保险一点，劲大一点。"

20年的老兽医恒利，有一次被养猪户急吼吼叫到猪圈，一看，猪娃儿都死硬了——怕药不够劲，养猪人给打了两头的剂量。

慢慢地，超量用药成了习惯，甚至给一头猪打进四头份、五头份的药量。国家按生猪数量免费给发一头份的防疫药，更多的药就自己掏钱买。猪价越是高，人们就越是舍得用药。

兽医小崔说，现在猪害了病，不少养猪户会自己先用药。他们就像做实验一样——这个也打，那个也打，希望运气好碰到某种管用的药。

2006—2007年的一场祸害过后，张红计家留下的药盒子摞起来有一人高。他说不清哪个药起了作用，哪个药没用。他只是反复地诉说着这一年的结果：损失两头大猪，一年白辛苦。他的女人记得这一年的心思："胃复康，肌苷呀啥的，胡往里加呢，劳神得太大！"

各式各样的兽药越来越多，不但有给猪用的消化药，还有给猪吃的葡萄糖。有时候还要给猪打吊针。崔福平家的猪圈墙角，还堆着去年打吊针的十几个大玻璃瓶。"为了安安生生把它喂到出栏，我就得不停地买药、不停地担惊受怕，那你咋办？已经投了这么多钱了。"

原本每个村都有一名兽医，随着1990年代末期的体制改革，逐渐消失了。原来公办的兽医站要自负盈亏，实际已与私人经营没有什么分别。2004年起，政府财政开始支付每年两次的防疫费用，在这之前，防疫费用由养猪人自己承担。

南方某省的政协委员曾在提案中对兽医问题表示担心："2001年前后县乡体制改革中将基层兽医站予以撤销或撤并，成立乡镇农技综合服务中心，每个乡一般只保留1名兽医人员，这处改革被实践证明是失败的。2003年以来，部分县进行第二轮改革，即一个县招聘几十名兽医人员从事防疫和检疫，平均一个乡镇2—3人，近年来的实践证明这种改革依然是不完善的。近年来动物重大疫病呈上升趋势且很难得到有效的遏制。"

洩湖镇全镇不到10个兽医，没法给分散在28个村的2800头猪一一出诊。于是兽药店成了养猪人们的聚会场所。

4月17日，老兽医余斌安到中午12点都还没顾上洗脸。在他的兽药店里，养猪户拿着放大镜，端着药盒子一个字一个字地看，看完了抬起头，还是闹不明白。

人们最多记住"明发痢好"的名字，再也不可能明白它的成分——博落回生物碱；同样，最多记住"混感全能"的名字，而不知道它的成分——盐酸多西环素。

现在有6名防疫员的镇兽医站，连一台冰箱都没有，按道理说，很多疫苗是要冷藏保管的。而到了农户手中，随手扔在屋角、一放一个礼拜的，更是屡见不鲜。

对养猪人来说，这些复杂神秘的药物本身就已经意味着功效——不管怎么用，不管放在哪里。

3. 从土猪到洋猪

● "穷不离猪，富不离猪。"

4月18日晚上10点来钟，胞衣出来了，一窝猪娃儿算是下完了。有一只新猪娃儿不对劲，一接下来，兀坤顺的哑巴婆娘就"嗯嗯呀呀"地叫他，他一摸，有点凉，还不停地喘，"好像上不来气"，赶紧拿电热毯焐起来。弄好以后，才抓了两个凉馍，就着咸菜吃了几口。

这当口儿，他的哑巴婆娘在黑漆漆的晚风里，守着正下猪娃儿的母猪。每下一个，女人就喊起来，用手指向他比划着数字：五，六，七……

母猪下猪娃儿，是个繁难活儿。快要下了，就得时不时注意瞅着；开始下了，要赶紧把刚下的猪娃儿拿开，大猪不小心可能给压死；要用大竹筐垫上茅草，让猪娃儿热乎着；要一个一个把奶头对到小猪嘴里，吃了头一口娘奶，小猪两下就硬邦了，“摸着就不一样了”。

天快亮时，那只小猪娃儿最终没能保住，这窝活了8只。

这8只，属于“三元杂交”猪，就是说：它们是用“二元杂交”的猪和品种猪再交配，生产出来的。至于它们的母亲是几分“长白”、几分“约克”，一轮一轮地杂交下来，兀坤顺早都说不清了。

早年间人们形容什么东西少，会说：“稀罕得像白猪似的”。如今，猪圈里满眼都是白猪——白色的洋猪，黑色的土猪反而几近消失。

从“大集体”时候算起，兀坤顺喂了二十几年的猪。

在他记忆的起点，“养牛为耕田，养猪为过年”。每家喂着一两头猪，人吃红苕，猪吃红苕蔓儿。后来粮食够吃了，再后来养猪成了致富的副业，人们知道猪吃粮食比吃红苕蔓儿长得快，于是改喂苞谷了。再后来，混合饲料出来了，用这东西喂猪，长得更快。而且，洋猪种也来了——本地的土猪要一年出栏，与洋猪种杂交后的品种，七八个月就可以出栏，而且“土猪杀不出多少瘦肉，洋猪屁股圆圆的，肉多”。再到现如今，在混合饲料、药剂、品种的作用下，四五个月就可以出栏上市。

兽医老余参观过的一个养猪厂正在研究五元杂交猪，据说只要三个月零十天就可以出栏。老养猪人老张几乎不能相信：“三个月，200斤，那是啥样的猪？”

年纪不大的养猪人也知道：土猪皮实，洋猪金贵。“土猪就会闹个猪瘟，洋猪的病可就多了。”

但是，土猪长得慢，洋猪出栏快。出栏快，就意味着卖钱快。

最早到来的洋品种，名字还比较形象——叫“长白”，后来就索性是洋名字了——“约克”。今年，据说有了新的“杜洛克”，屁股槽子跟“约克”长得不一样。当然，品种差别不是这么简单，尽管人们已经能用陕西话，熟练说出“品系”这样的词了。

紧挨着国道的故京村，十年前，这里是远近闻名的生猪交易集散地。“除了东北，哪里的猪都贩来了。”

一下子打开的市场，使得不明来路的品种混杂，几乎没有节制。

尽管已事隔两年，马积安仍在为他死去的三十几只小猪惋惜不已。兽医老余说，他买的那批猪，来时就带着猪瘟。

这又是一批从外地贩来的猪，甚至有传言说，这是从南方边境贩进来的外国猪。老防疫员恒利说，咱说不清，但人家有检疫证、检验证、出境证，手续齐全。

老马吃了个哑巴亏，他也听到传言，知道猪贩子“脑瓜活络，检疫过关的时候，要是查出来该罚2万的事儿，给人家手里塞上几千，啥也就都办下来了”。

养了二十几年猪的老张，是如今极其稀罕的养猪人。他说：“咱养猪的人，穷不离猪，富不离猪。”

他家那头11年的土母猪，至今还在下仔，谁听了谁瞪圆了眼说厉害。如今一般的杂交母猪，也就是繁殖四五年，就该淘汰了。

“它就像是我家里一个人一样，穷也舍不得卖，再咋说它那粪还能肥田。”“猪灵得很呢，老母猪压死自己的一个猪娃儿，你把尸首在那块放一会儿，它就知道了，再往后再都不咋踏那一块地方，都小心呢。它自己的娃下的猪娃儿，跑到它圈里它就不咬，还给喂奶，旁的猪下的猪娃儿来了，往死里咬。”“我走到圈门口，‘啰啰啰’吆喝两声，它们就知道我来了，就安心了。冷不丁一个生人进去，猪惊呢。”

老张知道：小猪拉稀，就给母猪圈里撒点草木灰，这是农家最简单易行的消毒办法。大猪奶水太稠，就给兑一点小苏打。

像他这样的养猪人，已经极难寻觅。而这老人，如今也不再敢给猪的毛病下结论。

过去的土猪圈里，大猪吃饱了就爱在地上刨，如今都是水泥砌了——为的是收拾起来省事。猪没得刨了，也沾不上土，就得给吃药补钙。

曾经房前屋后知根知底的猪，如今变得难以捉摸——不知道得的是什么病，不知道会不会很快死掉，不知道来年能卖多少价钱，不知道……

一切变得像天气一样神秘难测。他们能够把握的，只有眼前活生生的猪。

一切变得像天气一样神秘难测，人们不能够把握的，是猪栏里到底有多少活生生的猪。2007年7月23日，农业部在原有10个督导组的基础上，组织20个生猪生产督导组，分赴20个生猪重点省份的60个主产县市。2007年9月，农业部的一位专家对南方周末记者说，如果没有疫情发生，农业部对价格走势的判断应该不错，但是出现了疫情以后，供给发生了变化。“你不知道补没补栏，补了多少，补了后有没有死，这都是未知数。”

4. “理赔”不如“处理”

● “不是咱心黑，它有人要啊！”

2007年的病害，兽医小崔估计全镇病死四五十头。而做收猪生意的冯国民估计，全镇因病杀掉的猪，在1000头左右。

这两个数字差别的关键，在于人们的“处理”。“处理”，就是低价卖掉。2007年夏秋病害肆虐时，收猪的三轮蹦蹦车子，“来一趟就拉得满满当当。”崔福平说，“一看猪不行了，说不准两下就断气，赶紧找人呀。只要赶在断气前宰掉，肉还能杀出来。”

老成家女人去年卖了两头病猪，猪贩子的车没开多远，其中一头就死了。成家女人松了一口气：总算没有砸在手里。

2007年，这里也推行了农业保险，要是家里有猪病死，给赔1000元。每个人都在心里算过这样一笔账：照现在的价钱，“处理”病猪也能卖到1500元。跟好猪的三四千元是没法比，但总比1000元多。

于是，2007年全镇只有一起理赔。

保险公司来给赔了钱，给猪做了无害化处理，埋好。哪知半夜里这家人又把死猪挖出来，想卖掉，多亏被人发现了，才没卖成，有人猜是周围的同村人不愿让他们获得卖死猪的利，眼红举报，要不然大半夜的，怎么可能拦得住他去卖。

“（生猪保险）要这个手续、那个手续，等手续齐了，猪都死硬了！难道还等到那时候给它拍照片？还不都是赶紧处理？”2006年曾经卖过死小猪的一个喂猪人说，“不是咱心黑，它有人要啊！”

2007年12月，西安市近郊一个私宰点受到查处，当场查获的13头死猪，皮肤出血，明显有病。

知情人说：这个私宰点已经办了4年。猪肉一部分卖到农贸市场，大部分进了附近的饭馆、饺子馆、包子店等，很多病肉是绞碎后卖的。到了肉贩子那里，有人会专门将其与好肉混在一起。

养猪户马积安说：“我喂猪这么多年，要是混到一起，我也看不出来。”

在病害的重灾区崔家坪，人们不约而同说自己不认识收猪的人。同时，他们又援引猪贩子那里听到的传言，来说明病害的严重："听说杀出来，肠子都是黑的……"

喂猪人自己很少吃肉——都是用来卖的。2004年，尽管这里并未暴发口蹄疫疫情，但传言使人们减少了猪肉消费，市面上甚至跌到1块钱6斤肉。兀坤顺说："人家都不吃肉了，我偏那时候买着吃。为啥？便宜啊。我跟我老婆子说了，咱就这时候吃，多多地吃，吃到腻歪，等价钱上去了，就不馋了。"

今天，猪价上去了，兀坤顺端着他的清汤面条，把辣子夹到馍馍里，就着前一顿剩下来的胡萝卜丝吃。

这一顿，他吃得很美——一夜之间，多了那8头小猪娃儿，45天后，就是4000元钱了。

这个春天，高昂的猪价还在导演着一幕幕农家悲喜剧。

张红计两口子搬回了早年的土坯房，方便照应4头猪。一周前大猪下仔，子宫脱垂，张红计两口子坐立不安，把猪挪到了自己屋子边上的房间，几乎寸步不离。他们是在随时观察和准备：万一不行就赶紧"处理"。

至于最早遭贼的李养治，丢失的14头小猪的母亲——那头大猪，已经在一个月后，再次赶圈怀上了新的猪仔。

这一轮猪市波动带来的政策"阳光雨露"，更集中地洒向了规模养殖猪场。在珠海，政府拿出了500万元，每个规模猪场获得30万元；在山东，637家养猪场分享1.45亿元补贴，最高的可以得到80万元。在崔家坪和兀家岩村所在的陕西省，政府对年出栏3000头以上的规模肉猪场，补贴10万元。政策的用意，是鼓励大型养殖。

养猪老人兀坤顺恍惚地明白这一点："国家是不太想给我们这些小户？"

但是他再一次念叨着那句老话："咱喂猪的人，不会干别的。穷不离猪，富不离猪。"

这一夜，这个年届六十的老汉，是在沙发上半睡半坐地窝过去的。他的床上，睡着那头生下来就体温偏低的小猪，它身下垫着崭新的电热毯，还盖着老两口浅蓝色的被子。

（发表于2008年5月1日特别报道版，编辑张捷）

记者手记：唯老实而已

■ 徐 楠

《小镇猪事》这篇特稿的诞生，源于《华商报》的一则社会新闻——为防止生猪被盗，饲养户将睡床安到了猪圈里。以此为由头操作一篇特稿是李海鹏向张捷提议的，两人都觉得是有意思的题目。但一些同事是摇头的。同行的摄影记者在采访前越是做功课，就越觉得在猎奇表象的下面，实在缺乏可挖掘之处，于是为我捏着一把汗。

就这样来到了蓝田县。四月天，秦川大地，菜花正艳。村庄表面上平静异常，连狗叫声都散碎慵懒。丢猪、睡猪圈的事主，在经过当地记者的几轮采访、摆拍之后，正处在对记者丧失耐心的心理阶段。他已经不关注自家丢失的猪，全部的诉求是通过记者获得政府赔偿。不难想象，他展示了家中所有能体现经济困窘的一面，配合记者的镜头提供了愁眉苦脸的表情。

看上去就这样了，可是，特稿在哪里？

事实上，这是农村采访最可能遇到的情形。

记者进村，人们的第一本能反应大抵是：找一些村里人问收入。事实是除非恰逢利益纠葛的特别事件，否则你不问，村人也不会主动上前喋喋不休。大部分情况下，你若按着你的思路来发问，你们家去年挣了多少钱啊、你的孩子在外打工怎么样啊，则你问一句，他答一句，除了一些很约略的数字，其中半数左右的回答，极可能是“嗯”、“啊”、“是啊”、“凑合”、“还行吧”……

“为啥非得睡到猪圈不可？”

“偷猪的厉害呢，丢不起。”

拜访事主之后，开放性的采访正式开始。一个村数百户人家、一个镇近30个村，都算是我直接面对的采访对象，上哪里去找特稿？

我将《小镇猪事》这样的特稿，归类于特定产业或社会领域的生态观察。它应该具备故事性、足够精彩和丰富的细节，更应该具备对报道对象机理和现实逻辑的充分反映，甚至具备一定的历史纵深感。

如果不能充分地调动眼睛、鼻子、手脚，并且具备基本的农村和农业知识基础，只靠耳朵的话，事实的基本逻辑在农民口中，两句话就说完了。但对他来说是平台、是常识的东西，你可能还完全不明就里。

所以，没有相关领域的积累、不掌握特定的话语体系，上述目标是难以达到的。

在超过4年侧重于农村领域采访的基础上，我的基本信心，来自当时的背景。2007年上半年，猪肉价格猛涨，人们每天在菜场里咋舌于日新月异的肉价。市场的剧烈波动下，位于农村的初级生产环节一定承受着激烈震荡，信息增量是必然的。这是需要我去重点探知的。

如果将视野做进一步的纵向拉伸，从种植和养殖业体系全面市场化的过程中来看，种养方式和农村生计的传统边界，在资本和市场的巨浪裹挟中身不由己，“科技化”、“现代化”的当下话语，深刻地改变着人与猪的关系，更改变着人与人的关系。这么看来，又有一番图景。这是我对事实背景的知识和经验储备，是进入采访场域之前的基础，是观察和交谈的底色和背景。

一步一洞天。

基本的方法，是沿着产业链展开。以猪为主线，按图索骥。

生计和产业链条上的相关性，可以直接构筑起人与人之间的相关性，而故事，往往蕴含其中。要从多个向度来观察一个对象，其“周围人”的视角，不可或缺。

于是，除了养猪户之外，必不可少的采访对象包括：兽医、兽药经营者、屠宰经营者、配种经营者、生猪贩运者、大规模养殖场经营者等。

《小镇猪事》结构文字的基本方法是：以价格波动中的产业链搭建纵向主线，其间镶嵌以下三类内容：

基本事实及其理路；

丰富的细节；

背景信息。

获取信息的过程恰恰是反其道而行之。最先有的是背景——关于生猪养殖在过去十年间的市场变化情况、最近一年间的市场变化情况，牲畜疫病的大致情况，这是采访展开前必备的基础。

然后，采访一旦开始，就是通过丰富的细节形成基本事实及其理论的判断性表述。

前者，没有捷径，只有尽量多地观察，尽量大地"撒网"，重视采访网络每一个节点延伸出去的可能性。后者，没有捷径，一边在细节中思考，一边不断向当事人求证，听他们的看法。

还记得"小镇猪事"采访中，蓝田县阴雨连连，我在淅沥的小雨和泥泞中，辗转走到一户已经放弃了养殖的人家。如果只关注当前时态，他是不可能进入采访视野的——他家在半年前就没有一头猪了。可他的经历恰恰是一大批养殖户的典型代表。我在老兽医的兽药店里遇到他——他是去聊天的，朗声说笑、谐语连连。我知道这会是一个有信息量的人，于是专门找到他的家里，在雨声中和他聊几十年养猪的甘苦和感慨。

养猪户，我采访了二十几个。没有捷径，就是走啊走、看啊看、问啊问。一俟形成初步判断，随时向接下来的采访对象求证，看他作何反应，随时将这些信息增补进文章。

在基本事实的基础上，为了得出其理路，必须将采访关注点从细节现象层面，提升到局部的中观层面，比如《小镇猪事》中对整个镇子情况的说明。这些信息，无论多么困难也得下工夫去获取。

在洩湖镇，为了堵到那几位时常外出的兽医，先后上门不下五次，直到一个阴雨的黄昏，他们出诊归来。

具体的技术层面上，背景信息的镶嵌须注意节奏，大约三两个自然段的背景叙述之后，不管多切题的背景内容，也都另做安置，免得形成阅读障碍，确保读者的阅读惯性保持到再次开始的场景和面孔。

这样，从细节到中观层面，再到宏观背景，全新而系统的图景就在你面前了。

以下罗列几个文中的细节，后面说明这一信息点的采访来源。

塬上一户人家有一窝小猪，有人上门来买。男人叫了480元的价，心里还打鼓，怕把人吓走了，谁知人家一口应下，从18只里拣出16只，撂下了两只。

这一伙人前脚刚出门，后脚又来了买猪娃儿的。就剩两只猪娃儿了，来人不挑不拣，全都要下，每只500!

婆娘这下不答应了，跟男人拼了劲打锤——“一只20，我那16只是320呀！”

两口子正闹着，又来了人，要买母猪。男人心里赌气，一咬牙，随口叫价4000——头年母猪也只卖到3000上下。男人想叫个高价把人吓走算了，哪想着人家一口应下。女人大哭起来：“卖了老母猪，往下就要卖我了！”死拦在圈跟前就是不让牵猪。

——人们在兽药店的议论，约十人在场，提供相互佐证

张红计家每次给猪打针，要三个人一起上——老婆子在后头按住，女婿从旁边使劲，闺女拿针管子往猪耳朵后头扎。“难推得很，难推得很。”半管子药推进去，猪上下踢腾，死也不服帖，老婆子顶上去再推，硬是把剩下的半管子药推完。

——张红计家采访所得

“它就像是我家里一个人一样，穷也舍不得卖，再咋说它那粪还能肥田。”“猪灵得很呢，老母猪压死自己的一个猪娃儿，你把尸首在那块放一会儿，它就知道了，再往后再都不咋踏那一块地方，都小心呢。它自己的娃下的猪娃儿，跑到它圈里它就不咬，还给喂奶，旁的猪下的猪娃儿来了，往死里咬。”“我走到圈门口，‘啰啰啰’吆喝两声，它们就知道我来了，就安心了。冷不丁一个生人进去，猪惊呢。”

——在种猪经营户家遇到的养猪人

2007年全镇只有一起理赔。

保险公司来给赔了钱、给猪做了无害化处理，埋好。哪知半夜里这家人又把死猪挖出来，想卖掉，多亏被人发现了，才没卖成，有人猜是周围的同村人不愿让他们获得卖死猪的利，眼红举报，要不然大半夜的，怎么可能拦得住他去卖。

——兽医采访所得

老成家女人去年卖了两头病猪，猪贩子的车没开多远，其中一头就死了。成家女人

松了一口气：总算没有砸在手里。

——在张红计家遇到老成家女人，采访所得

当我发现兽药店是养猪人群聚的一个关键场所之后，我增加了花在那里的时间，和一身泥水的养猪人们一起，在兽药店的门槛上刮去脚上的泥。事实证明，收获不菲。

从读者反响来看，《小镇猪事》中的民谚俗语，给人们留下了很深刻的印象。回想起来，实现这样的采访效果唯有一点：关注和尊重农民的语言创造力。当然，没有乡土积累，肯定难以信手拈来。

在老养猪人兀坤顺家里度过的那个晚上，令我久久难忘。恶劣的天气中，我拉着摄影记者步行近10公里，才找到这个传说中的“大户”，时近天黑，我们饥肠辘辘，主人也一样。但是一切人的需要都被暂时搁置了，因为母猪已经开始生产。

我们两个，和兀坤顺以及他的哑巴老伴一起，在冷风中守着那一窝小猪。养猪人和猪之间的关系，没有过那样的切身体会，再华丽的语言、再高深的理论，都是苍白的。

《小镇猪事》就这样完成。要说它最大的特点，无外乎老老实实。在农民面前，把自己的姿态放低，明白在波澜不惊的田野村舍里，深流涌动，不可小觑。

曹筠武

南方周末记者、编辑，传说中的帅哥。

系　统

编者按：

在一款同时在线人数超过百万、全部玩家加起来可以组成一个超级城市的网络游戏中，它的游戏精神是指向乐趣，还是指向权力和金钱？它的社会规则是新世界的开放自由，还是率土之滨莫非王臣？这不只是对某一款游戏的追问，甚至也不只是对韩式网游的价值观的追问，而是对人与游戏、人与人的关系的追问。虚拟世界是现实世界的一部分，也有着人们必须捍卫的准则。

在当下中国最火的一款网络游戏中，玩家们遭遇到一个"系统"，它正在施行一种充满诱惑力的统治。这个"系统"隐匿无踪，却无处不在。它是一位虚拟却真实的垄断者。"如果没有我的允许，这个国家的一片叶子也不能动。"这是智利前独裁者皮诺切特的声音，悄然回响在这个虚拟世界之中。

白天，27岁的吕洋是成都一家医院的B超检查师。

晚上，她是一个国王，"楚国"的国王——玩家们更乐意按游戏里的名字尊称她为"女王"。在这个虚拟王国中，"女王"管理着数千臣民，他们都是她忠诚的战士。

在一款名叫"征途"的网络游戏中冲杀了半年多之后，吕洋自信看清了这样一个道理：尽管这款游戏自我标榜以古代侠客传统为背景，实际上钱才是在这个虚拟世界中行走江湖最关键的因素。

吕洋受过良好的专业教育，丈夫是生意人，资产殷实。钱对她来说从来不是问题，但她仍然愤愤不平地把这款游戏中一些风头正健的人称为“人民币玩家”。虽然在游戏中投入了数万元，但她仍然屡战屡败，原因就在于有人比她更愿意花钱，也花了多得多的钱。

正如《征途》的创造者史玉柱所言，这的确是一款适合有钱人的游戏。在这个世界里，欺凌他人的威力和合法的伤害权都标价出售。

尽管一切都是虚拟的，吕洋却曾经坚信她找到了一条通向光荣与梦想的金光大道。不过随着人民币的不断加速投入，和很多人一样，吕洋发现，金钱铸就的，其实是通往奴役之路。

1. 战争即将爆发

●所有人都必须是“人民币玩家”——和平受到鄙视，战争受到推崇——被杀死者得到的只有耻辱

坐在常去的一家网吧的VIP包房里，吕洋显得兴奋而又忧心忡忡，她面前的19英寸液晶宽屏上，黄色的粗体字反复闪动：“国战将在晚上8点15分开始”。她还有两个小时，对她手下的战士们做最后的动员和部署。

将要攻打楚国的是游戏中的头号强国魏国。魏国拥有上万名玩家，更为关键的是，魏国的支柱，“王者家族”成员们，个个都是令人敬畏的英雄，他们的等级遥遥领先于一般人，装备着成套的最为昂贵和罕有的神圣铠甲和武器。在“世界英雄排行榜”上，他们长期牢牢地占据着前五十名中最靠前的位置。

他们拥有恐怖的杀伤力，人人以一当百。即使吕洋这个“女王”和他们对垒，如果战术采取不当，也存在被“秒杀”的危险。所谓秒杀，就是在几秒钟之内，在意图还击之前，就被一招致命。吕洋的丈夫并不玩游戏，但他也会对此开开玩笑：“就像武侠小说里写的，如果刀够快，你可以听见自己的血从脖子里喷出来的声音。”“女王”吕洋对他们最为忌惮，同时又略带鄙夷。“他们就是人民币玩家嘛。”她说。

实际上，只要进了这个虚拟的小世界，所有人都必须是“人民币玩家”，区别只在于你愿意花多少而已。

和以往的所有网络游戏不同，《征途》并不计时收费。简单地填写一份网上表格，就可以注册账号。只需要起个名字，选择性别、国家，一个虚拟身份就此

诞生，光荣而艰难的征服之路摆在了你的面前。根据游戏的主线故事背景，你会惊奇地发现其实你是皇族之后，由于战乱被弃于荒野，现在你长大了，知道了自己高贵的血统，接下来该做的就是练一身好武艺，奋起于草莽之间，闻达于庙堂之上。建立自己的国家甚至取得统治世界的皇位以恢复祖先的荣光，则是你的终极目标。

故事很合中国人的口味，唯一令人感到困扰的是：热血沸腾之后，你发现现实和理想的差距原来是那么大。一个新诞生的身份是1级；而王国里最英勇的英雄们能练到“转生170级”：练满普通人的168级之后，他们又获得新的不朽之身，并再次练到了170级。简单地说，那就是人和神的差距。英雄们手持“完美的神圣武器”，浑身旋绕着代表高贵的紫色光晕；而你却两手空空，甚至全身上下只有一条遮羞的短裤。

现在，你可以购买点卡，持续地把人民币注入游戏中的账户，以便快速升级，购买各种名贵材料打造装备；你也可以不花钱，如果什么都不做，只是呆在游戏里的话，系统不会向你收取一分钱。但很快你会发现，你连荒地里的一只蚊子都打不过，你的活动空间甚至仅限于出生地，一个叫“清源村”的小村子，更为广阔的世界则是为英雄们准备的。当然，最让你沮丧的还在于，贵为皇族的你，却永远生活在被其他玩家“秒杀”的巨大阴影之中。

显然，吕洋走了一条真金白银铺就的英雄之路。她如今是“转生145级”，历经艰险戴上了王冠，她的坐骑是一条浑身闪着火光的龙。但英雄亦有英雄的烦恼，她的王国正面临严峻的挑战。

吕洋自认为是一个“和平主义者”，她把女性的温婉带到了对国家的治理之中。“女王”很少主动攻击别国，更喜欢带着臣民们消灭怪物，或者经营骆驼商队。但这并不能避免受到攻击。

“国战都是系统安排的，”吕洋解释说，“国王只需要提交申请，系统就会自动安排好战争爆发的时间。”

系统喜欢“国战”。这个虚拟世界里，“和平”受到鄙视，战争受到推崇。战胜国可以自动获得战败国国库里的金钱和物资，国家排名由“国战”胜利次数决定，强国的臣民名字下闪耀着一颗颗星星，那代表着每一次辉煌的战胜。当然这并不是最重要的，对于战争中的人来说，冲入别国的土地，肆意砍杀每一个胆敢与之抗衡的人，无疑是释放内心深处原始冲动的绝佳办法。

系统准确地捕捉着人性的弱点，召唤着玩家们在违背普世价值的虚拟世界中放纵自己的邪恶。它赋予战争中的人肆意杀戮的权力，给予杀人者加倍的经验值奖励；系统也会标明你的斩首纪录，那一串串数字就像印第安战士割下的头皮代表着无上的荣光，而被杀死者得到的只有耻辱。

吕洋打电话，上QQ，或者在游戏中直接交谈，她自知实力对比悬殊，因此通知手下的战士们集中力量，守住王城的一角。她的声音因紧张而略带颤抖，尽管对现实中的她来说无论胜败都毫发无伤，但在游戏里，她知道那意味着生存还是毁灭。

离战争爆发，还有两个小时。

2. 国王死了

●推销员来了——冒险家乐园——都在“系统”的支配之下——小角色杀死了国王

在开始“征途”之前，吕洋玩的是另一款游戏《传奇》。她玩得并不好，仅仅当作一种周末的消遣。《传奇》计时收费，玩家购买在线时间用来升级和打造装备，所有的事情都费时费力。“比如你要打一个终极怪物，”吕洋说，“要跑很远的路，在迷宫里面转来转去，杀掉无数的小怪，可能耗一个晚上，你才跑到大怪的面前。”最让人崩溃的是，当历尽艰辛终于站到大怪面前，一不小心却被秒杀了！那么，从头开始跑路吧。

吕洋可能从未得知，在她晕头转向地跑路时，一个叫“送礼只送脑白金”的玩家也在这款游戏中闯荡，他从来不耐烦那些烦琐的升级步骤，而是直接购买高级别账号；他成千上万地花钱，砸下最顶级的装备。以钱铺路，他在最短的时间内得到了最强大的威力。在这款典型的韩式“泡菜”游戏里，他试验出了自己独辟蹊径的玩法。这位玩家就是后来《征途》的老板史玉柱。

2007年年中的一天，就在吕洋常去的这家网吧，一个推销员站到了正在“跑路”的吕洋面前。他衣着得体，面带微笑，用充满诱惑力的词汇介绍了一款名叫《征途》的新游戏。“绝对不用走迷宫，我们要的就是爽快。”吕洋记得他这样保证。

吕洋就此和朋友们“踏上征途”。她的这些朋友要么是医院的同事，要么是丈夫生意上的伙伴，空闲不多，但钱不少。他们很快发现，《征途》的确是一款爽快感十足的游戏，简直就是为他们这样的人设计的。

要找系统角色接受任务，不用费力去找，点F键，下拉菜单里角色名字一一罗列，就像网络上的超链接，双击名字，就自动找到面前；要去某个地方，不用走迷宫，点开地图，找到地名，鼠标左键单击，一会儿就到了。

很快吕洋就离开了“清源村”，热闹的“凤凰城”和辉煌壮丽的“王城”才是她的舞台。这位后起之秀被吸纳进了“楚国”最有威望的家族“桃花源”。单打独斗是不现实的，拜入名门正派才是出头之道，这里就如同武侠小说描写的江湖；而家族与家族联合可以组成帮派，帮派各自有各自的势力范围，在达成妥协之后又互相配合支撑起一个国家。

游戏里的大部分系统角色，比如杂货店老板或是锻造铺师傅，都可以被帮会控制，此后他们会持续贡献“保护费”。系统鼓励帮会争夺控制权，谁杀死竞争对手，谁就能接手保护费。帮主们因此热衷于抢夺街区和店铺。这样在吕洋看来，她的置身之处，又像是1920年代的上海滩。

这里的确像那个“冒险家乐园”。低级别的玩家甚至也可以挣钱！完成一些特定的任务，比如护镖，可以得到一定数量的“银两”；达到一定级别和保证一定在线时间后，系统甚至会给玩家“发工资”；还有各式各样的“奖励”、“返还”。

“其实都是些小钱，”吕洋说，“相比花掉的钱简直没法比。”但由此带来的成就感和满足感是无法比拟的，你能想象在砍翻敌人的同时还能挣“银子”么？“想得到更高级的奖励么？”吕洋说，“那就花更多的钱呗。”

时常有“外国人”冒险进入楚国，他们可能是魏国人，也可能是宋国人，或者是其他9个国家中任何一国人，但不管是哪国，一旦踏入楚国地界，他们的名字就显示为红色，这个颜色意味着：敌人——应当杀死的人。每杀死一个这样的人，系统就会在“护国英雄排行榜”里为你加上光荣的一分。

他们并非是闲逛者，而是根据系统分配的指令而来，他们必须进入敌国完成诸如“刺探情报”或者“抢夺太庙资源”等等任务。而同样根据系统赋予的职责，家族和帮派此时的任务就是杀死他们。

那时吕洋还是一个小角色，她正在砍杀一头犀牛，屏幕上出现一条指令，帮主撤下了帮主令，要求帮众前往杀敌。点击“是”之后，吕洋被传送到王城边境附近，众人正把敌人围在当中奋力砍杀。

帮主“狼烟”是当然的主力，他是一个“武士”，近战肉搏是他的特长，他的“无双剑”能造成惊人的杀伤。在炫目的刀光闪耀间隙，吕洋突然发现敌人的坐骑是一只麒麟，这意味着他是一个国王，只有国王才拥有这种神兽！

吕洋是一个“法师”，她专修冰系法术，可以从远处以冰雪为武器。这是她参加的第一次激战，她站到一个安全的地方，将霜冻从空中撒向敌人。麒麟居然哀嚎倒下，国王死了！吕洋幸运地完成了最后一击。

屏幕上黄色的粗体字夸张地跳了出来：“天哪！吴国的国王居然被楚国的无名小辈女王杀死了！”吕洋在电脑前禁不住手舞足蹈，她杀死了国王，一个小角色杀死了国王！她双脚猛地一蹬，电脑黑屏了——她兴奋得把电源插头踢掉了。

往后几天，吕洋都有些“神神叨叨”的。游戏里“全世界”都知道她杀死了国王，朋友们有些羡慕地向她祝贺。即使在医院上班，吕洋也在办公室的电脑上下载了游戏，她就是喜欢挂在游戏里，反复地看那条早就过时的消息：“天哪！吴国的国王居然被楚国的无名小辈女王杀死了！”

有时候严厉的院长从办公室经过，威严地审视医生们的工作，吕洋只能把游戏界面最小化。她会悄悄地跟同事炫耀：“牛啥嘛，他要是耍游戏，我一招就把他砍翻！”院长其实并不坏，但吕洋觉得他“缺乏对女性应该有的尊重”。“在游戏里，女人也可以统治男人。”她宣称。

3. 国王万岁

●核裂变一样蔓延的仇恨——好的装备都意味着金钱——总有无数的人在疯狂比拼——“国王万岁！”

但“女王”其实并不像想象中一样“牛”，几天之后，就在王城外，一个敌人逼近，他骑着鬃毛飞散的烈马，威严得像天上的神，他只问了一句话：“你就是那个女王啊？”一个巨大的火球从天上砸下，落单的“女王”还没来得及答话，被“秒杀”了。

吕洋目瞪口呆，短暂的惊愕之后她脑子里只有一个想法，她要升级，要得到最好的装备，她要当真正的王，她要报仇！

仇恨是这个世界中最强大的动力。“秒杀”吕洋的玩家，立刻被系统自动排入她的仇人名单，时时提醒“女王”报仇雪恨。“仇人”是这里最常见的社会关系，仇恨关系同样存在于家族、帮会和国家之间。如同核裂变一样蔓延的冤冤相报，在这里是受到鼓励和颂扬的永恒主题。

她找到“代练使者”，一个代表系统与玩家做交易的虚拟角色，他就站在王城大道边上，答话谦卑而热情，乐意为有钱人服务。吕洋向“使者”支付人民币购买经验值，“使者”则让她迅速升级，从人变成了神。吕洋觉得这么做很值得，在这上面，她“只不过花了千把块钱”。

但是，杀伤力和防护力是由装备决定的，级别只是佩戴相应等级装备的必须条件。就像金庸的小说，内力的修炼是必须的，但一把玄铁剑却可以让杨过无敌于天下。游戏中按照等级不同划分出了20等装备，以法师职业为例，武器由最初的柳木杖到最为罕有的至尊杖。此外还有铠甲、头盔、腰带、护腕、项链和戒指等等。

这些好的装备都意味着金钱。和别的网络游戏不同，在这里，打怪和接任务不会掉装备。“我都要最好的，”吕洋说，“你只能去系统商店买材料，再找系统铸造商打造；或者，你只能去赌。”

“赌”，就是“开宝箱”。玩家向系统购买钥匙和箱子，很便宜，一块钱一套。用钥匙点击开启，屏幕上一个光芒闪耀的箱子缓缓打开，各种材料或装备如同赌场大转轮一样排列在箱子里，光圈飞速转动，停下的地方就代表赌到的东西。箱子里经常会有玩家们最希望得到的高级装备，但转动的光圈却往往和它们擦肩而过。

吕洋如今回忆，最疯狂的时候她就像一个赌场里的赌徒，会在屏幕前大声喊叫自己想要的东西，比如“乌木，乌木”，那是一种高级材料，而最后她往往得到的只是一点少得可怜的经验值。“乌木”，或者那威力强大的“幽冥戒指”，仍然摆在宝箱里，闪着诱惑的光。

这个世界中还存在着一个“开宝箱”排行榜，每天开宝箱最多的人，可以得到一颗罕有的令人倍增威力的“补天神石”。

这个巧妙的设置具有无穷的诱惑力，总有无数人在疯狂比拼开箱数量。吕洋曾一晚上开过上千个箱子，但始终功亏一篑，总有人比她更为执著，她从没拿到过那颗神奇的石头。

各式各样的排行榜随时闪现，世界英雄排行榜——根据级别和装备带来的威力排序；护国英雄排行榜——根据杀死敌国人的数量排序；国家实力排行榜——根据国家物资和国战胜负记录排序……就像电视里随时出现的脑白金广告，实时变动的排名对野心勃勃的英雄们高频率轰炸，提醒他们在这个严酷的世界里一刻也不能放松。

玩家在不懈地开着箱子，他们有时好运地得到一点好东西，绝大部分时间几无所获，但越是没有收获，他们越是迫不及待地打开下一个箱子。他们每点击一下，就代表一块钱，又一块钱……就像一个永不停歇的沙漏，金钱涓滴成河一般随着每一次点击汇成巨流，流向看不见的系统。

吕洋自认为运气还比较好："平均开1000个箱子，好运的话能有十几次拿到好东西。"

由此吕洋成为了她现在所鄙夷的"人民币玩家"，上万的人民币被迅速而几乎不被察觉地花了出去。在游戏中。"女王"拥有了可怕的威力，她为自己，也为朋友报仇；她接受请求，为本国的商队护镖；同时她也会和英雄们一起侵入别国。她声誉日隆，跻身英雄之列，在游戏里，她甚至和威猛的帮主"狼烟"喜结连理。当然，也由于她在现实中是一个那么可爱的姑娘，她被推举为楚国的国王。"国王万岁！"人们向她俯首称臣。那是吕洋在《征途》中的最高点，也唯有在那转瞬即逝的一刻，吕洋觉得自己付出的时间和金钱是值得的。

4. 国王累了

●"系统"是最为勤奋的——女王觉得自己像驴子——花钱买你生气——快感只在一刹那

吕洋心里清楚，王位是真金白银买来的。一套转生150级左右的顶级装备，平均要开5000个宝箱。按照系统繁复的装备打造设置，要给一套装备镶上14颗星星，打开"灵魂锁链"，镶嵌补天神石，花费又在5000元左右。随着等级的提高，原有的装备又必须相应替换或升级。平均每升5级，装备就要更新一套。

这时的"女王"已经成了一位熟练的开箱工，日复一日地开宝箱，升级装备，再淘汰，再升级……“后期主要就干这个事情了，”吕洋回忆，“不更新换代不行，不然国王很快就变菜鸟。”

这样的压力不仅仅来自游戏内部。在吕洋常去的网吧，甚至洗手间里都贴着征途网络公司的宣传四格漫画。当你洗手的时候，你就能看见一个漫画小人，在尖刻地嘲笑那些疏于升级的“懒人”。而招贴画上威风凛凛的英雄在每个网吧的门口注视着你，勤奋的推销员们时常出现在玩家身边。

与媒体上的各种宣传攻势相比照，这些推销员被称为史玉柱的“地面部队”。他们大多是“脑白金”销售旧部，活跃在中国广大的二三线城镇，对于如何发掘利润，他们有着训练有素的敏感和才能。

系统是吕洋见过的最为勤奋的游戏系统，它更新换代的频率令人应接不暇。“要么花钱买安全感；要么省钱，随时被欺负，”吕洋说，“一天不上线，就会觉得自己又落后了，实在是太累了。”她觉得自己像被胡萝卜吸引着一直向前的驴子，总有更加强大的“威力”在前方向她招手，而漫漫“征途”几无止境。游戏中弥漫的仇恨也令吕洋越来越厌恶。一些结下了梁子的人民币玩家在每一件小事上都要一争高下。他们反复抢夺对系统角色的控制，互相攻打帮派总舵，没完没了地袭击对方的商队，在PK竞技场上更是置敌人于死地而后快。甚至宝箱排行榜第一名也是他们争夺的目标。

如果一个玩家开了5000个箱子，另一个就一定要开第5001个。他们把这种疯狂的玩法叫做“花钱买你生气”。

系统不停地自我更新，统御术层出不穷。就连传统的打怪任务，系统也干脆允许家族与家族之间抢夺砍杀boss的权力。身为一国之主，吕洋总是必须身先士卒，如果她稍有懈怠，总有红了眼的部下口出怨言。

这越来越不像吕洋想要的游戏。吕洋觉得这个世界变得愈发丑恶，荣誉被建立在仇恨和贪婪之上。和以前的激动不已相比，如今快感只在疯狂结束后的那一刹那，接下来她会觉得无聊。

在楚国遭遇魏国的挑战之前，“国王”已经开始厌倦了。

5. 地底的火在喷涌

●只希望坚持半个小时——和平的气氛在蔓延——“跟你们老板说，不要尽干些挑拨离间的事情。”

“国战”在晚上8点15分爆发。吕洋和朋友们，她最得力的几个“武士”，坐在网吧包房内奋起应战。每当大的战役爆发，他们就坐在一个包房内，就和真实的战斗一样，肩并肩便于及时沟通，更利于互相鼓舞。

敌人从王城东门涌入，他们的国王身先士卒，冲入东门后使用“帮主召集令”，这样，他最精锐的英雄们可以被瞬间传送到他的身边。随着旋风，魏国的武士们从天而降，他们立即被楚国战士重重包围。“女王”知道这是敌人的精锐，尽管城门外大批敌人正在涌入，但这些国王的随从才是最可怕的威胁。

武士们挥动大刀，空气被划裂成一道道光芒，他们拥有最强大的近距攻击能力和防护力，总是冲杀在前；法师们念动咒语，大地裂开，地底的火喷涌而出，天上的风云也化身为凌厉的雷电冰霜；蜂拥而来的召唤兽，来自天界和冥界，呼啸着混战在一起。战场被淹没在超越自然的伟力之中。

半个小时，吕洋只希望坚持半个小时。她从来没奢望胜利，战前魏国人放话10分钟结束战斗，傲慢的挑衅令让人反感，在战前动员里，“女王”向臣民们保证，她一定坚守半个小时。

东门不可抗拒地被攻陷，“女王”转战王城宫殿，宫殿前矗立着“大将军王”塑像，只要他被砍倒，就意味着楚国输掉了战争。楚国的战士们把战车集中起来围住塑像，在猛烈的攻击下，只有坚固的战车能够提供些微保护。

吕洋使用了“防守虎符”，她的臣民可以被全部召集到身边，楚国全国动员，宫殿前的每一级阶梯都成为血海。魏国的英雄们每杀死一个对手，就会有十个或者更多的人把他们围住。战场已经陷入混乱，没有沟通，没有指挥，每个人眼里只有敌人，本能地砍杀，不停地砍杀……

但吕洋的判断是对的，“人民币”才具有决定性的意义，这是实力之战，系统这个胜利女神青睐祭献更多金钱的一方。当魏国的国王最后砍倒“大将军王”，吕洋看了一眼时间，她坚守了将近40分钟。

这是吕洋输掉的最后一场战争，尽管她也曾经赢得过国战，但这个生性温和的姑娘如今觉得即便胜利也不能再带来荣耀的感觉。战斗结束后，她充满厌恶地声称不再履行保卫国家的责任。“再有国家来进攻，我的家族不参与应战了。”她向臣民们宣布。“有意义么？”吕洋反问她的质疑者们，“系统挑起战争，我们往里投钱，谁投的钱多谁就赢。”她觉得没有胜利者，“都被系统耍了！”

帮主“狼烟”和家族里的其他人支持了她的决定。“我们也觉得，这不是我们在打仗嘛，”“狼烟”解释，“纯属被人卖了还帮人数钱。”

吕洋成了“世界”里著名的“反战”国王。她更热衷于和别国结为盟国，当然盟国可以轻易地撕毁和约，她也不在意。在和其他国王交涉时，她也总是强调，就算你来打我，我也不应战。“让他们自己觉得没意思。”吕洋有些狡猾地说。

和平的气氛在悄悄蔓延。“国战”次数进行得太多，各国国王和英雄们互相之间开始熟络，在无数次仇杀之后，他们中的大部分成了不打不相识的朋友。“时间长了，没人好意思动武了。”吕洋说。

上线的时候，她也只喜欢跟朋友们聊聊天，组织家族或者帮派的活动，唯一杀人的情况只限于为臣民的商队护镖的时候，她讨厌那些专门盘踞在边境附近，以砍杀平民和抢掠商队为乐的“强盗”。

在网吧，她又碰见了一个游戏推销员，并不是开始那个，但一样面带微笑，用充满诱惑力的词汇请她“提点意见”。这个推销员同时自信地声称：“万人国战的场面会更加宏大和频繁！”

就在这段时间，征途网络公司宣布“重组国家”。系统将原有各区的国家重新打乱组合，原来的友好关系打破了，陌生的国王们重新被扔进了新的竞技场，而仇恨将被重新点燃。

“跟你们老板说，不要尽干些挑拨离间的事情。”吕洋回答。

昔日勇猛精进的“女王”开始变得“不思进取”，她疏于升级，也不再渴求更好的装备。她在游戏里的配偶“狼烟”有些着急了，催促她赶紧跟上，不然就要被越来越多的人超过。

而吕洋现实中的丈夫是个关心妻子的人，他以为吕洋只是累了。一天早上，吕洋醒过来，发现不怎么玩游戏的丈夫坐在电脑前，替她不停地开着宝箱，他想为她打造更好的装备。吕洋突然觉得有些心酸，在下一次上线的时候，她悄悄跟“狼烟”“离婚”了。

6. 监牢，看不见

●禁止市场经济——第二十二条军规：那儿有个概率——如果他们反对“系统”会发生什么——“天哪”

尽管赞同“和平治国”方略的人并不很多，但吕洋发现，和她一样对这款游戏从赞赏变为不满的人越来越多。连吕洋都没有想到，玩家们居然自发组织了一场针对系统的“静坐抗议”。

事情起因于系统宣布的一项新规定：绑定。根据这项规定，玩家从系统获得的装备和“银两”，都属于绑定范畴，即只能自用，不能交易，不能交换，甚至不能拆成材料或者干脆丢弃！

在游戏里，每一种职业都必须搭配对应的装备，每一种装备又由对应的材料打造。开宝箱早已成为玩家获取装备和材料最主要的方式，当你耗费掉了人民币，需要一块“乌木”却最终得到一块水晶，玩家们通行的办法是互相交易各取所需，或者摆摊出售换取银两。征途网络公司的解释则是，他们发现有职业玩家将游戏中获得的银两和装备在线下出售获利，“绑定”是为了打击这种行为。

玩家们最终发现，在这个世界里，自由市场经济在某种程度上被禁止了，合法的私有财产只许保有，不许交易。在这里只有一个庞大的终极卖家被允许存在，那就是系统本身。

在一些游戏论坛里，随处可以看见玩家们黑色幽默一般的抱怨。一个帖子说：“我是个法师，花了上百块钱转到了一把刀，可是我不能装备刀啊。这把名贵的刀对我一点用处也没有，我还不能把它扔了。我甚至还要花钱向系统买个包袱，因为我没有足够的空间来装这把刀！”

“这个游戏处处都是花钱的陷阱！”另一个玩家宣称。他举出“孔子”为例，这个万世师表的人物在游戏中负责“智力考试”，通过考试玩家可以获得海量的升级经验。但是，受教育是很贵的，向“孔子”讨教问题，居然“20两银子一次”。甚至财大气粗的人民币玩家们也对过于频繁的更新力不从心。系统最新宣布，可以给装备镶上第15颗星星。按照规则，购买4颗宝石充一颗星，看起来不麻烦，但是这里有一条“第二十二条军规”：连续镶星会导致所有的星星爆炸。

假如你已经花费了40颗宝石镶上了10颗星，而在镶第11颗时发生爆炸，那么前面的10颗星同时消失，你只能从头开始。从第10颗星开始，成功镶嵌的几率为50%，此后递减。星数越高，爆炸几率越高。

设计者在此利用概率原理和玩家们开了一个小小的玩笑。“我在冲第14颗星时，连着爆了11次。还不算前面爆炸的次数。”一个玩家抱怨。仅仅为了给他的至尊刀镶上第15颗星，他就花费了超过3000元。

玩家们出离愤怒，他们停止砍怪，不再接受任务，国王们都难得和平地坐到一起而不是申请“国战”。在游戏地图最中心的皇城广场上，密密麻麻地坐满了战士、法师、弓箭手和召唤术士们。这些往常醉心于杀戮的角色，如今用绝对的安静来对抗系统的贪得无厌。

吕洋当然不会缺席，她率领家族成员们加入静坐行列，她甚至花“10两银子一次”向“全世界”喊话：“游戏越改越烂，系统越来越贪！”

她惊愕地发现，“系统”两个字不能显示了，变成了**；再试“GM”，还是**；再试“史玉柱”，这次是***。

吕洋既愤怒又觉得好笑。是啊，这个隐匿无踪的**或***，却无处不在。它谦卑而热情地引导你花钱，它隐身其后挑起仇杀和战争，它让你兴奋或者激起你的愤怒，它创造一切并控制一切，它就是这个世界里的神。

**虽不可见，却始终看着你。没过几分钟，正在愤怒控诉的“女王”被抓进了监狱。按照系统的指令，她将被关押8个小时。这个“监狱”不在这个世界的地图上的任何一点，它只存在于系统中，就像索尔仁尼琴描写的古拉格群岛，你从不会看见它，你只是被运送到那里。

随后发生的一切，也正是只在那些最糟糕的世界中的监狱才会发生的。“女王”太显眼了，她的麒麟神兽暴露了她的身份。监狱里的人们看见了一个国王，就如同当初吕洋还是个小角色时看见国王一样难抑杀意。疯狂的人们围拢来砍杀，“女王”一次被杀死，又在原地复活，再被杀死……

屏幕上夸张的粗体字又一次次闪耀：“天哪，楚国的国王女王居然被无名小辈×××杀死了”。

吕洋突然觉得以前的自己真的是很愚蠢，她对“女王”，或者说另一个自己的生死毫不关心，她退出游戏，关了电脑，上床睡觉了。

7. 永远不再回来

●旧王逊位，新王登基——为什么会有仇恨——又是一个财富神话——永远不再回来

第二天，吕洋上线，宣布“国王”逊位。她发现这里比现实世界更为真实，真实得那么残酷；她曾经试图挑战这个世界里弱肉强食的规则，对抗系统，却徒劳无功。现在，她彻底厌倦了。

一个渴望战斗的新锐武士接任了“国王”，并立即申请了新的国战。“女王”和她的家族没有参与这次战斗。楚国惨败而归。一个小角色，以往跟着“女王”闯荡，如今被困在了敌国，完全是刀下鱼肉，他一次次在安全区复活，但只要尝试跑出安全区，就毫不例外地被杀死。这是个新玩家，他的账号里还没什么钱，连一个安全离开的“竹蜻蜓”都买不起。

吕洋为这些小玩家难过，他们原本是想获得些许游戏的快乐，却成了“人民币玩家”们发泄怒火或获得征服感的牺牲品。她上线，看着熙来攘往的虚拟角色们，一个威严的法师背后可能是个谨小慎微的生意人，一个勇猛的武士背后可能是个和她一样的医生，也可能是任何一个在生活中原本善良谦逊的普通人。

“一个医生为什么一定要去杀死一个教师，而一个现实中的警察需要在游戏里伤害另外的人么？”吕洋禁不住思考一些奇怪的问题，“素不相识的普通人之间为什么会有仇恨？”

她开始注意到书架上那些以前还时常翻一翻的专业参考书。它们就整整齐齐地摆在那里，就像消失了很久，突然又出现了。天凉很久了，吕洋才头一回注意到窗子外面的行道树叶子开始黄了，淡黄的一片令人心里充满宁静。

她最后一次上线是在不久前。那时征途网络公司已经宣布部分地改变了“绑定”规则，公司成功地在纽约上市，第三财季实现营业收入4.052亿元，净利润2.902亿元，相比去年同期，增长率达到了惊人的164%和152%。公司账面现金达68亿元人民币。

又是一个财富神话。根据媒体的测算，史玉柱将以500亿身家荣登中国富豪排行榜的前列。

系统开始慷慨地在游戏里“发行股票”，宣称随着股价上涨，玩家可以按同

样的价钱兑换成“银两”。但吕洋对这些充满诱惑力的新玩意再也不关心了，她只是被一个朋友强拉着上线的，朋友要在游戏里“举行婚礼”。

吕洋默不作声，藏身在前来庆贺的角色中，但是有一个人认出了她。这是一个武士，他手中的刀闪耀着光芒，显示着他强大的威力。“我认识你，”他说，“以前刚玩的时候你带过我们，现在我们也很厉害啦。”他们正在筹备新的国战，他告诉她。

他是谁？是请她护过镖，还是曾经被她从敌国营救？吕洋完全不记得了，她只觉得这些越来越多的威风凛凛的后起之秀，跟以前的她是那么相像，一样地野心勃勃，一样以为发现了一个美丽新世界。

她一句话也没回答，然后她下线了，并决定永远不再回来。

（应被采访者要求，文中姓名及游戏中名字为化名）

（发表于2007年12月20日特别报道版，编辑李海鹏）

记者手记：给尼奥写传记

■ 曹筠武

先说明一下，现在网上传《系统》的作者“80后，资深网游玩家”。其实我不玩网游，我玩的都是单机版，实况足球，NBAlive，FM，体育类游戏居多。我列举的最后一种，海鹏也玩，我们在河南采访的时候，还曾经深入探讨之。

在此之前，我对网游的了解仅来自我表弟，他玩过《传奇》，那时候我上大学他上中学，暑假一回家，他就找我借钱，为此我对网游产生了一种朴素的抵制情绪，自己从来没玩过。

说实话，当初接这个稿子的时候，心理压力挺大的，老会不由自主地想：要是李海鹏自己来写，会写成什么样呢，然后心里就挺绝望的；邓科、吴晨光、林老同学楚方等老师也陆续来问了几次：听说海鹏给了你个好题呀，搞得咋样啦，然后心里就更绝望了。现在来看这个事情说明两点：一、以上诸老师对新闻题材的判断十分准确；二、有点压力有时候也挺好的。

对《征途》的采访跟以前我所经历过的采访都不一样，以往都是采访某事件，冲过去剥洋葱，一层一层揭开，很有目的性，有序，也有成就感，像是跑马拉松，每一步都离终点更近一点。其间还会穿插诸如与线人接头、与政府智斗等等桥段，说起来挺刺激肾上腺素的。

这次挺难受，面对的是一个游戏，几百万玩家，还都是虚拟身份，想找个合适的采访对象，说大海捞针我觉得不夸张。就像面对一盘散沙，而诸位老师告诉我，这里面有金子……真的挺绝望的……

海鹏玩过一点《传奇》，所以开始的时候对网游比我有发言权得多。他给了我一个方向："在我们身边还有这样一个世界，而这个世界里发生着一些残酷的事情。"海鹏建议我找几类玩家，特别有钱也玩得特别好的，没钱且玩得特别惨的，还有在游戏里面做生意的。我们最初商量后觉得，把这几种玩家的典型故事写出来，这个残酷世界基本就可以呈现了。

然后就开始找人，很不顺，最大的问题是玩家们不愿意深谈，一方面我们的话题必须涉及到钱，另一方面，基本上玩家们都觉得玩网游不是件特别光荣的事情，比如我曾经找到过另一个国王，他说这个事情不值得写到报纸上，啥时候他学雷锋做好事，欢迎我去报道；我想朋友介绍是不是会好一点，通过西政的学生找到几个西安的玩家，他们倒愿意说，但表示这个游戏太费钱，所以想收点采访费，千把块就行。我估计报社也不会给我报销，算了……

这样时间慢慢就过去了，11月底布置的题，到12月初人还没找到。本来还想采访史玉柱，叫旺才帮我联系，他说他还等着跟玉柱做生意呢，把我拒了；请张春蔚老师出马，过了些天回来消息，柱子哥现在NB了，不接受单独采访。

说到NB的柱子哥，我们计划做他以后，他在纽约上市了，穿着身运动服跑到纽约证交所敲了回钟，海鹏说，那就正是做他的时候……这算是很不顺的开头中的一个好消息。

春蔚姐姐把她对史玉柱的一次采访记录无私地传给了我，很长，大概几万字。这对了解史玉柱是个极大的帮助。柱子哥在回答采访中指点江山，很有点挥斥方遒的感觉。总的印象，在他创造的世界里，就像SHE唱的歌，"他是光，他是电，他是唯一的神话，只能崇拜，没有更好的办法"。

然后又是漫无目的地找人，被拒绝了很多次，一般开始都还聊得不错，刚进入正题，听说我是记者，就跑了。这期间看了包括《三联生活周刊》的封面文章在内的很多材料，觉得他们给我们留的空间不多了，好在他们着重分析，而海鹏想要的是一个故事，我自信讲故事还是能讲得比他们好，当然，前提是我必须碰到一个好故事，可哪有那么巧的事情呢。

还真有这么巧，那天我在成都站办公室发牢骚，说网游玩家们为什么要害怕记者呢，当年毛主席去安源，煤矿工人都跟见了亲人一样！这时候搞发行的同事刘春康说，他有个朋友，玩得很好，听说还当了国王，有兴趣的话他可以介绍认识。

这个国王，就是报道的主角，"吕洋"（很抱歉还不能透露她的真实姓名，前几天她给我发消息，说现在请她签名的人太多了，请粉丝们不要学杨丽娟……）。

见到她是在一个饭馆，刘春康拉的场子，我们坐包间里等她下班。进来的是个穿白色风衣的姑娘，脸上带笑，走路一蹦一跳的。这个时候我才意识到这个国王是个女孩儿，而且挺漂亮。尽管刘春康之前提过这个国王是个女的，我还是没有把国王和漂亮女孩儿联系起来过。我很希望她有个好故事……

接着开始闲聊，建立基本的信任，慢慢聊到《征途》，她讲到她一不小心就杀死了一个国王，高兴得把电脑踹熄火了，我开始感觉到找对了人；接着她说起她们院长，她觉得在游戏里女人也可以统治男人，我觉得这个女人不简单；后来她说，我已经不玩了，不想给史玉柱打工了。我觉得采访的主角可以定下来了。

后来又陆续聊了几次，包括她的丈夫，她在现实和在《征途》里的朋友。海鹏和我都觉得，我们要的这个故事，不仅仅是关于她玩游戏，更重要的是这个游戏给她带来的影响和变化，这个游戏如何改变她的生活。

慢慢到预定的发稿日期了，但是我总觉得还没法动笔，我对吕洋，以及“狼烟”等人玩游戏的经历很清楚了，但一涉及到游戏本身，还是觉得陌生。我跟海鹏说，现在还写不出来，我得自己去玩一把。

我建了个账号，开始自己的《征途》。我应该属于海鹏所说的玩得特别惨的那一类，在游戏里，我浑身上下只穿一条短裤，手里连根木头棒子也没有，在沼泽地差点被蚊子咬死……开始我只是想熟悉熟悉环境，但很快发现，如果不按游戏系统的设置一路往前走，我对这个游戏的了解也就只能限于一个“惨”字而已。

于是我找到“狼烟”，加入了他的家族和帮会，跟着他做任务，自己也试着跑出国逛逛，当然被秒杀了无数回。这里面杀人是不讲道理的，有一次我被堵在边界上，几个哥们守着我砍，他们挺开心的，我恨不得能在游戏里掏个记者证出来把鸭们吓跑。后来我异常愤怒地请“狼烟”来把我救回去了……这时候的感觉，可能就叫做“入戏”吧。

对这个游戏的感觉，基本上就是在漫长的做任务和反复的被秒杀中一点一点累积起来的，堪称“一个体验式采访者的血泪史”。

说实话，我一点没觉得这个游戏好玩，这不像玩实况足球，你技术好，拿中国队也能使得行云流水，拿着郑智这样的糙哥也能像卡卡一样从中场直奔对方禁区，完全是玩家智慧的体现，非常爽快。玩《征途》，面对的是这个游戏的设置，得完成什么什么任务，还得完成多少多少回，才达到他的要求，才让你升一级。这是谁玩谁啊？我跟朝格图还开玩笑，这不就是考评体系么，你得写多少稿，还得有多少好稿，才让你升一档……我在现实当中已经在玩了，干吗还得跑游戏里去受虐啊。

我想，后来稿子里体现的意思，在这地方就模模糊糊有些感受了。

在游戏里面我专门干些煽风点火的事情，比如喊一句，游戏好烂啊！就会有人回应。然后我就去找他聊。这招是吕洋教我的。游戏里骂《征途》的人遍地都是，但绝大多数又是在边骂边玩，海鹏说，这挺有意思的，能体现游戏对人的控制。

有一回我跟一个卖号的聊，有一句话当中有"系统"两个字，打出去发现居然变成了★★。我很吃惊，就问他是怎么回事，他说早就这样了。我立即去问吕洋，她说，是啊，早这样了，我还为这个被抓进监狱呢。

这就是稿子后面一部分的由来，就是这么偶然，我从不知道游戏里还有过滤词，还有监狱，征途的官网介绍上也绝不会涉及。吕洋像讲笑话一样地回忆这段情景，我却听得有些后背发凉。1984和古拉格群岛的影子，就是在那时候出现的。

后来稿子里用到的东西，到这时候基本都搞到了，又到发稿日期了，周一晚上我对着屏幕坐了一晚，却一个字写不出来，我抽烟，听歌，洗澡，都没用。第二天，海鹏来要稿子，我只能跟他说没写出来。我以为他会飞过来砍我，但他只说了句那下期抓紧啊，就放过我了。我觉得他体现了一个知识分子应有的恬淡……坐看云卷云舒……嘿嘿。

接下来就是使劲地想，不是我敬业到废寝忘食，而是搞这个东东也很多天了，不由自主就会想到。那几天有些神神叨叨的，走路在想，吃饭在想，我记得有点开窍的感觉是在有回洗澡的时候，我觉得要写的应该是一个被控制和奴役的故事，这个故事和我们身处的现实那么相像，唯一不同的是在这个阴暗的故事的结尾还算有点阳光，因为有醒悟和逃离。

前些天有家报社的记者来采访，要"采访幕后的故事"。我挺难跟她解释的。这个采访很平淡，一点也不惊险，柱子哥也不至于到派人追杀我的地步，唯一的特点就是烦琐。后来我让她去问海鹏，海鹏说，这个采访不是用腿的，是用脑子的。我觉得海鹏说得很到位。

写稿一共用了8个小时，从下午一点到晚上9点，9000字。传给海鹏，他看后回了消息："稿子很不错，全写完了告我电话你，我跟你说。"他的意思是把配稿写完再通知他。但我很想知道"很不错"到底不错到什么程度，配稿写了没两句，干脆给他打电话了。

电话里海鹏的语气很兴奋，他建议把"控制与反控制"再突出一些，再贯穿始终一些。他说我们要写的就是政治。后来他又给我发了封邮件，说"1. 这个报道的根底就是政治，中国社会的虚拟浓缩版；2. 极权资本主义的脉络，贯穿始终，让信息扣题，让整个报道的力量更大"。

应该说，到这里，这个稿子的形态最终被固定下来了。我搞出了一堆算得上漂亮的部件，而海鹏就是那个给这些部件插上电的人。

在整个采编过程当中，我觉得最精彩的部分应该是海鹏发给我的一个消息，他说，想了个标题，"系统"。反正我当时就觉得黑衣服帅哥尼奥从我眼睛前面飞过去了，这不就是黑客帝国么，不就是MATRIX么。我感觉我写的不是稿子，我是在给拯救地球的尼奥写传记。

唯一的问题是主稿太长，自己写的东西狠不下心删，海鹏说他一个字也不想删，所以这个问题只能交给了伍小峰老师。他说："那就给两个版吧。"多么英明神武，嘿嘿。

后来的事情就不用多说了，表扬确实很多，各地同学都有来电来函。那些天我的msn很热闹，很多人跟我说话，包括天天跟我说话的吴晨光啊朝格图啊等人，也有两个月没跟我说过话的邓科老师，半年没跟我说过话的伍小峰老师，一年没跟我说过话的杨瑞春老师……当然最high的是李海鹏，他在各论坛里诲人不倦……

我不想搞得像拿了奥斯卡一样感谢CCTV感谢channel V，但是我必须说，写了一个不错的稿子，就有这么多同事单纯且真诚地感到高兴，让我觉得我确实是在一个集体里工作。嗯，我不是一个人在战斗……

后来跟海鹏、吴蔚聊天，吴蔚老师提到一点，他说当初设计网游的时候，大家想的都是建一个网上乐园，但现实是，韩式网游，或者说东方式网游，不可逆转地成了丛林。乌托邦的梦想就是这样异化的。这和我们的历史又是多么相像啊。当然要细细溯源，这又是另外一篇稿子了。但我觉得吴蔚老师的建议非常中肯。

再后来得了总编奖，我唯一的意见是，张春蔚、王轶庶和刘春康也应名列其中，这个稿子离不开他们的配合。总编奖的评语很漂亮，其中说："母词系统的深度发掘，不仅是对现实的有力映射，更是对新闻易碎品属性的一次挣脱"。我想，评语中的其他部分，我可以和海鹏共同受之，但这一句，专属于李海鹏。

柴会群

山东人，生于1975年，曲阜师大生物系、中国新闻学院国内新闻专业毕业。曾在天津日报、东方早报做编辑、记者，2004年至今供职于南方周末。

鬼　妻

编者按：

如果没有根深蒂固的土葬。

如果没有精神病人的游荡。

…………

极冷漠，极贫穷，极残忍。

乡村“配阴婚”的习俗在河南、河北、山东、山西等地死灰复燃。

多个偶然聚集而成的荒诞，诠释出正在进步的中国农村的另一面。

以下是南方周末记者对农民宋天堂连杀6人卖尸体配阴婚一案的调查与观察。

今年农历正月底，河北省邯郸市鸡泽县浮图店乡南庄村发生了一件大事：南面临漳县的警察来到村里，将陈家三儿子陈军其的坟挖开了。消息传出后，人们纷纷前去南庄村西的坟地观摩，热闹场面，远远超过去年陈军其和他新娶的“鬼妻”下葬时的情景。

谁也没有料到，陈家娶的“鬼妻”竟是一桩系列杀人案的被害人之一。杀手叫宋天堂，邯郸市临漳县习文乡仁寿村农民。陈家所娶的“鬼妻”，是他掐死的第四人。

1. 鬼 妻

●去年农历十一月十四日，一辆农用三轮车将一具女尸送到了南庄村头。陈氏夫妇以1.4万元买下——这是他们毕生最大的一笔开支。

南庄是位于冀西南的一个普通村庄，青壮年男性大都外出打工，一年当中通常只有在收麦和过年时回来。靠打工赚来的钱，大部分人家都盖起了高大的瓦房，墙壁上常被刷上当地电信商的资费优惠广告——这意味着相当多的村民用上了手机。

和中国的其他农村一样，市场经济正在迅速改变着南庄村。不过，也有很多东西仍难以改变。合葬就是其中之一。人们相信，夫妻生前共枕，死后也应同眠。这一风俗，并未因已普遍实施的火化而改变，夫妻死后仍共用一个墓穴，只不过棺材中放的不再是死人，而是骨灰盒。

对于那些未娶妻就去世的“光棍”而言，则只能靠娶“鬼妻”弥补。

所谓娶“鬼妻”，是为死亡的单身男子配一个女人，双方以夫妻名义合葬。这是古已有之的一项风俗，在中国北方的农村地区普遍存在。相传东汉时的曹操就为死去的爱子曹冲娶过“鬼妻”，这项古老风俗在新中国成立后一度销声匿迹，然而近些年来，它渐渐兴盛起来。

凡娶“鬼妻”的，家中多有不幸发生——要么有人死于非命，要么有人因贫穷和残疾等原因终身未娶。去年阴历十一月初一，陈孟长家就面临这样的不幸——老三陈军其出车祸死了。

79岁的陈孟长有6个儿子，他们的婚姻成为他的毕生重担。陈氏夫妇终其一生，也只能给4个孩子娶上媳妇，剩下老五到外村做了“上门女婿”，这是颇没颜面的事。而老三陈军其活到53岁，仍然孤身一人。

尽管已经子孙满堂，但陈孟长夫妇仍深感孤独。为了排解寂寞，陈孟长养了一条狗和一只羊。陈军其生前因单身之故，常有空到父母身边走动。每念及此，陈孟长夫妇越发伤心。他们为其娶“鬼妻”的想法也更加坚定。

陈孟长承认，“鬼妻”风俗虽流传多年，但以前尚不如现在这么讲究。事实上，由于真正的“鬼妻”极不易寻，南庄村从前常见的做法是：抓一把土放入一个空棺材中，即可代表“鬼妻”与男方合葬。

然而近些年，人们越来越不满足于此了。一度仅具象征意义的“鬼妻”，渐渐演化成真人——死去的女人。

去年农历十一月十四日，一辆农用三轮车将一具女尸送到了南庄村头。陈氏夫妇以1.4万元买下——这是他们毕生最大的一笔开支。当日，鞭炮声中，陈军其放在棺材里的骨灰盒，和他至今仍身份不明的“鬼妻”合葬了。

操办三儿子的丧事期间，陈孟长还完成了另一件大事：给同样合葬的祖父母和父母“迁坟”。陈家原来的坟地，因为前面盖起了房子，影响到“风水”，早就想迁，但苦于经济窘迫，一直未动。

南庄村有十几个姓氏，不同的宗族有不同的坟地。陈家历代人丁兴旺，因而坟地连成一片，不像有的姓氏，由于几代单传，只连成一条线，很是“可怜”。此次陈孟长既为后辈娶了“鬼妻”，又为先辈迁了坟，两件大事一并完成，心中倍感欣慰。

陈军其葬在离祖先坟地约一里远的地方，将来等陈孟长夫妇去世之后，他将迁回祖坟，埋在父母跟前。但如果不娶“鬼妻”，他将失去这个资格，永远成为一座“孤坟”。

买“鬼妻”和迁坟的钱来自陈军其的车祸赔偿款。这笔款本打算作为陈氏夫妇养老金，但连买“鬼妻”带办丧事，加上命案事发后交给警方的罚款，如今已经所剩无几。陈孟长仍居住在两间40年前盖的草房里，每天的生活费用不超过3元。

陈孟长从箱子底翻出一包皱皱的烟，但却一直舍不得打开。他想倒水，家中找不到杯子，只能用一个搪瓷缸来替代。面对不期而至的南方周末记者，他说，如果不是因为剩下那点车祸赔偿款，家里其实连10元钱的现金也拿不出。

2. 市　场

●“鬼妻”送到陈家时，刘淑芬并不放心，特意让小姑去看，对方告诉说，确实是个女人，年轻，有“咪咪”（乳房），这才放心。

从陈军其死亡到娶到“鬼妻”，仅经过13天。这让刘淑芬颇觉纳闷，她没有想到现如今娶个“鬼妻”能这么快。

刘淑芬没有想到，帮他们实现愿望的，是一个日渐成熟的市场和一条长长的利益链。

事实上，陈家已经是“鬼妻”链条上的第四个环节。此前，它曾经三人之手两次倒卖，价格分别是3700元和8500元。

将“鬼妻”送到陈家的，是邯郸市永年县西苏乡双陵村的刘苏的、梁占军夫妇。他们花8500元拿到了这个“货”。最初得知陈家需要“鬼妻”时，他们手头并没有“湿货”（“鬼妻”市场的专用语，指死去不久未曾下葬的女尸），原打算将一具“干货”（即死去时间较长的女尸，多是从墓穴中盗取）以5000元价格卖给陈家，但遭到对方的拒绝。陈家认为，这会“委屈”了儿子。

刘梁夫妇答应帮其继续寻找，双方约定十三日陈军其下葬这天“送货”。二人最终从上家李巧玲处及时拿到“湿货”，之后星夜启程，用妹夫杨解现的机动三轮车将其送到了南庄陈家。

陕西延川县警方人士曾如此分析有些地区“鬼妻”市场的重兴原因：近年来，各地矿难频发，导致一些青壮年男子丧生，这些人要么未成家，要么死后妻子改嫁。而家人在获得赔偿后，大都不惜重金为死者娶“鬼妻”，此风盛行之下，“鬼妻”越发稀缺，价格也越抬越高。

如刘苏的、李巧玲等一批职业“鬼媒婆”，也就应运而生。在从事这一行业之前，刘李二人分别是各自村上传统意义上的媒婆。他们敏锐地看到“鬼妻”这个新兴市场，并及时“转业”。

在“鬼妻”市场中，刘李二人靠人脉资源发现“鬼妻”及寻找买主。而在山西隰县一个叫李龙生的人显然更为高明，他“承包”了当地医院的太平间，将其作为从事“鬼妻”交易的平台。此外，警方调查本文所述的这起杀人案时无意发现，河南省宝丰县公安局看守所聘用的一名临时工，也客串过“鬼媒婆”角色。

因为“鬼妻”市场的兴起，在不少地方的殡仪馆出现一种奇特现象：前来火化的通常是男人，女人因为可以卖钱，火化的比较少，原因很简单，若凭骨灰盒是无法分辨男女的。“鬼妻”市场上除了有上述“干货”、“湿货”之分以外，还根据年龄、身材、有无伤痕、是否全尸、腐烂等有更为详细的分类，并分别对应不同的价格。

“鬼妻”送到陈家时，刘淑芬并不放心，特意让小姑去看，对方告诉说，确实是个女人，年轻，有“咪咪”（乳房），这才放心。不过，跟所有的买家一样，她忽略了“鬼妻”的身份，更不知道她的真实死因。

帮刘苏的与陈家牵线的，是陈孟长的外甥李书申。这位50岁的农民得知舅父要给表哥娶“鬼妻”的消息后，放出风声。结果没几天，他就接到“鬼媒婆”刘苏的的电话。交易成功之后，李书申从刘苏的处获得了1000元的回扣。

陈孟长一度担心，自己花1.4万元买来的“鬼妻”，会不会是别人偷来的？此前他对此类事情曾多有耳闻。如果真是这样，往往给买家惹来麻烦。不过，在外甥向他拍胸脯保证之后，也就不再细考。

然而陈孟长万万没料到，事情比他担心的要严重得多。

3. 杀　手

●在近十年的从业史上，宋天堂一直处在“鬼妻”链条的最上游。事实上，也只有他明白，经他手的那些“鬼妻”，到底是怎么回事。

杀手叫宋天堂，河北邯郸市临漳县习文乡仁寿村农民。陈家所娶的“鬼妻”，是他掐死的第四人。作为这具“湿货”最初的供货者，宋天堂的获利是3500元。

在真相暴露之后，几乎所有认识宋的人均对此大吃一惊——在他们眼中，这本是个老实得甚至有些窝囊的男人。

临漳县因临近漳河而得名。著名的魏国西门豹“投巫治水”的故事，便发生于此地。这个故事被收录进小学课本，成为古人反对封建迷信行为的典范。该县因地处河南河北两省交界处，治安压力一直较大。在习文乡政府院内，除了常规设有的派出所，还有一个县公安局直属的刑侦中队——香菜营中队驻扎。

宋天堂一度是这里的常客。

宋天堂幼年时母亲去世，父亲去世也已三年。宋家在仁寿村属单门独户，只有宋天堂、宋天庆兄弟两人。弟弟老实勤勉，在仁寿村有口皆碑，相形之下，哥哥却声名狼藉，村民提及无不摇头。

邻居们的一种说法是，宋天堂的“不正干”，缘于十几年前离婚。他不仅失去了妻子，两个儿子也改名换姓，与他断绝了来往。宋天堂此后孤身一人，生活日渐不堪。他先后挖过药材、倒卖过牲口，甚至拐卖过妇女，均不是什么“正经”职业。由于名声在外，当地如有事发生，他也往往成为警方怀疑对象。“我看他早就没啥指望了。”一位秦姓邻居说。

在近十年的从业史上，宋天堂一直处在“鬼妻”链条的最上游。事实上，也只有他明白，经他手的那些“鬼妻”，到底是怎么回事。

起初的答案很简单：盗墓。他白天寻找葬有女人的坟墓，晚上带着工具盗挖。这项常人眼里毛骨悚然的工作，宋天堂却能乐此不疲。村民对这事也早有耳闻，但因为晦气，看见也不多问。一位邻居说，有时见宋天堂骑着破自行车驮个鼓鼓的编织袋外出，便知道他又去卖“鬼妻”了。“一次最多能驮三个”。

不过这项职业也充满风险。宋天堂曾有一次被“黑吃黑”的经历：他骑行数百里，将两具“鬼妻”成功卖到山西某地，获3600元，然而回来的路上，宋天堂却又被买主抢劫，在反抗时，被痛殴一顿。但他无法报案，只能自认倒霉。1999年，他在挖一具女尸时，竟然不慎将电话本遗失在现场，结果事主顺藤摸瓜，将他抓住。宋随后以“辱尸”罪名获刑两年。

然而出狱5年后，宋天堂的目光开始瞄准活人。

去年农历三月，在河南安阳游荡的宋天堂，以“给饭吃”作饵，用自行车将一痴呆女子驮至村边树林里掐死。待天黑后，用编织袋将尸背至家中，埋在狗圈之下。此后所杀三人，大致按此套路进行。

有人说，宋天堂是先找买主，再去杀人，不过办案人员对此否认。宋天堂所杀的第一人，从死亡到出手，经过半年之久，已经腐败发臭，但也照样卖出。

宋天堂所杀的前四人均为街头流浪的精神病人，这些人在农村很容易识别，她们蓬头垢面，走在路上嘻嘻哈哈，有的还在头上扎朵花。最重要的，宋天堂知道，没有人在意这些人的生死。

事实也是如此。被宋天堂所杀害的四名痴呆女子，一直未见家人报案，案发后找到的三具尸体至今也无人认领。警方分析，家人或许早已放弃。香菜营中队一名警察还告诉记者这样一件事：几年前，发现一溺水死亡的精神病人，警方已经查到家属是谁，但对方却拒绝承认。

从时间表可以看出，从去年阴历三月开始，宋天堂杀人呈加速度式进行。杀第一人到第二人相隔三个月，第二人与第三人之间相隔两个月，第三人至第四人则仅相距一个月。

而在12月份一个月之内，宋天堂则一连杀了两人。而且，其选择对象，已不再是从前的精神病人。

4. 动　机

●宋天堂所卖六个“鬼妻”加起来，获利尚不足两万元。家中塌陷多处的房子证明，宋天堂并未靠卖“鬼妻”致富。

宋天堂所卖六个“鬼妻”加起来，获利尚不足两万元。

家中塌陷多处的房子证明，宋天堂并未靠卖“鬼妻”致富。而房间内也是空空如也，没有一件值钱的物品。如此景况，一度让试图来“讨公道”的苦主们大失所望。

是什么让宋天堂走上一条不归之路？仁寿村许多村民相信，这与宋的新婚“妻子”段玉铃分不开。

段玉铃去年麦收时节来到仁寿村，村民们并不知道她的大号，只晓得她叫“铃子”。“凶”是村民对铃子的普遍印象，多人见过她呵斥甚至殴打“老哞”（宋天堂小名）的情形。

去年上半年，为了筹备两人将要举办的婚事，急需用钱的宋曾给一外村农民“介绍”了一个对象，并拿到3000元报酬。然而女方只在男方家呆了两天便择机逃走。气愤的男方找到宋天堂，指其“骗婚”。结果宋、段二人被临漳县公安局刑警大队香菜营中队带走，除退还3000元酬金外，另被罚款5000元。值得一提的是，在香菜营中队，段玉铃竟趁治安员不备跳墙逃走，把宋天堂一人丢下。

不久，宋天堂重操旧业。他说，此时当地已流行火化，通过挖坟盗尸几无可能，于是，为了得到“鬼妻”，最终选择了杀人。事后证实，宋天堂卖“鬼妻”所得，也大都用于还债，以至仍无力修整一下已经塌了多处的房子。

去年秋天，经过一番风雨的宋天堂与段玉铃二人终于结婚（未领证），并在仁寿村老家举行了婚礼。这也是仁寿村这些年最为寒酸的一个婚礼，尽管经宋天堂再三邀请，但礼单显示，参与者不过12人，所收礼金仅500元。作为宋天堂唯一亲人的弟弟竟也没有参加。

对于宋天堂而言，这显然是一次不小的打击。不久，他便和段玉铃远走河南安阳，此后一直到其再次杀人，需转移尸体时，才又连夜返回仁寿村老家一次。

宋天堂案发之后，最初由河南安阳警方立案，由于其作案地点在河北临漳县境内，后移交至临漳警方，临漳警方又交由香菜营中队主办。峰回路转，宋天堂再次落入香菜营中队手中。这时办案人员知道，这应该是最后一次与“老哞”打交道了。

5．寻　妻

●深感内疚的孙鹏飞，一边举着王改珍和段玉铃的放大照片，一边泣声高喊：“王改珍，你在哪？孙鹏飞找你了！”闻者无不动容。

宋天堂一案告破颇为偶然。事实上，宋天堂并非由警方亲自抓获，他的落网，缘于农民孙鹏飞的“寻妻”。

宋天堂所杀最后一人名叫王改珍，是河南省安阳市汤阴县菜园镇三八村人。王改珍前夫姓张，十年前在建筑工地上触电身亡，王改珍一度改嫁，后因与男方不和又回到张家。张家好歹有她的亲生孩子。4年前，公婆给这个孝顺儿媳招上门女婿，孙鹏飞入赘。孙鹏飞原籍也是菜园镇，早年举家搬迁至山西阳泉，妻子早年病死。

王改珍原有二女一子，孙鹏飞有一女，都已成人。两家合为一家，难免有是非长短。孙王之间遂生矛盾。孙鹏飞迫于压力之下，于去年下半年抱病赴山西下井挖煤。王改珍前去探望，两人又有口角。王改珍一时负气，于去年12月26日只身赴安阳打工。

王改珍出走第二天，孙鹏飞即有不祥之感——42岁的王改珍一直在家务农，从没出门打工经验。

在孙鹏飞的督促之下，在安阳的女儿女婿发现，母亲去一家名为“金桥”的中介所求职，被一人以“养狗”为名带走。

将她从中介所领走的正是宋天堂，此前不到一月，宋已用此方式骗走并杀害一人，此次属故伎重演。

循着宋天堂在金桥中介所留下的地址，孙鹏飞和女儿女婿三赴仁寿村，然而宋天堂早已人去屋空，更为糟糕的是，多次入监的宋天堂，竟然从未办理过居民身份证。报案之后，警方亦表示无能为力。

所幸此前宋天堂与段玉铃曾因“骗婚”被香菜营刑侦中队审讯（也就是前文收3000元给人介绍对象，后来被怀疑设局骗婚，并为此交了5000元罚款才放出来一事），审讯时段玉铃当时曾被拍照。女婿用两条烟换来这张照片，放大复印后四处张贴询问，成为寻找宋段二人的唯一办法。

王改珍遇害前打给女儿的最后一个电话，曾透露她在安阳市铁西区“高老庄”，于是孙鹏飞等人开始在此地带艰难寻访。

深感内疚的孙鹏飞，一边举着王改珍和段玉铃的放大照片，一边泣声高喊：“王改珍，你在哪？孙鹏飞找你了！”闻者无不动容。

1月2日，段玉铃的照片终被一送煤球者认出，并指点其找到住址。孙鹏飞等在门口守株待兔，中午时分，卖菜完毕的宋氏夫妇蹬着三轮车回来，被孙鹏飞一把抓住。

在派出所，由于宋天堂拒不承认，24小时的留置盘问期过后，派出所无奈放人。家人情急之下，一面找人看住宋天堂，一面联系媒体。最终在河南电视台关注之下，安阳市公安局北关分局正式立案，连夜审讯之后，宋天堂终于说出实情：“我把她害了。”

6. 结　局

●这位年过四十、儿子已经二十多岁的“鬼媒婆”，竟然奇迹般地宣布“怀孕”，从而被“取保候审”。

王改珍是目前六起命案中唯一落实身份而又找到尸体者。宋天堂招供，王死前曾激烈挣扎，将他手抓破，头发也扯下若干。

王改珍的尸体最终在刘苏的、梁占军夫妇家的菜地里找到。据说当时刘梁二人已经与人谈好价钱，尚未及出手。在抓刘梁二人时，警方颇费周折，因为担心当地宗族势力阻挠，特意趁晚上潜入刘家，将二人抓获后立即塞入车中撤出。在此期间，刘苏的曾以上厕所为借口上房逃跑，一名警察追赶时不慎摔下，但仍忍痛追上，一脚将其踹倒。

王改珍尸体被找到之后，随即面临丧葬事宜。张家长辈发话，由于王改珍生前对得起张家，因此丧事不能太过简陋。结果运输、火化、出丧一路下来，又花一万多元。这让经济上本已捉襟见肘的孙鹏飞愈加雪上加霜。

当年入赘之时，孙鹏飞与张家有约定，死后王改珍将与前夫合葬，对孙鹏飞则是所谓“生嫁死不嫁”。如今果然按此约定处理，孙鹏飞不禁悲从中来，再次意识到自己是这个家庭的局外之人。

孙鹏飞的前妻死后葬于山西，他说，等条件许可，便将其尸骨接回。否则，将来待自己死去之后，儿女难免又为给他娶“鬼妻”所累。

娶“鬼妻”的陈孟长家则面临新的难题。警方的到来，使夫妇两个寄托在“鬼妻”身上的愿望化为泡影。不仅如此，丧事的具体操办者四儿子还被带走——带走谁或许不重要，重要的是人带走后，陈家就得交钱，陈家最后交了一万多元罚款四儿子方才放回。陈孟长说，这还是因四儿子是党员“宽大”处理的结果。

已经入土的儿子被挖坟开棺已属不吉，加上警方验尸导致“鬼妻”身上多有划痕。这越发让夫妇两个感到不安。陈孟长不明白，自己一生老实本分，为什么老了却遭此厄运。他们后悔娶这个带来灾祸的“鬼妻”，甚至说如果当时那个肇事司机跑了，不给赔钱的话，也就不会有后来的麻烦。他们觉得都是那笔车祸赔偿款惹的祸。

出事之后，刘淑芬多次到陈军其坟头痛哭，慎重考虑之后，陈孟长索性将坟头平掉，以免妻子再触景生情。但他仍然无法放心：如果将来“鬼妻”的娘家人找上门来，他该如何答复？南方周末记者第一次去时，他们征求记者的意见，第二次去时，他们终于拿定主意，不会同意将“鬼妻”交还，因为他们毕竟花了钱，还被罚了款。

另一个“鬼妻”买主邯郸市涉县合漳乡合漳村村民申文堂，在受到此番惊吓之后，深感无脸见人，只身到县城打工。妻子陈月兰则终日躲在家中，不敢出门。据陈月兰称，警方来验尸时取走了头骨，这让村民们议论纷纷，说申文堂最后为父亲娶了个“无头鬼妻”。陈月兰不禁后悔，当初娶“鬼妻”太过仓促，如能请个风水先生提前算算，或许能避免后来的麻烦。

宋天堂杀人案牵出的“鬼媒婆”们，因为皆自称只是在并不知情的情况下参与倒卖“鬼妻”，与杀人没有关系，大都获得了自由。宋天堂通常骗他们说“货”是喝农药自杀的，他们也并不生疑，因为在农村，女人喝农药自杀实在不是什么新鲜事。

上文提到的河南某县看守所的那名治安员，在缴纳了1.4万元罚款后被释放。最匪夷所思的是宋天堂的下家李巧玲，这位年过四十、儿子已经二十多岁的

"鬼媒婆"，竟然奇迹般地宣布"怀孕"，从而被"取保候审"。

李巧玲说，为了能让她早点"出来"，家里花了四五万元，大大超过了她做"鬼媒婆"时的所得——据警方调查，宋天堂所杀6人中，有4人卖给李巧玲，李因此获利1.7万余元，与宋天堂所获相当。不过，比起所花的钱，李认为自己的更大损失是在"名誉"方面。作为当地有名的媒婆，她的形象因被抓大打折扣。李巧玲后悔之余，唯有咒骂宋天堂解恨。

李巧玲说，刘苏的、梁占军夫妇也被释放了。至于宋天堂未领结婚证的妻子段玉铃，也同样声称对宋杀人一事并不知情。她被安阳警方释放之后即失踪。

这样，在这起系列杀人案中，如果不出意外，宋天堂将是唯一需要面对法庭的人。

曾有记者采访宋天堂，问他为什么杀死那些无辜的精神病人，宋天堂答道："我把她们提前送到天堂里了……"

（发表于2007年6月14日特别报道版，编辑张捷）

记者手记：找到采访的罗盘

■ 柴会群

写《鬼妻》稿源于网上的一则新闻，河北邯郸警方破了一桩杀人案，一个农民杀了6个女人，为的是卖给一些想娶“鬼妻”的人。

当时看到这条新闻，我与其说感到很意外，不如说是好奇。因为以前曾看到一条类似的新闻，只是发生地不是河北，而是山西，但那次是杀了2个，这次是6个。其实给死去的男性亲人娶“鬼妻”现象，在我的老家山东也存在，我们那把这叫做“结阴亲”。

我的好奇，主要是出于一个深度新闻记者的职业敏感：究竟是什么样的外部力量，把一个农民推向一条贩卖“鬼妻”进而为了寻找货源而杀人的不归之路？我料定这背后会很有意思。

我们知道，“鬼妻”是源远流长的中国丧葬文化的一部分，而邯郸这个地方，又是中国古代灿烂文化的重要发祥地。这片古老的土地上，在市场经济的冲击下，惊现杀人卖尸这样的旷古奇闻，对于一个所谓的深度报道记者而言，实在是难得一见的猛料。

在操作这个题目之前，我刚好看过一本叫《叫魂》的书，这是社会学领域的一部名著，一个叫孔飞力的美国人写的。内容是描写清朝乾隆年间的一次缘于民间迷信的社会大恐慌。从经济、政治、文化和传播等多个层面剖析了当年“盛世”背后的种种危机，从而预言了天朝大国200年后的命运。

而到现在我也仍认为，宋天堂杀人案是研究中国当前社会的一个极好样本。只是到现在为止，我还没有发现有哪位中国学者看到它的价值。

言归正传，在写这篇东西之前，编者嘱咐多从新闻操作的角度谈一谈。对于新闻操作，我并不认为技术操作对一个记者多重要。我们或许看过很多记者在文章里大谈自己突破重重困难冒险拿料的经历，首先我觉得这些大都不太可信——和当前的社会风气相吻合，记者有一种本能将自己所做的事人为拔高的冲动。其次即便可信，我也不认为值得效仿——新闻之所以是新闻，是因为每一件事都是不一样的，这意味着每一次新闻采访也基本是不可重复的。你前一次采访的经验，很可能成为下次采访的陷阱。所以从技术角度谈新闻，在我看来意义不大。真的要谈的话，只能谈一点支撑技术的理念。而新闻操作的理念，在我看来和其他行当都是相通的。要想做好，恐怕需要这样几点：一、好奇心；二、执行力；三、善于求助。

第一点不多说，这在新闻界已被公认。不过在我看来，从事深度报道，“好奇”之余，要加一点追问。比如“鬼妻”，它之所以成为新闻，媒体之所以关注（在我之前已有多家媒体报道了这个事），就是因为人们对此好奇。但我们既然吃这碗饭，就得多问几个为什么（包括“是什么”和“怎么样”）。比如，刚从网上看到相关报道时，我会问自己：人们为什么要买“鬼妻”？这事为什么发生在邯郸？

随着所掌握信息的增多，这样的“为什么”也会越来越多，越来越具体。比如在上面的问题基础上，我还生出来这样的问题：宋天堂是被受害者抓住的，那么警方做了些什么？为什么杀了6个人才破案？案子破了以后是不是就万事大吉了？还有什么遗留问题？

总之，正是上面这些五花八门的“是什么”、“为什么”和“怎么样”，为我的采访提供了罗盘，我顺着这些问题所派生出的线索，一步步接近真相的核心。同时它也是我最后写稿时的原始逻辑，我相信它也是读者普遍的阅读逻辑。在对世界的认知本能上，我相信每一个人都是一样的，作为信息传播者，我们的任务无非是把公众的这种认知本能通过我们的文字激发出来。

关于执行力的问题，我一直认为，自己不是这方面的成功者。我对自己有一个清醒的判断：不是一个天生的记者。比如我的观察力、沟通能力和心理承受力在人群中均处在中下水平。而这几点对一名优秀记者而言恰恰是必须的。我曾有一次与扬子晚报一个记者一起采访的经历，当时我们一起去一家医院暗访，他在电梯里就跟一名不认识的老太套上了磁。到病房之后，他又三两句把病人说动，允许他拍照。我和他出来后，忽然发现忘记了问病人姓名，结果他说他知道，叫×××。原来，他从病人挂的盐水瓶子上看到了名字，并记在心里。这次采访让我对自己大为失望，深感自己不是一个做记者的材料。

事实上，我每一次接到一个题，或者每一次决定要做一个题，无不处在恐慌和焦虑之中。据我所知，在深度记者当中，这种恐慌和焦虑也是普遍的，只是程度不同（我属于最重的那种）。因为题目本身已经给了你压力，而此时一切都还是未知数，那些已经公开的报道，除了偶然而提供点线索，基本是一种压力，他们若本身已经很成功的话，你的压力就会更大。总之，摆在你面前的是一张无知之幕，你只能凭借你的勇气、敏感和执行力将其慢慢揭开，然后选择公众最能接受的角度和方法，将其表达出来。在这个过程当中，你必须忍受要命的孤独感，你要在一个完全陌生的环境中，自己来把握报道方向，选择合适的采访对象，随时作出要做什么和不要做什么的决定，而这些决定很可能在一天之后就被证明是错误的。对我而言，最不能忍受的是挫败感，一个采访对象的拒绝，一次扑空的经历，都会让我有天塌下来的感觉。我需要很长的时间才能调整过来，而这种调整又是必须的，无可选择的，因为不这样，你的从业经历中就多了一重耻辱性的回忆。在一个采访周期中，我经常吃不好一顿饭，睡不好一次觉。我经常面临的沮丧情景是：在某一个早晨从宾馆中醒来，望着那似曾相识的天花板，要花很长时间才能搞明白我现在究竟在哪里。

但是，谢天谢地，直到现在，我还能忍受这种非正常生活。实际上，从结果而言，一切还好，至少好过最初担心的情况。有些时候，比如邱兴华、“鬼妻”这样的稿子，还会超出自己和编辑的预期（对于一个深度报道记者，这是最了不起的奖赏）。

我想，这大概是因为我在不具备优秀记者的一些素质的同时，也并存一些优势，比如第一条所说的好奇心，我是理科出身，这一点上可能优于一般记者。另外，我不轻言放弃的习惯，以及支撑这种习惯的意志力，弥补了上面的那些不足。

关于第三点，是我在“鬼妻”题目的采访中感受最深的。在这里，我要特别感谢新京报深度报道组的同行吕宗恕。没有他的帮助，我完成不了这篇稿件。宗恕和他的领导比我更早关注宋天堂杀人卖尸案，实际上，在我动身去采访时，宗恕的稿子刚好见报。由于是第一批介入该案的记者，当地警方没什么防范，宗恕不仅见到了宋天堂，还看到了宋案的所有卷宗。而等我再去的时候，警方已经不接待任何记者了。宗恕的见报稿写得很细，但似因行文较仓促，结构有些松散，读起来不太解渴。另外，有一个重要的当事人，即最后将宋天堂抓获的受害者家属没有采访到。在得知我做此题后，宗恕无私地将所有重要采访素材都转给了我，还有一张他亲自画的“鬼妻”买卖的链条图。这些无论是对我了解案情本身还是下一步的采访，都起了极为关键的作用。

因为这次采访，我和宗恕也成为很好的朋友，日后业务上也多有交流（尽管至今尚未见面）。我想说的是，在深度报道这个圈子里，善于寻求同行的帮助，往往能起到事半功倍的作用。当然，求助的前提是要有诚意，要真心将对方当作朋友对待。对于这一点，我还记得一位南方周末前辈的教诲：先做人，再做稿。这话说起来容易，但在日渐浮躁的业内，在巨大的压力面前和特殊的采访环境下，却不是每一个人都能做到。

在宗恕的帮助下，我顺利地完成了采访，之后就病了几天。但这几天恰恰为我整理思路赢得了时间。写稿时，我借鉴了《叫魂》的叙事笔调，尽量用一种客观、冷静的口气讲述这个骇人听闻的故事。现在看来，这些都应该算是成功的，勉强作经验吧。

袁　蕾

供职于南方周末文化部，网名奶猪。

你不会懂得我伤悲
——杨丽娟事件观察

编者按：

3月26日，杨丽娟的父亲因女儿没能单独见上明星刘德华，跳海自尽。

当日，刘德华在日记中写道：你不会懂得我伤悲。

同样，人们似乎也难以懂得杨家的伤悲。

如果一件事情无法解释，那么一定有你所不知道的事实存在。

父亲、母亲、女儿，这一家三口，各自经历了怎样的心理轨迹，彼此又在怎样地影响纠缠？

这是本报记者的观察：

一个掩藏着脆弱、敏感、绝望和固执的故事。

1．死在香港，活在香港

●杨丽娟不顾曾经答应媒体绝不再找刘德华的承诺，一到香港就在刘德华居住的别墅区挨家挨户找刘德华。

杨丽娟已经十多天没有换衣服了，也没洗过澡。她脱掉黑红色的皮鞋，坐在床沿上，低头抠着脚趾，努力想抠掉大脚趾上残留的红色指甲油。“爸爸走了，我身上不应该有红色的东西，这个指甲油是以前涂的，质量不好，老是抠不掉。”

杨丽娟十分清楚自己现在有多“红”，每次接起电话，她都会以“我现在真的不能接受访问”开头，跟对方聊上半个小时——从这个记者嘴里听来的话，她经常会放到跟下个记者的聊天中解释，让每家媒体都有“独家专访”。

“我从不会说兰州话。”杨丽娟的普通话里，有些上海味道。跟她对话你完全想象不到她只有初二文化水平。她是一个心思缜密的人，在媒体的包围中，警惕地绝口不提“从前”、父女关系、母女关系、辍学生活……

“如果我们不见刘德华，爸爸是不是不会死？”杨丽娟偶尔会低声自语，继而会转入对刘德华的谴责，最后沉浸在崩溃中，大喊，“爸爸爸爸，你怎么就抛下我走了啊？我该怎么办啊？”

她每天都会崩溃几次。

她并不像传说中的有“洁癖”，虽然每次翻完黄页，都会跑去洗手消毒，但进出她的房门还算容易，人人都来这里坐过——除了她妈妈陶菊英。陶菊英住在另外一个房间，她不知道女儿住在哪个房间，女儿甚至不会跟她出现在同一辆的士上。她自我安慰说女儿很爱她，只是父亲去世给她的打击太大。

杨家母女回兰州的几天，一日两餐都是媒体买的。一天记者们吃完饭，把没吃完的打包带上来，吃了几口，杨丽娟发现土豆丝下面还有玉米、花生和其他几样食物——跟以前一盒土豆丝一盒青椒肉丝的状态不同，知道不是单锅小炒，她迟疑了一下，没有表露出任何不满，拉着记者，把盒饭拿给妈妈吃。此前她很少过问妈妈的饮食。送完饭盒，杨丽娟悄悄给别的记者打电话，让他们带个盒饭上来。

陶菊英一辈子都没咽下这口气，杨勤冀长得不好，没有钱，又没有地位，帮孩子见个刘德华还见得这么窝囊，“我觉得来这世上是白来了一趟，我自己没过好，她爸也没过好，孩子也没过好，老天爷把我们这家人惩罚得够厉害的”。

3月26日，杨丽娟的父亲因女儿没能单独见上刘德华，跳海自尽。继去年“父亲卖肾助女追星”之后，事情达到的最高潮至今仍没有平息的迹象：歌手杨臣刚资助母女二人去香港料理父亲后事；杨丽娟不顾曾经答应媒体绝不再找刘德华的承诺，一到香港就在刘德华居住的别墅区挨家挨户找刘德华。

他们到底想得到什么？这个被逼问了无数遍的问题，在杨勤冀跳海之前，回答永远如一面铁甲：“女儿为他付出了13年的青春，他一定要见。”在杨勤冀跳海之后，回答永远如另一面铁甲：“这是她爸的遗愿，他一定要见。”

如今这对母女的最新期待是，死活都要待在香港。

她们再也不愿意回到兰州，更不愿意回到阿干镇。

杨丽娟说："妈妈说，我们不能回去，回去你没办法面对。"

2. 阿干镇，寂静岭

●杨丽娟和母亲陶菊英都出生在阿干镇，生活在这里的人在外人看来格外"脆弱、敏感、绝望"。

"阿干镇出杨丽娟这样的怪人，一点也不出奇。"邴哲说。他是兰州的一名警察，用业余时间去阿干镇拍摄纪录片，已经拍了两年。"不出奇"的原因是，生活在这里的人在外人看来格外"脆弱、敏感、绝望"。

杨丽娟和母亲陶菊英都出生在阿干镇，父亲杨勤冀在阿干镇教书，直到1995年提前退休。

阿干镇虽然离兰州市区不过二十多公里，但道路崎岖，汽车要开近一个小时。"阿干"的名字出自《尔雅·释地》：大陵曰阿，干为水畔。阿干河从南向北穿镇而过，河两边是密不透风的荒山。阿干镇形成于北宋，之前是丝绸之路上中国内陆部分颇为重要的一站。

1950年代，阿干镇成为兰州工业用煤和民用燃料的主要生产基地之一。当地流传着"先有阿干煤坑坑，后有兰州城窝窝"的说法。"1950年代，在阿干镇上班的人都是很骄傲的。而现在，说一个人很土，兰州人会说'你是阿干镇来的吧'。"张磊和他的伙伴正在招商拍摄另一部纪录片《影像阿干镇》。

如今的阿干镇，建筑仍以苏式居民楼和办公楼为主。玻璃很多已经破碎，还有大量空出来的宿舍楼，当地居民谁愿意搬进去就搬进去。唯一的电影院已经改成了塑料制品加工厂，跨进院子，迎面三个斑驳的大字"观人子"——它的前身是"观众您好"，这里已经二十多年没有放过电影了。最繁华的街道铁冶街粗看上去家家关门闭户，走近你就会发现，其实每扇窗户后面都有人在打量。偶尔出现在街上的人，没有多少表情，嘴角向下耷着。

邴哲说，阿干镇的人大多可以预测自己的命运：男人不是因为事故在矿上伤残亡故，就是患上这样那样的职业病；女人在家里默默守候着活一天是一天的丈夫和在教学质量不怎么高的学校里念书的孩子；小孩沉默地行走在煤尘扑面的街道上，或者被狭窄道路上奔驰的运煤车撞伤。

1990年代初，阿干镇人口开始大量迁移，不到5年时间，阿干镇从最初将近10万人，减到现在2万多人。杨志彬是兰州晚报记者，前后11次去阿干镇采访，在他看来，阿干镇是甘肃这类城镇的代表：资源枯竭、千疮百孔，百姓居无定所，背井离乡是他们最大的愿望。

“煤矿的破产和减少引发一系列社会问题，严重地影响了阿干地区的稳定和小康社会目标的实现。”兰州市委外宣办在新华网甘肃频道上，2005年发表的《阿干镇》一文中这样写道。

杨丽娟的母亲陶菊英是煤矿工人的后代。她的青春期，正是阿干镇的辉煌期，但那些“辉煌”，从没有降临到她身上。像生活在镇上的任何一个人一样，她最熟悉两种车：运煤车和警车——矿工们不下井的时候，喜欢喝酒，酗酒是发泄压抑的好方法，鸡毛蒜皮的小事也能让他们兵刃相见，警车常常来此抓人。

陶菊英的父亲是煤矿工人，生了7个孩子，母亲常年有病，全家人靠父亲的工资养活。“有一天爸爸直到8点半都没有回来，一些人冲进家里，说爸爸出事了。”陶菊英深刻地记得那个早上，煤矿出事，父亲的腿被压断了。父亲出院后再次下井，又遇到瓦斯爆炸，这次出来，只能在地面做些杂事，一家生活更加拮据。

1976年，23岁的陶菊英在三十一中当临时工，给学校刷围墙，37岁的杨勤冀路过，打量了很久，主动帮着她干活。

杨勤冀不是阿干镇人，1973年，他从兰州市里的二十中调到位于阿干镇的三十一中。他祖籍河北，长在知识分子家庭，父亲是西北师大的老师，大哥和三弟也都是教书的，但他并不比陶菊英幸福。

“他们家发生过很不好的事情。”陶菊英始终回避这件“不好的事”：杨勤冀的弟弟亲手砍死了他们的母亲。

“这件事在1950年代的兰州，还是很轰动的。”兰州二十中的同事对此还有印象。弟弟为什么砍死母亲，没有人能说清，杨勤冀同事们比较相信的版本是，“跟杨勤冀有些关系”。杨勤冀个子不高，其貌不扬，几次交女友未果。一天弟弟兴致勃勃地把自己女友带回家来，母亲看了，试探着问：“你哥哥还没女朋友呢，不如把这个女孩让他？”弟弟的女友很生气，甩了弟弟。弟弟想不通，砍死了母亲，最后被鉴定为精神病——也就是外界一直流传的“杨家精神病史”。

陶菊英从来不掩饰自己嫁给杨勤冀的不甘。“我一直都看不上他，比我老那么多。”后来这个“大14岁”一直给陶菊英带来很大压力：“走出去别人都问我，这是不是你爸爸，这是不是你爷爷。”陶菊英欣赏的是她父亲那样的男人：个子很高，一米七八，走路利索，外表干净，做事麻利。这些杨勤冀都没有。

这是为生计所迫的婚姻：“我爸爸说，他是个老实人，好歹有个正经工作，还有城市户口。”

第二年生下杨丽娟，中年得子的杨勤冀非常兴奋。

1981年，杨丽娟3岁，一家人跟着有城市户口的杨勤冀住到了他父亲在兰州的家里。陶菊英终于离开了阿干镇；杨勤冀则每天坐通勤车往返阿干镇和兰州，早上搭一小时车上班，晚上搭一小时车回家。

3. 女儿心，海底针

●杨丽娟当时所说的“利用”，是她辛辛苦苦写好了作业，同学拿去就抄，借作业时笑脸相迎，抄完之后就不理她了。

“我不愿意提阿干镇！你们要真的想帮我，就不要再问我为什么辍学，这跟我要见刘德华没有任何关系！”为什么初二辍学，是杨丽娟接受采访时最不愿意回答的问题之一。

时隔15年，杨丽娟的中学班主任齐老师（化名）很努力地回忆着杨丽娟：个子不高，比较羞涩，喜欢唱歌，但不敢上台表演；成绩不错，文科好过理科，有一次还得了第一名；有些要好的女同学；关心集体，每天很早就来打扫清洁，有同学推选她当学生干部。

1992年夏天，初二快结束的时候，杨勤冀到学校跟齐老师说，女儿不想再读书了。齐老师非常震惊：她从来没觉察到杨丽娟不想上学了；她想不出杨丽娟有什么理由辍学；辍学的事情居然是孩子的父亲来告诉她的，这个父亲自己也是中学老师。

齐老师多次登门规劝——她清楚地记得，当时，杨丽娟家里，还没有任何刘德华的海报。

当时杨勤冀喃喃自语地回答：“有什么办法？孩子不想读了。”他担保会看好让她乖乖待在家里。“九年制义务教育”似乎并不怎么被看重，即使对杨勤冀来说，辍学也不是一件新鲜事，他任教的三十一中，每年都有学生因为贫困而辍学，妈妈陶菊英也没上过学。

在陶菊英的回忆中，是杨丽娟央求了半年，他们才同意让她不上学的。女儿的理由是：学费太高，一学期80元；多一点时间陪母亲；自己在学校里总是被同学利用。

陶菊英说，一听到“利用”二字，她心就软了：“我们这家一辈子都在被人利用，我被人利用，她爸爸也被人利用。”陶菊英觉得被人利用，是邻居看她不上班，常常把孩子甩给她带，每个月象征性给25元；至于杨勤冀，陶菊英总是埋怨他，比他年轻的人不是当了校长，就是当了教导主任，自己到最后只是一个“高级教师”——虽然整个三十一中只有一个高级教师。现在“利用”一词还挂在母女嘴边，她们最怕被媒体利用：采访了一圈回去，他们涨了工资，自己还是见不上刘德华。

杨丽娟当时所说的“利用”，是她辛辛苦苦写好了作业，同学拿去就抄，借作业时笑脸相迎，抄完之后就不理她了。

去年有媒体找到杨丽娟的同学，带去跟杨丽娟相见，她很不高兴：“怎么早不跟我联系？现在媒体报道了，都来了。”这个同学回忆说，自己结婚的时候，杨丽娟好像打过电话，当时自己忙着筹备婚事，没怎么跟她聊天，可能那时觉得受到了冷落。

关于辍学，还有一个说法，杨丽娟喜欢上了一个老师。

“那个老师在阿干镇中学教书，还是有老婆孩子的。”这是万龙（化名）当年从陶菊英那里听来的，万龙是陶菊英的“相好”。

几个邻居和杨勤冀的同事也都表示，曾经从陶菊英那里听到过这件事：杨勤冀带着女儿回阿干镇三十一中玩，女儿看上了父亲的同事，给对方写“情书”，对方不知如何应对，把信转给了杨勤冀。杨勤冀也不知如何是好，把信又交回给了女儿。

“估计小女孩面子上挂不住，我不知道杨丽娟是不是因为这个不去上学了。”万龙说。

辍学之后，杨丽娟并没有马上“梦”到刘德华。她每天确实是乖乖待在家里，做两件事情：看电视，洗头。

4．伟大的母亲，穿梭的妻子

●“这么多年，我一直都没有离开过我的家，没有离开过我的女儿。我可以说我是伟大的母亲，伟大的妻子。”陶菊英说。

辍学两年之后的1994年，杨家发生了两件大事：杨勤冀和陶菊英离婚；女儿杨丽娟“梦”到刘德华。

陶菊英自己解释，跟杨勤冀是用假离婚来多分房子。

“陶菊英跟我说，生完孩子后他们就没过过夫妻生活。”万龙说。

离婚之后，陶菊英跟过好几个男人，第一个是工人，对她不错。陶菊英经常是在工人的家住几天，再回杨家住几天——帮着父女俩洗衣服。

万龙是一个退休的国家干部，瘦但不弱，西装笔挺，衬衣雪白，跟陶菊英在老年歌舞厅认识的，当时的陶菊英“白白胖胖，长得还算不错”。

当过兵的老钱也是在老年歌舞厅被陶菊英看上的，他身板硬朗，说话做事干净、利索。他也跟杨勤冀见过，老钱曾提出跟陶菊英保持“同志般的友谊”，因为陶比他小17岁，“年龄差距太大”。

陶菊英跟万龙纠缠了一段时间，万龙跟原来的妻子离婚，陶菊英正式搬来跟万龙住。还是老规矩：万家住几天，杨家住几天。

两家保持着特殊而亲密的关系：陶菊英经常回家给杨家父女做饭洗衣，杨勤冀也经常带着女儿过来万家串门。

“陶菊英是舍不得她女儿。”万龙说他很理解陶菊英，对她住在哪里也不介意。

万龙最欣赏陶菊英的勤快，也一直很心疼她：陶菊英跟第一个工人相好在一起的时候，曾经怀上过一个孩子，怀孕期间坚持回杨家洗衣服，结果流产。“杨勤冀都没有送她去医院，还是她的弟弟打电话让那个工人来送去医院的。”还有一次陶菊英遇到车祸，在家养伤，“杨勤冀和他女儿就在楼上都不下来看看她”。

“这么多年，我一直都没有离开过我的家，没有离开过我的女儿。我可以说我是伟大的母亲，伟大的妻子，没有我这么多年来操持家务，也就没有她爸爸得的那么多奖状。”陶菊英不断重复着这句话。

万龙最终没有跟陶菊英结婚：陶菊英太大手大脚，脾气也那么不好。

陶菊英很注重自己的仪态，“她最在意口红，每天都要画一个小时”。万龙说，他带着陶菊英逛街，“买条裙子都是800元，衣服鞋子全是名牌”。陶菊英出手慷慨，路上给乞丐钱都是2元起。蒸好馒头，大部分给了邻居。“她跟我在一起，花了我有好几万吧。”

陶菊英脾气不好，经常打女儿，“两母女好的时候很好，不好的时候，打得特别厉害。有一次拿着湿毛巾打女儿，把她脸上的皮都给打下来了。”万龙对此记忆犹新。

杨家三口谁打谁的问题，邻居和朋友说法不一：有的说，陶菊英很强势，经常打骂父女；有的说女儿很厉害，常常打骂父母；有的说，母女对打，父亲在中间劝架；也有很少的人说，杨勤冀打陶菊英。无论一家三口谁打了谁，从没有任何人或者机构来调解、干预。

跟着父亲过日子的杨丽娟，一天起床，给父亲讲了自己关于刘德华的“梦”，杨勤冀听完对女儿说，他也做了一模一样的“梦”。

没有人在意“梦”是真是假，万龙只是觉得，杨勤冀对女儿“顺从”得太过分了。“你说可能吗？父女同一晚做同一个梦？我要是她爸爸，就算我做了，也不会跟女儿讲。”

1995年，杨勤冀从三十一中提前退休，这时距他正式退休还有4年。作为三十一中唯一的高级教师，杨勤冀拿的退休金是最高的，每月2050元——稍微有点规划，在兰州供3个人过小日子，本该绰绰有余。不过后来他们总是缺钱。

“老杨跟学校说，是为了照顾他爸爸退休的，其实是为了照顾女儿。”陶菊英说。

5. 世界越来越小，爸爸越来越亲

● “长这么大，最多爸爸加班开会两天不在家，其他时候一直都在我身边。”杨丽娟愿意谈的父女关系，到此为止。

杨丽娟很少说“刘德华”，一般会用“他”代替，生气的时候，通常使用“姓刘的”。“我只是不断做他的梦，这么多年已经把他当成亲人了。”

那个“不约而同的梦”非常简单：“墙壁上有一张画，画像上的人头两边写

着：你特别走近我，你与我真情相遇。”

按照杨丽娟跟各路记者的讲述，后来“刘德华梦”基本有两个主题：缘分，纯情。比较典型的有，杨丽娟在玩沙包，刘德华走过来，深沉而熟悉地看着她；刘德华在山顶遇到杨丽娟，不由分说拉着她跑到小河边，含情脉脉地说：你都已经跑过我了，还跑什么；杨丽娟走进一个黑房子，里面放着一盘磁带，上面写着：你是我的女人。

杨丽娟一直在强化“梦”的戏剧感：一次同学给她看了一张海报，她才知道，自己一直“梦”的人就是大名鼎鼎的刘德华。

杨丽娟足不出户，世界越来越小，生活的唯一希望就是“刘德华”。她越来越坚信，只要刘德华见到她，听她说完“梦”，也会有“感应”。

杨勤冀退了休，躲避了单位对他跟妻子关系的指指点点，却躲避不了邻居的议论，他也开始足不出户，陪着女儿梦刘德华。

杨勤冀对女儿有求必应，极度溺爱，任何家务都不让她做。万龙说：“陶菊英告诉我，杨丽娟二十多岁了，还都是爸爸给她洗澡擦身，他们一家也没觉得有什么不对。”

“我跟其他孩子比，跟爸爸更亲，一天不见都会想他。长这么大，最多爸爸加班开会两天不在家，其他时候一直都在我身边。现在爸爸真的走了，我真的感觉没有什么依靠了。”杨丽娟愿意谈的父女关系，到此为止。

“只要女儿高兴，他做什么都行。”杨勤冀的旧同事老贾（化名）气愤地回忆，有一次女儿要喝红牛饮料，杨勤冀没钱了，就去商店偷，第二次偷的时候被人抓住，“幸亏是国营单位，教育了一下，给放了”。

伴着“梦华之旅”，杨勤冀还开始了搬家之旅，此时他有了一项“新躲”，躲避邻居对女儿追刘德华的嘲笑。

一个邻居跟杨勤冀开玩笑，问他是不是还在等刘德华，就这一句话，杨勤冀马上打110报警抓人。越是开不起这些玩笑，邻居们议论得越厉害，杨家也就越怕跟人接触，邻里关系陷入了恶性循环。传闻从陶菊英“偷人”到杨勤冀给女儿头顶洗脚水，再到母女虐打杨勤冀，真真假假难辨真伪。

2005年，陶菊英因为一次煤气中毒，被重物砸坏了腿，杨勤冀将陶菊英接回家里。陶菊英这次彻底留在了这个家，而这个家早已经只有一个目标：刘德华。

“我把那些杂志都撕了，把磁带也给砸了。”陶菊英说自己从1996年开始，每年不断砸磁带、撕杂志，这些举动在去年3月那轮“父亲卖肾助女追星”的报道中，被解释为：家长一开始也反对女儿追星。但时隔一年，陶菊英说自己生气的原因，不是女儿“追星”，而是刘德华一直不回信。

总之，团圆之后，一家三口彻底拧成了一股绳——“只要见到刘德华，我们一家就能好好生活了”。

6. 一家三口？一家四口？

● “她希望跟刘德华一见钟情，她曾经当着我的面，跟父母说，你们现在不管我，到时候我跟了刘德华，也不会管你们的。”记者陆纳说。

“只要见到刘德华，我们一家就能好好生活了”就像一个魔咒。

北京电视台“每日文化播报”栏目的陆纳觉得这句话有两重完全不同的理解：见到刘德华，杨丽娟心愿了了，一家三口好好过日子；见到刘德华，杨丽娟跟刘德华“美梦成真”，一家四口好好过日子。

卖肾新闻没有达到目的，刘德华在媒体上公开回应：“要爸爸卖房卖肾来见我，这就是不忠不孝。”

正在杨家一筹莫展的时候，天上掉下了陆纳。他是后来杨勤冀多封谴责信的主角之一，谴责点是：利用杨家创造收视率，甚至用假刘德华愚弄和欺骗他们。

“他们告诉我们，他们台有实力，一定能帮孩子见到刘德华。”杨家对此充满了希望。

来采访的陆纳的确答应联系刘德华：“我初到杨家，第一直觉是同情。”同情的内容包括贫穷和父母对孩子的苦心。因此他也“天真”地认为，也许帮杨丽娟见上刘德华，他们家就能正常地生活了。

陆纳说自己也确实联系了刘德华的经纪公司：“一个男的，听了之后告诉我，对这件事情，不提倡、不回应、不见面。”

陆纳第二次去杨家采访，隐隐觉得这家人不像第一次那么“值得同情”：“杨丽娟的爸爸在家里是从属地位，言行都会受到母女的监视和盘问。”他把“唯一可以对话”的杨勤冀偷偷叫到宾馆，委婉地告诉他，刘德华不会见他们了。

“我当时真的很想帮他们。”陆纳说，他的帮忙还包括：带去了两个心理医生；教杨丽娟上网、唱卡拉OK。

这种帮忙是徒劳的，杨丽娟根本不见医生。陆纳说："杨丽娟是希望跟刘德华一见钟情，她曾经当着我的面，跟父母说，你们现在不管我，到时候我跟了刘德华，也不会管你们的。"

第三次陆纳带来了"刘德华"——跟刘德华长得很像的吴可。吴可以模仿刘德华为职业，觉得"自己长得像刘德华，也许可以劝劝她"，"每日文化播报"跟拍。

"杨丽娟根本不像其他歌迷。"吴可说，因为他长得像刘德华，不时会遇到疯狂的歌迷，但杨丽娟对他的长相没有任何反应。

陆纳和吴可觉得当时气氛很融洽，而杨家对此事非常愤怒，说："他们还拿假刘德华来欺骗我们。"吴可也没有料到这个家庭对信息的选择性理解。"杨丽娟根本不像其他歌迷"的评语，给杨丽娟带来了相当大的鼓舞，她后来接受采访时，也都用这句话来把自己跟"追星族"撇清。

2006年10月，杨勤冀一家三口进京。这次双方都不像以前那么"友好"，一向老实的杨勤冀大闹电视台，要通过镜头公开谴责刘德华的"无耻"行为，双方起了一些争执。

陆纳说，他被缠得没有办法，就私下自己掏钱买了两张票，带杨丽娟去了《墨攻》首映式，"坐在第一排"。陆纳说自己很紧张：万一杨丽娟出现什么状况，他需要负责；另一方面，他还是抱有幻想，见了刘德华，也许杨丽娟真能"迷途知返"。

北京见面之旅的结局是，北京电视台以栏目组的名义，给了杨家2000元做路费。

提起这2000元，陶菊英气不打一处来，她当时就把杨勤冀骂了一顿："我跟她爸说，别要他的钱，就是两万也别要，这是贬低人格，好像我们为他的钱似的。"

7. 三箱宝贝，七页遗书

●是举家奔赴幸福生活，还是心力交瘁安排后事，现在看来，无论如何这都是杨勤冀的最后一搏了。

女儿的沮丧，妻子的恼怒，加上见刘德华希望的再次破灭，让杨勤冀彻底变了一个人。

小周（化名）说，杨勤冀从北京回到兰州，“神情恍惚，牙也掉了，很憔悴”。

小周是杨勤冀最信任的领导的儿子，也是最后杨家三口去香港的借款人。今年春节前，杨勤冀来找他借11000元。“我没有那么多钱，我也知道他是拿去给女儿追星的。”此后杨勤冀又来了3次，说自己借了一圈，实在没有办法了。

小周不止一次劝他，不要再跟着女儿一起疯了，杨勤冀坐在他家沙发旁的板凳上，不断重复一句话：“我真的希望刘德华能见见娟娟，听她把梦说了，我们一家人回来好好过日子。”

谁们“一家人”？好好过什么“日子”？谁也不知道。至少在杨勤冀前同事老沈的妻子看来，杨勤冀已经“脑子越来越不清楚了”。“杨勤冀来找我们借钱，跟我们说，他们在香港好得很，李嘉诚的房子也让他随便住。”

跟大部分人一样，老沈的妻子不想跟杨家扯上任何关系。

杨勤冀和陶菊英这几年把能借的都借遍了，从侄儿到邻居，从同事到领导，甚至陶菊英的几个“相好”，都借给了数量不等的钱。杨勤冀有一个账本，上面清清楚楚地记载着借钱人、借钱数目和归还时间。除此之外，还有一些“名人名言”：现在办事靠，1. 人际关系；2. 经济实力。

兰州的冬天天寒地冻，近70岁的杨勤冀站在楼下等，小周不忍心，通过朋友找到一个经理，挪用了11000元——也就是传说中的“高利贷”。

“我告诉杨老师，钱我是借给他的，不管他用来干什么，我都不管了，我跟他击掌相约，一定要在兰州再见一面。他这是跟我失约！”小周后来知道杨勤冀跳海的消息，在家里捶胸顿足。当时他已经隐隐觉得有些不对劲。

2007年3月4日，杨勤冀来拿钱，带来了三箱“宝贝”：户口本和女儿小时候的照片、奖状、学生名册，自己的所有奖状，上了锁的留给女儿的东西。

杨勤冀解释说，出远门，放在招待所怕丢——他们已经无家可归，住在一个便宜的招待所几个月了。

是举家奔赴幸福生活，还是心力交瘁安排后事，现在看来，无论如何这都是杨勤冀的最后一搏了。

3月25日，杨丽娟在刘德华歌迷会上第一次真正见到了刘德华。她没有得到陈述"梦境"、激发"感应"、改变命运的10分钟。

3月26日凌晨，杨勤冀留下早已写好的7页遗书，跳海自尽。

3月26日，刘德华受此事影响，工作处于半停滞状态。刘德华在日记上写道："你不会懂得我伤悲"。其后不断有歌迷有样学样，以死相逼要跟刘德华见面。

（文中化名皆为被访者要求）

（发表于2007年4月12日特别报道版，编辑张捷）

记者手记：你能理解我们吧？

■ 袁 蕾

一个资源型小镇在资源枯竭后的落寞和灾难；生活在这种贫穷和灾难下的普通人的绝望；对户籍制度、出生阶级的反抗和反抗无望；遭到歧视的精神生活、心理问题；对现实无能为力而去上访，给总书记、央视、香港特首写信；义务教育的缺环；国有企业中的优不胜、劣不汰和关系网至上；邻里、社会关系的恶性博弈；经济和精神贫穷带来的猜忌、多疑；中老年人的性生活关爱……

杨勤冀在自己的本子上总结，现在办事，一靠关系，二靠经济实力。拆分开来，杨丽娟家庭的每一个悲剧，都是中国老百姓的悲剧。

他们跟大部分上访的人遇到的问题是一样的。如果杨丽娟一家有什么戏剧化的地方，那就是他们上访的目的是见刘德华——一个大部分人无法理解的目的。

怪 人？

“你能理解我们吧？”记得杨丽娟和她妈妈不停重复着这句话，另外一句是：“你不会害我们吧？”其实两个问题都不需要我回答。我从头到尾都没把杨丽娟和家人当成怪人。

分开来看他们身上的每件事：在班里被同学排挤、邻里间家长里短、单位分的房子突然成了别人的……这些也差不多是中国老百姓的“民生”。

和大部分上访者一样，杨家去了信访办，给总书记、央视写信，他们甚至还给香港特首写信，走投无路，杨勤冀在自己的本子上总结：现在办事，一靠关系，二靠经济实力。

如果杨丽娟一家有什么戏剧化的地方，那就是他们将这些悲剧集于一身；而他们上访的目的是见刘德华——一个大部分人无法理解的没有意义的目的。只因为这件事情跟刘德华有关，就显得怪异，而其实这件事只是披了一件追星的外衣。

文章中用三个词来形容阿干镇的人：“脆弱、敏感、绝望”，这三个词也可以概括普通中国老百姓。

如果把摄像机架在杨丽娟家里，基本上是一种猎奇。一个人的悲剧绝不可能是独立发生的，一定有个人因素和社会因素，与其在杨丽娟家架一部摄像机，不如在杨丽娟家外架一部摄像机。

杨丽娟家外有什么呢？一个资源枯竭的小镇带来的上一代的灾难；灾难下无奈而错误的婚姻结合；普通人无法摆脱的心比天高、命比纸薄；遭到歧视的精神生活、心理问题；义务教育的缺环；邻里、社会关系的恶性博弈；经济和精神贫穷带来的猜忌、多疑……拆分开来，这就是中国老百姓无法逃脱的困境和麻烦。

“刘德华”是杨丽娟的“梦”，也是杨家的“梦”，他们期盼的是找到刘德华，“梦”想成真，这跟中国人求神拜佛，希望有朝一日鸡犬升天是一个道理。而他们的“脆弱、敏感、绝望”，让这个“梦”必须成真。

因为没有人能证实别人的“梦”，所以在文中，我们转述杨丽娟梦境的时候，对“梦”都加了引号。这是一个媒体的态度。

秘　笈

我采访了很多杨丽娟周边的人，包括她的老师、亲戚、爸爸的同事，还有她妈妈的“情人”——对于“情人”这个表述我至今心中有愧，因为“情人”在普通的汉语里有贬损的意思，而我无意贬损。

能找到这些人，是因为杨丽娟的妈妈把杨父的通讯录给了我，而我所做的，就是花了两天时间，把电话本上的几十个电话挨个打了一遍。

我觉得她妈妈之所以把通讯录给我，是因为我就把她们当成普通人对待，每个人都喜欢回忆让自己高兴的事情，每个人都会挑拣历史，我有耐心，认真听她们讲想讲的东西。

纠 结

越逼近事实，我越纠结。

她们家庭里有很多“奇异”的事情，每条拿出来，在当时都可能是爆炸性新闻。如何选择材料，是一个很大的决定。我不断提醒自己，不能让自己的文章出来，让读者觉得猎奇，或者把他们妖魔化，所以能绕开的我尽量绕开。

如果要对杨家的行为问无数“为什么”，有些是无法绕开的，比如杨父的奇异家庭、杨母的前后生活、杨丽娟父女的关系。杨丽娟一家如果不是公众人物，没有人有资格把这些东西公开，但他们使用了媒体，并因为成为公众人物获得了好处。另一方面，他们是公众人物，同时他们没有做任何违法的事情，我不能把他们逼到墙角。

倒回头来看，我坚信自己有时候的“选择不说”是对的。

官 司

报道刊出之后，杨丽娟还是经常给我打电话，向我寻求各种帮助，我也会经常给她打电话，问她的近况，提醒她去领社保、找工作。最耐人寻味的，是杨丽娟有一天告诉我，她被一帮疯子电话骚扰，电话、短信不断，他们就是想要见她，想要帮助她。“你说我该怎么办？”这是杨丽娟的原话——她从没想过，自己要见刘德华的时候，别人是不是也在焦虑这个问题，“你说我该怎么办”？

其实我最不知道的就是杨丽娟能怎么办。

事情平息之后的那年冬天，我给杨丽娟打了一个电话，问她的近况，问她怎么养活自己，问她是否需要帮忙找工作。说实话，我不知道她能做什么，也不知道她今后应该怎么活着。但她并不需要这些帮助，她只是更直接地问我是否能借给她一些钱。

再后来她状告了我的报纸和我的报道。很多人在关心我是否遭遇麻烦，这一点我从没担心过，我甚至从没关心过官司的输赢，因为我关心的是杨丽娟的问题。

我不能解决杨丽娟的问题，更重要的是，有谁能解决杨丽娟们的问题？

操守

媒体大量聚焦兰州，杨丽娟母女吃住一度都是媒体买单，这的确是不符合新闻操守的。

就像以前广为讨论的，摄影师看到秃鹫要吃小孩，是应该继续拍摄，还是去救小孩。这是荒郊野外，没有第三者能够提供帮助的情况下产生的极端事件。

杨丽娟母女在兰州，甘肃的省会，自从他们回到家乡，没有出现任何“有关部门”，没有家委会、没有派出所、没有民政局……杨丽娟一家悲剧的整个环节，都没有出现“有关部门”，没有人问责杨丽娟为何没有完成义务教育，也没有人问责杨父本应有的房子哪里去了。

他们没钱买票，没钱吃饭，到了兰州也没有地方住，这些本不该是媒体管的事情，因为没有责任人，统统落在了和杨家朝夕相处的媒体身上。

这原本是不符合新闻操守的，

但除了媒体谁来做？如果没有媒体给他们捐钱，他们也许就会饿死。事实是，即使有人捐了钱，也没有人、没有机构来接手，甚至民政局也不愿出来。我联系了他们的亲属，他们也不愿意出来。如果有一个中间机构，那么媒体是不是也就没有所谓的“拿钱买控制”了呢？社会有缺环，那么这个时候应该检讨的是去补缺环的人还是这个缺环呢？

还是回到摄像机的说法，从架在杨家外面的摄像机，看看邻居、周围、社区、政府，甚至整个中国。杨家为什么会一步步走到今天？讨论媒体的作为和不作为，是一个角度，但这不仅仅是媒体在起作用，媒体大规模报道的是杨勤冀自杀以后杨丽娟的表现。杨丽娟一家追刘德华追了13年，这绝对不是一个短的时间，我更想知道，这13年杨家旁边的人做了什么。如果杨家人是神经病，社会是怎么跟他们“和谐相处”的。

也许应该放大的不仅是阿干镇，还有兰州、西北，甚至是中国。

讽刺的是

大概过了3年，我突然接到一个短信，说是有爆料，他知道杨父跳海的真正原因。询问过去，是杨父当年任教的学校分房子，教育部门官员和学校领导联合将一批分给老师的房子非法占用了。杨父是被占房子的老师之一。

答应他把消息发布出去，结果没有一家媒体报道。不是因为禁令，而是因为这种新闻太多了，没有新闻性。

也许这就是“杨家式”悲剧的又一个起点。

关　军

男，满族，1970年代生人，毕业于辽宁大学中文系。曾任南方周末资深记者、编辑，美国《体育画报》中文版主笔、《中国新闻周刊》主笔，现为《GQ智族》主笔。长于深度报道、人物特写。2007年秋天开始，有计划地投入对2008年这个特殊年份的全景记录，此项工作一直延续到2009年。这本记录2008年历史进程的、名为“大脚印”的书稿，注重人物故事与细节呈现，甚至可以看成是由若干篇特稿构成的。

一封27年等不来的感谢信

编者按：

27年前，宋木匠说自己在火中救了85人。

这事没人信啊，他被当成了“想入团的骗子”。

老了老了，宋木匠想证明自己不是骗子。

1992年5月，春天的活力刚刚回到吉林农村沉睡已久的田垄间，73岁的宋阁文却已经气息微弱。他把二儿子宋凤河叫到身边，吃力地回顾着自己的一生，它简单、质朴而不乏光泽。铺垫之后，老人开始诉说遗憾：“这些年我心里一直在划圈儿（意为捉摸不定），你救了85条人命的事到底有没有呢？你说客运公司会来信或是登门感谢，这都等了多少年了呀。”

宋凤河想申辩几句，憋了好一会儿也没找到合适的理由。

在继续教诲儿子前，老人剧烈地咳嗽了一阵。他提到宋家祖祖辈辈崇尚行善，而比这个更重要的是人品。“人家那么大的国有企业还能骗咱们吗？你和我说实话，是不是撒谎了？”

感谢信可不是救护车，此后的几天它仍没有赶来救急，等不及的老人抱恨而去。此后的13年，宋凤河的老母亲继续为“没法合上眼”的丈夫守望那封感谢信，至今还是没有等到。

1. “要谢就谢这把英雄的斧子吧”

●“那样的场景下，我已感觉不到伤痛。”他用东北人特有的豪爽语气说，“要谢就谢这把英雄的斧子吧！”

宋家生活在吉林省吉林市乌拉街满族镇公拉玛村，这是一座典型得没法再典型的东北村庄。村里人夜不闭户，民风淳朴。当地人说，先有乌拉街才有的吉林省，“它是清朝的龙兴之地”。

1978年冬天，农历腊月中旬的一天傍晚，一个高大的身影推门进了宋阁文家的屋子，老两口吓了一跳。从五官和身材看，来人像是二儿子宋凤河，但上衣和裤子都不对了，头发、眉毛都已烧焦了，面庞乌黑，起了好多水泡，而且，二儿子前天才离家去了黑龙江啊。

这年年初，20岁的宋凤河与本村姑娘李美香结婚，生活幸福了，办婚礼却欠下一些饥荒。腊月是农闲时节，迫于经济压力，宋凤河背起工具包准备到黑龙江走一趟，“干上三两个柜子，能挣百十来元，可以过个好年”。宋凤河16岁起就在身为八级木匠的叔叔那里当学徒，几年下来已经有了相当不错的手艺。但是那时候人们都安于吃生产队的大锅饭，外出干“私活儿”不仅要被没收工具，还为大家所不齿。对村里人，宋凤河谎称自己是去黑龙江串亲戚。

闯进宋家的黑大个确实是宋凤河。他告诉惊诧的老人，自己遇到了车祸，受了伤，只能回来了。“爸，以前你总给我讲救过几个人，那都算什么啊，这次儿子比你出息，救了百十来号人呢。”宋凤河颇为得意地向父亲说起两天前的经历——那天早晨6点多，宋凤河从齐齐哈尔乘车前往碾子山林场，由于探亲的人特别多，定员50人的大客车塞进了86名乘客。客车在冰雪路面笨拙地摇晃前行，即使车厢像一盒沙丁鱼罐头，还是可以从中感受到年关的喜庆与期盼。

宋凤河出门穿得很是神气：上身是结婚时做的短呢子大衣，脚上是全牛皮的靴子。

这是一年中最冷的时节，“早晨的气温起码有零下三十五六度”。

宋凤河回忆说。车窗上，水气一层层凝冻成冰，像兴安岭上厚重积雪下的松林一样迷人。

车开到蘑菇气镇附近的时候，驾驶室突然起火。电动门失灵，车窗拉不动，司机孙玉海和副驾驶位置上的售票员已经跳车，乘客们经历了片刻的惊愕，本能地拥向后端，事实上车厢里已根本没有剩余空间。因踩踏、挤压和惊惧而起的哭喊声，听起来尖厉而绝望。

宋凤河从小练功，有一身不错的武艺。这个身高1.76米的壮小伙攀住车顶的铁架，越过混乱的人群头顶腾身而起，奋力踹向一扇车窗，“牛皮靴上当时能有几百斤的力气吧”，但仅仅是把冰窗花踢得四散飞扬，接着又是几脚，玻璃依旧完好！

这时，客车底部也蹿起火苗，脚下开始发烫。宋凤河有些蒙了，窗户这么结实，大家不是完了吗！

他突然想到，自己有斧子啊。他拎出背包里的扁斧，抡向车窗……

钢化玻璃被打破了，像一片细碎的白沙瞬间崩塌。

车厢被凿开了一个“冰窟窿”，乘客们如求生的鱼一样蜂拥并堵塞在窗口，宋凤河意识到，这样谁也难以逃生。他拨开躁动的人群，抡着斧子，很快地，一个又一个“冰窟窿”打开，乘客们得以纷纷跳出去。

火已经蔓延到坐席上，冰火之间的玻璃窗胀得咔咔响。在帮助几个行动不便的人逃生后，宋凤河跳了出来，他以为自己是最后一个离开者。这时劫后余生的乘客们站在十多米外，看着客车怎么被浓烟烈火一点点吞噬，毕竟这样的场景平时很难遇到。

这时宋凤河听到，车厢里隐约有呼救声和哭声。一位妇女似乎突然想起什么，疯了一般扑向客车，宋凤河一把拉住她喊道：“你上不去！”自己则返身冲了回去。远处，司机在急切地喊着“回来，车会爆炸的”。

宋凤河跳起来扒住车窗框，就觉得双手“嘶啦”一下冒了烟，原来车体已被烧得像电烙铁。他脱下呢子大衣垫在窗框上，身子一跃，爬上了燃烧得更猛烈的客车。钻进车窗的时候，棉帽子被刮掉了，火苗呼啦一下就烧着了宋凤河的头发和眉毛。

空气中弥漫着轮胎被烧焦的气味，浓烟让宋凤河几乎睁不开眼。他猫着腰，在灼人的车厢里摸索，先是发现一个60多岁的老头，因为被挤踏，趴在座位下爬不起来了，宋凤河把他举出窗外；随后宋凤河又循着哭声摸到一个两三岁的男孩，不可能把这么小的孩子也扔出去啊，情急之下，他做出一个类似跳高运动员的“背跃式”，抱着孩子“弹”出车窗。落地的时候，他的腰正好砸在坚硬的车辙上，一时疼得动弹不得。

乘客们把孩子及受伤的宋凤河抬离险境不到一分钟，客车轰然爆炸。腾起的火光在惨白的太阳下显得没那么刺眼，但气浪把客车顶棚冲起十多米高，还是让人们惊骇于爆炸的威力。顶棚迎着浓重的烟雾下落，宋凤河说，“就像一个大号降落伞”。那辆浅黄色的大双节客车，已成为搭在道路中央的一堆乌黑的铁架子。

如果不是刚刚受了惊吓和灼伤，这一切多像在演电影啊。

宋凤河回忆说，被救孩子的母亲第一个跪下来，不住地磕头感谢大恩人，一个老太太也跪在地上，其他乘客也把宋凤河团团围住，纷纷表达着感激之情。“那样的场景下，我已感觉不到伤痛。”他用东北人特有的豪爽语气说，“要谢就谢这把英雄的斧子吧！”

2. “这就是那个想入团的骗子”

●有时人们与宋凤河在村里迎面而过都不打招呼，甚至走出不远就以显然能让宋凤河听到的声音耳语：“看啊，这就是那个想入团的骗子。”

救援人员在下午3点多赶到，把乘客们接到了齐齐哈尔公路客运公司。第二天，事故调查小组几名领导模样的人得知宋凤河救了全车人，拉着他单独吃了两顿饭表达谢意，“要是没有你，我们的损失无法想象”。

领导了解了宋凤河的伤情，问他有什么要求。宋凤河憨厚地笑笑：“我这伤也没什么大事，不用治疗，也没啥要求。”因为呢子大衣和裤子都烧坏了，领导说要送他一件翻毛的羊皮大衣和制服裤子，宋凤河没有拒绝。

宋凤河突然想起，自己小学五年级辍学不久就外出学徒，“考察期不够”，一直没有入团，而村上差不多三成的同龄人都已是共青团员，这让自己分外焦急。他不好意思地对领导提出，自己非常渴望成为团员，“能不能给我家乡的团支部写一封感谢信？”

一位穿蓝色中山装的领导掏出小本子，记下了宋凤河的地址，说：“小同志，你放心，等事故处理完，我们不仅要写信，还要登门去表示感谢哩。估摸也就三两天的事。”

身上多处创伤和烧伤，如此“狼狈”，没法去做木匠活了，宋凤河只好回家。

老父亲听了儿子的讲述，先是心疼，继而是欣喜，“不愧是宋家的儿子，受点伤也值得啊”。主要在松花江上谋生的宋阁文曾多次救人，其中尤以57年前从冰窟窿里救出一位30多岁的孕妇最为人称道。当时救完人的宋阁文冻得休克过去，随江水漂出几百米，村民说，把他打捞上岸时“身体都硬了”。

家里又出了英雄，大家都很激动，那天晚上，母亲炒了豆腐干和白菜，给父子俩温了白酒，享受过年才会有的待遇。宋凤河也有些眉飞色舞：“等着吧，过几天他们就要来信来人表示感谢了。”

那时候，青年人都渴望做出什么先进事迹，以便光荣地入团、入党。比宋凤河大两岁的团员解成秋较早知道了火中救人的“英雄事迹”，他拍着胸脯说：“我做你介绍人吧，入团肯定没问题啦。”

当团员，意味着可以参加各种演出，还可以开“小会”，没有什么比这更让宋凤河兴奋了，严寒的腊月天，他在村里走动，经常不戴帽子——这样乡亲们会很容易地发现自己的狼狈，于是就可以再讲一遍“英雄事迹”。而村民们也争相传播着英雄宋凤河的义举，语气里带着崇敬或羡慕。

连续几个晚上，宋凤河都因亢奋而失眠。他想象着村口出现骚动，有人敲锣打鼓地来表达感谢，再后来是自己光荣地入了团，入了党。

偶尔困得睡过去了，他会突然坐起来，猛推身边的妻子：“着火了！快跑！”

公拉玛村由一条泥泞的土路与外界连接。每当邮递员骑着破旧的28自行车出现在村口，宋凤河就紧张起来，心想他会不会奔自己家而来，但是又不好意思上前询问。他死盯着自行车后架上鼓鼓囊囊的绿邮包，那架势就像随时要冲上去实施抢劫。

三两天过去了，又一个三两天过去了，失望之后还是失望。春节马上就到了，宋凤河急了，村民们也开始私下议论：那事儿到底有影没影啊？

春节后的一天，村里的团小组负责人找到宋凤河，二十多岁的人说起话来显得语重心长：“小宋，你想入团的心情我理解，那就正儿八经干活呗，你看现在这样多不好……”

宋凤河羞愧难当，他只能提供毫无依据的猜测：一定是客运站的人要亲自登门，但最近时间安排不开。

有几次，宋凤河想给齐齐哈尔客运站写信，询问感谢信发出没有，但他却觉得难为情，仿佛自己做了亏心事，“一写信就好像自己找人家提要求似的”。而且他早就忘了那位穿中山装的领导的名字，这让他颇为后悔。

乌拉街是一个满、汉、回、朝鲜、达斡尔、傣族聚居的地方，这里的居民历来崇尚真正的英雄，自然地，也分外鄙夷猥琐与欺诈。随着时间的推移，越来越多的人感到自己的感情受到欺骗，有时人们与宋凤河在村里迎面而过都不打招呼，甚至走出不远就以显然能让宋凤河听到的声音耳语：“看啊，这就是那个想入团的骗子。”

又一个春节到来的时候，家里的气氛不再是期盼与喜悦，每个人都面色凝重。因为宋凤河这个“骗子”，全家人都在村里抬不起头来。很少为此说话的母亲也警告儿子：“以后到外面千万别再提那丢人现眼的事。”

宋凤河感到自己压抑得快要爆炸了，他找不到证明自己的方式。过年之后，他开始频繁地外出做木匠活。偶尔回到村里的时候，还是会听到风言风语，“那个爱撒谎的宋凤河回来了”。个别相熟的朋友开着意味吊诡的玩笑：“这次出去有什么英雄壮举啊？”

3.“救了那么多人，谁来救我”

●“当初是我一次又一次救人，不求回报，现在英雄落难了，想找一个能帮我的部门都找不到。”

凭着一身好手艺，宋凤河很快就小有积蓄。尤其是1984年以后，外出务工不再被看作是丢人的事情，他成了远近闻名的能工巧匠，虽然背着“骗子”之名，日子过得倒还滋润。

到了1997年，救人的事过去19年了，父亲去世也已5年。

宋凤河兼做运输。一天夜里10点多，他开着自己的农用三轮回家，被一辆大货车刮翻，掉进了乡路边的深沟里，肇事司机却扬长而去。后来有朋友开玩笑说：“老宋你当时应该冲那个司机大声喊，‘我以前在车祸中救过85个人呢’。”

那次车祸造成右臂骨折。宋凤河在吉林市中心医院接受了两次不成功的手术，断臂没有接好，手术费却搭上了3万多元。家里积蓄无多，为了儿子读中专，宋凤河不敢继续治疗了。“虽然干不了什么活了，先这么挺着吧。”他想。曾经动过追究医院责任的念头，但终究还是鼓不起勇气。

两年前，命运继续着对宋凤河的折磨和戏弄。他突然感到后腰疼痛难当，医生告诉他，他患了股骨头坏死，坐骨神经处的骨膜也坏掉了，“应该是以前的伤，现在找上你了”。病情迅速加重，以致他只能勉强靠双拐在自家院子活动，走路时，身体弯曲呈大约150度，左臂支撑上身，双脚带动下身，腰部则软得像一个空口袋。但宋凤河还是努力把头昂起来，以便显得不那么窝囊。

宋凤河办了残疾证，民政部发放的0317277号证件上显示，他是二级肢残。可惜这样的证明并不能帮助宋凤河从镇上申请到救济。他只能自嘲说，这下子，不仅做不成宋木匠了，简直连直立行走都成了奢望。某些时候病痛加剧，这个47岁的木匠会有来日无多的不祥预感，“可是拿什么去见父亲呢，我带不去好消息，只有这副残肢断骨”。

到了2004年，宋凤河的母亲身体状况大不如前，83岁的老人脸消瘦得如同木刻，腰弯得更加厉害。这天凌晨4点。有人在外面叫卖豆腐，宋凤河的媳妇冲着窗外喊，××，给我家送一块一斤的。××从院门进来，闷声说“放灶台上了啊”，然后就出去了。一家三口坐起来一起抽了一会儿烟，妻子出去帮没有劳力的家庭种地了，宋凤河与母亲开起玩笑：“妈，你都快佝偻成句号了。”妈妈苦涩一笑，回敬说：“我都不愿意寒碜你，整天躺在床上叹气，这就是当年所谓的英雄啊？”

看着风烛残年的母亲还要颤巍巍地照顾自己，宋凤河暗自神伤。病倒之后他的心事更重了，也更难获得内心平衡了，他总会想起父亲临终前那猜疑、遗憾的眼神，难道将来要看着老母亲也以同样的方式离去吗？父亲最后的道白至今敲打着宋凤河的心：“我以前并不怀疑你，但我更信任组织，这么大的事儿他们不会忘了。”

宋凤河想，得找有关部门要个说法，但他甚至连哪一家是“有关部门”都难以搞清。

27年过去了，镇上的邮递员换了几拨，破旧的28自行车也换成了摩托车，还是没有人送来感谢信。真有那回事吗？妻子偶尔这么问的时候，连宋凤河自己都几乎要怀疑起来。

心里长草的时候，宋凤河会从仓库里翻弄出那件羊毛大衣和那把扁斧，坐在炕上摆弄一会儿。等不到感谢信的这些年，羊毛大衣让宋凤河倍加珍视，尽管它只是一件说服力有限的孤证。斧子已多年派不上用场，但无论斧身还是木柄都油光锃亮，它是这个家庭里唯一看不到岁月沧桑的东西。主人表达自己复杂心情的方式，是为斧子绑上一条红绸带，“我是不是英雄不要紧，不能让英雄的斧子受委屈。”妻子奚落他说：“你可真行，都过去27年了，还整得煞有介事的，你是怕村里人忘了你是个骗子？”

这年秋收过后，解成秋来宋家串门，几杯酒下去，宋凤河忍不住又说起自己的委屈：“当初是我一次又一次救人，不求回报，现在英雄落难了，想找一个能帮我的部门都找不到。”

解成秋口无遮拦：“老弟，我知道你是个好人，但这件事情上你肯定撒谎了。要是真有救人的事，即使现在去找，也能有个结果啊。”

这话触动了宋凤河，他决定不再沉默着等待来信，而是自己写信，给报社，给客运站，给镇团支部。要名誉还是要回报，他在二者之间摇摆着，继而想，为什么不能都得到呢？

4. 27年后，宋木匠“新生”

●当天晚上，即将获得“新生”的宋凤河连酒都没喝，他只是和家人反复看着二三百字的短信，像是从里面能挖出金子。

“哎，本来是讲自己的真事，怎么像被人把刀架在脖子上逼迫的？”老木匠很难为情地写完材料，分头寄给当地和省城的几家报社，可惜其他都没了下文，只有长春新文化报派来记者了解情况。

为了方便联系，宋凤河重新开通了家里停了很久的电话，但几十元的电话费是一笔不小的开销，他必须以停止一段服药为代价。

今年3月初，《新文化报》开始与黑龙江的媒体联动，以一种不很确定的口气讲述了“英雄救人”的故事，帮助宋凤河寻找当年车祸的证人。对于宋凤河而言，新的等待开始了。村里人和家人都不大支持宋凤河的做法——再搞不出什么结果，他还怎么活呢？

会有人那么巧就看到报纸吗？即使看到，会有人愿意出来证明吗？

等待中，宋凤河简直有些后悔自己的决定了。

但这一次命运没有让宋凤河等待太久。3月12日，邮递员送来一份来自内蒙古扎兰屯的特快专递，里面只有一页短信，却让宋凤河兴奋得几乎丢开拐杖。写信人叫于柏清，他说以前听岳母说起27年前客车失火及获救的经历，全家人一直无法找到恩人表达感激。前几天，于柏清到吉林省敦化串门，偶然翻到《新文化报》，里面报道的宋凤河的故事与自己听说的完全吻合。第一个证人的出现竟如此偶然，简直如同小说家的杜撰，宋凤河想，这真是天意。

这事要是发生在几年前，宋凤河都能把于柏清的来信复印几十份，贴到村里每一户的门口，现在他懒得那么做了，这与行动不便并无必然联系。只有个别邻居听说找到了证人，见面就问：给你啥好处没？

当天晚上，即将获得“新生”的宋凤河连酒都没喝，他只是和家人反复看着二三百字的短信，像是从里面能挖出金子。

没过几天，宋凤河收到于柏清寄来的200元钱，随后又有人分别寄来“感谢费”，有的800元，有的1000元，大家在感激之余都在表达着兴奋与欣慰：终于找到你啦！

一位叫宋书才的当年乘客向新文化报记者证实，宋凤河描述的车祸及救人经过并无虚假成分。

有一位黑龙江妇女打来电话，说自己也亲历了那场车祸。这个人一再表达谢意，但是却犹犹豫豫，不愿意写证明材料。宋凤河明白了，或许人家怕自己提什么要求。

宋凤河把感谢者的汇款一一退回，还请报社记者帮他澄清：不会要证人们的任何报答，只希望还自己一个好名誉。

不管怎么说，证人的纷纷出现以及那些穿越27年的感恩之情，让他激动而温暖。

5. “骄子”或“傻子”？

● “没问题吧你，47了还入什么团？”“那就不能有个什么荣誉团员的称号吗？”

“现在要是得到官方的说法，就一切都解决了，而且这个应该不难吧，毕竟证人找到了这么多。”宋凤河想，有了官方出面，或许会得到见义勇为基金会或其他组织的资助，起码能把自己的残臂和腰疾治好啊。

宋凤河与齐齐哈尔有关客运部门的领导取得联系，对方的第一句就警惕地问：“你有什么目的？”宋凤河只得一再解释，自己不想提任何要求，只希望对方能证明当年救人确有其事。

齐齐哈尔中通客运公司（其前身为市客运站）给宋凤河的解释是，公司好多年前就改制了，过去的职工也基本找不到了，司机孙玉海年初去世了，倒是隐约听说很久以前客车起火的事，但现在找不到材料了，“我们需要抽时间调查、研究一下”。

到了4月份，得知宋凤河的遭遇，碾子山客运站的隋书记给宋凤河打来电话，说是几天之内就会到吉林看望宋凤河，“当然，是以个人名义”，他特意强调。

宋凤河想，个人名义就个人名义吧，全家人又开始了等待。

眼看着5月过去十多天了，客运站的人还没有来，宋凤河安慰母亲和妻子说，黄金周客运部门忙，过几天就会来。“说这话时，我自己都心里打鼓，27年了，我不敢看到家人再受到伤害。”宋凤河忧虑地说。

找到证人，除了摆脱家人的怀疑目光，看上去并没有为宋凤河改变什么。

前些天，当地报纸对宋凤河的故事进行着连续报道，但乌拉街镇的政府部门还没有动静。而吉林市见义勇为办公室的负责人表示，宋凤河的情况特殊，年代久远，是否符合基金会的奖励条件，他们还要研究研究。

“如果当初客运站证明我的事迹，哪怕只是一封信，和今天就是天壤之别啊。我还能躺在这儿吗？”卧床之后，宋凤河有时会发出这样的慨叹。朋友解成秋也说，在那个极度推崇雷锋精神的社会，挽救85人的生命肯定会被当作时代骄子。

当时代骄子倒不奢望了，只不过入团乃至入党依旧是宋凤河惦记的事，就如同惦记那封看不到的感谢信。去年年底，他还曾给吉林团市委打去电话，询问自己有没有入团的可能。对方问：“你多大了？”

“我47岁。”

“没问题吧你，47了还入什么团？”

“那就不能有个什么荣誉团员的称号吗？”

眼睁睁地，宋凤河看着2005年的五四青年节从日历上翻过，他劝自己，实在不行就直接申请入党吧。但是，有什么贡献也不能再做，躺在床上唉声叹气的共产党员吗？每每一想到这个，他就变得沮丧起来。

更让他不安的事情发生了。去广东打工、八年没有回家的二儿子打来电话，询问政府对救人义举有什么说法。听到宋凤河吞吞吐吐，儿子急了："爸，我不能不告诉你，这件事上，我觉得你像傻子一样。祖辈什么样我不管，反正我不会像你那样去见义勇为了。"

如同两年前突然失去对腰部的控制一样，放下电话，宋凤河感到有什么东西"咔嚓"一下断裂了。世事无常啊，宋凤河想，原以为很硬朗的东西，不是说断就断了吗？

（发表于2005年5月19日特别报道版，编辑张捷）

记者手记：不简单的简单故事

■ 关　军

2005年初，我由南方周末特稿编辑转而成为北京站记者，主要工作是为“特别报道”版面提供稿件。在一年的时间里，我完成约10篇特稿作品，个人最喜欢的，恰恰是见报时报社内部评价最低的一篇，即本书收录的《没有人给他写信的木匠》（见报标题为“一封27年等不来的感谢信”）。

这是一个非常简单的故事，不妨用编辑张捷加的导语予以概况：27年前，宋木匠说自己在火中救了85人。这事没人信啊，他被当成了“想入团的骗子”。老了老了，宋木匠想证明自己不是骗子。

记得评报会上，有其他新闻板块的同事客气地提出，宋凤河这个人虽然有点意思，但是否有必要拿出两个对开版、7600字的篇幅，来讲一个脉络如此简单的故事？要知道，这可是在南方周末，而不是别的什么媒体。

这篇稿子，题材不重大，人物很边缘，故事非主流。但是，它却非常符合我心目中的特稿标准。

这个故事的气场，有点像普利策特稿中的《普策的最后一站》，当然，它更像马尔克斯的小说《没有人给他写信的上校》（以至于我很无赖地连标题都拷贝过来），讲一个人因国家机关的疏忽被遗忘，当然，即使在故事背景的重大程度上，它也远逊于《上校》。

在这篇报道中，我更喜欢以一种冷幽默的方式来表达情绪。比如写人们从大客车逃生后的惨状，“如果不是刚刚受了惊吓和灼伤，这一切多像在演电影啊”。比如写等不到感谢信的绝望，“真有那回事吗？妻子偶尔这么问的时候，连宋凤河自己都几乎要怀疑起来”。我想，诙谐的语调比哀怨和愤怒更适合故事的讲述。

我喜欢采写普通人的故事，一个很重要的原因是你有足够的时间去挖掘传神的细节。比如在这篇报道中，宋凤河救完人回村之后，很冷的天，故意不戴帽子，露出烧焦的头发，以便别人问询的时候，自己就可以讲讲“英雄事迹”了。这就很符合东北人爱面子又乐于自我表现的复杂心态。

在宋凤河被认定为“骗子”的时候，在获救者出面证明的时候，我除了叙述故事的进展，也希望展现人心、人性的复杂一面。比如宋凤河抬不起头的日子，人们毫无顾忌地奚落；比如一些当年的获救者会试探性地与宋凤河联系，看看宋的“动机”。

为了更深切地体会宋家人的性情，我没有拒绝他们的挽留，在土炕上与一家三口一起过夜。于是也有了一大段对于宋家早晨生活情态的描述——

这天凌晨4点。有人在外面叫卖豆腐，宋凤河的媳妇冲着窗外喊，××，给我家送一块一斤的。××从院门进来，闷声说“放灶台上了啊”，然后就出去了。一家三口坐起来一起抽了一会儿烟，妻子出去帮没有劳力的家庭种地了，宋凤河与母亲开起玩笑：“妈，你都快佝偻成句号了。”妈妈苦涩一笑，回敬说：“我都不愿意寒碜你，整天躺在床上叹气，这就是当年所谓的英雄啊？”

这一段落，放在传统的新闻报道中，编辑肯定手起刀落，毫不犹豫地“咔嚓”掉。但作为特稿，它却是不可或缺的。村子里民风的纯朴，粗砺的家庭生活，两代人之间的随意调侃，如我一样有过东北生活经历的人，或许对此有更深的体会。而宋凤河的遭遇对一家人的影响，也可以更直观地体现。

报道以宋凤河父亲开始，包括父亲一生中的“英雄事迹”，以及宋凤河的“谎言”带给老人的伤害。而报道的最后，说的是宋凤河的儿子的选择，他不会再做父亲那样的傻事。我很难说，使他做出这种选择的，是父亲救人后的不幸遭遇还是世风的变迁。

这应该也算是一种开放式的结构，它表明宋凤河的故事不是孤立的，而是有延展、有传承的。

或许，现在我可以回答这个问题了：宋凤河的遭遇有必要花费这么大篇幅吗？

其实我提供的不是一个单纯的故事，而是一种解读生活的切入点。这个故事远比它表面看上去复杂得多，甚至可以说，它没有一个很明确的指向。世风之变，人性之惑，小得不能再小的官僚作风可能造成的伤害……我想这些都可以在《木匠》一文中找到。

曾有某电影公司的人给我打过电话，表示对宋木匠的故事感兴趣，想让我把改编权卖给他。很遗憾，虽然情节看起来很像小说，它毕竟是真实的故事，我知道自己并没什么改编权可贩卖，于是把木匠的联系方式给了对方。

虽然拍电影的事没听说有下文，但已经是这篇稿子发表后的最大反响了。

沈　颖

祖籍浙江湖州，2002年本科毕业于武汉大学新闻系，即加盟南方周末新闻部任记者至2010年。对医疗、法治、社会问题类与公共利益相关的题材有浓厚兴趣，同时青睐特稿和调查报道两种文体。代表作有《艾滋遗孤，跟我回家》、《连体弃婴：人间94天》、《上海东方医院治心术调查》等，2007年5月—2008年6月获美国加州大学伯克利分校新闻学院“Tang scholar奖学金”做访问学者。

连体弃婴：人间94天

编者按：

他们带着一颗全世界最特殊的心脏，经历了一场人间。

母亲说："他们睡觉时哪怕能仰卧一次，我就满足了。"

上篇　漂流

1. 抱着世界难题的母亲

●"长这么大，还没碰到过这么难的事。"

3月1日，早上从安徽省城合肥出发，6个小时后到上海。这趟车程对22岁的黄宝静来说，简直就是煎熬。

黄宝静穿着出门才穿的大红棉裤，全部心思都在她怀里抱着的一个襁褓上。她头晕得厉害，她一直是晕车的，这会儿却顾不上这事了。她只知道抱紧孩子，别人要替也决不松手。

一个医学的世界难题，不是别人，偏偏叫她这样一个连初中也没念完的农村女子给碰上了。这个世界难题现在就被她紧紧地抱在怀里。她的孩子们，襁褓里一对刚出生不久的双胞胎，他们的身体是连在一起的。

这样极其罕见的胸腹连体、共用一个心脏的连体婴儿，出生几率是二十万分之一。而这对连体兄弟不但共用一个心脏，心脏本身还有严重的先天性心室双出口和法乐氏等病症，这种病例在世界上也很罕见。

这次去上海，黄宝静就是希望能给孩子做分离手术。一个心脏根本不可能负担两个人的消耗。

黄宝静并不是第一次去上海。4年前，当她还是个18岁的女孩子时，在上海莘庄远离市区的一个塑料厂打工，她的工作是“吹塑”，在空气中飘浮着的塑料异味中，把还未定型的塑料一个一个摆放到一架机器上，让机器一吹就行了，这个简单动作她不动脑筋地耗费了近两年的体力。“就是工作时间太长了，觉得累，无聊，后来就回安徽老家结婚了。”

结婚对象是另一个村年龄相仿的小伙卜现凯，两人青梅竹马。他们好了6年，但大多数时间并不在一起，他从13岁起就跟随父亲到各省的建筑工地上打工，后来又去当兵，在黄宝静的眼里“他脑子特别活络，见识广，会说话”。2004年农历五月二十六日，她和他水到渠成地结婚了。

这一天之前，黄宝静的生活流程就像她曾经做过的吹塑，每一道工序都平淡无奇。

“长这么大，还没碰到过这么难的事。”黄宝静说。

除了只有一个心脏外，连体兄弟从乳头到肚脐处都紧密相连，甚至肝脏和小肠也连着。两个孩子，一个吃了另一个会饱，一个排泄了另一个也会跟着排泄。

怕孩子路上出事，合肥市儿童福利院的副院长和李医生一路同行，这辆车就是福利院派的车，李医生带着氧气瓶和急救药品以备万一。所幸一路上除了3次喂奶，大多数时候，连体兄弟都在母亲的怀里面对面安静地躺着，似乎这就是他们与生俱来的渴望。

从2004年12月14日出生至今，孩子们这是第一次踏实躺进了母亲的怀抱。

2. 无主漂流

●护理人员给冬飞点了一个红点，给冬翔点了两个红点

人们最早发现这对连体兄弟时，他们面对面抱着静静地躺在一副担架上，安徽省立医院5楼走道里，脑外科门诊部门口。

那是2004年12月17日早上7时左右，一个最早上班的护士发现了他们，两个

模样相像的小家伙倒很可爱，白净的面孔略显红润，一双明亮的大眼睛，左右寻找，打量着周围的陌生人。

后来她就被吓了一大跳，但她很快回过神来，把连体婴儿送进了病房。没有人认领。9时30分左右，连体婴儿被接到了合肥市儿童福利院，默默地躺在观察室内。福利院帮兄弟俩取了名字，睡在摇篮右边的叫庐冬飞，左边的叫庐冬翔，寓意在新生命的起跑线上“飞翔”，而“庐”则来自合肥的古称“庐州”。

冬飞、冬翔很快进入一级护理状态。为了区分兄弟两个，护理人员给冬飞点了一个红点，给冬翔点了两个红点。

当日下午2时30分，护理人员第一次喂养这对小兄弟，由于两人胸腹连体，脸对着脸，喂奶费了老大的劲，两名工作人员同时作业：

先是一名护理人员将冬飞的头转向一边，另一名护理人员的奶瓶才能找到冬翔的小嘴。一含到奶瓶，冬翔便“吧嗒吧嗒”地吮吸起来；待冬翔吃饱后，护理人员再将冬翔的头转向一侧，等急了的冬飞一接触到奶嘴立即张开了小嘴，可小家伙没有冬翔吮得有力。冬翔身体强一点，而冬飞显得弱一些。

下午4时左右，工作人员准备将连体婴儿放进育儿箱中，这个只能放一个正常婴儿的箱体对连体兄弟来说有些小了。孩子放不进去，工作人员灵机一动，动手拆了箱体，将孩子安顿进去后，又重新组装了育儿箱。兄弟俩吃饱了，心满意足地咂着嘴睡了。

这一连串的镜头很快出现在滚动播出的电视新闻节目里。一个连体弃婴的故事开始广为流传。

人们猜测孩子的身世，也为他们神秘莫测的病情担忧。

3．一个家庭的选择

●“我很怕看孩子的眼睛，我不敢自己去送，怕自己心软。”

当连体兄弟在镜头里吃奶的时候，离福利院几百公里远的地方，安徽省灵璧县的一户农家，几个人的眼睛正一瞬不瞬地盯着电视屏幕。

他们一瞬不瞬地盯着屏幕上自己家的孩子。

2004年12月14日下午，连体兄弟降生在安徽灵璧小县城的一家医院里。母亲黄宝静因为生产患上了严重的心脏病，差点丢了命。

这个靠种地为生的普通的农民家庭，对这对双胞胎盼望已久。“儿媳一检查发现是双胞胎。不管男女，我们都很高兴。”卜召勤——连体婴儿的爷爷后来说。

可他们出生的模样，几乎把所有人都吓了一跳，“当时孩子生下来，我一看，天哪，是‘怪胎’啊！一个身子上怎么有两个头！”回忆起当时的情形，卜召勤声音里充满惊愕。

在灵璧这样的小县城，“怪胎”立刻吸引了很多人老远跑来医院看热闹。医生说孩子天生连体，还患有严重的心脏病，需要高昂的手术治疗费用，但成活的几率并不是很高。

怕第二天再影响医院正常的秩序，医院让卜召勤还是赶紧把孩子抱回家去。

卜召勤伸手去抱，但就是不敢细看孩子的模样，人几乎都要瘫了。

婴儿的父亲没有在医院出现。连体婴儿出生后3小时，卜召勤又看到了一张几乎让他崩溃的告示，告示贴满了街：他的儿子，也就是连体兄弟的父亲卜现凯，被作为故意杀人案的犯罪嫌疑人抓捕归案。

是8月25日那天，卜现凯去和几个战友喝酒。因为黄宝静有孕在身，他对妻子说这是最后一次出去喝酒。谁知酒醉后战友间发生冲突，卜现凯竟然捅了最好的一个战友一刀，他猛地清醒过来把浑身是血的人送进医院，晚了，抢救无效死亡。

“卖了儿子的新房，借了钱凑足了一笔赔偿金给了死者家属，再加上儿媳生孩子加看病花去上万元的医疗费，家里的底全掏空了，连个生活费都困难了。”卜召勤说。

卜召勤成了家里唯一的主心骨，他逃避痛苦的方式就是在家里呆着不出去，“偶尔去小卖部买包烟，站那绝不超过两分钟，我就抬脚走路，别人没好眼色，我就不看，心烦了就到县城里去洗个澡，到没有人烟的田埂上走走去”。

产后的黄宝静，身子很虚弱，一直住在医院里。她惦记着看守所里的丈夫，也思念着从未谋面的孩子，看着别人奶孩子，就更想得厉害。她一直被蒙在鼓里。她问过几次，家里人总是不说，她猜想可能是孩子有病，在医院看着。

就在年轻的母亲迷糊着躺在病床上时，那边一家人开始为孩子的问题争论起来。空气异常紧张。

“家里很多人都说扔掉吧，这个咋养活？但我还是舍不得，毕竟是自家的血肉啊。”卜召勤说。

反复商量了很久，最后卜召勤提出来，别让社会上的人抱走，把孩子丢在合肥的医院吧，孩子可能还有个活路。搁在家里没钱看病，就等于是把孩子往死亡线上推。

这个点子大家都说好。“我很怕看孩子的眼睛，我不敢自己去送，怕自己心软。”卜召勤说。

4. 在亲人的目光中

●“我们一家人就守在电视机面前，追着看所有关于他们俩的新闻。”

任务落到了卜召勤的老婆、弟弟和弟媳身上。

12月16日，孩子出生的第三天晚上8时，三人抱着孩子，从灵璧出发，连夜赶往合肥。他们借了600块钱包了一辆车，这是这家人这辈子花的最大的一笔交通费。

选择包车趁天黑出发是因为不希望被人认出连体兄弟的样子。襁褓包裹得紧紧的。果然刚开始连司机也没看出破绽，后来喂奶时才瞧出来是怎么回事，长叹一声后不再说话。

到合肥已经是夜里1点了。三个人都是第一次来合肥，转啊转，终于路过了一家医院。车子停在门口，他们迅速上了5楼。周围一片静寂。发现了一张送病人的担架。怕孩子冷，先给孩子多裹了一层衣服，然后轻手轻脚地放上担架。接下来，三个人悄悄躲在上一层的楼道走廊里，过一阵子就轮流下来看看孩子在不在。

孩子一夜出奇地安静。

一直等到天亮，早上7时左右，最早出现的一个护士发现了担架上的孩子。

他们眼瞅着护士把孩子抱进一个病房的一张床上，赶紧记下几号房几号床，还去外面专门给卜召勤打了电话，告诉他孩子放的位置和现场的情况。

孩子突然大哭了起来，哭声惊动了许多人过来围观。

到中午11时，围观的人越来越多。卜召勤的弟弟打电话给当地电视台一个叫“第一现场”的新闻节目。记者很快赶到了。确认孩子得到了医院的收治后，三个人才放心地离开回了灵璧。

“那些天，我们一家人就守在电视机面前，追着看所有关于他们的新闻。知道孩子安全被收养，心里才踏实了很多。”卜召勤说。

他们看到，孩子先是被合肥市儿童福利院当作孤儿收养，几个小时后就发现呼吸困难，然后被送到安徽省立儿童医院治疗。

后来听说医院进行的多次会诊结果均不理想。医院还在网上发布求助信息，河北和山东等地的专家也来医院看过，但一看到兄弟俩心肝肠多处相连就放弃了分离想法。

兄弟俩的体征渐渐稳定下来，体重从5.24公斤增加到了6.8公斤，可以适当脱离氧气管自己呼吸了，只是血氧饱和度仍然很低。

爷爷卜召勤清晰地记得，到了今年1月11日，电视上关于连体兄弟俩的新闻突然中断了。

“看来孩子是没指望了。”卜召勤说。

5. 希望被点燃了

● “他们睡觉时哪怕能仰卧一次，我就满足了。”

连体婴儿的命运在1月中旬突然出现了一线生机。

这一天，合肥市儿童福利院的李医生接到了一个来自德国柏林心脏中心的电话。一个名叫翁渝国的华裔医生说自己在互联网上看到了一则连体婴儿向世界求助的消息。他表示自己将免费为连体婴儿做心脏手术，前期检查可以放在上海东方医院进行。那里有一个中德合作的心脏中心，翁医生是德方合作医生。

几乎同时，卜召勤也接到了当地派出所打来的电话，是福利院委托派出所找寻孩子家长的。“这是不是连体孩子家啊？”卜召勤心里一惊，忍住没吭声，挂了电话。

过了几天，一个记者通过孩子出生当天的知情人找到了他们家。“我再不好意思不承认了。”

听了记者转达的德国医生的消息，一家人的希望暗暗地重新点燃了。

黄宝静这时才知道真相。

可她几乎无力去改变任何现状。她知道家里实在是太穷了。“前后两次住院花了1万多元钱，家里欠了好多债，连奶粉都买不起，即使把孩子留在家里也养不活。”

她只能一个人偷偷地哭。别人当着她的面不说什么，但是走在路上，她能感觉到背后有人指指点点，什么“造孽啊”的话都传到耳朵里。令她难过的是竟然连她自己的一个大伯也开始疏远她，甚至不和他们家来往了。

黄宝静夜里特别想孩子。孩子未来会怎样，她几乎不敢去想，但她清楚地知道现在不能把事实告诉丈夫，为了让他在看守所始终有个念想，她给卜现凯递了一张纸条：“大瑞好吗？在那里你一定要好好的，不要惹事生非，你不顾爸妈，也要顾我和两个孩子。家里一切都好，我会等你的，你放心吧。宝静。”

2月28日，黄宝静第一次去安徽省立儿童医院看自己的孩子。第一眼见到孩子的模样，她差点哭晕过去。之后，她去福利院办理了监护权移交手续。她终于又成为母亲了。

6个小时悄悄过去，平安到达上海东方医院门口了，黄宝静长嘘一口气。

她不知道上海能否给她的孩子带来新的希望，她只是看着两个孩子睡觉从来都是侧着身，就只是盼望：“他们睡觉时哪怕能仰卧一次，我就满足了。”

下篇　拯救

6. “全世界的人都未曾见过的心脏”

●“东方医院心脏中心”成了那几天医院新闻绝对的主角。它的走廊里也一下子冒出许多各地赶来的心脏病病人。

3月1日这一天，连体兄弟的到来成了上海东方医院当天最重大的事。门口站满了医院邀请而来的上海媒体记者，还有一直从安徽追踪而来的媒体记者。

连体兄弟被迅速送到了5楼的高危婴儿监护室。医院在14楼的医生住宿区给黄宝静和卜召勤安排了床铺，免费提供食宿。

在最短的时间内，刘中民院长调动了全院12个科室，成立了由12名专家组成的诊疗小组。

除了有医护人员的照顾外，连体兄弟居住的高危婴儿监护室门口还专门安排了4个保安，这种安全强度在该院历史上尚属首次。

专家们当天晚上就为兄弟俩做了心脏检查。“查出来的问题比在安徽检查时更严重。”连体兄弟的心率也一直居高不下，每分钟跳动150至160次，处于超负荷运作状态。

第二天上午，12名专家又对连体兄弟作了会诊。结论是“这是全世界的人都未曾见过的心脏”。

连体兄弟的新闻随后几乎每天出现在报纸和电视中。东方医院专门安排了办公室接待各地涌来的记者，“东方医院心脏中心”成了那几天媒体医院新闻绝对的主角。

在记者采访时，东方医院经常介绍“自己的医疗团队具备一流的心脏手术技术”。

东方医院心脏中心走廊里也一下子冒出许多各地赶来的心脏病病人。他们站在一起，谈论着连体兄弟的新闻，也互相倾诉多年求医的痛苦。

“我的孩子一出生就是严重的先天性心脏病，看到新闻我连夜坐车赶过来了。”一个来自安徽的中年妇女红肿着眼睛说，“我们的希望都在这里了。”

一个少年站在她身边，嘴唇发紫。

7. “救星”来了

●黄宝静和卜召勤觉得终于等来了希望。“我们的孩子终于可以活下来了。”

3月5日上午11时，从德国柏林飞到上海的翁渝国医生终于在人们的翘首期待中来到了东方医院。

德国的《世界日报》曾以整版篇幅报道了这位中国心胸外科医生在德国创下的几项世界第一——世界上做心脏辅助装置最多的心脏外科医生，也是世界上第一个成功地使用小儿心脏辅助装置的医生。世界上携带人工心脏时间最长，即4年多的病人，就是他在1997年7月进行的手术。2001年1月19日，他还在上海做了亚洲第一例人工心脏。

德国媒体上报道的翁医生的自我评价颇有意味——“美国食品与药品管理局

管得死，就把临床实验机会让给我们了。”

3月5日，东方医院的会议室变成了临时的新闻发布会现场。

“世界上出现过连体婴儿的病例，但多数脑相连，胸相连，像这样连体兄弟共用一个心脏的情况极其罕见，”翁医生感叹说，“在此之前，我只碰到过一例。”

翁医生指着数百张大大小小的医学影像照片说：“倘若将这对只有一个心脏的连体婴儿成功分离，这会是世界医学史上的一个奇迹。”

翁医生希望手术方案“最好让两个都存活下来”。他开始描绘未来可能的手术场景：分离术一开始，在体外循环仪器帮助下，心脏外科专家首先“修理”好畸形的心脏，再放入其中一个婴儿体中。与此同时，另一组心脏外科专家对另一个婴儿安装人工心脏，然后由外科专家对肝、小肠等其他器官施行分离术。

“我同时还考虑到了最坏的打算，如果共有的一个心脏不能使用的话，将为冬飞、冬翔都先装上人工心脏。”翁医生说。

按照手术方案，第一次手术先用人工心脏过渡，救孩子的命，等到有活的心脏供体后，还要进行心脏移植手术。

连体兄弟分离手术的预算在30万到50万欧元之间，折合人民币300万到500万元。这笔费用将由翁医生负责回德国筹措。

一时间，连体兄弟被描述成不折不扣的幸运儿。

黄宝静和卜召勤也觉得终于等来了希望。“我们的孩子终于可以活下来了。”

8. 人工心脏，说装就装？

●极度消瘦的托尔斯的照片出现在许多媒体上，他左手托着一颗人工心脏，右手竖着大拇指。他在接受治疗后存活了5个月。

人工心脏被公众，包括媒体和这家人，当成了孩子存活的希望所在，事实上这希望几乎被看成了百分百的事实，几乎没有人想到失败的可能性。

会失败吗？如果失败了，会怎样？

关于人工心脏的报道总是充满着福音式的“好消息”，而目前所能见到的中文报道几乎都集中于手术前和手术当天对“奇迹的期盼”，手术后的跟踪反馈报道几乎遍寻不着。

对于黄宝静和卜召勤来说，独立获取关于人工心脏的背景信息显然是一件超越其能力的事情。1982年，61岁的美国人克拉克依靠一颗名为“贾维克”的人工心脏生活了112天，虽然最终他因为严重的并发症而去世，但这一医学奇迹成为当时全世界众多媒体报道的头条新闻。

目前，在美国、英国、德国和澳大利亚等国，有多家机构正在加紧进行人工心脏的研究开发工作。近年来，美国Abiomed公司的产品AbioCor在经美国食品与药品管理局（FDA）批准后进行了一系列的临床试验，并因此成为目前最引人注目的人工心脏。

AbioCor的主体是一个以钛和塑料为材料制成的泵，它的电子控制系统能够根据身体需要调节泵的速度，这种可以完整植入体内的人工心脏不依赖于任何外部机器，挂在病人腰间的电池也不用电线连接，而是直接通过皮肤向人工心脏传递能量，病人在洗澡时还可以将电池取下，由人工心脏内部的充电电池提供动力。

2001年7月2日，59岁的罗伯特·托尔斯（Robert Tools）作为第一个接受临床试验的患者安装了AbioCor，在手术后的恢复期中，极度消瘦的托尔斯的照片出现在许多媒体上，照片上他左手托着一颗人工心脏，右手竖着大拇指，给人们留下很深的印象。

他在接受治疗后存活了5个月。在此后三年半的时间里，又有13位患者作为临床试验的对象先后使用了AbioCor，到目前为止这些病人已经全部死亡，受试者的最长存活记录是17个月。

根据FDA对试验对象的选择标准，AbioCor的临床试验只在那些具有不可逆转的晚期心力衰竭，并且预计将在30天内死亡的病人身上进行。另一方面，在临床试验的方案中，Abiomed公司还为每一位受试者安排了熟悉医学和精通伦理问题的律师，以帮助他们在手术前正确理解长达13页的知情同意书的内容。

尽管如此，公司、施行手术的医院，甚至包括律师，后来还是遭到了一位病人遗孀的起诉。《华盛顿邮报》在报道中引用这位病人家属的话说，她的丈夫手术前在风险和利益的评估，以及手术将给病人带来的痛苦方面受到误导，以至于他在手术之后遭受各种并发症的折磨，根本没有生活质量可言，而这些痛苦本来是他在死之前并不需要忍受的。

这次连体兄弟的手术到底有多大的可行性？本报记者专门联系了美国路易斯维尔犹太医院的罗伯特·多灵（Robert Dowling）博士，这位当年为罗伯特·托尔斯植入第一颗AbioCor人工心脏的专家表示，由于他对这对连体婴儿的解剖情况不清楚，所以难以对此做出评价。但他最后指出："据我所知，并不存在小到能够适合于植入婴幼儿体内的人工心脏。"

9. "难道看着他们死吗？"

●"不存在拿人做实验的问题。而且连体婴儿分开也有很多经验，只不过心脏的连体我们没有做过。"翁医生说。

按照计划，连体兄弟将在德国订制一种人工心脏。

连续几天，当地媒体都对连体兄弟的手术事宜给予了热情的关注。在媒体的行文中，翁医生被认为是唯一能救连体兄弟的人。

在3月5日的新闻发布会上，翁医生解释自己的这次手术的由来。

"我看到这对只有一个心脏的婴儿向全世界求援。第一，他向全世界求援了，又是中国人，我也是中国人。第二我的本职工作就是'开心'。这是我的专业。我觉得我看到了而不去救就不应该。"

记者：你做了超过100例的儿童心脏移植手术，我们很想知道，其中安装人工心脏的最长的活了多长时间？

翁医生：在我所做过的儿童心脏移植手术中，有新生儿，也有活了十多年的孩子，人工心脏装在小孩身上，我的经验最长的是9个月，之后我们就找到了合适的活体心脏，进行了移植。当然，在成年人中，安装人工心脏存活时间最长的达到4年多。关键的问题是，心脏衰竭的病人有几十万，要等待做心脏移植，可是连几百个供体都没有。如果没有供体病人就只有死路一条，现在我们有了人工心脏，就可以延长他们的生命。我们最终的目的是希望人工心脏将来可以永远代替心脏。

记者：如果这次手术失败的话您觉得对您个人的声誉有影响吗？

翁医生：应该这样讲，我不做，谁去做？难道看着他死吗？现在世界上找不到这样一个医生，像我一样做过那么多小孩的心脏移植。

记者：两个小孩将来移植了活体心脏后还需要怎样的治疗？

翁医生：移植活体心脏后都会有排斥反应，有一些免疫方面的问题，需要终身服药。

记者：大概需要多少药费？

翁医生：在德国，这不属于我的考虑范围，因为有一个完善的医疗保险系统在起作用。

记者：你一再强调，这对连体婴儿病情复杂，医疗费用昂贵，我们也听到一种说法，你和医院之所以愿意免费接受他们，完全是为了获得做这么复杂、这么畸形的心脏手术的经验，向医学难题挑战？

翁医生：我不同意这种说法。装人工心脏做心脏移植已经是很成熟的经验了，不存在拿人做实验的问题。而且连体婴儿分开也有很多经验，只不过心脏的连体我们没有做过。

2001年，翁医生在广州碰到过连体婴儿共用一个心脏的病例，“当时我也愿意给他们免费做手术，但当时孩子的父母放弃了治疗。”翁医生用了“耿耿于怀”这个字眼形容他的感受。

“但是这对连体婴儿的母亲已经同意了。”翁医生强调了一下。

10. “一个婴儿怎么能带着个大机器生活呢？”

●天津警察曹更义，带着4公斤重的心脏辅助泵生活一年多的日子充满了惊心动魄。

当初黄宝静很快答应给孩子做手术时，对人工心脏的知识几乎一无所知。“我开始还以为人工心脏就是塑料做的，做个手术安进心脏里面就好了。到医院才听说要带着个大机器，还是带电池的。”黄宝静说。

她开始担心：一个婴儿怎么能带着个大机器生活呢？如果电池没电了怎么办，或者碰上突然断电？她不敢想下去。

“医院没有跟我们专门谈过人工心脏的问题。我只好自己向采访我的记者打听。他们说他们也不清楚，不过查到的资料里说还会有好多并发症。”黄宝静开始有点焦虑了。

当她从本报记者这里得知孩子做完心脏移植手术后还要终身服药的信息时，愣了一下。爷爷卜召勤吃惊地说：“我以为孩子做完手术就和正常人一样了。如果终身服药，我们家怎么养得活啊？”

据本报记者采访了解，目前在国内接受过人工心脏移植术的人寥寥无几。天津一个叫曹更义的警察几乎是目前可以找到的存活时间最长的病人。

他带着4公斤重的心脏辅助泵生活一年多的日子充满了惊心动魄。心脏辅助泵的主要能量是电池，在室内活动时，他要随时推着电瓶车。外出活动，他必须背着4公斤重的主机和干电池。这种电池只能供电4个小时。他的外出必须限时，否则后果不堪设想。刚开始时曾经有一次停电事故一下把他推到了死亡边缘，好在他有警方大本营，紧急出动才把他的命抢了回来。他还抱怨心脏辅助泵白天夜里发出的刺耳声响让他彻夜难眠。

在一次新闻发布会上，东方医院再次提到了2001年和翁渝国医生合作完成了亚洲首例完全植入式人工心脏手术。

在3名候选人中最后被选中的庄先生，被植入了德国心脏中心免费提供的一颗价值100万元的Berlinheart（INCORI）永久性人工心脏。这是一颗仅重200克、犹如一节1号电池大小的人工心脏。

记者们不禁向东方医院打听庄先生目前的状况。东方医院对记者说：“庄先生带着人工心脏生存了一年多后死于脑部并发症。”当记者希望获得庄先生家人的联系方式时，东方医院委婉地拒绝了：“这是几年前的事了，我们早已经和家属失去了联系。”

检索旧闻，本报记者得知庄先生在手术前接受媒体记者采访时曾用“像中了大奖”一样来形容自己高兴的心情，他和他的家人当时都对手术的前景抱着迎接新生般的盼望。

几天后，本报记者终于辗转找到了庄先生的家人，庄先生的妻子几乎不愿意再去回忆手术后的情景。

“他在手术后十几天就去世了。”她黯然道，“我们不懂人工心脏的知识，那时候我丈夫的病情已经非常严重了。医生说只有装人工心脏了。”

11. 一切戛然而止

●经历了6个小时的内心挣扎后，黄宝静终于同意在遗体捐献书上签字，手微微颤抖。

兄弟俩在医院的这些天里一切正常。诊断期间，负责照料的护士不时擦着连体兄弟身上的汗水。翁医生解释道，容易出汗正是心衰的表现。但他同时表示，从婴儿的各种数据来看，他们比刚入院时身体状况好多了。

3月8日下午，黄宝静在被医院允许探视了一次孩子后，一个人默默地坐在医院的长椅上，她说她心里有些不安，想当面问问翁医生。"报纸上说在美国装了人工心脏的人没过多久就死去了。"

记者采访翁医生时，这位母亲一直怯怯地跟在旁边，后来记者鼓励她大胆去问问题。当翁医生笑着面对记者时，记者提醒他旁边站着的就是病人家属，翁医生立刻过去跟她握手。

这个年轻的农村母亲终于鼓起勇气问："我的孩子装上人工心脏后，会不会发生什么并发症呢？孩子是不是要受很大的苦呢？""并发症总是难免的。这个你不用担心。"翁医生说。

看上去母亲还想继续问下去，但一紧张突然忘了该怎么说。母亲和医生的对话很快在母亲的沉默中结束了。

3月9日，翁医生启程返回德国。因为东方医院的坚持，离开时翁医生改变了刚到来时的想法，打算把手术的地点放在上海，"我会从德国空运两台心脏手术中的血液循环泵过来，提供两套婴儿的人工心脏，亲自在上海实施手术。"手术时间计划在5月份，此间完成全部检查和订做人工心脏需要花费至少一个多月时间。

东方医院目前救治过的年龄最小的心脏移植患者为12岁，更小的儿童救治成功病例尚未被记录，看来这是一次机会。

记者提醒翁医生"出生才3个月大的婴儿心脏供体恐怕在中国比较难找"。翁医生笑着说："你们不用担心婴儿的心脏供体找不到，东方医院说由他们负责，一定找到就可以了。"

同一天，黄宝静和卜召勤也选择了暂时回安徽的家。

"上海的消费太贵。"卜召勤说，自己也不可能找到合适的工作，还不如回家找份工作挣点钱，等孙子手术时再来。这个憨厚的庄稼汉言语中透出对未来生活的希望。

3月17日下午6时33分，东方医院突然传来噩耗：未能等及手术，连体兄弟已经死亡。

院方公布的死亡原因是肺炎引起的心脏功能衰竭。

翁医生在第一时间知晓了此事。

黄宝静和卜召勤接到医院通知赶到东方医院时，孩子的尸体已经送进了冰冷的停尸间。

医院希望家属能把连体兄弟遗体捐献，他们将给予几千元的经济补偿。

经历了6个小时的内心挣扎后，黄宝静终于同意在一张遗体捐献书上签字，手微微颤抖。

94天的漂流后，连体兄弟的人世之旅戛然而止。

（发表于2005年3月24日特别报道版，编辑张捷）

记者手记：一毫米一毫米地前进

■ 沈 颖

多年以后，当我重新审视和打量这篇稿子的时候，我发现自己离开单纯的“特稿”这种报道文体已经有一段不短的时间了。

2003年到2005年是我做特稿报道的黄金时间。在我的感觉里，特稿相较其他题材对文本的要求更高，对一个记者文字能力的驾驭考验是显而易见的。

我从当初对特稿的迷恋转向用更粗糙的方式来关注新闻性更强的社会问题，换句话说选择了硬度更强的调查类的问题式报道写作。我猜想，大概这个稿子是个分岔。

当然，我得承认特稿并不是不关注社会问题的，我写的艾滋孤儿虽然读起来特稿味浓厚，但它始终在彰显非常深刻的社会命题。可惜，这样的题材简直是可遇而不可求。

于是，我开始一种新的探索，我将它们命名为“调查性特稿报道”。这只是我的一家之言，在有些人看来可能它们不算严格的特稿。

“严格的调查性报道”，可能要同时具有三个特征：它必须是独立的调查报道，而不是官方授权的信息披露；它必须是对权势集团掩盖真相的调查报道；它必须是对公众利益受到损害事件的调查报道。

我在想，怎么能将调查和特稿两种表达方式融合起来？既用调查的采访方式关照硬度新闻性更强的社会大命题，同时又能用优美的文本将其表达出来，就是柔中带刚的。

调查性特稿报道是我试图探索的一种新型报道模式，在原来的调查报道形态上融入特稿中的细节化表达。

《连体弃婴》当时获得了报社内部的新闻奖，编委会给予的评价为——“此题材无疑具有新闻价值，但容易沦为猎奇的社会新闻，沈颖使之成为一篇真正的特稿。这可能主要取决于以下两点：一是沈颖采访比较扎实，发扬了她女性的细腻感觉，注意细节，又有像‘这个世界难题现在就被她紧紧地抱在怀里’这类令人惊喜的表述；二是，她注意了医学伦理、善意等应有的维度。”

穿越时间的隧道，我至今认为这篇被人所称道的特稿尽管在文本表达上有不少可说之处，但在我看来最大的价值是在这篇稿子中，通过追踪连体婴儿的悲苦命运，发现了一些被医院以“拯救”名义着力掩盖的疑点，顺着手术问题的蛛丝马迹，采访到了美国的“心脏之父”，了解到在全世界范围内，并不存在小到能够装入婴儿体内的人工心脏，因此当时在文中就提出了关于“是否存在人体实验嫌疑”的质疑。

因此在此文中，我更看重此稿对被权势一方遮蔽的事关公众利益的事实的发现和挖掘，可以说此稿也符合我自命的“调查性特稿”的特殊文体。

如果你碰巧挖到了看似精美的宝盒，潘多拉的盒子会相继打开。2006年度让我投入最大精力马拉松般的调查性特稿报道，是关于东方医院系列人工心脏实验手术涉嫌“非法人体实验”的调查。东方医院系列报道调查从2006年11月初开始，一直持续到12月中旬，前后耗时近2个月长达50多天，最后发表了《惊心15月》、《上海东方医院治心术调查》等3篇共计1万多字的系列追踪报道。

2007年5月，我获得了加州大学伯克利分校新闻学院颁发的“Tang scholar”全额奖学金赴美访问学习一年。

在国内做记者时对特稿和调查都有兴趣，哪个都不愿放弃的我，在伯克利也找到了满意的学习搭配方法。正巧，新闻学院有特稿和调查新闻两门课。我干脆两门都上，一边上一边继续琢磨我的“调查性特稿”是否可以找到国际借鉴。

在同时开展特稿课程和调查课程的一年中，我越来越深刻地开始意识到，其实好的新闻作品本无所谓刻意的文体划分，而在于如何用可读的打动人心的方式呈现真相。

“调查式”和“追踪式”是对真相的无限敬畏，而特稿的方式表达，则让这个有关真相的新闻作品区别于一个美国FBI的真相报告，即使你费尽力气找到了真相，还得是可读的，具体可感的，对人性有同情的理解的，直抵人心的。两者本不矛盾，并期待进一步被完美融合。

我时常让这种融合显得生硬的问题在于，就像陶造一个精美的陶器，找到了每片揉和成真相的泥土材质，也找到了花纹和配饰，但手艺还不够老练，因此总是不够圆润精美，常常冒出生硬的棱角。

心态归零，重新出发，坚守起初的新闻理想。套用前辈报人钱钢曾说过的一段话作结：“关键的一点是：无论在何种环境下，都要坚持做纯正的新闻，不受污染的新闻，最优秀的新闻。如果环境好一些就做一些新闻，环境不好就不做，那么新闻就并未成为一种信念。在中国做真正的新闻很难，如果我们不能十米十米地跃进，我们就一米一米地跨越；如果我们不能一米一米地跨越，我们就一厘米一厘米地向前；如果我们不能一厘米一厘米地向前，我们就一毫米一毫米地向前。”

艾滋遗孤，跟我回家

2002年夏天开始，一群来自河南的艾滋遗孤先后成为山东曹县某些普通人家的新成员，在其间牵线搭桥的，就是老医师高耀洁。

曾经为艾滋遗孤尝试了多种救助形式的高耀洁发现，无论是集中到孤儿院还是进行直接的经济援助，都很难从根本上给这些孩子营造一个健康、健全的成长环境。而在曹县的尝试让她发现，这些孩子融入新生活的过程，也是真正消除心灵伤痕的过程。为那些不幸的孩子打开一扇新的家门，这温暖的火苗照亮的，或许不仅是孩子们的未来，也包括救助者热切的情怀。

两个镜头在高耀洁医生的眼前不断闪回。

第一个镜头，女孩又瘦又黑，她在哭，缩着肩膀哭。那是2001年3月30日，两个月前，女孩的母亲突然死了。父亲躺在铺着烂被絮的地上，不停地咳嗽、吐痰、呻吟，他得的病和母亲一样，艾滋病。

第二个镜头，2003年8月，女孩胖了，白了。她在山东的养父母家一年了。

高医生差点认不出来了。面对镜头的时候，女孩习惯性地蜷缩一下，想把头部藏到肩膀后面去。

高医生猛地一惊。还是她。高燕。

变 故

1

高燕的妈妈生了她，全家都不喜欢，奶奶说出的话更难听：“她生个闺女粪坑还撅三天嘴。”高闯的妈妈第一次结婚不到一年，丈夫就死了，几年后她改嫁到高家，当地人称她“后婚婆”。“后婚生个妮，穷到屋脊。”当地人说“她生女孩把高家彻底妨穷了”。

三年后，高闯的妈妈又怀孕了，算卦先生“算”出胎儿又是个女孩，她的婆母、小姑、妯娌就拉着她去城里医院打胎，她死活不愿去。这样闹了几个月，算了多次卦，孕龄八个半月的高闯提前“闯”到了人间。

风波从此平息。高闯的名字也由此而来。高闯出生之后，全家对他妈另眼相看。妨人的后婚婆，变成了高家的有功之人。

高燕的姥爷（外祖父）是1940年代黄埔军官学校的毕业生，她姥姥（外祖母）也有些文化。在她丈夫去世之后，就随女儿生活，她照料高燕，抚育着高燕成长，高燕刚满两周岁，她姥姥就教她学习认字块，五岁半就进入本村的东湖完全小学读书。

高燕人长得小，不少人担心她学习跟不上，她姥姥有文化，放学回家后，能辅导她的学习。彭校长说：“不要看高燕人比较小，学习就是好。”

姥姥去世后，高燕回到高家，她奶奶、叔叔谁看到她都不顺眼，经常以白眼相待，有时骂她“丧门星崽子”，意思是说她妈是个“丧门星”，有时甚至踢她一脚，打她一拳。

2

1993年到1996年，高燕的父母多次卖血。

1996年，高燕读四年级。为了生存，高燕的爸爸不得不出去打工。

妈妈在那个时候开始出现浑身无力的症状。有一天她拉着车在泥路上走，一走一滑地向前拖。10岁的小高燕看见了，轻轻走到车后面，偷偷地帮她推，没过几分钟被妈妈发现了，她说：“你太小了，还不能干活，还是回家好好学习吧。”高燕坚持要干，妈妈就是不让。

到了收庄稼的季节，妈妈又累得开始不停地吐起来。

小高燕和弟弟在家，眼睁睁看着，谁也不知道妈妈得了什么病。小高燕束手无策，就偷偷地去打听爸爸的消息，听别人说，爸爸在外面没有找着挣钱门路，靠捡破烂为生。

一天晚上，妈妈在陪高燕做作业，高燕突然看见一个高大魁梧的人站在家门外，乱蓬蓬的头发，黑黝黝的皮肤，她很害怕。妈妈说是爸爸回来了。

不久，妈妈的病突然就好了。妈妈把她积攒下来的200元钱摸出来给了爸爸，爸爸买了一辆破三轮车，整天就只靠拉脚挣点钱，“那时候日子好些了，家里经常围满了人。”高燕回忆说。

3

高燕上了初一，一切急转直下。爸爸也得了一种怪病，不能干活了。

爸爸最后狠了狠心去大医院，做了化验，化验单显示，爸爸得了艾滋病。

家里只剩了高燕的妈妈操劳一切。“我和弟弟从别人身边走过的时候，别人总要发出一阵笑声。”

爸爸干不了活，成天靠着门口的墙坐着，“爸爸被病折磨得死去活来，走过的人还嫌他老是咳嗽，吐得脏”。

新学期到来的那一天，没有钱交学费，高燕辍学了。

“有一天夜间，我突然发现妈妈吐了血，我让她去看医生，可她说不用担心，她的身体还很健康。”

后来终于支撑不住了，发烧，喘。

医生说：“是艾滋病。”高燕吓得昏了过去，不知什么时候才醒过来。

没钱看病，爸爸、妈妈全靠吃点消炎药度日。

“我每天五六点就起来做饭，给爸爸妈妈洗衣裳。我心想，只要爸爸妈妈的病能好，再苦我也认了。”

没过多久，高燕的妈妈突然就走了。说到这个，高燕陷入痛苦的回忆中：妈妈临死的时候就说了一句话，“高燕啊，你的弟弟长大了千万不能让他卖血呀！就算穷死也不能让他卖血呀！”

离 家

1

妈妈去世了，高燕唯一的依傍没了。

在给高医生的信里，高燕写道："妈妈死了，在爸爸的眼里，我就是一棵微不足道的小草。他说，女孩上学管什么用呢？上得再好也不起作用，只有男孩上学，长大了才有用。奶奶，您说爸爸说的对吗？我想上学，我渴望上学。

"但是看着爸爸消瘦的身体，加上最近嘴又烂，被病折磨得难以忍受的惨景，我不忍心和他争。"

2001年3月30日，高医生见到了14岁的高燕和她11岁的弟弟高闯。

高燕的家，是破陋的院墙和两间在屋里可以看见天空的半土半砖的旧房。房里唯一值钱的东西，就是堆在屋角的那几百斤麦子。

"高宗彦不停地咳嗽、吐痰、呻吟，有时话都不能完整地说一句。他骨瘦如柴，憔悴得像非洲难民，让人不忍再看一眼……"高医生回忆。

高燕在露天的南间灶火里哭着做饭，她说："我爸爸病得这么重，也不知道还能活多久？我这么小，不让我上学，我能干啥？"

父亲微弱的声音，口气很坚定："女孩读书没有用，闺女像根草，长大就锄了。读书越多，将来彩礼越少。"

高医生问高燕："你想上学吗？"她泣不成声地说："想！就是没钱交学费。"

2001年8月19日，父亲去世了。高燕和弟弟成了孤儿。

高燕把家里唯一值钱的东西——小麦卖掉换成钱，把爸爸勉强埋下土。

父亲留下了临终遗言："高闯是高家的根，让他随奶奶住，在他五叔、五婶家吃饭。家中的七亩多地给老五家种，家中的东西也给他们。现在小闯已经11岁，他长到16岁可以外出打工。女孩子早晚是人家的人，让高燕去她姨家，让她姨把她给打发了。"

2

2001年7月25日，高医生又把300元钱寄往高燕曾就读的小学彭校长处，好心的彭校长送高燕回中学复学了。

高燕很努力，学习成绩也不错，期中考试数学得了98分。但她在学校里常常是孤独一个。同学公开地说："她家那里有很多AIDS病人，接近她要传染AIDS的！"

14岁的高燕对父亲的遗嘱一直不服气，但这个坚持要读书的女孩子，在高家成了个"大逆不道"的闺女。她"不听话"，高家的人谁也不愿管她，她只得去姨母家吃住。

那年8月25日，高医生给高燕寄去500元，高燕的奶奶取走了，只给了高燕70元钱。

高燕独守院子时，很想大声地喊，向妈妈诉苦，可是白天怕人嘲笑，只好在夜晚偷偷地喊。

除了妈妈之外，高燕在这世上还剩了最后一个精神支柱。她不断地给高医生写信，倾诉心中的苦闷——

"父亲在世时，您寄的400元钱，被四叔偷偷取走赌博了，我怕受四叔打骂，您问的时候不敢吱声。"

"他们个个都认为奶奶您很有钱，他们威胁我，让我给您写信要点钱。"

"您为了让我上学，那么大年纪，那么冷的天出去讲课。我怎么忍心再从您那儿谋取一份没有付出的钱。"

倔强的高燕，气得家里人牙齿"吱吱"响，也换来了后来的一次次打骂。

3

2002年春节，高医生接高燕姐弟俩来郑州过年。

科技馆里很好玩儿，两个孩子好奇地东看西望。在试音量的小屋里，高闯还大喊了一声，看自己能制造出多少分贝。高燕怎么都不肯喊，长时间生活在被人歧视的环境里，她没有大喊一声的胆量。

等大家往外走了，高燕落在后面，高医生猛地回头，看见高燕张了张嘴，试了几次也没能喊出声音来。

高闯来郑州是第一次出远门。他长得虎头虎脑，很惹人爱。有个卖凉粉的，听说他是个孤儿，跟高医生要高闯做儿子，高医生怕他穷，今后供不起高闯念书，没同意。过了几天，一个派出所所长也想要高闯，高医生看他长得凶悍，怕他怒起来要打孩子，也没同意。

后来高医生在城里又找了几个好人家，每去一家就为孩子检查一次艾滋病病毒抗体，结果均为“阴性”。但是人们还是不敢收留他。

“高闯暂时住在我家，很懂事，有一天我早上起来不见了他，到处找，最后看见他拿着把大扫帚，又瘦又小的，一早就跑到院子里干活了。”

高医生曾给当地一个处长家看过病。这个处长有个女儿，读书不好，早早就工作了。他很想有个儿子。有一天来高医生家，看见高闯，听说他是艾滋病遗孤，这个处长叹了口气，说：“我生在农村，小时候家里穷，兄弟姐妹多，冬天穿的棉裤没有里子，全是烂棉絮。我知道穷人的日子难过。现在过上好日子了，我们只要平时少花点钱，就可以供这个孩子上学。今后这孩子我管了……”处长把高闯抱在怀里说：“孩子，好好读书吧，以后我就是你爸爸。我给你买书，交学费……”他回头对高医生说：“孩子父母得过艾滋病，只要这孩子没病，有啥关系？”

高闯的眼泪倏地流下来，他跪在地上给处长磕了个头。处长说：“起来吧，咱不兴这个！只要你好好学习，读大学我也供。”他领高闯上街，买了身新衣裳，还有文具和学外语的随身听，说好过几天来接高闯。

高闯等来的却是坏消息。这个处长又来了高医生家，黑着脸来，只对高医生说了一句：“孩子我收养不了了。我是四面楚歌啊。”就抽起了闷烟。

高医生追问，处长才吞吞吐吐地说了原因，艾滋孤儿的户口进不了郑州，而且老婆听了别人的闲话，说什么也不同意，女儿也跳了起来……

4

春节过后，高燕姐弟俩回到了老家。

高闯回到五婶家不久，五婶就去世了。五婶几年前也卖过血，也得艾滋病死了，五叔也患上了怪病，高闯只好又回到已破烂不堪的自己家里。

家里的电表也被三叔不知什么时候摘走了。晚上屋里一片漆黑，得点着蜡烛。

麦季到了，高闯应该有饱饭吃了，可新麦又被四叔强行收割。

政府救济的一些面粉和煤，也被三叔搬走了。

高医生知道了，急着找人收养高闯。这次她找的是自己山东曹县老家的人。

山东这家陈姓农民，夫妇二人都已50岁了，家里有十几亩地，养了600多只鸡、3头菜牛，是当地比较富裕的农户。他们原有三个孩子，唯一的儿子因一次意外，被轧米机轧死了，这是这个家心上的疙瘩。

现在他们有两个女儿，大女儿前几年出嫁了，二女儿现在湖北上大学。

陈家听说高闯的身世后，陈母难过得直哭，她让她娘家弟弟小刘去接高闯，高闯看见刘叔之后，拿着自己的几件破衣服，一步也不离地跟着刘叔。刘叔住在旅社里，夜晚高闯趴在刘叔的床边不走，生怕刘叔万一又变卦不要他了。

高闯临走时，去和奶奶告别，对她说："奶奶，我去山东上学了。"奶奶回答说："你愿到哪里到哪里，你死了我也不管，你到谁家妨谁家。"

高闯头也不回地跑了。

2002年6月1日，高闯到了山东曹县苏集镇的陈家，一进养父母的家门，叫了声："爸，妈，我来了。"养母想起死去的儿子，搂着高闯大哭。

5

2002年6月1日和弟弟分别后，只剩高燕孤苦伶仃一人，高医生不放心，又打电话给高燕的姨妈，让她暂住她家，待考上高中，由她给高燕出学费，就不再给她添麻烦了。

后来她狠心的姨妈打起了高燕的主意。姨妈有一个32岁的懒儿子，又生得丑陋，找不到媳妇，就想把高燕嫁给她，高燕不从，她一心想上学。

过了些日子，高燕等来了中考落榜的消息。

姨妈以此为借口，说你没考上学，高奶奶不会再管你了，我为啥要管你。有时因为一点破碎小事，就把高燕骂个没完没了。

2002年7月29日，高燕哭着往山东陈家打电话，说想去山东。

一个姓王的人家很快同意收养高燕。

8月1日天刚亮，高燕就站在县废品收购站门外一个公用电话亭旁边，等候山东来接她的恩人。

下午4时许，高燕看见他们，像见了亲人一般，她未停脚，连口水也没喝，什么行李也没带，两手空空，就去了山东曹县。

高燕姨妈扣留了她的户口本、别人捐给高燕的1500元学费和衣物等日常用品。

秋季开学了，高燕没户口，王母不得不交高价学费，让她借读到当地镇中学。

高燕向河南省妇联求救，又无奈地起诉了姨妈，终于把户口迁了过来。根据法律规定，高燕早到了可以按照自己的心愿选择养父母的年纪。

6

山东王家所在村的村支书去新蔡帮高燕打官司，到了当地妇联，看到一个5岁的男孩，面黄肌瘦。妇联的人叹了口气说："也是个孤儿，没病，父母得艾滋病死了，家里的老人瘫痪在床。姐弟俩四处流浪乞讨。"

妇联的人问村支书，愿不愿意收养这个孩子。其实这个小男孩还有一个7岁的姐姐，妇联的人怕他不要女孩，就没提。村支书问清楚了，就把姐弟俩都带了回去，村里缺少子女的人家收养了他们。姐姐马立现名张静，弟弟马浩现名祝金。

在高医生名单上的164个孩子中有个叫熊小果的小女孩，10岁，是高燕的邻居。小女孩父母也得艾滋病死了，现在家里只有一个80岁的老太太。

小女孩收到过高医生寄的钱，听说高医生来给高燕打官司，还要供高燕上学，就一个人偷偷跑出来找高医生。

高医生被好几个大人围着问这问那，熊小果躲在高奶奶的背后，静静地站着，瞅了个空，就扯了扯高奶奶的衣角，含着眼泪说："奶奶，俺也想去山东上学哩！"

高医生眼圈红了。2002年10月1日，山东曹县一个杨姓人家收养了她，改名叫杨莉。

"熊小果还有个可怜的小妹妹，生下来6个月，妈妈艾滋病发作死了。现在才5岁，吃不饱，害了佝偻病。"高医生说，"我后来又去她家，想带孩子走，80岁的老太太说什么也不同意，原来刚有人上她家说我是卖孩子的。"

高医生觉得这是她很遗憾的一件事。

同村还有个孤儿，读到小学五年级，父母就双双艾滋病发作死了，他一个人在家乡靠乞讨和拾荒养活自己。一个烧锅炉的工人看他太可怜，又听说山东的高新庄收养孤儿，便租了一辆三轮车，把他送到了山东，被高新庄村村长的哥哥收养，改名叫闫宏桢。

跟我回家——新家

1

高闯是第一个从河南来到山东的艾滋孤儿，到陈家后就近入邻村小学读五年级。他上学的前一天，养母到城里给他买了件小西装回来。第二天，他穿着去上学，同学笑他像新郎官，他撇撇嘴："咋啦？这是俺娘给俺买的。俺爱穿。"

他每天和村里的同学一起骑着自行车上下学。高闯人缘好，有了很多玩伴。

下了学，他进门先叫妈，然后打扫院子，拾鸡蛋。养母夸他懂事，很喜欢他，给他取名叫"祥鸽"，"希望像吉祥的鸽子一样自由地飞"。7月学期终了，祥鸽的学习成绩全班第一名。

2

2003年4月15日，高医生收到了闫宏桢的第一封来信："我的生活很好。两个姐姐对我的关心无微不至。妈妈什么事都依着我，不管我做什么事，只要是对的，她都很支持。有一次，我看见我们班的同学在用（沙）带（袋）系在（腿上）跑步，我回家就向妈妈要。妈妈毫不犹豫地说：'等明个（天）赶集去给你买。'等我第二天放学回家，看见桌子上放着（沙）带（袋）。这时妈妈走进来说：'只要你学习好，我什么都给你买。'听到这样的话我深受感动。"

2003年6月的一天，高医生又收到了闫宏桢的姐姐闫玉的来信："几个月过去了，我和弟弟相处得很融洽。他刚来到我们家时学习不是很好，说实话，您收到的成绩单是假的，是我叔和老师商量好（办）的。但在这几个月中，由于他的聪明和我的辅导，小桢成绩突飞猛进，很快成了班级第一名、全年级第二名（语文：87，数学：96）。有时日子是清苦点，但母亲视弟弟如同己出。

"但母亲并非故意的一句话让叔叔听到了。尽管随后母亲就跟叔叔赔不是，但他不听，执意把弟弟拉走，还说要把小桢送走。我弟弟吓坏了，抱着树哭着喊着不走。但叔叔生拉硬拽，树被抓破了皮，弟弟被领走了。我和母亲找过他几回，想领回弟弟，但叔说，我收留的我养，不用你们操心。我母亲很难过又有哮喘病，常年吃药，这几天她打了十几天的吊针，人也瘦了十斤……

“现在弟弟见到妈妈就躲着走，母亲很伤心，为了躲避这一切，为了我的母亲，我已放弃我的学业，在离家十几里的工厂打工，上的是夜班，正好治疗我的失眠。就让弟弟在叔叔家吧。”

村里的邻居详细地介绍了这场变局。

闫宏桢是2002年12月来到新家的，全家相处很好。一天，妈妈把蒸馒头发酵用的“面起子”晒在屋顶后下地干活了，家里的钥匙就留在了小桢手里。没多久，小桢到村子里玩，下雨时妈妈急匆匆赶回来收东西，却找不到小桢，心急之下，说了一句“这个祸害”。不巧，被路过的叔叔听到了。

叔叔据此断定，妈妈在家里也不会待小桢好，便执意将小桢领回了自己的家。

此事在村子里闹得沸沸扬扬，村里人说了句公道话：妈妈对小桢很不错，叔叔这样做也出于好心。

3

2003年5月7日，发生变故后，闫宏桢又来信了：“晚上回家叔叔给我加码，要求我做三道智力题。我在叔叔家伙食比较好，俺婶婶也比较贤惠，我生活得十分开心和自在。俺叔婶决心把我抚养成人。”

闫村长有个5岁的女儿，现在已经办好了二胎的准生证。闫宏桢未改称呼，还是叫叔，这样不影响他生第二胎。

高医生开玩笑说：“闫村长，你想当邓伯道吗？”

古时有个典故，“天道无知，邓伯道无儿。”这句话是说在兵荒马乱的年代里，有一个叫邓伯道的人，他哥哥死了，他携着他的儿子和侄子一起逃乱，因两个孩子再也走不动路，他认为自己年轻还可以再生育，于是就把儿子扔掉，领着侄子逃出灾难。以后邓伯道没有再生孩子。

闫村长笑着说：“这孩子很勤快，也聪明，下地、放牛样样都能干，学习也很好。孩子是国家的，谁都应该关心，只要他好好读书，我一定会把他培养成一个有用的人。”

4

高燕山东曹县的养父姓王，是个司机，在外县上班；妈妈是个家庭主妇，膝下无女。

高燕的到来对王家来说就圆满了，所以起名叫王圆。王圆到王家后所有的衣服、用物全部新置买。

8月16日，王妈妈把她送到当地镇中重读初中三年级，学校离她家有二里多路，王家父母怕她走路太累，给她买了一辆新自行车。

有一次，王圆看着爸爸妈妈这么辛苦，就试着替他们做些家务。她开始提着茶壶来沏茶，邻里盖房子响起一声震荡，王圆心猛地一惊，手滑了，“嘭”的一声巨响，暖瓶碎了。王圆很惊慌，怕会挨打。在堂屋看电视的爸爸听见后，跑出来，先问：“没烫着吧？”王圆半天没回过神来。

第二天早晨放学时，王圆出来得晚些，不知谁把车子给推倒了，支架压坏了，她的心里更加难过，自责，再也没勇气回家。

“当我走进村庄的时候，第一眼就看见妈妈一直站在门口，朝我上学的那个方向张望。只听见旁观者窃窃私语说，是不是对她不好呢？”王圆的眼泪流了下来。

高医生隔了几个月去看她，“高燕的精神状态全变了，原来的木讷消失了，长高了，也长胖了”。

她在苏集镇中读初三，期中考试年级第一名。

有人看见她，叫了声“高燕”，她骑着车扭头就走了。她想用最快的速度忘掉过去。

（文中孤儿均为化名）

（发表于2003年8月21日城市专题版，编辑关军）

记者手记：打开心中的眼睛寻找细节

■ 沈 颖

这是发生在2003年夏的事。虽然显得有些遥远，但记忆之窗仍然锁住了那段特别的时光。

为了这个报道，我深入当地艾滋病村，克服重重磨难行程上千公里，采访艾滋孤儿和高耀洁医生，将河南数万艾滋遗孤的悲苦生存展现，该稿列入了南方周末当年的“年度新闻奖”。编委会给予的评奖词为——“记者怀着高贵的同情心，对高耀洁大夫为艾滋孤儿寻找新家庭以及艾滋孤儿在新家庭的生活，进行了深入采访，写作时又大量使用生动的细节和原生态语言，增加了新闻的表达力和感人的色彩，显示了南方周末记者应有的水准和情操。”

当时，河南艾滋病的盖子已经被揭开了，但是艾滋病造成的孤儿问题和他们的生存状态仍鲜为人知。

在《南方周末》之前，有过简单报道的只有《凤凰周刊》。我去郑州找到了一直致力于民间防艾的高耀洁医生，70多岁的高医生带着我到山东曹县去寻访那些被送到新的家庭领养的艾滋遗孤。

这些孩子分布在不同的村子，找到他们实属不易。而他们因为自身特殊的经历，显得腼腆内向，不愿意与陌生人交流。我花费了极大的耐心让孩子们信任我，这个过程持续了很长时间。熟悉之后，孩子们才愿意告诉我他们内心的悲欢，孩子的描述不可能是逻辑性很强、独白式的，往往是你得陪他玩，问他每天的生活细节，然后你会突然很惊艳地得到一个重要的细节。

无论你有怎么美妙的文笔，实际上好的细节并不是靠写出来的，而是靠有心的采访得来。这样的采访需要你不仅带上耳朵、眼睛，更别忘了你的心。打开心中的眼睛采访，才能写出情怀。

我让高医生辨认照片上哪个女孩是高燕时，因为被收养的艾滋遗孤高燕变白变胖了，高医生差点认不出来了。戴上眼镜找了好一会，高医生很确定地说，就是她！这本是一个稍纵即逝的片刻，如果我保持沉默，也就漏掉了一个让人印象深刻的细节，高医生也会继续其他的话题，可好奇心和直觉驱使我追问了一个问题：您是从什么细节判断出这个女孩就是高燕的？高医生说："我突然想起来，长期被人瞧不起，高燕很自卑，老喜欢缩着肩膀，拍照时缩得更厉害，缩着肩膀的女孩就是她。"变化的是脸，而缩着的肩膀却暴露了内心的伤痕。

这个细节打动了我，那一刻我知道了如何去描述一个因遭受歧视而自卑的女孩，用一个细微的甚至被人忽略的姿态：缩着肩膀。

这样的追问贯穿整个采访的过程，考验记者的细心和耐心。有时是一种天然的敏感使你得到这些不一样的细节，有时是一种不一样的提问方式，比如想知道周围的人怎么对待这对因艾滋病失去父母的姐弟俩，我问高燕，当你和你弟弟走过别人身边的时候，别人有什么反应？高燕说：每次他们总会笑。记者们习惯用"歧视"二字就轻松解决了这个问题，但我希望得到一个细节，因此我问了这个问题。高医生接姐弟俩到郑州的科技馆玩，我问她孩子们有什么和一般孩子不一样的表现，高医生努力回忆了一下，想到了一个情节——在试音量的小屋里，高闯还大喊了一声，看自己能制造出多少分贝。高燕怎么都不肯喊，长时间生活在被人"歧视"的环境里，她没有大喊一声的胆量。等大家往外走了，高燕落在后面，高医生猛地回头，看见高燕张了张嘴，试了几次也没能喊出声音来。

得到独特的细节有时是因为多问几个问题，有时却因为你比别人少问了问题，比如保持沉默。

我在写《安乐死的中国现实》专题（发表于《南方周末》2003年7月17日）时，采访晚期癌症病人王明成，我和其他记者不同之处在于他们选择说话，而我选择了冷静的观察。你跟他说话，他就反复地告诉你"我想死，我为什么想死"种种，于是我选择了另一个采访方式，我说，你躺着休息吧，按你平常的生活来，就当我不在这儿。然后我就坐在他床边的椅子上，静静地观察了一天。

王明成虽然一直在媒体上要求安乐死，但是当我面对着他，静静观察了一天后，我发现他何尝不希望好好地活下去，他要求安乐死的无奈之举背后，潜藏着复杂的社会、心理肇因。

有两个细节让我深信这个判断。一是，一个虫子爬上了窗台，气息微弱的王明成盯着它足足有十几分钟。一天里的很多个时刻，我发现他常常去注意那只所有人都会忽略的爬动的虫子。也许只有气息比虫子还微弱的他才会如此在意这样的细节。

第二是，因为瘦得只剩骨头，他没法直接坐在床上，硌得疼，他很智慧地想出一个妙计，让家人买一个游泳圈。他自己充上气，就坐在上面，舒服些。那一瞬间带来的触动和悲悯让我难以忘怀。

珍贵的细节仿佛特稿的生命律动。比如，我写高闯如何盼望到新家开始新生活，又怕别人不愿收养他，用了这个细节——“高闯看见刘叔之后，拿着自己的几件破衣服，一步也不离地跟着刘叔。刘叔住在旅社里，夜晚高闯趴在刘叔的床边不走，生怕刘叔万一又变卦不要他了。”我觉得这个细节最能体现一个孩子的无奈，一个焦虑的孩子所能使用的手段也就是“趴在床边不走”，不经意的一句，读着却让人揪心。

这篇报道发表后感染了很多读者。很多人给我写信要资助那些艾滋孤儿上学，还有许多人要和高医生联系，捐助她的防艾事业。央视新闻部的一个编辑给我打来电话说：“我们做多了新闻，很久已经没有为什么感动了，今天我们社会新闻部的同事们都在看你写的这组文章，很多人流泪了，包括我。”这句话让我很感动，来自同行的鼓励很温暖。

报道发表后媒体聚焦效应显现。央视有6个不同的新闻节目几乎同时打来电话，希望以电视新闻形式再现，央视新闻部一名记者以我的文章为主要线索和旁白拍摄的电视新闻片也获得当年中央电视台的年度新闻奖。

一个月之后，时任卫生部部长的吴仪飞往河南艾滋村考察，并单独会见了高耀洁医生，高度评价其精神。此后国家快速出台了一系列政策，对艾滋病人的用药和艾滋孤儿的学费实行免费，补贴艾滋病人的生活费，越来越多的人开始关注并参与援助原本鲜为人知的艾滋孤儿群体。

从此篇报道始，我逐渐树立了自己特稿写作的风格，以细腻流畅注重细节表达的风格见长。

这篇报道从写作上，我也做了一些探索。每篇新闻报道，尤其是特稿，一定存在着一种最适合它的像呼吸般自然的结构或写作方式，我需要做的是将它寻找到。

这篇文章的结构打破常规，用了非常简单的“变故”、“离家”、“跟我回家——新家”等词语将故事的几个转折点区隔开来，保持整个故事的文气顺畅，不打断读者的阅读节奏。感谢编辑关军，他说：“文章一气呵成，我基本上没怎么改动。”

本文叙述的方式是将倒叙、插叙贯穿整个故事，依照人物内心跌宕起伏的逻辑展开整个故事。用细节的珠子将故事串接起来，用心去串，就会得到一袭闪光的项链。

普利策特稿奖作品中有一篇名为“艾滋病在哈特兰”的文章，描述一对同性恋艾滋病患者的最后日子，是一篇“一叶知秋”的立体式报道。给我印象最深的是，这样一篇几万字的特稿，全部使用的都是细节，尤其是最后男主人公汉森的死，作者从未说过他与病魔如何搏斗这些套话，而是全用观察和描写。看这篇文章就会惊讶，通篇文章没有宏观分析、没有数字统计、没有理论，全是一个细节加一个细节，但美国的同性恋和艾滋病的大时代背景却已经留在脑海中。

可以选用具有递进关系的细节反复加深印象，就像剥洋葱一样地层层地剖开。从普利策特稿奖作品中《策普的最后一站》中可以发现，作者对策普的健康和他对健康的在意巧妙地描写，这些细节是层次递进的，而不是单纯重复的。

作者的感情一般隐藏在细节之后，并不直接表达出来。有时候读到这样的细节会感到作者的冷酷和无情，但你却无从怀疑它的真实性。在选择和写作细节的时候，要有这样一个警惕，那就是文章中的任何一个不准确的细节，都有可能影响到整篇文章的可信度。细节一定要尽量还原现场，不允许想象，也要少使用形容词，但应当用最准确的动词。

在这篇稿子中，对孩子们在原生家庭和新家的不同心境也是有层次地展开，一点点地深入，连续用动词，让读者揪着一颗心自己去体味孩子们复杂而悲凉或从绝望到盼望的心境。

赵　凌

兰州女，1998年毕业于兰州大学新闻系，检察日报工作多年，2003年进入南方周末。干上还算擅长的这一行，源于父母赐予的品质，以及天性。有过新闻理想，至今热爱生活。

释永信：少林操盘手

编者按：

7月，少林寺因在网上公布核心武功秘笈及医药秘方而再度成为舆论风暴中心。

回溯十年过往，商标案、大拆迁、申遗、上网……一桩桩一件件，少林寺的知名度和它的香火一样日渐绵延炙热。

而所有这些热闹事件的背后，都有个绝对灵魂的操控者：少林方丈释永信。

释永信，要将少林带向何方？

1．方丈的一天

9月5日上午，离起飞只差半个小时，释永信淡定自若背着双手走进了北京国际机场，身后是两个年轻的随行者。身着僧装又派头十足的他刚一出场就吸引了众人目光。此前几分钟，记者拨通手机问他到了哪里，电话那端他操着河南口音说："快了，快了。"释永信的手机号非常好记，末尾是6688。

身为高僧的释永信长相并不脱俗，神情里满是大家熟悉的世俗亲切。见到记者后他先开了口：你登机牌换了没？

黄色袈裟飘荡，释永信大步流星走过通透现代的机场大厅，走过安检门，走过机场通道，目不斜视走上飞机，在最后一排坐定，拿起报纸读了起来。一路表情漠然，行动流畅。

"哟，和尚也坐飞机？"在到达座位之前，释永信必须穿越他人的目光和小声议论。一个声音有点大，"估计是个方丈吧，小和尚没这待遇。"

终于坐在了返回的飞机上，释永信轻舒一口气。作为少林寺方丈，他应该是觉得累了吧。这是一段马不停蹄的时光。

几天前他刚从香港飞回少林寺，马上又飞到北京，才两天又要急匆匆地飞回少林。“家里事太多”，释永信把少林寺称为“家”。他不肯说明此次来京的目的，只是简单说“办事”。但他的言谈和展示给记者的数码相机图片透露出，他住在河南大厦，去过国家宗教局，到过北京电影学院，还见到了张艺谋，并饶有兴趣地在片场看了张拍的手机广告。

中午12点半飞机抵达郑州，大雾，释永信依然背着双手走出机场。刚一出门，有个人突然上来握手：“哟，方丈，是您啊。”释永信点头致意，问候：“你最近挺好吧。”对方答，挺好挺好。告别转身，释永信对记者说，这人我不认识。

机场外一部切诺基已经等在那里。车行至新郑机场大酒店，大家落座，点的自然都是素菜。释永信叮嘱，不要放葱姜蒜啊。服务员小姐说，我知道。“噢，你还知道这些。”释永信眼神活泼很随和的样子。

席间谈到很多话题，释永信所知广博。他知道兰州大学最好的专业是化学，他流利地说出一串美国主流媒体的名字，说这些都采访过他。他鼓励记者写书，“最近台湾出了个女作家，当过记者。叫林什么，忘了。写了十几本畅销书。”记者问，哪方面内容？“就是写给你们女人看的，不过好像和琼瑶的东西还不太一样。”

大约一个小时后，车入登封市。在一个宾馆门前，释永信一个人下了车，说“要办些事”。

剩下的人马驱车进入少林寺。准确来讲，是进入少林寺工地。脚手架下机器轰鸣，少林寺正在进行史上最大规模的大修。中轴线上大殿已被统统重新粉刷，逼人的鲜红覆盖了陈旧的朱红。地面老砖换上了光亮新石。两侧几座老殿被整体拆除后正加紧重建，新木头还透着光鲜。切割机、搅拌机的轰鸣中，游客们在碎砖与水泥堆间来回跳跃。

5点左右，少林黄昏已至，释永信回来了。在外墙青砖被刷成铁皮桶青色的方丈室，释永信接待了前来拜访的心舫法师，心舫法师是河南新乡定国寺方丈。寒暄中，释永信问道：“你那里现在没做什么工程？”

2. “发展是硬道理，少林寺也需要发展”

“深山藏古刹”的感觉只存在于看不到的历史以及一厢情愿的美好想象中。现在找到少林寺是件太容易的事，容易到让人觉得一点都不好玩。从郑州出来，沿郑少高速，一路可见有关少林寺的路标，极其精准地告诉你如何到达。

谈到外界质疑少林寺越来越商业、越来越世俗倾向，释永信拿郑少高速做比喻：“以前少林寺到郑州可能需要骑上几天的驴，现在一个小时就解决了。”他说：“邓小平都说了，发展是硬道理，社会在发展，与时俱进，少林寺也要发展，佛教也要发展。你们是不是觉得少林寺放在与世隔绝的深山老林里就对了？”

说这些话的时候，少林寺正再度成为争议热点。7月，少林寺刚刚在网上公布了《易筋经》、《洗髓经》等少林核心武功秘笈并同时公布了鲜为人知的少林医药秘方。外界舆论瞬时哗然。少林寺的网站日点击量超10万。作为方丈的释永信再次站在了风暴中心。

49岁的释永信，安徽颍上人，俗名刘应成，1981年16岁时出家入少林。他说，出家并非因为贫困，“我们家是商品粮户口，上学找个工作不成问题。”“总而言之，还是因为与佛有缘吧。”释永信嘿嘿笑着摸了摸自己的脑袋。出家前更多的事情他拒绝透露。他说自己初中毕业，但外面也有人说他只上到小学二年级。

释永信入寺后拜当时方丈行正为师，6年后行正法师圆寂，22岁的释永信承师衣钵成为当时全国最年轻的寺院住持。1999年升座成为方丈。这是一个无比流畅的“升迁”路径。之后各种头衔便接踵而来，全国人大代表、中国佛教协会副会长等等。有人因此说他命好，有人说他懂政治，也有人说他被慧眼识才。

可以肯定的是，释永信从一开始就是一个想做些事情的人。他主事伊始，精力便放在了“学术”以外，忙于雄心勃勃扩充少林组织机构。自1986年始，他先后创立了少林寺拳法研究会、少林武僧团、少林寺红十字会、少林书画研究院、中华禅诗研究会、少林寺慈善福利基金会。释永信几乎担任了全部这些团体的最高领导。

从内部机构设置来看，释永信理念下的少林寺俨然是一个架构完备的实体，甚至拥有一个少林实业发展公司，释永信说当年为了保护少林寺商标才成立公司，因为商标法规定只有公司才能注册商标。少林寺自己并不忌讳言商。

强烈的现代意识是释永信身上最鲜明的特点。细节的例证是他说话常常用非常通俗流行的词汇。在现代规则的指引下，今天的少林寺走上了一条并不避世但备受争议的道路。1993年，漯河一食品厂推出“少林”牌火腿肠，广告中无数火腿肠从少林寺山门内“嗖嗖”飞出，释永信坚持把官司一打到底，他很早就意识到了知识产权的重要；1996年，当国内对互联网还一片懵懂时，他出访英国“发现这玩意好”，回国便建立了少林寺网站；他派寺僧出外学习，前往北大、清华以及英国、新加坡等等，他说“中国寺院现在最缺的就是人才和师资”。从1989年6月释永信偕少林寺武僧团全国巡演至今，武僧团的足迹已经遍及多数国家。释永信说，我就是要通过表演来弘扬少林文化。今天武僧团一个9岁的孩子说，他去过十几个国家。

释永信有一套独特而坚定的对于少林寺发展方向的理念，那就是和现代社会保持亲近并和政府保持一致。有两个例子值得一提。释永信个人几乎拥有所有的现代通讯设备：宽带、笔记本电脑、数码相机、时尚手机（他短信发得很好）。2003年，他把中国互联网新闻宣传高峰论坛搬到了少林寺古老大殿藏经阁，他说：“互联网快速发展，少林寺如果不能利用好这种新的交流方式，将会离世界越来越远。”

释永信似乎很害怕少林寺被遗忘。显而易见，他在竭尽全力把少林往外推。他自信这些年的努力让少林寺获得了更多关注。

作为个人，释永信应该是少林寺历史上足迹最远的方丈。他伸出四指用力摇晃：“你知道吗，我去过40多个国家，而且接触的都是上流社会的人。”

3.“我不怕争议，争议都是暂时的”

释永信知道自己备受争议，甚至知道反对自己的人很多。从2001年少林寺整修拆迁以来，山门外百姓的怨声至今未绝。前后持续两年之久的拆迁涉及少林寺周围民房近10万平方米，迁走了武校40多家，商户1000多户。到去年底，少林口以内30万平方米，已全部拆迁完毕。曾经普度众生关怀农桑的少林寺在第33代后继者释永信这里背上了“骂名”。

但释永信依然坚定地执行自己整治环境的决心，没有动摇。

拆迁余痛未了，公布武功秘笈的争论又至。有人质问：少林寺有何权力公开属于中国的文化遗产？如此详细的招数介绍，暴徒得技怎么办？古代医宗秘方，今人敢用？

释永信不动声色，表示有条件的时候还会陆续公布一部分秘笈。

少林寺这个一度清静之地就这样被新闻包围着。连路边卖旅游纪念品的小伙子都清楚："少林寺现在是一年一件大事，拆迁完了大修，接着又是公布秘笈，现在还正申报世界文化遗产呢。"

"公布少林功夫、申遗是我的主意，你觉得怎么样？"释永信习惯用征求意见的方式表达自己的骄傲。他说，现在少林功夫到处都是，真正的少林功夫正在被曲解。少林功夫的特质，就在是一种有信仰内涵的功夫，这是区别于其他武术的地方，申遗可以更好地保护，让世人认识它的价值并扩大影响。

在释永信现代、开放、不避世的治寺理念中，千年古刹里的人和物都在发生着一些变化。记者所能见到的僧人全都使用手机，有人倚在大殿门上独自笑着发短信；清晨执帚扫院的不再是僧人而是花钱雇来的保洁人员；谈笑打闹的保安把守着少林寺的主要寺门，而对于正在沉醉于抄写碑文的游客，他们会警觉地走到身边问：你抄这个干吗？

少林寺最具标志性的建筑塔林中，一座簇新的塔挺立在塔林入口处，在周围自隋代以来的232座各代古塔中当属独树一帜。此塔是为祈祷少林寺德高望重的素喜大和尚闯过84岁大关，众弟子为其建造的祈福寿塔。与古塔雕刻的传统精美图案不同，这座寿塔塔体上的浮雕是：飞机、火车、轮船、摄像机、笔记本电脑。此塔已成为每个导游进入塔林后首先讲解的地方。

采访结束向释永信辞行时，他正盘腿坐在方丈室的古椅上，高举着计算器就着从门缝里斜刺过来的阳光凝视计算器上那个数字。他说，一部分工程结束了，该结账了。

为了10天后"古刹重光"的庆典，少林寺的大修正在日夜加班和时间赛跑。"我知道有人会说我把少林寺搞乱了。不过当人们看到漂漂亮亮的少林寺后一定又会开心。"释永信说。

"争议就争议去吧，我告诉你这一切都是暂时的。我有振兴佛教的责任，他们都是站在个人角度想问题。"释永信面对非议的态度一直都是这样，他重复提到"责任"二字，不断重复。

对话："我这个人最大的优点就是没有野心"

身着僧衣坐在始建于1511年的庄严的方丈室里，释永信却以他特有的现代白话表达观点——这使得交流变得非常轻松。

记者：在大家眼里寺院方丈是个特别神秘的人，高僧大德而且功夫高强，少林寺方丈就更神秘了。

释永信：有啥神秘的。只是社会分工不同，你当了记者，我做了出家人。你们感觉到的刮风下雨我也能感觉到，饿了，我也要吃馒头。

记者：你1981年入寺时，少林什么样？

释永信：一片破败，一共就十几个和尚，9个是老人，靠28亩地过日子。

记者：你的师父行正是个怎样的人，为什么接班人是你？他和你主政少林寺的方式有何不同？

释永信：师父眼睛看不清楚，几乎是盲的。他是一个非常有智慧的人，个人修行很好，他对少林寺贡献巨大，"文革"中，他用生命保卫了塔林。少林寺最苦难的时期都是他带领大家走过来的。我非常尊敬他，他对我影响很大。师父一直重点培养我，指定我承衣钵，我想是因为我勤奋、有责任心，而且人缘好。

记者：有很多人综合你这些年所做的工作，认为你更是一个政治家？

释永信：哼，说这话的人根本就不懂宗教历史。各国宗教历史来看，哪个宗教不是政治的一部分，和政治密不可分。了解少林寺历史的人就更应该懂，少林寺作为皇家寺院，历来与政府关系紧密，"十三棍僧救唐王"的历史谁不知道？尤其是现在，中国佛教发展很多事情都要靠政府的支持，像我们的拆迁和大修。

作为宗教寺院我们必须和政府保持一致。

记者：做了这么多决定少林寺发展的大事，你就没有听到底下僧人不同的声音？你是不是不够民主？

释永信：（表情认真地）我不相信民主，民主就是平庸。俗话说，一百个和尚乱当家。

我还没有听到内部反对的声音，他们都相信我。这20年我给少林寺带来的变化摆在那里。

记者：哪些变化？

释永信：至少解决了他们的吃饭问题。我自己总结了几个地方：人才培养、恢复寺院规模、加强国际交流提高海外影响，还有就是文化传播。少林寺的影响力越来越大。

记者：也正因为这些吧，很多人感到困惑，少林寺到底是个什么样的地方？修禅还是个武馆，景点还是寺院？

释永信：少林寺既是一个修禅的地方也是一个习武之地。我是在1980年代初最早提出“武术禅”的。你觉得这个提法怎么样？还行吧？

记者：大家觉得少林寺变了，越来越入世和张扬，不再是清静之地。甚至有人说，你公布秘笈以及恢复少林药局都是为申遗所做的商业策划？

释永信：呵呵。这是个观念问题。

我每次进出山门，看到少林寺门前立着的那块“重点文物保护单位”牌子，心里就犯嘀咕：佛教是不是也成了重点保护文物了？！如果事实上真是这样，那就是佛教的悲剧。安于清静的山门，卖卖香，收收门票，佛教的衰落是必然的。我们天天讲普度众生，不到众生中去，实际上一辈子也度不了几个，甚至都度不了一个，那么我们也就空有一颗慈悲心而已。

我所做的一切都是为了证明我们少林寺是有东西的，而且这些优秀的东西应该让更多的人知道并服务众生。

记者：你怎么看待佛教的未来？

释永信：这也是我一直思考的问题。想来想去，就是要到众生中去。太虚法师说的是“人间佛教”，我觉得更准确的提法是“大众佛教”，你觉得我这提法怎么样？

WTO以后，全球一体化，各种资源都重新分配。物质、经济包括信仰和信徒。转型期中国佛教面对着外来宗教进入的大潮，挑战很大。我觉得情况非常紧迫。不是说大话，我有很重的振兴佛教的责任。作为宗教领袖（他马上意识到这个词的高度，笑着说，虽然这样说有点狂，但事实就是这样），我所做就不能站在普通人、普通僧人的角度想问题。我保护和发展少林寺，说小一点是为了少林寺，说大一点是为了中国的传统文化。我飞来飞去满世界跑，就是因为这个责任。现在国际国内环境都很好，这几年一定要抓住，抓不住就什么都没有了。

记者：你希望把少林寺带向何方？

释永信：打造成一个佛教圣地。

记者：你有没有自己的职业规划？是否期待施展更大抱负的平台？

释永信：能做到少林寺方丈和中国佛教协会的副会长已经够可以了吧（笑着征求身边小和尚的意见）。现在这个方丈的位置只要我自己不退就还能坐下去。我这个人最大的优点就是没有野心。

9月8日，央视新闻频道就少林寺公布秘笈一事采访了释永信。晚上10点，释永信打来电话，语气兴奋：节目看了吗？觉得怎么样？还行吧？不过还是有点紧张。唉，好多精彩的地方都在后期给剪掉了。

（发表于2004年9月16日人物版，编辑张捷）

记者手记：5天和3小时

■ 赵 凌

做了很多的稿子，释永信是时常会自然而然浮于脑际的一个人。这是一段充满趣味的采访经历，这个复杂人物带给社会的困惑和争议到今天还在继续。题目是编辑张捷委派给我的，她是一个眼光和直觉极好的人。当时最新的消息是少林寺公布了少林武功秘笈，结合之前少林寺高调申请世界文化遗产、注册商标、组织少林武僧团海外巡演，编辑隐约觉得少林寺一步步从幽闭走进繁华，背后必有一个灵魂人物作为推手，而这个人应该就是少林寺方丈。此前我对释永信一无所知，后来查阅少林寺过去几年的新闻，比较肯定的是，这是一个非同寻常的方丈，他用纯熟的商业手段打造少林寺品牌，试图把它从小小的嵩山推向世界目光的中央。他一点都不避世，相反积极张开双臂拥抱俗世。这个人显然在颠覆社会传统对高僧大德的理解和想象。他到底是怎样一个人？无人准确知晓。当时释永信并非媒体名人，罕见个人报道，这空白更为我们的采访增添了意义。

文章五千多字，采访了5天，而直接和释永信面对面加起来不到3个小时。2个小时是第一天我和他一起从北京回少林寺的路上，另外1小时是他最后一天给我的。现在看来这无意中成就了一个恰到好处的安排。最初的两个小时我们互相观察、熟悉，寒暄，这种在路上的旅程氛围，他展现了最自然真切的一面。我趴在他副驾驶的座椅后，看他饶有兴致地展示数码相机里的照片，听他描述见到张艺谋刹那间的感觉，他的少林寺发展战略，他对基督教在中国兴起的忧虑等等。

随后的几天我探访了少林寺里里外外，这里没有一处安宁所在，寺院内外都是搅拌机轰鸣，沙土飞扬的气象。曾经住在寺院外的大部分居民迁离此处，他们的家夷为平地后变成宽阔道路，种上了花草，可以想象完工之后，少林寺会像中世纪贵族伟岸的庄园。我走访了部分留在这里的和已经搬离的原住村民、大大小小武校的老板、少林武僧团的师生、小饭馆、小商贩、黑车司机、酒吧老板、少林寺内外的僧人、保安、保洁、游人。记忆最深的是在一名当地人带领下，爬了两小时的高山，拜访一位据说受少林寺排挤被迫归隐的高僧。那几天，我兴致勃勃地跟遇到的几乎每一个人攀谈，了解他们知道的少林寺和释永信的故事。这不是什么苦差事，其实是一次愉悦和特别的交流体验。那种出于想要了解一个陌生人的好奇心和探索欲，没有了如指掌的经验，更没有一般调查报道中预设的判断。

释永信终于答应再见我，是在我到那里5天后，此前他天天说忙，方丈室大门紧锁。在这宝贵的一个小时里，我将这几天的发现、思考和质疑全部推给了他。他气定神闲地回答，尽管所有问题对他来说都是毫无准备。

这篇报道之所以后来有点影响，最重要的原因是“耳目一新”。释永信超越了人们的经验世界，他的一举一动，一谈一笑，只要如实记录、如实表达，就已经构成了阅读冲击。报道最有价值的不是写作，而是第一个提出了“释永信现象”，之后媒体的跟进还是在继续描述和解读这一命题。我觉得，一个成功的人物报道，多一半应该归功于你的报道对象，人物的闪亮会自然构成最丰富的原料，能够照亮整个文章。遇到一个精彩人物，记者主要做的就是保持距离的细致观察，然后提出你的疑问。所谓细致的观察力，有些是来自职业素养，有些是出于个人天性敏感的偏好，比如，这篇文章中的手机号、口音、眼神口气、他用到的词汇、数码照片，他谦和又骄傲的表达方式，以及少林寺内外混沌世俗的气息。

星巴克，一个靠窗的座儿，两个小时的谈话——实际上很多人物稿是这么完成的，我也这样做过，还不少，做多了之后就是厌倦和麻木，最可怕的是心虚：两个小时你就能把一个人看清，你就敢下笔？两小时之外的表达就有可能是揣测，片面，甚至完全错误。这时候你能做的就是把你们的对话直接展示出来，或者在浩瀚资料中寻找相对稳妥的信息，结合采访完成一个中规中矩的报道。这种写作是痛苦的，因为没有太多厚实的料，只能把心思放到精巧雅致的文本表达上。不过话说回来，对于一些多少有些名气的人物，能给你两小时就不错了，这是现实的难度，但不管如何，前期尽可能广阔的外围采访绝对没错。

这篇稿子最可爱的地方是我与释永信有短暂相处，并在他的“势力范围”内和被他影响着的环境里生活了5天。这真的很重要，你会因原料丰富而内心殷实，会因感觉到在接近真实而信心十足。特别难忘路上那两个小时，松懈，真实，自然，无拘束。那两天释永信刚好在京开会，我不断电话约访，他总说没时间。第三天晚上又打，他突然说，明一早就离京回河南。对于他的态度我多少有点生气，问清航班，晚上订票，第二天当我出现在北京机场时，他确实有些惊讶。文章也就是从这里开始的。想说的是，大多数人是不愿意面对记者的，如果你真的很想做这个报道，那就不要放弃，别人不耐烦甚至厌恶的态度一定会伤害你，但等你做完这一切后，会得到他们对你加倍的尊敬和重视。

因为截稿时间的压迫，这篇稿子没有经过什么修改就发表了，现在来看仍有很多不足，好文章一定是反复修改的结果。回来再看，我认为一些表达和处理应该更收敛，文章的幽默感很重要，尤其对个性人物，文中几处我动用了形容词而且讽刺意味颇强，不仅没有达到不动声色的幽默，反而显得我有点“不怀好意”。当然这与技巧有关，不过更与年龄有关，那时候还没到三十，仍然有“强烈”表达和判断的青春遗迹。

特稿研究

我们说之

南方周末特稿的选题与叙事

■ 张　捷

在新闻界，一个以文字出色而著名的记者，很可能遭到如下攻击：他用文字来弥补采访的不足、掩盖主题的孱弱。

我刻薄地以为，发出此类攻击的，往往是文字粗糙之人，他可能既不具备出色的感悟力，也不具备出色的表达力。

出色的文字有什么作用呢？在我看来，出色的文字是传播的利器。

举个例子：农药DDT对环境的危害，是被一个叫卡森的美国女人传播开来的。在经过4年的采访后，1962年，她出版了一本书《寂静的春天》。实际上，科学界对DDT的危害早就了如指掌，许多生物学家在她之前就已经多次试图引起公众对这一问题的关注，甚至就在《寂静的春天》出版前夕，也有一位生态学家出版了一本内容相似的著作《我们的合成环境》。但这些努力都失败了。根据这位失败的生态学家的说法，卡森得以成功的原因是“她具有‘超级散文’的写作才能”。她用扎实的专业知识和优美的文笔，让公众注意到了科学界的呼声，顶住了农药商的反击，并很快地影响了政府的决策，禁止了DDT的使用。（以上内容摘自方舟子科普文章，以下内容是我的补充）当然在今天看来，对DDT的控制有些矫枉过正了，过于严厉地禁用DDT反而导致了某些地方蚊虫失控、疟疾传播。这倒也恰恰说明了《寂静的春天》的影响力，这个影响力强大到已经产生反作用了。

以上表示我充分理解“文本之美”。但是，另一方面，我个人并不喜欢片面强调特稿的“文本之美”。至少对于南方周末特稿来说，文本之真和文本之美，根本上是密不可分的。特稿尤其在细微之处考验记者的观察能力、感受能力、分析能力、理解能力、判断力，以及思想见识。我不曾见过一篇好的特稿能够脱离这些而存在，我也不认为采访的不足和主题的孱弱能够用文字来弥补。

南方周末特稿自2003年投入最优秀记者并持续用力几年，2007年底，时任特稿编辑的我提出了南方周末特稿的版面广告语：追寻文字的美，呈现复杂的真。

我想强调两点：

第一，价值。尽管“追寻文字的美”，但是所谓“文字的美”天生不是新闻的终极目的，而是诱惑读者以利传播的手段。尤其在现阶段的中国，一个好记者不会仅仅满足于记录历史，其暗藏的目的一定是影响今天。出色的文字能够帮助传播，传播才能带来改变。

第二，界限。特稿归根结底是非虚构的新闻，而不是虚构的文学。文学可以探索无疆界，新闻却不得不受制于职业准则。文字之美首先必须服务于文字之真，也就是必须有所为、有所不为。

本文选取了大小不同的三个切口，第一选题、第二概述和场景、第三判断性叙述，以此对南方周末特稿的操作做一个并不全面的略带随意的说明。选题是读者都能理解的，至于后两部分，是我自己有所感触的两个小点点，可能涉足过新闻写作的人更容易体会。

1. 选　题

●主题事件化，事件故事化，故事人物化，人物性格化。一千万人死亡只是个统计数字，一个人怎么死却可以写成悲剧。

选题概貌

勉为其难分分类，南方周末特稿选题可大致分为以下四类：人物类、人群类、话题类、事件类。以下是对四类选题的概略描摹。

（1）人物类

一个人物偶然碰到一个复杂的情境，他的遭遇和他的反应就是情节的展开。这句话大致可以用来概括南方周末特稿的人物类选题。我想特别强调的一点是，在南方周末这类特稿中，人物性格是重要的叙事推动力。性格的推动力，是选题标准，也是写作方向。南方周末这类特稿的人物绝非很多报道中（比如《华尔街日报》式特稿）经常出现的个性扁平的、功能性的人物，绝非那种专为代表一点什么而存在的人物。相反，南方周末的这类人物特稿令人深感性格决定命运：有如此这般的性格，才有如此这般的故事——事情发生在别人身上，可能不这么反应，而这个人偏偏这么反应，然后这么行动，于是就成了故事。

有的选题主角数目超过1，但是在情感或者行动上紧密相连，近乎一个主体，所以一并列为人物类。

比如：

《两个男人的20年“婚姻”》

《你不会懂得我伤悲——杨丽娟事件观察》

（2）人群类

某个特定时域中的特定人群的生存状态，他们因为历史发展的某个节点而造就。比如：

《盲艺人的乐与路》

《艾滋遗孤，跟我回家》

（3）话题类

一些可能影响读者生活的问题，尽管从重要程度来看，并不逊色于事件类硬新闻，但它并不是一夜之间发生的。比如：

《一块煤的利益之旅》

《满语消失的最后一瞬》

（4）事件类

基于某一新闻事件的报道。这类报道虽然也可能有主要人物出现，但人物的情感和反应并不是故事的主要推动力，报道关注点在于围绕事件的世相百态。比如《鬼妻》。

需要说明的是，以上四个分类仅仅旨在呈现南方周末特稿概貌。四个分类并不严格。实际上，有些选题介于两个分类之间。比如《系统》是关于中国红极一时的网络游戏《征途》的报道。从集中在一个人物来看，可归为人物类。但这个人物并非新闻人物，只是因为具备典型性，才被记者选中以承载这个话题，如此又可归为话题类。

人物类、人群类、话题类，尤其体现了南方周末特稿选题的相对独特。这三类题材体现了观照现实的广度。而在后期，南方周末特稿加大了对事件类选题的报道力度，实际上有的事件并非重大灾难性事件，其他媒体可能仅仅当作猎奇性的社会新闻来处理，南方周末特稿对于此类事件的解读，显示了观照现实的深度，比如《小镇猪事》、《鬼妻》。

选题原则

南方周末特稿的选题原则可总结为：戏剧性高度集中。戏剧性在很大程度上意味着冲突性，当然冲突并不仅仅是暴力冲撞，内心挣扎也是冲突。“戏剧性高度集中”可进一步表述为：“主题事件化，事件故事化，故事人物化，人物性格化。”实际上这正是凝聚戏剧性、寻求“集中”的手法。

怎样凝聚戏剧性？以下是集中手法的简单分类：

时间的集中。比如《盲艺人的乐与路》，描述一队盲艺人在绵延的太行山里卖艺游走的一天。再比如《举重冠军之死》的开篇，着墨于事件主角在人生最后一天的经历。

空间的集中。很多时候时间集中也意味着空间集中。比如《盲艺人的乐与路》集中在一次游走线路。再如《车陷紫禁城》的开篇，写一场秋雨导致的交通瘫痪，跟踪的是周五傍晚下班高峰又赶上下雨的北京最拥堵一刻，一辆出租车的行进线路，

人物的集中。将一个大的主题集中在一个人物身上呈现，这是西方特稿的常用手法。南方周末特稿《系统》是典型之作，报道以游戏影射现实，发掘风靡一时的网络游戏《征途》背后的极权资本主义思维。具体操作时选取了一个游戏

玩家吕洋，以她从陷入到厌倦的全过程作为叙事线索。再比如《一块煤的利益之旅》，用一块煤从矿井到用户之间的旅途，来勾连与之相关的利益百态。

尽管效果强弱不一，总体而言，南方周末特稿呈现出对于戏剧性集中的主动追寻，力求将有故事的人物、冲突性强的事件，集中在一时或者一地叙述，在可能的情况下，寻求多个角度的最大限度的凝聚，再凝聚。

简洁地表述“集中”：就是“用最小的面积来集中最大量的信息和思想”——此表述出自北京大学新闻与传播学院徐泓教授。

在这点上，南方周末特稿和西方叙事性写作的路数是相同的：一千万人死亡只是个统计数字，一个人怎么死却可以写成悲剧。

选题来源

一个主题有报道价值，并不意味着立即可以着手报道，主题在很大程度上是编辑记者的思想储备，是对社会大势的基本把握。从操作角度来看选题确定的时机，戏剧性的集中可能有三种路径：触发，寻找，等待。

触发：在突发事件来临时，主题联想会被触发，新闻价值即可确定。比如《小镇猪事》。触发这组报道的事件，是一个被偷猪贼扫过的村庄，陕西省蓝田县洩湖镇崔家坪村，村民们为了护猪纷纷睡进猪圈。记得那是在北京记者站每周例会之前大家随意聊天的时候，李海鹏闲坐翻看一张都市报，偶然看到这条消息，立刻向我建议了这个选题。这个事件触发了编辑记者对于高昂猪价背后的大势的联想。报道由此事切入，呈现了国内农户分散养殖状况的尴尬：养猪，从未像现在这样意味着巨大的风险。单家独户的养猪人，一个广泛的农户群体，被价格、病害、成本、剧烈的市场波动所绑架。

寻找：戏剧性集中意味着主动寻找，寻找足以承载主题的事件或人物。比如《两个男人的20年“婚姻”》。当时我有意关注中国同性婚姻现状，着意寻找典型故事，发动圈内人帮忙推荐，最终在张北川教授（他长期在同性恋人群中进行大规模艾滋病干预）的帮助下，锁定了四川一例少见的持续20年的同性事实婚姻的个案，这一个案足以展现同性婚姻的普遍性艰难，承载了丰厚的历史悲欢。

等待：戏剧性集中也意味着等待，等待一个戏剧性爆发的契机。比如本书不曾收录的《她们，用40年寻找亲人》（2006年3月30日，记者曹筠武）。1960年代初的大饥荒中，苏锡常大上海一带众多婴幼儿被父母无奈地遗弃。向北才有生路，比如到有牛奶的内蒙古，北方诸省根据周恩来总理的指示，演绎了一场人道主义人口迁移。40多年过去了，当年的孤儿们走过了无暇他顾的繁忙人生，也到了该给情感找回落脚处的时候，他们开始零零散散地南下寻亲。事情本身足以令人唏嘘，我对此事早有察觉，但是考虑到零碎的人物故事过于散漫，在对文本呈现的更高要求之下，决定等待，等待一个可能的契机，也就是无锡福利院可能组织的一次寻亲会——这就是主题事件化——可以想象，人物、情绪都将集中在这一个寻亲会现场爆发。这一耐心的等待持续了半年。

选题要义

南方周末特稿选题的两个基本要义是：公共性，冲突性。

“公共性”意为，选题总是与公共利益或者社会图景相关。以下在公共性这一层面，将南方周末特稿与普利策特稿做个对比。

西方特稿题材大致分两类：一是软新闻，二是硬新闻的软角度。

在“硬新闻的软角度”这一方面，我一时想不起有什么可说的，南方周末重大突发性热点题材肯定交给头版承担，如果新闻够硬，我觉得能发出去就不错了，根本来不及软。南方周末特稿和普利策特稿真正显示出不同的是在“软新闻”这一方面。与重大突发性的热点题材相比，南方周末特稿的很多选题属于柔性题材，并不是一夜之间发生的，但是这类柔性题材又不完全等同于西方所谓的“软新闻”或曰“生活方式类新闻”，最显著的不同在于，南方周末特稿即使做柔性题材，也特别强调“公共性”。

在这一点上，南方周末特稿虽然在普利策特稿影响下起步，却最终显示了自己的风格。

考察普利策特稿，不难发现，有些题材是纯粹个人化的，《一个视力过人的男孩》（1985年获奖作品）呈现一个小盲男孩怎样与别人相处，《亚当和梅根》（1990年获奖作品）讲述被火灾毁容的孩子如何重建生活。这类报道几乎可以称作个人心灵的成长史。他们是面对日常生活挑战的普通人。

通观南方周末特稿，《血友兄弟》（2005年3月7日，记者南香红）是纯粹个人生活题材，讲述一对父母给两个先天血友病的儿子持续输血十几年，一天天延续他们的生命。他们对造物的安排无能为力。他们能做的只是，严阵以待，坚持一天，再一天，让血液流干、生命消逝的这一天永远不要到来。“生命的深刻的喜悦与哀伤，正在于此。”

这个故事打动了一些读者，但另一些读者感觉淡然。仅此一次，此类纯粹个人化的题材在南方周末特稿中就不再出现。与公共利益，或者更宽泛地说，与社会图景相关，成为南方周末特稿基本而坚定的选题标准。个人与社会，必须二者得兼。

我认为，这是不同社会环境所导致的不同选择。一家旅馆着火就可以让一家报社出动30多名记者的美国社会，个人生活的悲欢足以唤起读者情感。但是在中国，这类题材进入编辑记者的视野几乎是不够资格。在苦难深重而变幻莫测的中国，新闻的阈值是远远高于西方稳态社会的，人们对苦难的承受力怕也同样。

在“公共性”之外，南方周末特稿选题的另一要义是：“冲突性”。

冲突并不仅仅是剑拔弩张示威散步。在南方周末特稿中，冲突往往以更为微妙的形式存在。冲突是新闻的核心，惊世骇俗、轰轰烈烈当然最接近“新闻性”。但在重大热点题材交由头版承担的南方周末，特稿关注的多属于“弱冲突”或“隐性冲突”的范畴（时任总编向熹语）。比如：

《满语消失的最后一瞬》：最后一个满语村庄，三个不知哪天就要离去的八旬老人，悠长的叙事，记录了满语这一曾经统治中国的民族的语言，无可挽回的消逝。

《盲艺人的乐与路》：他们在太行山的重峦叠嶂间行走，他们的窘迫可能是他者眼中的诗意，他们新鲜是因为他们竟然依然存在。

面对中国转型时期的复杂现实，客观上需要借助特稿，特稿具有表现弱冲突或隐性冲突的先天特性，对转型期中国复杂现实的表现力强大。

对于弱冲突和隐性冲突的敏感，使得一些众所周知的事件，唯独进入了南方周末特稿的视野。比如《追踪万里采棉人》（2005年9月22日，记者关军）：每到收获季节，中原乡亲结队到劳动力短缺的新疆拾花谋生，这是众所周知的，不时有媒体报道各地政府是怎么组织输送劳动力。但也仅此而已。人们对此的了解是高度抽象的。记者关军等待又一个采棉季节的来临，他从河南的一座火车站开始追踪，直到万里之外的劳作。很遗憾由于旅途混乱未能如愿紧抓同一个受访者，使得最终文本呈现的形式不够完美，本书未收入此文，但这却是令我印象深刻的一篇，哪怕仅仅由于关军所呈现的如下文字：

每次拾花工小心翼翼地完成一个拾花动作，收进身前白布大口袋里的人民币大约0.0024元；如果一个拾花工要达到日拾花100公斤的较理想标准，就要在棉田里重复一个动作至少25000次。

站在田间，俯身摘下一朵棉絮，它柔软而轻飘，这是农一师的产品，世界最优质的棉花，它怒放得如同一只小白鸽，而重量不过4克左右，掂在手心，几乎感觉不到它的存在，微微吹一口气，便悠悠地飘出好远。

或许它是这世间最轻的农作物之一，在这个季节，却要承载一种最沉重的劳作，最沉重的生活。

2．概述和场景

●在控制文章节奏的同时，保持了叙事性写作的质地，在叙事的效率、生动和深度之间，求取最高的性价比。

南方周末特稿写作的一大特点是，用概述支撑叙事，精炼地使用场景。

简单解释一下概述和场景，二者是叙事学中与叙事时间相关的概念。

没有时间就没有故事。“叙事是一组有两个时间的序列……被讲述的事情的时间和叙事的时间；……更为根本的是，它要求我们确认叙事的功能之一是把一种时间兑现为另一种时间。”这是法国叙事学家热奈特在《叙事话语》中曾援引著名电影符号学家克里斯蒂安·麦茨的一段话。

简单说，叙事文中存在两个时间，叙事时间和故事时间。

叙事时间与故事时间的距离，叫做时距。就是事件或故事的实际延续时间和叙述它们的文本长度之间的关系。热奈特的时距分类有以下几种：停顿，省略，概述，场景。

停顿：故事时间为零，叙事时间不为零。比如对外貌、景物、背景的描写，以及抽象议论。

省略：故事时间不为零，但叙事时间为零。将事件略去不提。

在停顿这一极慢的和省略这一极快的叙述运动之间，有两种叙述形式：

概述：故事时间长于叙事时间。把一段故事事件压缩为表现其主要特征的较短的句子。

场景：故事时间和叙事时间大致相等。其基本构成是人物对话和简略动作。

在新闻写作中，概述和场景是尤其值得关注的两种手法，很多时候新闻写作必须在二者之间做出选择。

场景之精

在某些情况下，南方周末特稿刻意追求纯粹的场景呈现，即戏剧式对话。

比如：《350斤的人生》（2007年5月3日），一个体重350斤的姑娘，在肥胖歧视的今天，其肥胖反而具有了商业价值，她不得不利用自己的肥胖谋生。

文中有一段，胖姑娘和剧场经理讨论晚上的节目安排。

记者原文：

主持人提议，在节目中间串场的时候，他会用千金组合在电视台录节目时的几句话来开个玩笑：如果大家都长成你们这样，那——马路基本浪费，汽车完全报废，床板全都压碎，男人都会变成残废。

肖杨觉得这几句串场词格调不高，希望能够改掉。

以上是概述，我建议改为场景，即对话加动作。修改后的文字是：

肖杨说："串场的时候，我会和观众开玩笑：希望常州的小伙子们都越长越帅，希望常州的姑娘们都像我们一样，美丽动人。"

主持人说："那我就用你们在湖南台录节目时的几句话来接：如果大家都长成你们这样，那——马路基本浪费，汽车完全报废，床板全都压碎，男人都会变成残废。"

"这几句串场词好像格调不高吧，"肖杨又犹豫了，"最好能改一改。"说着递上了一张自己修改过的串场词。

场景具有时间的连续性和画面的逼真性。改动后的文字，叙述者未加任何评述，事情仿佛就在眼前发生。

再比如《民工第二代》（2004年12月2日，记者师欣），呈现民工子女生活在城市的尴尬。其中一篇报道的主角是一个12岁的小女孩，她在北京出生，却是农民身份。报道这样收尾：

在秋千架上，几个小女孩边荡边玩笑。

"我想考北大，读硕士。"一个小女孩说。

"我想当会计，开银行。"另一个小女孩说。

"我靠，你们这叫痴心妄想。说点实际的。"娇娇冲她们嚷道。

"那你就回家种田去！"其余小朋友大喊道。娇娇急了，追打她们，几个人四散奔开。

总体而言，南方周末特稿的场景力求精炼却意味深长。它是刀上的刀刃，而非一地鸡毛。

概述之广

其实在南方周末特稿中，承担重任的更多是概述而非场景。也就是说，用几句话或一段文字来囊括一个较长的故事时间。

还是以《举重冠军之死》的开篇为例，此文只写一天，似乎给场景提供了足够空间。但是仔细分析每段每句，最终大部分仍然要归为概述。比如：

8点半，全家开饭，吃的是辣椒土豆片、炒鸡蛋、黄瓜蘸酱和米饭，刘成菊由于常年消化不良，只好吃1元钱3个的馒头。菜是才力的岳父刘敬玺昨天黄昏在菜市场临下市时买的便宜菜，一共花了4元7角。

这段文字触及之事非常细节。但也只能归为概述。

按照热奈特"故事时间与叙事时间等长"的定义，一般认为用直接引语呈现的人物对话是最典型的场景，也就是说，最纯粹的场景是戏剧式的。比如海明威小说《白象似的群山》就是纯粹用对话写就。

《举重冠军之死》的开篇中几乎没有什么文字能够符合这个标准，因为文章里几乎没有对话，连直接引语都少见。勉强接近的是最后对才力之死的呈现：

她走进病房，第一眼就看见才力只穿着一条内裤，姿势僵硬地仰面躺在病床上。一种不祥的预感让她本能地尖叫起来："哎呀！快给他穿上裤子！"

这时病房里所有的家属都看见，一直俯身做胸压的护士停止了动作，转过身来对他们说："你们准备后事吧。"

以上文字算不得纯粹场景，因为它仅有的两句对话还伴随了大量叙述和阐释的成分。

仔细分析下来，南方周末特稿中，概述依然是最基本的叙事支撑。

乾坤转换

概述和场景的地位变迁是个有趣的话题。简单地说，古代曾推崇概述，近现代开始推崇场景，但是到了当下，概述起死回生，再次成了宠儿。当然，历史进步总是螺旋上升的，当下的概述已不同于古代的概述。

所谓古代推崇概述，比如古希腊的柏拉图在《理想国》中说："要讲述，而不要展示。"讲述就是概述。在《理想国》中，柏拉图亲自将一段啰唆的展示改成了简练的讲述。

近现代开始推崇场景："二十世纪初以来，越来越多的批评家和小说家认为只有戏剧性地直接展示事件和人物才符合逼真性、客观性和戏剧化的标准，才具有艺术性。而传统的全知叙事中作者权威性的'讲述'（概述事件、发表评论）说教太浓，缺乏艺术性。"（申丹、韩加明、王丽亚著：《英美小说叙事理论研究》）

华莱士·马丁的一句话可以解释为何如此："现当代的读者不再迷信权威和共同标准，不愿聆听权威的讲述和评判，而愿根据自己的所见所闻作出自己的判断。这种接受心理是全知议论不再受欢迎的一个主要原因。"（华莱士·马丁

著，伍晓明译：《当代叙事学》）

何止小说，新闻亦然。即使在今天，无论是在小说评论还是在新闻写作教程中，很多研究者都表现出对于讲述（即概述）的轻视和对于展示（即场景）的推崇。比如西方新闻写作教程会明确告诫："要展示，不要讲述。"（梅尔文·门彻著，展江主译：《新闻报道与写作》）再比如："逼真的对话比其他任何东西都能吸引读者。它也比其他任何东西都能更快、更有效地表现角色的特点。""如果做到了这一点，那么读者就能真正走进报道中去。本来横亘于事件和读者之间的记者消失了。"（梅尔文·门彻著，展江主译：《新闻报道与写作》）

可以说，在西方新闻教科书中，场景的重要性是怎样提及都不过分。

但是，场景果真有如此奇效吗？

我的理解是：未必。拜托……不要对场景奉若神明。

在我看来，一味地贬低概述而推崇场景，是简单而教条的刻板印象的体现。

其实概述与场景究竟孰远孰近，谁更有效，实在是需要具体问题具体分析的事。

孰远孰近

通常的观点是，场景离读者最近，它让横亘于事件和读者之间的记者消失了，能更快更明晰地表现角色特点。而我认为，只有在语境清晰的前提下，场景才具备这方面的优势，读者才能对场景会心一笑。如果是在语境不明的情况下，场景反而会令读者如坠雾中。

以海明威小说《白象似的群山》为例，此文呈现的完全是男女主角的对话，按场景爱好者的定义，这是离读者最近的叙述了。但是近则近矣，远也极远。这小说恰恰如一个谜，男女主人公的过去现在未来，二人关系的一切的一切，一律欠奉。这篇小说的有趣之处就在这里：截取生活的一个片段，毫无解释地摆到读者面前。这时候，尽管读者身临其境之感是最强的，但读者与人物之间的情感距离却是最大的。从头看到尾，两个人物始终是谜，两人对话也难明所以，读者始终是猜谜的旁观者。

我认为，场景可以用来说明主题，也可以用来制造悬念，这取决于文章中对语境或者说叫相关背景，是否已经有所解释。如果没有背景解释，场景反而意味着悬念。只有在背景交代清晰的前提下，场景才可以发挥说明主题的作用。

在新闻中，场景通常是用来说明主题的，这就要求叙述者必须对语境或者说背景，有所交代。

记者李海鹏曾在报社内部讨论中解释为什么他很少使用直接引语：

我本身不喜欢报道里有太多的引语，因为它会让整个的信息量下降。我们采访一个人他可能说十万字的话，你用引语引了五千，那信息量只有五千啊！有的时候我看《三联生活周刊》有些报道确实不错，但我有的时候很不耐烦，大量的引语。那些东西是废话，如果都那么做记者的话那太好做了。我通常的办法是把一句话说出来，但是我要有讲这句话的语境。同样的一句话，这句话到底是一个傲慢的意思？还是一个生气的意思？还是一个仇恨的意思？可能不同的读者单看一句话看不出来。如果你告诉他，那好，读者也知道了，这句话就能很准确地传达，那么这句话本身就是有价值的。一定要把语境说出来。

上述解释可说是对概述的三个优点的综合：加快速度，提供语境，揭示内心。

概述，现代写作的宠儿

概述的使用不只是南方周末特稿的需求使然，也符合现代叙事的一般原则。

李海鹏的观点："至少对我来说，较多地使用概述，是因为相比场景而言，概述是更现代的写法，而不是相反。南方周末特稿在文体上强调'现代'的写法，至少我自己很在乎这个'现代'。我有一个感觉：普利策特稿卷里的一些篇目，特别注重现场的那种，我觉得不是不好，但至少是蛮过时的。"

小说，或者说叙事艺术，在早期都是以概述为主。这符合一般读者的需求，概述的节奏快、效率高。后来，通俗文学继续概述，严肃作品则开始推崇场景，概述被贬低。这是因为场景更真切，更生动，更符合有素养的读者的口味。

《尤利西斯》、《追忆似水年华》等是现代主义叙事法回避概述的好例子，在这两本书中，每一个小时都要用上几十页来写。

不过现在这一趋势早已扭转过来，即便在严肃文学中，概述也又一次成为了主流。

《香水》是一个后现代主义的叙述法擅用概述的好例子，主人公从小到大，只用几个章节全部写完。《百年孤独》就更极端了，三两页，就过了一年。

《百年孤独》、《香水》，在艺术和商业上都取得了巨大的成功。

人们的成见是：

概述=信息密集，但是枯燥。

场景=信息量小，但是生动。

评论=具备深度，但无信息。

实际未必如此。

约翰·巴思在1960年代写过轰动一时的论文《枯竭的文学》，主题就是，写故事没出路了，故事都写完了。

可是他没能预见到后来故事是如何起死回生的。

新题材的开拓，旧题材的精耕细作，等等，都让故事又回来了。

概述技巧的进步也是一个推动因素。比照过去，概述的技巧已经出现了巨大的进步。

《绝望的主妇》的开头，叙述者（街区中的一个自杀妇女）以画外音的形式说："这天早上，我像往常一样洗了几个盘子，给丈夫准备好了早餐，又熨了几件衣服"——在概述这段平淡情节的时候，用了几个小技巧，比如俏皮话，吸引观众的兴趣，然后话头陡然一转——"然后我自杀了"。（以上相关历史梳理来自记者李海鹏的观点。）

在100年前，这种如今人们习以为常的概述技巧是不可想象的。那时人们对概述的认识是叙述者凌驾一切高屋建瓴大发议论。这正是后来场景、心理受到推崇的原因。

实际上《绝望的主妇》是美国肥皂剧。但它以画外音开头也恰恰说明了概述的价值。画外音如同影视中的概述。影视镜头语言基本上是百分百的戏剧现场，如果现场一定比概述更好的话，或者概述已经失去了吸引人之处的话，那么还要画外音做什么？

概述摆脱枯燥的基本方法，是挖掘事件中的戏剧性因素。戏剧性的来源，要么来自故事的细微之处，要么来自叙事技巧。

引用南方周末特稿中一段精彩的概述，它展示了快速地概述而能吸引人的技巧。《满语消失的最后一瞬》，记者李海鹏，此文写满族文化的最后遗存地，黑龙江省齐齐哈尔市三家子屯。

在三家子屯，生活仍旧像普通的东北汉族村落一样冗长地继续着。早上4点半到7点钟极其喧闹，奶牛忧郁地哞叫着，鹅像一队将军踱过街道，而母鸡总是贪吃而慌乱地制造出巨大的声响。6点半，太阳大了，村子才安静下来。墨绿色的玉米在风中伏低、摇摆，伏低、摇摆，像梦境一般枯燥又永无休止。于是整整一天屯子里再无生气。直到夜里9点半，整个屯子上炕睡觉。这就是一个不停地遗忘着的地方拥有的东西：现在。

基本上，如此这般的写作是需要天分的。

南方周末特稿在概述中挖掘戏剧性因素，比较容易掌握的一个技巧是：针对行动进行概述。比如《人工盲童》（记者李海鹏）的开头：

杨德山在深夜里钻进洗手间，关上灯旋转了两圈儿，失去了方向感。他试图猜想，如果自己身边的黑暗像笼罩着女儿的那样永不散去，那么自己会体验到什么。

再比如《经租房，半个世纪的纠葛》（记者南香红）的开头：

93岁的邵新和一生疯了三次，其中有两次是为了他的房子。

1994年是他最疯狂的一次，每天天一亮，这个已经83岁的干瘦老人手里拿一把刀，到处拍得“啪啪”响，蓬着发围着房子转，像一名战士护卫阵地一样巡视着“他的”房子。

“连走带跑的，脸都变色了，儿女拉不住，警察也没办法，可怜不都是为了那房子。”老邻居王桂珠说。

过多的场景会损伤效率和深度。南方周末特稿的叙述，是大量概述加上少量场景的结合。尽管场景使用较少，但是阅读时依然有一个感觉：叙事的画面感很强。它的画面感不是对话体现的，而是行动体现的。人物的有意味的行动是概述中基本的戏剧性来源。

大量简短的行动，它们有时也配合直接引语。无论是行动，还是“行动+引语”，它们分散在全文之中，呈现效果介于概述与场景之间。这种处理在控制文章节奏的同时，保持了叙事性写作的质地，在叙事的效率、生动和深度之间，求取最高的性价比。

3．判断性叙述

●转型期的中国，现实往往极度复杂，共识也并不总是存在，在某些事实层面，记者不点明，读者就看不清真相。

叙事性写作中是否可以使用判断性叙述？这个问题新闻界并无统一答案，很多时候取决于记者的个人喜好。

密苏里新闻学院版的《新闻写作教程》给出了这样的答案：

要告诉读者，你调查的结果意味着什么。有人主张，调查性报道应当“列举事实，让读者自己得出结论”。其实，这无论对你还是对你的读者，都是不合适的。列出事实固然有必要，但还要告诉读者，这些事实加在一起说明了什么。一位记者花费了几个星期调查了本州少年感化院里悲惨的情况，他写下了这样的导语：佛罗里达州仇视本州少年罪犯。

最后这句“佛罗里达州仇视本州少年罪犯”，很容易解释为什么判断性叙述容易引起争论，因为判断性叙述怎么看都有点评论的模样。

一段范文

南方周末特稿如何处理判断性叙述？

本文从《人工盲童》开头部分的一个例句切入进行分析。（以下引文有删节）

杨德山在深夜里钻进洗手间，关上灯旋转了两圈儿，失去了方向感。

这位父亲试图猜想，如果自己身边的黑暗像笼罩着女儿的那样永不散去，那么自己会体验到什么……

2001年11月15日，杨德山的女儿杨蔚依早产出生于这家医院，是三胞胎中最小的一个，孕龄7个半月即32周，体重1400克……

此后6天，透过重症监护室的玻璃门，杨德山看到女儿像小猫一样安静，一直戴着吸氧头罩……

2001年12月5日，杨蔚依出院了，眼睛大而明亮，随物转动，杨德山夫妇很幸福……

3个月后他们突然发现，孩子的瞳孔在夜间会变得很小，不正常地亮，像猫的眼睛似的，而且在灯光下会反射出一个白点。杨德山咨询了附近的一些医生，他们也不懂是怎么回事。到杨蔚依快4个月大时，白点的直径已经扩展到5毫米，通过它，杨德山可以看到女儿的眼底白茫茫的一片。

在恐惧中，他和妻子带杨蔚依去了天津医科大学医院眼科中心，专家张虹看了看孩子，第一句话就问："吸氧了没有？"

早产儿视网膜病变，一种因经验不足、训练匮乏或者人心冷漠而被忽视的疾病，到此时已经永久地、不可逆转地伤害了杨蔚依。

受到损害的不唯她一个……

早产儿视网膜病变，一种因经验不足、训练匮乏或者人心冷漠而被忽视的疾病，到此时已经永久地、不可逆转地伤害了杨蔚依。——这句话，就是一句典型的判断性叙述。

四层分析

第一，从词汇看，形容词和副词聚集。词汇的选择是隐含视角、观念和意识形态的一种重要手法。总体而言南方周末特稿的词汇选择是克制、中立的，规避形容词的使用，动词使用中性的，最好连名词都是一副纯洁无辜的模样。所以早产儿这个句子才显得引人注目，诸多形容词和副词的聚集：比如"经验不足"、"训练匮乏"、"人心冷漠"、"永久地"、"不可逆转地"，这些词语令这句话成为一句判断性叙述——也有人将判断性叙述简称为"断语"。

第二，从句法看，是主动句式。早产儿这个例句可简化为主谓宾：早产儿视网膜病变伤害了杨蔚依。显然“早产儿视网膜病变”是施事者，处在“句子话题”的位置。一种本不具备行动能力的疾病，在这样的句式选择中，被凸显了攻击性，如同主动出击的杀手。这样的句式选择，增加了语气中的谴责意味。

第三，从命题看，有预设命题。早产儿例句中其实存在两个命题：（1）早产儿视网膜病变已经永久地、不可逆转地伤害了杨蔚依。（2）早产儿视网膜病变是一种因经验不足、训练匮乏或者人心冷漠而被忽视的疾病。

第（2）个命题是一个预设命题。（什么是预设命题？比如，问：“你还打你的父亲吗？”这句话就有一个预设命题：你以前是打父亲的。）“早产儿视网膜病变，一种因经验不足、训练匮乏或者人心冷漠而被忽视的疾病……”所有的形容词、副词是以定语形式嵌入的，叙述者视其为无须质疑的信息直接强加的，这就让这些成分逃避了对其真实性的拷问，从而成为了预设命题。对这一命题提供的事实解释是在隔了一个小标题之后的后文才展开的。读完全文之后读者也许会认为此言不虚。但是第一眼看见的时候，这句话就恍若一句评论。在读者一无所知的情况下，这个命题出现的时间和方式，已经透露了记者的感情。

第四，从文章结构看，是过渡段。早产儿这句话和随后一句“受到损害的不唯她一个……”结束了对杨德山女儿的叙述，转入对其他受害者的呈现。早产儿例句是承上启下的过渡段，使报道从一个小主题引入到另一个小主题。

过渡段值得关注的是两点：一方面，判断性叙述往往承担着过渡段的作用。另一方面，过渡段也是判断性叙述最容易出现的地方。

一般而言，判断性叙述在综述中的出现远比在特稿中频繁。在综述中，判断性叙述之后通常紧跟着提供解释，用细节信息进行详述，如同论点之后紧跟着论据。

在一些教科书中，过渡段是被推崇的，比如在密苏里新闻学院版的《新闻写作教程》中，过渡段被列为优秀作品的五个要素之一：“这些过渡性结构使读者意识到作者引导读者时方向是明确的。”

但是用什么做过渡段，却是会引起讨论的。尤其在使用判断性叙述的时候。

三种情况

从功能上说，我认为判断性叙述是对事实的“点明”。如密苏里新闻学院版的《新闻写作教程》所言，判断性叙述的作用在于“告诉读者，这些事实加在一起说明了什么”。

在三种情况下，南方周末特稿中会出现判断性叙述：一是辨析事实，二是正本清源，三是代人立言。

（1）辨析事实。

比如《富豪征婚记》（2006年1月5日）中：

未婚妻对他来说，必然不无某种奢侈的点缀的意味。在女孩们的嗓音中，他也听到了金钱的美妙歌声，不过他并不在乎。他相信公平贸易的道德，多过相信约束人性的道德。“我从来不怕女孩图我的钱。她们不就是喜欢印钞机吗？”他说，“正好，我就是印钞机。”

这里面的关键词是“道德”。“点明”句子为：“他相信公平贸易的道德，多过相信约束人性的道德。”

记者自述：单看事实，读者很可能得出如下结论：富豪用钱买人，违背传统道德。可是，这只是一方面事实。另一方面事实则是，富豪并不是没道德的人，他非常讲究另一种道德，即公平贸易的道德。他要买到意中人，同时，他准备给意中人非常丰厚的报偿。如果他在这次交易中是一个奸商的话，完全可以不作此想。用句很过分但是符合事实的话说：年轻女孩比什么不便宜呀？

也就是说，这报道要揭示的，并不是道德的终结，而是道德的嬗变。不是礼崩乐坏，而是风俗变迁。

（2）正本清源。

比如地震报道《灾后北川残酷一面》（2008年5月22日）中：

在地面上，山里乡镇的灾民们正在逃出来。李奋强（音）来自漩坪乡的一个村。他本来是去乡上求援的，发现漩坪已经被堰塞湖淹没，又跑到了县里，结果县城也没了。他失声痛哭，提醒几个解放军战士，大水湾峡谷已经壅塞，水憋住了，随时可能山洪暴发，

“准备好逃命吧！”

这并不是一个谣言制造者，恰恰相反，是一个仗义的中年人。他并不准备往绵阳方向逃生。已经两天没吃饭了，他跟士兵们要了点食物。吃完饼干喝完水，他说：“回去！”又返回村子里报信。

这里“点明”句子为：“这并不是一个谣言制造者，恰恰相反，是一个仗义的中年人。”

记者自述：这是正本清源的需要。外面的报道总是在说又抓了多少谣言制造者，在一定程度上，这些报道已经在读者心目中形成错误的定式。如果我们不点明，至少1/N的读者会认为这是一个造谣者，是对救灾有害的。哪怕是百分之一，我们也不能允许这种误解存在，因此点明就成为必须。

（3）代人立言。

当受访者的表述、思维、认识能力很差的时候，也需要“点明”。《一个农民富豪的乌托邦》（2004年9月16日）是一个典型的例子。

他喜欢那些半夜起床喂牛的农民，喜欢那些白天给牛洗澡、给牛按摩的女工，因为他们在努力奋斗。

这类表述其实无一不是记者在点明：梁希森这个人是怎么怎么回事。

被采访对象是“什么”，但无法说出自己是“什么”，或者做了“什么”、遇到了“什么”，却无法说出“什么”，在实际采访中是非常常见的。

正如这篇文章一开头就交代的：

梁希森会给人留下两个非常深刻的印象：一是表达能力很弱；二是思维能力很强。

这个时候如果记者在采访现场还坚持要场景要对话，非逼着受访者自己把话说清了说圆了还说得引人入胜了，秉持这样僵化的教条，无论对记者还是对受访者都会是一种折磨。新闻从采访到写作，考验记者的不外乎两点：感悟力，表达力。采访先就考验记者的感悟力了，当对方的表达支离破碎的时候，你能不能抓住他的想法，而对方侃侃而谈的时候，你能不能不被他控制。

我认为梁希森一文是成功的，文章见报后，受访者——不无孤独的梁希森——特别打电话给记者，述说自己对此文的感受，他感觉自己被深刻地理解了。

尽管判断性叙述容易因为貌似评论而引起争论，不过可以理直气壮的是，南方周末特稿的判断性叙述总是建立在交代新闻事实的基础之上。

如果说判断性叙述是论点，那么它前后一定缠绕着论据，也就是基本事实的提供。总体而言，南方周末特稿不会出现空穴来风式的判断性叙述。

见仁见智

是否需要用判断性叙述来点明？这是个仁者见仁智者见智的问题。和我合作过特稿的记者不下30名，记者喜好各自不一。有人倾向于呈现细碎的场景和事实，不做任何点明，完全交由读者自行判断。有人则不在乎概述与点明，比如李海鹏。以上所举三个例子均出自他的作品。我个人感觉李海鹏是最大胆使用判断性叙述的记者。而我从未觉得他的写作有何不妥。

身为南方周末特稿编辑时，我对这种情况的总体控制是：

第一，秉持冷静呈现的原则，摆出新闻事实，让读者自己去总结，前提是，这个事实的指向足够清晰。比如，呈现三个家庭各色情态，让读者自己领悟到：多个家庭遭受了痛苦。

比如以下两段，事实呈现的情绪已经如此鲜明，任何记者的点评都将是画蛇添足。

杨蔚依2岁又3个月大了……她解决问题的方式只有大哭，而且如其父亲所说，是泼妇的那种哭号。当她哭得手脚使劲刨动，父母难受的程度“超过撕心裂肺”。

每天下午，她（李雨宸）拿着一根棍子掏床底，因为她记得自己曾偶然地掏到过一只核桃，当时它发出了喀啦喀啦的声响。另外她还喜欢在耳边撕报纸，当它嘶啦一响时，她就格外认真地谛听。

第二，在一些关键的地方允许出现判断性叙述，甚至必须出现判断性叙述，比如在提纲挈领的过渡性结构中。当然无论何时都要努力使用受访者引语代替记者断语。这是新闻记者都会使用的招数，引语的作用，一是鲜活，二是真实，三是委婉——或多或少令记者免除诽谤之嫌疑。

比如《人工盲童》中，早产儿视网膜发育的一段生物学叙述后，出现了北京大学附属人民医院黎晓新教授的一句话。

> "及时治疗，至少可以保住1.0的视力。"她说。

这句引语是事实陈述，也是过渡段。这之后，文章就转入了对诸多"人工盲童"雪上加霜错过了仅有的一点治疗时机而只能陷入永生黑暗的叙事。

第三，也是我这次叙述的重点：判断性叙述，该出手时就得出手。

我曾经被记者原稿中过于琐碎的事实弄得云山雾罩，这种文字总是一段、两段、三段、多段排列下来作客观状，这就完了？这时候我只好提点修改建议："请加一句结论，告诉读者，你叙述的重点是什么。我理解你的意思，但我不认为读者都会理解你的意思，这些琐碎的事实加在一起到底是想表达个什么意思？"

这一选择首先基于对社会现实基本面的判断：转型期的中国，现实往往极度复杂，共识也并不总是存在，在某些事实层面，记者不点明，读者就看不清真相。

另一个原因是基于对读者阅读心理的把握。记者给出了细碎的事实，自以为存在逻辑勾连，但是读者匆匆看下来，有多少人会乐意猜谜，会耐烦琢磨这句那句里隐藏着什么机关呢？

借用南京大学新闻传播学院周海燕老师的话："这丰富性要为受众基本认同，把大众甩得太远，艰涩晦暗，会丢失读者。现实是：生活本身够累，记者不是作家，得更多考虑读者的耐受力。从编辑的角度说，阅读这个时代的走向（不仅仅是时政走向，还有社会群体心理的变化）比阅读稿件本身重要。"

回到《人工盲童》这个例句，特稿全文7000字，过渡段出现4次，大多谨言慎行，早产儿例句是其中走得比较远的，因为使用的不是受访者引语，而是记者的判断性叙述，而且用词凌厉，属于"假如需要的话他们会毫不犹豫地在叙事中注入他们的强烈情感”的那一类。

其作者李海鹏的观点可以解释南方周末特稿的选择：

我们是否可以进行判断性的叙述？

其实这是一个怎么回答都不会错的问题。

主观与客观的边界在哪里？我一直觉得这个边界实际上是若有若无的。

我尝试这么做：如果事件的特征足以被人察觉，或背后蕴藏着文明世界的共识，那么就直接写出来；如果事实的特征并不明显，或涉及到含混的、有争议的领域，则维持新闻的纯客观面貌。比如说，对民族主义、某些医学问题、伦理问题、人性的矛盾等等的报道，就肯定不能进行带有判断性的叙述。

当然，对于一篇报道和一个记者来说，这么做是有风险的。不是法律的风险，而是声誉的危险。

（作者2003—2008年任南方周末特稿编辑，现为《人物》杂志副主编，本文节选自作者论文《南方周末特稿研究——基于叙事学和话语分析的视角》）

为历史提供细节

■ 关 军

1

2003年2月，我开始了在南方周末的工作，担任“城市版”的编辑。在此之前，我的职业履历主要是地方晚报和体育媒体的编辑，对于《南方周末》这类全国性周报的价值观、操作思路和流程都不甚了了。可以说，忐忑地坐到编辑部里，和NBA季前赛开始时的“菜鸟”易建联没什么区别。

“城市版”的操作，每期一个大型话题，带有明显的杂志化倾向，与这份报纸的气质不尽相同，对我而言适应起来倒还容易。不过，这样的日子只维持了100多天。

2003年初夏，《南方周末》原“城市版”准备改版，意在增加新闻性和人物报道，并做一些中国式特稿的尝试。

其时，新来的部门主任杨瑞春对作为“城市版”主力记者之一的李海鹏寄予厚望，而报社刚创办的子刊《名牌》杂志也力邀李海鹏，这让李海鹏有点左右为难。

5月31日，前亚洲举重冠军在沈阳“毫无尊严”地死去，杨瑞春很希望以这个人的不幸故事作为“特稿”的尝试。沈阳和体育，都是李海鹏比较熟悉的，杨瑞春说服了《名牌》领导：让李海鹏先去把这个题目做了吧，就算救急。当时的情景，似乎李海鹏即将写下在这份报纸的最后一篇报道。

很少有同事预料到，李海鹏在沈阳完成的报道《举重冠军之死》，竟有点振聋发聩的效果，它叙事的技巧、文字的感染力打动了许多人，也最终把李海鹏留给了“特别报道”版。《南方周末》的特稿试水，就以这样一个略带戏剧性的幕后故事，正式开始了。

据我了解，李海鹏并未把《举重冠军之死》列为自己最满意之新闻作品，但单就特稿尝试而言，它对于《南方周末》特稿版（后正式命名为“特别报道”）乃至中国式特稿的示范意义，无疑是无可替代的。就文本而言，《举重冠军之死》至今仍是我眼中最好的特稿之一，甚至干脆把“之一”去掉也可以。

有了这么高水准的起点和标杆，“特稿”的尝试在报社得到了一定程度的认可，也为此后的特稿版奠定了不俗的基调。

尤其让人欣慰的是，原“城市版”的张捷、李海鹏、南香红、沈颖等同事都成为特稿版的编采骨干，大家秉持相近的理念和情怀，对特稿实践充满了热情和创造力，艰苦的新闻采编工作从未如此让人激动又富于乐趣。需要特别提及的是，《南方周末》特稿版的诞生及发展，杨瑞春作为最重要的推动者，带动了这个满怀激情的团队。

《举重冠军之死》，也是我作为编辑接触的第一篇特稿。老实说，在此之前，我对于特稿几乎毫无概念，连著名的《普利策新闻奖特稿卷》都没看过呢。回想起来，面对《举重冠军之死》那么一篇杰出的特稿，我作为编辑有点束手无策——不知道自己还能对它做些什么，除了和美编商量着如何美化版面。

在这本《南方周末特稿手册》中，非常荣幸，几篇特稿经由我的编辑刊发到版面上，不过编辑过程大多与《举重冠军之死》一稿相似，我颇为“无能为力”地把这些优秀的稿子送上版面，难以提供更多的锦上添花的助益。

当然，我不认为自己真的是一个无为而治的编辑，我参与了前期的选题确立，采访前及写稿过程的思路沟通，记者与编辑在碰撞中确定特稿故事的指向，交流对情节、细节的处理意见，触发灵感。对于特稿操作而言，编辑的前期沟通显得尤其重要。为我供稿的是那么优秀的写作者，思路一旦确定，多数时候你只需静候流畅的叙事和优雅的文笔。

截至2003年，我进入新闻行当已经8年，但毫不夸张地说，正是特稿上的尝试，才让我找到了自己在新闻上的理想和方向。

由于某些原因，我2006年年初离开了南方周末，先后供职《南都周刊》、《体育画报》和《中国新闻周刊》，但以特稿的理念处理选题，以特稿的技法写作，却一直是我所致力追求的。在《体育画报》，特稿式的体育人物、体育专题，在中国的体育报道中显得很新鲜，很特别。事实上，它在美国早就不是新生事物，比如美国《体育画报》的BONUS。

2

我常常想，特稿其实是一个界定模糊的名词。“特”是什么，语焉不详，是指报道的篇幅、深入程度，还是指文章的操作手段？因为模糊，于是中国那些顶着“特稿”标签的文章也就五花八门。要知道，《知音》还把他们杂志上的长篇故事称为“特稿”呢。

即使同为新闻人，对于特稿的理解也不尽相同。大家只能一个“特稿”，各自表述了。

在我的概念里，特稿的标准是以美国普利策新闻奖特稿部分为蓝本的。我想，这也是本书的作者和编者们普遍认同的定义吧。

戴维·加洛克在其编撰的《普利策新闻奖特稿卷》前言中说：“一篇杰出的特稿首先要关注的应该是高度的文学性和创造性。”在美国的新闻前辈看来，特稿讲究“文字的历险和涉趣”。

这本书中收录的特稿，有的可归为解释性报道，有的可归为人物报道，有的本身也是新闻事件。在后来《南方周末》的特稿尝试中，这些题材也多有涉猎。

而在我个人的理解中，特稿的定义还可以再清晰一些。故事和人的细腻呈现，应该是特稿的基本要义，它强调情节、细节，注重人物的内心挖掘。

在我的理解中，广义上讲，每一篇客观的新闻报道，都是历史的一部分。要知道，历史不应该仅仅由线条粗犷的大事件和大人物组成，它也应该是可感知的，有细节的。而所谓特稿，就承担着为历史提供细节的职责。人们喜欢说，真实的生活比小说更有戏剧性，倘若如此，特稿编采者就需要捕捉到生活中的“小说”。

在我们所处的时代，人们以什么样的方式生活，以什么样的方式思考，他们有怎样的内心情感，这些都需要特稿予以细腻的留存和传播。这不是一些孤立的、琐碎的细节，而是精心挑选的、足以观照时代特质的细节。

某种意义上，细节里的历史是更真实的历史。

3

2003年夏，我们开始集中力量于特稿。那时候，像《南方周末》这样明确亮出“特稿”标签的新闻纸，少之又少（之前的《中国青年报·冰点》中的某些特写，倒是很有特稿的特征）。

在美国，许多特稿发表在日报类媒体的周末版上，有的甚至以连载的形式。而在中国，日报周末版潮流早已盛极而衰，《南方周末》形态上其实也属于周末版，只不过没有日常的日报版作为依托。这样的周报，在国内也是凤毛麟角。

周报类的新闻纸如何处理新闻，如何对待特稿这种形态，即使在南方周末内部，也一直是一个争议性的话题。

《南方周末》是以报道重大新闻扬名立万的，这也自有其合理性——这个社会的急剧变化、光怪陆离，简直超出了人们的想象，也让南方周末的记者们应接不暇。于是，特稿必然要面对它的困境——当代中国是重大新闻的富矿，还有空间留给特稿写作吗？当代中国人生活在快节奏中，还有时间留给特稿阅读吗？

我在南方周末时的同事邓科，把优秀的特稿看作“对抗时间的新闻美文”。他的意思，或许是说特稿让新闻纸不仅仅是新闻纸。

而李海鹏则说：“也许要再过几年，《南方周末》才能看清‘特稿’对它的贡献……谙熟‘特稿’操作的重要意义在于，它的本质元素也就是周报周刊的本质元素的强化版，它的核心竞争力也代表了周报周刊的核心竞争力。”

这样的观点，尚且无法让特稿摆脱在中国的现实困境。

作为编辑和记者，我自己也并不否认，特稿的阅读率通常低于那些对重大新闻的直接报道，特稿的社会反响亦然。曲高和寡，这已经算很客气的对特稿的评价了。激荡的时代，浮躁的人群，使得特稿的光泽很容易蒙尘，很容易被忽视。

它的价值，难道更多地体现在“为历史提供细节”？别忘了，报社总编可不是档案馆馆长或历史研究员。坦率地说，我也为特稿的“不合时宜”而困惑。特稿是给谁看的？我无权指责读者，我也没有资格说，自己的稿件和版面是“办给未来的读者看的”。

我只能祈愿，中国的读者们早些过上乐于品读优质特稿的日子，它舒缓、优雅，它观照内心，它让岁月可堪回味。

特稿之特

■ 南香红

2005年南方周末借为高级记者召开作品研讨会之机，将“特稿”大张旗鼓地提了出来。

当我被当作特稿写作的典型的时候，我一直在说，其实我真不知道什么叫特稿。就我而言，似乎进入南方周末的7年间，采访方式和写作方式没怎么大变过，或者，在来南方周末以前，我在新疆给南方周末写稿的时候，就是用这种方法写的，那时候也没有人把它叫特稿。

2002年，《南方周末》有了一个专刊形式的一叠8个版的《城市》，当时的提法是前4个版为专题，一个话题，一个记者操作，一次要进行2万字左右的写作。城市版第一期出的就是我写的《城市新贫困》。这篇报道写的是改革开放20多年在中国城市出现的新的大范围的贫困人群。这是我第一次走进北京的胡同，看到了北京平民的“能吃饱穿暖但却不能活得有尊严”的生活。

这篇报道在报社内部引起了很长时间的讨论，大家争论城市新贫困这样的话题，更适合放新闻版还是城市版，还有特稿这种新闻样式。

后来城市版并入新闻部，成为“特别报道”，虽然没有明确打出“特稿”二字，但编辑们在要稿子的时候，总是在讲：“这是一个特稿的好题材啊，一定要按特稿来操作”，或者他们会为一篇报道兴奋不已：“太好了，这是一篇真正的特稿”。

现在看来，在我尝试着用一种自己能够驾驭的文体进行新闻表达的时候，我似乎就是在往“特稿”写作上靠拢了。1997年我在新疆日报，为《南方周末》等内地媒体写《野马的故事》、《塔里木河，在一截一截地消失》、《圆沙古城之谜》、《交河故城 大地上最完美的废墟》的时候只是想把一件新闻写好，好到投递出去可以被选中，被选中之后还有人读了能够记住，如果再能夸好，那就更好了。这就是我最质朴的要求。新疆离内地那么地远，新疆的新闻对内地来说也是远、慢、旧的状态，能被选中并不是一件容易的事。我想，要让内地接受新疆的东西，就得给他们讲故事，讲好一个故事，讲一个好故事。这个故事要做到让读到的人忘不了，要合上报纸还要想一会。

讲好一个故事，讲一个好故事。这就是我坚持十多年的核心内容，也是我特稿写作的开始。

这里包含着三个层面的问题：首先，什么样的新闻可以成为特稿？然后，同样的新闻，为什么在你的笔下呈现的是特稿，而在别人那里可能是消息或者是特写，或者是通讯？第三个层面的问题是，你为什么要用特稿这种方式来写作？

特稿是一种选择

先说我为什么要用特稿这种方式来写作。我得说，特稿只是我写的新闻中的一部分。在我的记者生涯里还写了大量的消息、特写以及我自己都无法分类的东西。一个记者在一家媒体做，总是要接受各种各样的任务，而这种任务是你不能选择的，必须去完成的。我曾经完成了无数这样的任务，包括在南方周末。

但是我总是对一些题材感兴趣，我喜欢往一些问题里深钻，比如考古、文物保护等等。当我读一大本一大本考古报告的时候，同事就问我怎么能读得下去，他们觉得那东西太枯燥深奥了，但我觉得里面稀奇古怪的东西挺有趣。再比如，北京旧城的报道，许多记者和我一样做过南池子拆迁的题材，但做过一次后他们就去做别的了，但我们还会发现里面有很多可做的东西，中国城市规划与建设、旧城的文化价值、文物保护与拆迁、私有财产的产权确立与保护等等问题，一个个的题目做下来，在这个领域里越走越宽，最后的作品也竟然成为了一个系列。

我惧怕新闻的速死性，想我从业那么多年，每年写那么多的东西，有多少留下来了？所以我想写一些放一段时间还能看得下去的东西，我想在速死的新闻中发现点永恒的东西，以新闻的短暂生命挑战恒久。

或许是特稿这种方式可以给人以更大的空间，让人去延展自己想表达的东西。它有足够的容量，可以让你去展开文字，也有足够的尺幅，让你去深入探究一个问题，同时也有足够的宽容，让你去展现属于个性的文采。但特稿不仅仅意味着长和更细致的写作，更意味着它观察事物的角度，它所追寻的内容与别的新闻样式不同。

而特稿的特质又是什么呢？

一些事实，如地摊上分堆卖菜一般，这一堆是萝卜，是可以写成特稿的，那一堆是白菜，它们是再怎么整也不能整成特稿的，凭什么这么分类？界限在哪里？

特稿首先得是一个好故事。

好故事应该包含了戏剧性、冲突性、独特性、唯一性、重大性等等要素，但最主要的要素我认为应该是延展性和复杂性。或者这个故事并不具有爆炸性的、冲击力的质素，它只是安静的、常态的，但它的确有足够的深度、广度和复杂度，它就有了特稿的特质。它安静的表面下包含了一些本质的和长久的东西，就像是一座有绵长的矿脉的金矿，虽然它一时一地的储量并不丰厚，但它给了你足够的开掘空间，这就是特稿需要的。

想办法把繁杂的历史和现实进行还原，还原成最普通的简单的东西，还原成妇孺皆知的东西。而这些最本质的东西，是最能够引起不同人群共鸣的，最长久的东西。

面对一个新闻的时候，可能用本能来判断就不会错到哪里去，比如这件事是否奇，是否险，是否独特，是否包含着诱人的魅力，是否暗含着难以察觉的东西，是否隐藏着一种内力，对这个时代，对大众的生活有一种标记的意义。一个新闻人应该随时对此保持着敏感，这是一种天性。

我们需要记者用沉静的眼光来观察这个迅速变动的世界，需要用多维视角来认识这个复杂纠葛的世界，需要以人文的态度理解这个充满活力和欲望的世界，同时也需要以细腻的笔触来描摹和表述这个纷繁的世界，需要记者在诸多的传播渠道中以简单而容易接受的方式来传达这个复杂的世界。至于你所写的东西是特稿还是其他倒在其次。

这里强调一下简单、易读。特稿并不意味着复杂。特稿所面对的新闻事件可能大多是复杂而充满矛盾的，但特稿的呈现可以是简单而易读的。这就需要记者在采访写作的过程中把芜杂的事实进行提纯。

特稿的选择，是理解世界的方式的选择，是对新闻的解读方式的选择，同时也是呈现方式的选择。

我关注人的生存状态，心灵状态，总是想在新闻的事实里找到另外的一些什么东西，这一件和那一件新闻，看起来彼此没有什么干系，但在深层或许你会找到一些共有的物质，我把它们叫做新闻中的“永恒要素”。

什么是永恒的东西？或许并没有一个模式，但有一点是相同的，就是它们都会感动很多人，它们对不同民族不同国家的人来说都是有意义的。

有人说，南香红，你怎么能把野马这样一种动物当作新闻来写，而且把一匹马写得这么有灵性。我不知道，我想马本身就是有灵性的，马伴随了人类上升的全部过程，马给人飞翔的翅膀。这些也是新闻，它虽然不是显性的，但也是新闻的一部分，正是马的高贵的灵魂让读者有了更多的联想和共鸣，而很多报道野马的记者可能忽略了它。生命与死亡，生命的高贵与尊严，我们很多人都忽略了应该尊重它们。

特稿需要洞察与发现

特稿之所以成为特稿绝不仅仅因为写作的文本。特稿似乎更需要对新闻的洞察与发现。

一般的新闻记者就像追着球满场跑的运动员，而特稿记者似乎要站得离事件远一些，以便能够看到事件的全貌；他似乎要站得更高一些，以便能在纵横各方面为事件定位。也许日常报道的记者们都离去了，满地扔的都是废料，特稿记者才在现场寻觅，寻找真正想要的东西。

日常报道记者有时候是扑向新闻的一团火，特稿记者就像是在穿越一条通道，前方只有很微弱的亮光，特稿记者心里明白只有捺住性子，不断向那里开掘，才能寻找到光明。

在一些别人不关注的、陌生的领域发现对社会进程产生重大影响的新闻，从凝固的历史中发掘流动的新闻，从流动的生活中发掘历史的蕴含。一个旧闻完全可以变成新闻，一件新闻完全可以有不同的解读。

新闻是一项永恒地趋向事实真相的事业，记者就是对新闻真相的追寻者。但什么才是真相？这是一个大问题，也是一个大难题。一个新闻发生后，无论多好的记者在接近真相的时候，总是需要冲破层层雾障，记者就如推着巨石的西西弗斯，永远在一个接近真实的无限过程中。一个记者最好的状态和最高境界，我认为就是“记录历史”。

中国历史正遭遇千年未有之变局，其复杂性变幻出各种炫目的色彩。同样，对记者记录真相的要求也呈现出从未有过之挑战。在接近真相的不断努力中，需要一个记者具有历史感觉。

解读中国有各种角度和方式，经济的、文化的、历史的、哲学的等等，此类著作可谓汗牛充栋。但媒体的记录在现代社会中永远是不可或缺、不可替代的，就像中国的“二十四史”，那是中国古代的媒体记录，否则，我们怎么能从司马迁的《史记》中，读到如此切真、如此生动、如此精彩、如此扣人心弦的，有关那个时代的完美记录呢？

当代中国无论在哪个领域，只要潜心研究与发现，总能成就好记者、好作品，相对于其他样式的新闻作品，特稿可能更饱满一些，更可读一些，它的独特的表达方式给人带来更多阅读文字的快意。但不管在哪个领域或者表达方式怎样，本质上来讲都需要记者在神奇的地方发现生活的最朴素的一面，在平凡的地方发现生命的神奇。这种发现不仅需要眼睛，还需要心灵。

我花在野马身上的时间已经有10个年头了，关于野马的报道到现在为止，《南方周末》已经发过5次。我们的北京旧城系列报道也持续地关注了近四年，从一篇报道开始，深入地多层面多角度地展现发生在北京城的历史文化与现代建设之间的矛盾冲突。我们用5次，每次3—4个版面来进行报道，想来也有了近十万字的内容，没有哪一家媒体比我们做得更充分，揭示得更深刻。持续的累加也能造就深度。

我们做的野马和北京旧城报道，每一次做都不是在重复，它不仅没有让人视觉疲劳，反而是一个生动的连续剧，新闻的连续剧，新闻因此而变为一个生长和发展的过程。北京的旧城改造，实际上是中国共产党如何对待私有财产的历史，从没收、改造、逐步恢复私有财产的地位；是一个武力夺取政权的政府，如何学习经营、使用一个城市，如何对待历史；是一个快速发展的时代，如何被现实与历史的利益撕扯，如何在错综复杂的利益格局中选择一条相对成本最优的道路。正如报社在评报时所说，这就是在记录历史："四合院的拆迁不仅关乎文化，也关乎利益，还关乎老百姓的家园之感，它会像当年梁思成保护北京老城一样，成为一大历史公案。本报持续关注，是对历史负责之举，成败利钝倒在其次。"（南方周末评选佳作时评语）

这是记者的积累，也是报纸的积累。这种积累和厚度，不是一天两天就可以完成的，在今天中国媒体业转型和分化，日渐走向娱乐和嘈杂的时代，需要保持一种定力，坚持自己的尺度。

多维度的采访

特稿的采访是一种非常仔细小心的采访。

特稿的采访不仅仅是现场的，记者必须把自己的眼光放在一个广泛的区域里进行搜集。这个范围可能纵向深入到历史深处，横向旁及一切与之相关的信息。并且在时间的纵轴上，它可能还是一种长久的持续的关注、观察、思考。这就是长时间大背景的大区域的关注。

举例来说，一般的限时新闻可能是在现实层面，随新闻变动之波而动，特稿就需要升上去俯瞰，沉下去打捞。特稿记者可能都会有这样一种体会，就是每当做完一篇稿就可以成为这个领域的准专家。在国外的一些媒体，一篇特稿可能要用半年或者经年的采访来完成。有时候特稿的采访是对一个状态的长期跟踪，它关注的是一个新闻的成长过程，特稿记者在陪伴着这个新闻长大成熟，成为它的每个关键过程的见证者和记录者。当新闻长大成熟的那一天，特稿也就完成了。

作为记者，总是需要面对社会变动中诸多复杂而敏感的事实，这些事实通常是被故意掩盖、修饰和剪裁的。记者的困难在于，要在很短的时间内，拨开缠绕在事实外部的芜杂枝节，一步步逼进事件的核心，寻找孤立事实背后的深层关联。特稿记者的采访这时候更像是地下宝藏的开采，剥开一层层的岩石，去掉无数的砂土，在一次一次的宝藏是否存在的怀疑中艰苦地工作。

一个记者很难在短时间里洞悉他所面临的复杂事物的所有奥义，这是因为知识储备的欠缺，也是因为事实的过于复杂和被掩盖。比如，我在做《南池子之劫》的时候并不能完全明白保护区的这种拆迁对于整个北京意味着什么。当我有了纵向历史感，知道了北京城自解放以来拆与保的公案，继而把眼光放得更远，了解了北京城800年历史后，看现实的眼光就一下子变得清晰；然后再将眼光放在世界都城的维度观照北京，又是一番豁然开朗，再进一步探索北京的未来，得出的结论就更加准确。

这可能就是北京旧城报道常做常新，能持续关注多年写出十多万字的原因。

一般的新闻可能是从事件发现出发，向未来的维度里寻找，而特稿还必须向历史的维度开掘，向未来的反方向寻找；一般的新闻可能更多地把眼光集中在这件新闻本身，而特稿可能就要兼顾左右，在看起来不着边际没有多大的关系的事件里发现。所以特稿的采访必须是多维度的。特稿需要再现一个完整的世界。这是特稿应该做到的，而且必须做到的。一般的新闻作品却不容易做到，因为它短，它需要抢时效。

但是，特稿也不意味着就是慢三拍没有时效性的东西，特稿也是新闻，是新闻就有着新鲜性和时效性的要求，于是特稿记者可能比别的记者更多承担着事实的清晰性准确性要求和新闻的时效性要求之间的冲突和压力。这两者的矛盾似乎永远难以调和。有时候记者会感觉他要找的就在不远处，但以百米冲刺的速度直奔而去时，目标又变成一团遥不可及的模糊云团。而且在接近这目标时，你不得不左闪右躲，避开故意设置的种种陷阱和障碍。所以特稿记者可能更需要一些韧性和耐力，需要坚守，否则你就很难在四周全是悬崖峭壁、似乎无路可走的地方坚持下去。常识是，一个容易搞清的事实，往往新闻价值含量不高，采访的难度，永远和事实的惊心动魄成正比。

我们的生活是复杂的，我们面对的新闻也是芜杂的，但它们背后有关文化、人性与变革的东西是清晰的。而这正是我们这个社会需要了解和关注的，也是一个记者所要守望的。

真实下的文采

特稿以文采见长，这是显而易见的。特稿也许是具有文学色彩的新闻，但特稿并不是文学，它是新闻，这是特稿不能越过的界限。

中国与特稿相对应的是报告文学、长篇通讯。报告文学是1980年代中国文学杂志出现的大受欢迎的一种纪实文学形式，它是那个报纸禁锢得只能用宣传语言说话的年代出现的一种文学的反叛。报告文学从来不忌讳它的文学性，甚至成为它的一个标志，因此特稿不能与报告文学同比。

长篇通讯是新闻宣传模式下的特殊文体。但它从一出生就具有的“宣传”思维方式和语言方式限制了它，使它不能从“宣传”的窠臼中摆脱出来，尽管长篇通讯也有很多好的作品呈现，但总的来讲它的构架、语言方式和思维方式都是固化的。

相比上述二者而言，特稿的珍贵之处就是真实。这是特稿最重要的不可缺失的本质。文本的完美表达是另一个层次的要求，只有在真实的新闻事实下的优美表达，对特稿来说才是有价值的。

记者职业的特殊之处在于他在新闻事实和大众之间的传递关系，这就决定了记者的两个基本职责：调查还原事实，精彩传达事实。这是我的一个追求，我遵循的原则，也一定程度上成为我的一种特性。

这对记者永远是难以达到的。经常的状态是顾了这头顾不了那头。

读者在报纸上看到的报道是记者的最后完成品。其实在事实凝化成文字，通往最后完成品的路上，有众多的可能性。我们可以假定存在一个超然于个人判断之上的客观事实，但不同的记者对这个事实的表述可能千差万别。就是同一个记者在面对同一个事实的时候，也可以有众多不同的表述方式。

那么有没有最好的表述方式，什么才是最好的表述方式呢？可能每一个记者对什么是最好的表述方式都有自己的理解和追求，但我想有两个指标应该是基本的：

一是对事实最大限度的准确传达，二是对事实最大限度的精彩传达。

如何使你的报道扣人心弦充满魔力，如何使你的报道形神兼备栩栩如生，如何使你的报道一波三折充满悬念，如何使你的报道感性丰满理性超拔，如何使你的报道宏观概括高屋建瓴、微观描述细致入微，这是个表述问题，更是个认识问题，这是个写作问题，又是个采访问题。细节的捕捉、场景的还原与理性的筛选、价值的判断同步进行，高速运转的大脑和敏锐的眼光相互呼应；既要时时入乎其中，又要时时出乎其外，此时的记者似乎有分身术，一个匍匐在地搜寻事实的鳞片，一个高居云端悲悯众生。

读者在报纸上看到的报道是带有记者个性和体温的东西，同一个记者在面对同一个事实的时候，也可以有众多不同的表述方式。它可以是单向度的表达，停留在完整梳理事实的层面上，它也可以是立体的表达，温婉细腻，圆润通透；它可以是扣人心弦充满魔力形神兼备栩栩如生的，也可以是呆板的、平面的。对于一般报道来说，可能准确快速地表达事实是第一要素，而对于特稿来说，必须在准确的基础上达到完美、丰富、多色彩、多向度。

记者是一个旁观者，也是一个参与者；是一个调查者，也是一个判断者。要把一个事实搬到纸上，他最大的困难在于，既要避免主观武断，又要体现记者立场，其间有着微妙的平衡和分寸。最重要的是你的叙述要打动读者，你的判断要说服读者，而这种打动和说服，不仅要靠事实本身的力量，还要靠记者充满智慧和趣味的叙述，靠你富有弹性、充满色彩的文字。

我常常对年轻入行不久的记者说，千万别将这个过程想得太复杂了，也别试图将一个事实复杂化而显示自己的能力，实际上，新闻的最高境界就是一篇作品是一个“干干净净”的作品。它没有华丽的辞藻，没有那么多的定语和状语，没有更多的感情渲染，它朴素而干净，这便是好的新闻作品。

尽管特稿是一种有文学色彩的新闻，但我的理解是它只是借用文学的方式而不是文学本身。

画面感、镜头感、冲突、结构、情节的安排、叙述的方法都是可以借用文学的技巧来安排，但事实本身是不可以安排的。

特稿是新闻的展开，特稿是对新闻关节点的深入，特稿还是一个好故事。这种新闻的展开可能就需要借助文学或小说的手法为整个故事搭起一个好的结构框架。它可能有一个平白朴素但意味深长的开头，也可能有意安排一个戏剧性的开头，总之它的开始不会像限时性新闻的导语一样总是一个模式，然后再安排后面的事实。有一点是不可忽略的，如果一个文章头三段还不能将读者抓住的话，那这个文章就有问题了。

我写稿子的时候总是试图在一开头就抓住读者，如果自己感觉没有做到这点，就会重新安排整个结构。

采访和写作是一种境界和情怀。这是一个虚无的问题，也是一个无法说清楚的问题，但它是作品的灵魂。它的因素很复杂，可能有作者的价值观、对人生的看法、生活阅历、态度、性情等等。

有时候当你合上笔记本结束采访的时候，采访才真正开始。随意的聊天，气氛，突然之间的一次开敞。真正的东西出现了。这时候你所能做的就是静静地听，让自己融入这个氛围里，化作无。

有时候当坐在电脑前，眼睛从窗户上漫无目的地望过去，现场的东西才会如电视画面一般一幕幕放出来。文字对于现场的还原永远是有局限的，但文字有文字的魅力，当它能够捕捉到画面的时候，这种画面就因为文字的锁定而固定下来，文字也因此具有了一种美。

特稿是一种愉快的阅读，这是一篇好特稿必须做到的。即便是非常严肃的题材它也应该是赏心悦目的，特稿之“特”还表现在记者用自己独特的文字方式与读者建立一种亲密的、个人化的关系。读者在读这篇稿子的时候，知道是和哪个记者在交流，他明白这个记者讲述的方式，他熟悉记者的遣词造句，他甚至熟悉记者常常出现的一些个人化的小瑕疵。他从记者所描绘的故事里看到了自己生活的影子，或者他被记者带到了一个遥远的地方，那里的事物可能会是陌生的，但他却在记者用文字打开的窗户里看到了一种陌生的美。

读特稿故事吧。它可能是一次文字的历险，一次思维的挑战，也可能是一次愉快的旅程。

在南方周末做特稿

■ 李海鹏

1

汤姆·伍尔夫1963年被《ESQUIRE》杂志派去制作一篇关于特制汽车的报道，他写得不像新闻，像印象记，题为“橘片样的糖果色流线型娃娃”，这就是新新闻的滥觞。后来诺曼·梅勒、杜鲁门·卡波特、詹姆斯·鲍德温等人也加入进来，新闻小说就蔚为大观。新新闻就是借鉴虚构文学的写作技巧来写作新闻事件，一切技巧都可使用，唯一的原则是事实不能编造。新新闻因为实验性而在那个喜欢实验性的年代出尽了风头。理所当然，后来它退潮了，合理的成分被新闻界继承下来，就是“特稿”，普利策新闻奖为它单独设立了一个奖项。

特稿很难定义，不过可以描述为一种文学性的新闻，题材不强调硬度，截稿时限更宽松，通常不超过一万字。在中国，特稿其实早就在尝试，报告文学即是。可是报告文学有两个弱点，一是它不够真实客观，二是它的文学性很差劲。这两个弱点就其定义而言太有悲剧性，我说起来都觉得残忍。很多报刊多年以来也一直在做着特稿，毛病跟上述的类似。这类作品很疯狂，铺排起来没完没了，没影儿的事也可以写得纤毫毕现，只要里面有个人物红了眼圈，就一定夸张为号啕大哭。在中国，真正意义上的特稿是从《南方周末》开始的。特稿的中国定义是由南方周末来下的，实际上我们一直在确定中国式的特稿该怎么做。

《南方周末》的市场认可度高，生存压力小，就有余裕来做一些读者面相对狭小但更有品质的版面，比如“往事”版。这些版面对市场的刺激更和缓，却能建立很好的美誉度。我个人理解，这是2003年我们开始有自觉意识地制作特稿时的背景，我们因此可以相对从容地施展才能。

南方周末内部把《举重冠军之死》看作是报史上第一篇特稿，我自己倒觉得未必，这份报纸一直是很强调文本质量的，以往的很多尝试都带有特稿色彩。回到刚才我们对特稿的描述，你会发现，它的粗略意图无非是把新闻写得更好看。这样的东西其实算不得某个个人的发明，它的出现是必然的，在美国是这样，在中国也是如此。2003年6月之后的两年是《南方周末》特稿的发育期，《普利策新闻奖特稿卷》常被当作范本，可实际上，我第一次读到这本书已经是《举重冠军之死》发表的半年后。特稿在《南方周末》的出现，其实是南风轻拂花朵开放一类的自然之事。在一流纸媒圈子里，大家早就知道可以“像写小说那样写新闻”，也明白这就是特稿的特征，偶尔尝试，效果不好，也就半途而废，欠缺的可能只是规范意识和技术能力。

SARS流行期间我短期呆在广州，杨瑞春也刚到广州就任专题部负责人，是叫总监还是叫什么我已经忘了。我出发去沈阳做《举重冠军之死》的采访那天，临近中午的时候，杨瑞春在办公室里跟我说，这个报道她想做成特稿，我说，好啊，我也是这么想的。时间紧张，我马上就去了机场。《南方周末》的特稿就是从这么两句话里来的。这个报道在报社内部有点儿小震动，大家说，这么做不错啊。怎么不错呢？就是紧紧抓住故事，一刻都不松手，什么铺陈啊，剖析啊，条理啊，都少来。不久《南方周末》就设立了“特别报道”版，后来叫“新闻二叠”，主打的就是特稿。有好几年的时间，《南方周末》在向新闻专业主义转型，也要在报道尺度上适应外部环境，从外面看仍旧是一脉风光，从内部看就有点儿艰难，特稿做得不错，而且越做越好，算得上是难得的增长点。

说从容，其实也不容易。不是每个题材里都有举重冠军，都有人死，都可以通过一个小故事的孔洞窥见重大的现实问题。有《举重冠军之死》这样的题材，对《南方周末》特稿的开端来说是个运气，却不是常态，后来的很多特稿报道的题材，用新闻业的传统眼光看上去软得不像话，像南香红的一些报道，《盲艺人的乐与路》、《孤独的孤独症》等，写作精良而且充满对人的理解与同情，却会在内部引起争议，同样是她，去写三峡、四合院保护，就广受赞誉。大家都是看题材。特稿版会做一些与女性、健康、心理有关的题目，在南方周末内部也争议激烈，常有人说，为什么做这么软的题目？这声音从来没有消失过，只是因为随着时间的推移，特稿版在“错误的道路”上越做越好，反对的声音才终于在这个倾向于认定自己唯一该做的新闻就是这个国家里最重大、最震撼人心的新闻的地方变得微弱起来。

《南方周末》特稿本身也在变，也在自我突破。在2005年之后，我们开始有意识地选择一些非常重要的题材。在特稿已经在一流纸媒上形成潮流之后，题材和指向成了我们的与众不同之处之一。我们用两年时间成熟了，或可说脱胎换骨了。比方说，我的《无情戒毒术》（2004年4月1日特别报道版）是一篇文笔不错的特稿，但它说了什么呢？一次手术和手术的伦理学危险。读者的注意力大半被集中于手术本身，而意义之核，伦理学危险，却不会同等地被注意到。这是作者操作的意图所致，是新闻意识的结果。从技巧上说，这篇报道还受到了普利策获奖作品《凯利太太的妖怪》的影响。可以作为对比的是，《一块煤的利益之旅》，作者是同一个人，同样是一个吸引人的故事，但它的意义之核，煤炭经济如何在我们的公路上运转，却须臾不会脱离读者的脑海。除了《无情戒毒术》之外，在写作技巧上，我的特稿已是完全独立和原创的，因为非如此不可。这是另一种新闻意识所致。这中间的差别，就是2004年和2005年的我们的不同思路。最初我们也做一些有重大指向的题目，但在2005年后，用特稿来承载其他新闻产品不能承载的意义，才成为有意识的诉求。这种思路的顶峰就是2007年末的《系统》。

《系统》是曹筠武的作品，我是编辑。这篇报道讲的是什么呢？你可以自己找去看。题材无非是网络游戏而已，但是没有任何中国新闻作品的主题和野心会比它更大。

我们始终认识到中国的现实。我们始终希望用一个充满戏剧张力的小故事，指向这个国家的重大问题，无论它是体育举国体制、艾滋病危机、通货膨胀对乡村生活的影响还是都市中的文化嬗变。我们不再做那种文笔生动但是意义有限的特稿。我们在中国的现实中扎根甚深。

但是，回到逻辑的原点，“轻”的特稿完全不能做吗？我从不这么认为。如果它有南香红的水准，无论是过去还是将来，我都会很高兴它出现在《南方周末》的版面上。在没有本质缺陷的前提下，一个足够优秀的优点可以征服一切，在任何行业里都是这样。我们不再操作南香红式的题材，不是因为这些题材不该做，而是因为南香红离开了，这样的记者已经没有了。2009年我也离开了，大概我也会留下一个小小的空洞。题材仍在那里，但适合操作的人不在了。如果你失去了一块美玉，不要想得到另一块，因为不会有另一块，重要的是用新的东西填补空缺。我想重要的是南方周末有一个丰富的人才矿床可以持续开采。

2

在《南方周末》，特稿并不只是特稿版的特稿。流风所及，大多数版面都开始带有特稿化的色彩。有时候这有坏处，它会拖慢硬新闻的节奏，也会误导记者，令他沉溺于无足轻重的细节。它也有好处，就是直观地建立了一种“故事为王”的意识。我想真正的问题不在于特稿化的那个段落和那个句子的质量，而在于它是否适合题材。我们该把题材和技巧的配搭之道切割清楚。

特稿为什么存在？仅仅是“把新闻写得更好看”，或者它有一种导致错觉的魅力，本是新闻却酷似小说，正像那种酷似皮革的织物？我对此会说50个“不”。这些理解没错，但太简单了。

特稿是这样一种认识的产物：要理解人与事，至关重要的是语境，尤其是那些含混的语境。语境有两重意思，就文本而言，指作品的文句段落的互文，就题材来说，指它所在的文化和生活环境。

写文章不是做数学题，ABC往下排是乏味的。可是国内的大多数深度新闻至今仍在这么做。在一些都市报上，如果记者需要写4000字，编辑部会把这4000字分成三篇报道，每篇报道还要切分3个小标题。这是一种汉堡包式的预期：读者的消化功能很弱，只能接受一片面包，一只肉饼，一片蔬菜，两片酸黄瓜。这种切片式的方法能否贴合事实？是否达到足够的真实度？当市场满足于一般性的信息的时候，这一点不大需要考虑。另外一种常见的做法则是逻辑推导式的，针对某个新闻，设立一个逻辑框架，你可以在很多“封面文章”和“专题”中看到这种思维方式在起作用。这一做法允许故事性的报道的出现，但是它隐含着一个认识，就是角度比故事重要。角度，也就是编辑部看待新闻事件的视角，才是这一操作方法的核心竞争力。

特稿也注重角度，因为没有角度的话，新闻作品就会变得混沌一团。这是一个常识。区别在于，在特稿当中，故事本身的价值无可匹敌。一切真实，一切意义，都在故事之中。故事可以是开放性的，故事从不说谎。

比如说，《富豪征婚记》（2006年1月5日特别报道版，记者李海鹏，编辑张捷），该选择什么报道角度呢？在我看来，性资源的阶级间流动，价值观的嬗变，财富拥有者在当下社会中的行为特征，新一代女性的性格，财富分配机制和社会保障体系对人们的观念的影响，投机者与成功秘诀，等等，都是有趣的角度，那么我选择哪一个呢？

幸运的是，作为一个特稿作者，我可以不选择其中任何一个角度，我可以囊括我能注意到的全部角度。《富豪征婚记》就是这么做的。所谓角度，常常是新闻市场竞争的结果，对吧？嗯，别人做了这个角度，那么我们做另一个吧。特稿则可以从这种竞争中超脱出来。特稿面临的是另一个层面的竞争：深入故事、讲述故事和理解故事的竞争。这里的"故事"意味着"全部故事"。说到底，一个事件的真实只有一种，特稿的目标就是这一种。这就是它的角度。

那么，故事的本质是什么呢？是语境。在现代意义上，A杀了B不叫故事，A在何种语境之下杀了B才叫故事。安伯托·埃柯讲过词典结构和百科全书结构的差异，在词典里，词是独立的、静态的和封闭的，而百科全书则像一个没有中心的网络，词意的交汇是互文的和开放的。这不仅是一种看待文字的方法，还是一种看待世界的方法。社会科学的研究告诉我们，世界远远比我们一般人以为的复杂得多。再比如历史学，在中学教科书中，它是政治史、朝代更替史、农民战争史，可是真实的历史是那个样子吗？地理条件、气候变化、冶炼技术、经济发展、金融制度、交通、税收、宗教、巫术等等，都可能比一次战争更强烈地影响历史的面貌。我们观察一个事件，很自然地会使用一种或几种思维工具，但是我们该知道这是有限的。相反，把事件说出来，讲一个故事，却是最古老和最现代的方法，要真正深入而准确地理解新闻事件，尤其是新闻事件中的人，从理论上说，这也是唯一可取的方法。

特稿不可能成为新闻市场上的主流产品，因为它篇幅长，节奏慢。但对于喜欢它的读者来说，它的价值是不可取代的。特稿不仅是一种更好看的新闻，还是一种更深入的新闻。传统新闻的采访和写作就是词典式的，准确、简洁，信息既不会溢出也无机会深入。特稿的采访和写作则有能力把人物放置到语境之中。

我并不是依据符号学的理论来做新闻的。实际上没人能这么做。但是我想我是一个有现代眼光的观察者，我对语境的存在比较敏感。这也许会让我的思路符合更多的学理，甚至是那些我从没学习过甚至从没听说过的学理。这是可能的，这就是“以其知之所知，以养其知之所不知”。

例如，当我们说“孤独”时，这个词仅具其本意，但是《举重冠军之死》中的才力的孤独，置于那个文本当中，却成了一种可被读者清晰理解的、意义非凡的被国家遗忘的孤独。“焦虑”这个词同样普通，可是在《车陷紫禁城》中，焦虑被一连串细小的故事传递出来，就展示了我们的城市的文化症结给生活施加的压力。我们有没有办法不使用特稿的办法，来告诉读者，才力是孤独的，大城市的交通的本质是焦虑，进而推向主旨？没有。只有故事才能完全地阐明故事自身。这就像你只能把一杯水端到一个人面前，他才能明白一杯水的水纹是多么的复杂。

纸媒售卖的不是一个又一个词，而是这些词的连缀。“真实”从来不是一个单独事件或者一个单独的人，而是这个事件和这个人与周围世界的关系。特稿便是新闻界应对这种复杂真相的解决方案。

3

我很怀疑谈论特稿的写作技巧是夸张其实之举。特稿只是新闻产品之一种，新闻产品能够用得上的写作技巧是少得可怜的。你可能掌握如何描述景物的技巧，如何营造情绪的技巧，如何让文字富有音乐美的技巧，如何拖慢节奏并来一段儿华丽的文字舞蹈的技巧，等等，可是这一切，在新闻中都无用武之地。就算你有太平洋那么多的技巧，也只能装在新闻这只小瓶子里。

我只是想起什么就写什么，我依靠直觉而不是逻辑，因为我相信自己是一个逻辑感很强的人，运用逻辑的方法可以更轻松。这样一来，我的特稿就具有了一种细密的逻辑结构，而不是那种ABC式的块状结构。时间充裕的时候我也会就结构而构思，时间紧张的时候我就随便写下去，顺着语感往下推，结果怎么样？逻辑很丰富，而且大多时候不会乱掉，像钟表里的小齿轮一样彼此咬合。我从不担心读者会觉得乱。读者不会觉得的，因为我把他们放在船上顺流而下，他们只觉景色宜人，早就把结构之类的东西忘到脑后去了。在很多特稿中，我讲A的故事，讲到一半，放下了，去讲B的故事，讲了1/3，又转去讲C的故事。作为一种叙事技巧这可谓平凡无奇，但对于中国新闻界来说它却是“现代”的。这里面有什么技巧吗？没有，除非想怎么写就怎么写也算一种技巧。我只是想讲什么就讲什么，全靠我自己觉得自然。当然这并不是乱写的意思，你得有一个尺度，懂得结构的基本原理。结构的基本原理就是，你掌握你要写的事物的全局，你从高处俯瞰下来，认出其中的脉络，然后你就可以随心所欲地在这些脉络间穿行了。我知道这么说很抽象，但是很抱歉，我并不知道还有另外的解释方法。

我很少听说读者对此不满，大多数读者赞赏这种做法，喜欢我的结构方式。读者并不古板。这里有个长度问题，特稿的长度使得读者们读完了最后一个字，还清楚地记得开头，那么一切信息都在他的脑子里，如果作者的写作水准不太糟，读者会搞清楚一切的，这本不需要作者像个小学老师一样谆谆教诲。

有时候我参加一些读者见面会之类的活动，读者会问，你怎么在新闻报道中安排结构？我总是说我不安排结构。如果我写完了全篇，一共6000字，需要分成3个小部分，而我不知道该在哪里切分，而且闹钟滴滴答答地响，截稿时间马上就要到了，那么我会非常简单粗暴，每2000字分一下，然后在每个部分的最后一句稍稍润色，给读者一点点节奏感。无非如此而已。这么做没问题。我也许会在第21个段落中回到第3个段落中的一个小信息点，并略有重复，这并不是刻意的安排，而是因为我无意间又一次写到这儿了。这也没问题。我不会就此修改。

在《萨布瑞亚校长的事业》中，有这样几个段落：

在拉萨的一家名叫巴朗学的旅馆里，她结识了后来成为她丈夫的荷兰明眼人保罗·约翰内斯克朗宁。她告诉他，自己要在这里办一所盲童学校，他回答说，如果她筹到资金的话他愿意立刻加入。

“那么，我去看看这里的盲童们的情况，”她说，“路上还要跟人们聊聊天。”

那是5月份，为了与人交谈，萨布瑞亚没有乘坐越野车旅行。她租了一匹马，骑上它走向170公里外的孜贡，那里有寺庙，有温泉。

在结尾一句中，你可以看到一条道路，从拉萨到自贡，正在荒凉的高原上延伸。在电影中它很可能会被处理成稍长的镜头，女主角骑着马走向远方，这个镜头结束之后，故事就到了一个节点，下面的故事将是下一个篇章。因此我把这个信息点写成了一个慢速的、留有余味的句子（不是“有寺庙和温泉”，而是“有寺庙，有温泉”），把它作为章节的结尾。

下一个章节的开头则是这样的：

这是一次伤感而有意义的旅行，它把萨布瑞亚从她在波恩大学中亚系研习吐蕃王朝和犍陀罗艺术史的乐趣中拉了出来，找到属于自己的事业。当时马的主人不放心他的马，执意要做向导。西藏与德国的不同是，这里没有很多树木对骑手构成危险，而且“马有眼睛”，因此萨布瑞亚认为独自旅行不是什么问题。“必要时问问路就可以了。”她说。在拉萨的色拉寺里她就是这么做的，让人把手搭在她的胳膊上，指给她方向。令萨布瑞亚至今还感到沮丧的是，她向向导做了妥协。

在内容上，这个段落与上一个章节的结尾完全衔接，但是在节奏上完全不同。这一段超过200字，对报纸来说是一个很长的段落，而且长句明显多了起来，语气也变得更正式。这相当于在电影中，你从一个特写镜头转换到一个全景镜头，从音乐转到故事推进的嘈杂声。

是什么控制着读者？内容？不，是细密的、有智性的逻辑链，是剪辑技巧，是节奏感。

我从来就不是一个对新闻写作技巧特别有追求的记者，我只是掌握一些写作技巧并把它们用于新闻。因此对我来说，特稿的写作技巧，无非是掌握信息全局，以免自乱阵脚，也可避免以己昏昏，使人昭昭，然后写就是了。你需要来一点儿音乐性。轻，重，轻，轻，重。或者说，高音，高音，低音，低音，高音。等等。你也需要剪切你的材料，未必是在写完之后，完全可以边写边剪切。别忘了戈达尔说过他的所有影片都是在剪辑台上抢救出来的。总之你需要干得自信和利落一点儿。别怕读者。回到我们刚刚说过的话，只要你让读者愉快地顺流而下，他们就决不会挑战你的权威。

与小说相比，这太简单了，太简单了——“我很怀疑谈论特稿的写作技巧是夸张其实之举。”

4

我们曾有一个特稿小团队，就是当年的“专题部”，成员有杨瑞春、南香红、张恩超、张捷、关军、师欣、赋格、沈颖，等等。后来专题部并入了新闻部，这个小团队的存在边界就比较模糊。再后来，这些人也都散了，现在没有一个人还在南方周末。我们都相信更年轻的同事会做得更好。

我更喜欢女同事，跟她们一起工作总是更有干劲儿，倒不是因为性吸引力，而是因为她们赞美我的时候更由衷。男的绝对是一种令人生厌的物种，夸人不使劲儿。你知道我大半是为了虚荣心的肤浅满足而写了这些报道。这大概是因为幼稚。如今想来，把精力放在新闻而非更有长久价值的文字上有点儿不值，但这只是对现在的我来说罢了，对当时的我来说，没得到过什么范围稍广的认可，证明自己还算得上好事一桩。当然了，这就是这么一说。真正重要的是我们在这份职业上还算有追求，这一点始终一致。

尤其该感谢的是杨瑞春和张捷。在我写得不好的时候，哪怕是后来我觉得自己已经很受赞美了，作为编辑，她们也真的会把稿子退回给我，说，这不行。杨瑞春会严厉一些，尽管对我已经网开一面；张捷则会在电话里叹气，语速变慢，不再称呼我为“海鹏”而是“李海鹏”，就好像说，唉，你太让我失望了。那时我刚交了稿子，通常很累，但我从来不会说，不，我不想改，这是因为我从不觉得自己写得好。这样一来，我会交回一个更好的稿子。其实只要随便哪个人说你不够好，给你一次修改的机会，你都会做得更好。我不理解那些声称自己从不修改的作者，他们是一群无知的怪物。谢谢她们对《南方周末》版面质量的寸土不让，虽然让我选择的话，无论是当时还是现在，我都宁可不改，用那时间随便出去玩玩或者打打游戏。

随着时间推移，一方面我更有经验，另一方面我也更松弛，更自信。我可以把自己的才能更多地注入到新闻作品当中。我更喜欢自己稍后时段的作品。这并不是水准的提升，而是心态变化所致。

在这些新闻作品中，《举重冠军之死》好像获誉最多。说起来真怪，它当初发表在《南方周末》“城市版”上，只有北京、上海和广州三地的读者可以看到。这大概就是第一印象总是更为深刻之故。其实你可以在记者手记中看到，我并不喜欢它的粗糙的质地，我也不喜欢写得很土。2003年在广州，有一次南方周末的一些同事聚在一起，让我“介绍经验”，我非常窘迫。风端问我，你觉得自己的作品中哪篇最好？我回答说，《举重冠军之死》吧，可我觉得它不是最好的。风端说，那为什么呢？我说，因为读者说了算呗。新闻是大众消费品，只能读者说了算。我更喜欢自己后期的一些作品，那时我做得没有以前那么努力，但是它们有种成熟，也有我的个人印迹，而且也不那么土了。“土”这个事是这样的，初到南方周末的时候，我想，这报纸总是做揭黑啊什么的，而且针对很广泛的读者，有时候语态的“土”是一种基调，我得适应它，否则就太突兀了。其实南方周末总是鼓励创新的，后来我也就不管这个了。

总的来说，我在这一行里发挥出了30%的能力。在某些瞬间我会发挥到110%，但那只是在体力上。新闻并不是我真正喜欢的行业。不过发挥到50%是应该的。很抱歉这我也没有达到。

现在，有些年轻记者会问我：“为什么我写得还没有你5年前写得好？”这么问是合理的，新闻业总是进步的，尤其是中国。可是，如果你希望写的是完全同类型的稿件，有什么理由比我5年前写得好呢？

古人说，结字因时而变，运笔千秋不易。新闻的样貌每个月都在变化，但是使得一篇新闻作品出色的要素从来不变。

你也许觉得这么说太过狂妄，可这不是。有人依据圈子出名，有人靠平台获得认可，作为一个前记者，我属于后者。我知道如果没有南方周末，我就无从施展自己的一丁点儿的才能。

以前我也在一些媒体做过，有时做得好，有时做得不好。某种程度说，只有在配得上我的地方，我才会焕发精神。早前我跟朋友说过，踢球要去大俱乐部。南方周末就是最大的俱乐部，它对我来说，就像阿森纳之于罗伯特·皮雷。我们之间还有一种精神气质上的匹配。《南方周末》几乎是为我的入世一面量身订做的报纸。在最疲劳的时候，杨瑞春也能让我出发去做题目，比如说沙兰镇水灾。她的秘诀很简单，就是强调这关系到重大的公共利益，我有责任去做。我果真去了。很多次都是这样。

我对自己在南方周末的六年时光很满足，对南方周末充满感激。直到今天，当我想到它的精神传统时，我仍然肃然起敬。也许在某种程度上我是个玩世不恭的家伙，但在提到南方周末时我总是正色以待。如果说南方周末的记者编辑们全是我这样，我觉得不至于。对一些人来说，他们去了别的地方，失去了此地的企业文化的熏染，就会是另一个样子。我不会，我离开了南方周末也仍然是一个南方周末式的人。我的价值观和性情不来自它，它的也不来自我，可就是天然地相似。

这辈子我过得可谓优哉游哉，即便高考当前，也是睡到自然醒。有时候我都惊叹于自己过得太舒服了。我从来没像在南方周末那几年写稿时那么累过，最累的时候，我试过每写两分钟就睡5秒钟，《悲情航班MU5210》就是这么睡着写的。这还不算什么。被毙稿的时候，真是身心俱疲，有一年，我整个人的心境都是黑色的，浓度大致是墨水的一半。全是因为这份工作。我也见过同事深夜写稿时痛苦的样子，怎么说呢，生命真像一场搏斗。在南方周末工作真是很困难的一件事。如今我出了这本书，这是我得到的报偿？我有一点儿小名气？这是我的酬劳？得了吧，与付出的努力相比，这太不值得了。

你知道对一个擅长文字的人来说最糟糕的职业是什么吗？就是新闻业。因为人们总是把你看作一个记者，而在大众心目中，“记者”这个概念永远与创造力、才华等等无关。他们会惊叹：嗨，这小说写得真棒！尽管那可能又没品又乏味。他们也会说，这篇新闻写得也不错。但他们绝不会说，这新闻写得比那些个破小说好，这作者真棒。永远不会。

在我离开南方周末将近一年后，有个读者在我的博客上留言：

你觉得南方周末那种把犯罪都归因到小时候成长的故事模式，看多了不觉得疲劳么？

我回答说：

不管你归结的对不对，如果你作为一个读者的疲劳感有代表性的话，那么他们就该改。理论上说，新闻人的成长落后于读者的成长是不够职业的。可是现实地说，或许中国的新闻人普遍性地缺乏动力，也是可以理解的。对于一个有志向和自尊的人来说，中国新闻业是最艰难的行业，比煤矿工人还要艰难。你是《南方周末》的读者，你只花了3块钱，你要求一切，可你想没想过，在那些编辑记者用自己的一生去度过的职业生涯中有多少幻灭感，有多少委屈，有多少不平，遭遇了多少当你坐在沙发上打开一份报纸时难以想象的困难，而且他们几乎只能缄口不言，从无可能去向公众解释这一切，而他们得到的报偿，无论是薪水、地位，还是读者的评论如“不觉得疲劳么”，与他们的水准和付出相比何其渺小。

我离开了，我更理解中国新闻业了，也更理解南方周末了。在这家报社我也有不快，但是离开的日子越久，我就越认识到这些不重要，一点都不重要。如果你问我在南方周末的六年怎么样，我会回答你，那是值得的时光。这六年时光最终凝结为这么一本书，想起来，我也会有一点儿伤感。六年是多么长的一段时间，我走在这个村、那个镇，有时冷得够呛，有时累得要命，如今扪心自问，为了什么呢？我不是很清楚答案，我只是觉得，用一生中的一段儿时间去做点儿对人有益的事是对的。我越来越疏离于南方周末的各种事情了，觉得离它很远。可是我心中的某个部分始终属于那六年。

（此文来自李海鹏新闻作品集《大地孤独闪光》）